DIE GELDWÄSCHER

Dieses Buch ist ein Roman. Dennoch sind einige Personen nicht frei erfunden, sondern existierten wirklich. Ihre Handlungen beruhen auf einem historischen Hintergrund. Im Anhang befinden sich ein Personenverzeichnis und ein Glossar.

PETER BEUTLER

DIE GELDWÄSCHER

Kriminalroman

emons:

Bibliografische Information der Deutschen Nationalbibliothek
Die Deutsche Nationalbibliothek verzeichnet diese Publikation in der Deutschen Nationalbibliografie; detaillierte bibliografische Daten sind im Internet über http://dnb.d-nb.de abrufbar.

MIX
Papier aus verantwortungsvollen Quellen
FSC® C083411
FSC
www.fsc.org

Umschlagmotiv: Picture-Alliance/KEYSTONE/MARTIN RUETSCHI
Umschlaggestaltung: Nina Schäfer, nach einem Konzept von Leonardo Magrelli und Nina Schäfer
Umsetzung: Tobias Doetsch
Gestaltung Innenteil: DÜDE Satz und Grafik, Odenthal
Druck und Bindung: CPI – Clausen & Bosse, Leck
Printed in Germany 2021
ISBN 978-3-7408-1316-1
Originalausgabe

Dieser Roman wurde vermittelt durch die Agentur Altas, Bern.

Die das Nest schmutzig machen,
zeigen empört auf einen, der ihren Schmutz
bemerkt, und nennen ihn Nestbeschmutzer.

Max Frisch, 1981

1

Konrad Kloter pedalte mit seinem Rennvelo über die Strandstrasse. Er fühlte sich aus einem unerfindlichen Grund müde. Zwar gab es gewisse Probleme an seinem Arbeitsplatz, aber geschlafen hatte er eigentlich gut. Es war der erste Arbeitstag nach den Neujahrstagen. Er war leitender Angestellter der Zweigniederlassung des Schweizer Finanzkonzerns Cäsar Bieder auf den Cayman Islands.

In seiner Funktion konnte nie alles rundlaufen, aber zu Hause ging es gut. Seit einigen Jahren war er glücklich verheiratet und Vater von Jenny, er genoss das Leben in der Karibik, fern von seiner Heimat. Ein Leben nicht ganz ohne Hektik, doch im Vergleich zur Tätigkeit in Zürich etwas geruhsamer.

Heute war er mit Christoph Rüfenacht unterwegs. Rüfenacht arbeitete für eine andere Firma. Was für Geschäfte diese betrieb, wusste Kloter einigermassen, es interessierte ihn aber wenig. Auf den Cayman Islands waren gegen hunderttausend Firmen registriert, und das bei rund vierzigtausend Einwohnern. Keine davon produzierte etwas, das man mit Händen fassen konnte. Alle überwiesen oder hoben Geld ab, das Letztere in grösserem Umfang als das Erstere – meistens jedenfalls.

«Christoph», sagte Konrad Kloter zu Rüfenacht, «du bist heute besser in Form als ich. Ich vermag dir nicht zu folgen.»

«Nun ja, wenn's dir nichts ausmacht, fahre ich voraus. Beim Pub … dort vor George Town, steige ich ab, trinke ein Bier und warte auf dich.»

Kloter öffnete die Augen. Er war festgezurrt auf einer Bahre und lag neben einem Ambulanzfahrzeug.

Ein Sanitäter blickte ihm direkt in die Augen und sagte lächelnd: «Hallo. Sie waren zusammengebrochen, und ein Jogger hat uns alarmiert.»

Zwei uniformierte Polizisten traten hinzu. «Sind Sie gestürzt? Wie heissen Sie?», fragte der eine.

«Mein Name ist Konrad Kloter, ich weiss nicht, was mit mir geschehen ist.» Kloter wollte einen Blick auf die Uhr werfen, doch das ging nicht, da der Arm festgebunden war. «Wie viel Uhr ist jetzt?»

«Halb fünf. Können Sie sich an die Zeit vor dem Unfall erinnern?», fragte der Ordnungshüter mit den Rangabzeichen eines Sergeanten.

Kloter dachte nach. «Ich radelte mit einem Kollegen über diese Strasse. Er war mir zu schnell. Schliesslich machte er den Vorschlag, allein weiterzuziehen. Ich stimmte zu. Das war circa um halb vier Uhr am Nachmittag.»

Dann fragte der Sergeant Kloter nach seinen Personalien und denen seines Begleiters. Kloter war nicht in der Lage, diese rasch und präzis anzugeben. Er könne kaum sprechen, der Kiefer schmerze ihn dabei.

«Ein gutes Zeichen, dass Sie sich an all das erinnern können. Wir nehmen jetzt die Spurensicherung vor. Morgen werden wir Sie besuchen.»

Kloter wurde in die Notfallabteilung des Krankenhauses in George Town eingeliefert. Die Ärzte stellten gravierende, aber nicht lebensgefährliche Verletzungen fest. Eine grössere Wunde am Hinterkopf, eine Gehirnerschütterung, Verdacht auf Frakturen an der Wirbelsäule, mehrere Brüche im Kieferbereich.

Am folgenden Tag, Donnerstag, den 4. Januar 2001, bekam Kloter Besuch von den beiden Polizisten, die zur Unfallstelle gerufen worden waren. Der Sergeant berichtete ihm vom Augenschein an der Unfallstelle. «Das Fahrrad war nur leicht beschädigt, zeigte aber am Rahmen blaue Lackspuren. Waren die schon vor dem Unfall vorhanden?»

Just als Kloter zu sprechen begann, trat der Stationsarzt ins Zimmer und wies die Polizisten an, den Patienten nicht zu strapazieren. Das Sprechen sei für ihn schmerzhaft.

Kloter antwortete leise: «Nein, von solchen Farbflecken ist mir nichts bekannt.»

«Es macht den Anschein, dass Sie von einem Auto angefahren wurden. Wir haben die Spuren sichergestellt. Vielleicht finden wir heraus, von wo sie stammen.» Das sei allerdings nicht sehr wahrscheinlich. Denn die Garagisten, die Reparaturen an den Fahrzeugen vornähmen, seien verschwiegen, räumte der Polizeimann ein. «Haben Sie Feinde, die Ihnen nach dem Leben trachten könnten?»

Kloter schluckte leer. «Als Banker setzt man sich immer Gefahren aus, einige Geschäftspartner sind einem nicht wohlgesinnt. Doch dass sie physische Gewalt anwenden, kann ich mir schwer vorstellen.»

«Ich stelle diese Frage, weil wir in letzter Zeit kriminelle Aktivitäten im Sektor der Finanzdienstleistungen feststellen. Und das geht leider bis zu Tötungsdelikten.»

Kloter lächelte erschöpft. «Kriminelle Aktivitäten, wie wahr.»

«Eben, und bei Ihrem Unfall könnte das auch der Fall gewesen sein. Um halb vier Uhr mussten wir in der Nähe Ihres Unfallorts ebenfalls ausrücken. Es lag eine Leiche mit Kopfschuss im Strassengraben. Einige Dutzend Meter davon entfernt, in einer Ausbuchtung, stand der Wagen des Opfers. Auf der linken Seite leicht beschädigt. Der Wagen hatte einen blauen Anstrich. Die Lackspuren an Ihrem Fahrrad dürften von diesem Fahrzeug stammen. Es wurde gestern Vormittag in George Town als gestohlen gemeldet. Der Dieb hatte das Kontrollschild ausgewechselt, wir haben eine Menge Zeit gebraucht, um es ausfindig zu machen.»

«Haben Sie die Identität des Opfers herausgefunden?»

«Ein Puerto Ricaner, W. S., Angestellter einer britischen Sicherheitsfirma. Sagt Ihnen die Bezeichnung ‹Global Security› etwas?»

Kloter wurde noch blasser, als er schon war. «Und ob mir das etwas sagt. Auch wir haben diese Firma engagiert.»

«Wir?»

«Cäsar Bieder Trust Company, Cayman Islands. Ich bin dort der Chief Operating Officer.»

«Ich nehme an, es handelt sich um eine Filiale, deren Hauptsitz sich in einem anderen Land befindet?»

«Da raten Sie richtig, es ist eine Zweigniederlassung der Privatbank Bieder an der Zürcher Bahnhofstrasse in der Schweiz.»

Der Sergeant nickte kaum merklich, sah Kloter vielsagend an. «Da ist mit Sicherheit viel Geld im Spiel. Um in diesem Fall zu ermitteln, bin ich nicht der richtige Mann, dafür sind meine Schuhe zu klein. Ich wende mich an meinen Vorgesetzten, Kriminalinspektor Riva.» Der Sergeant entschuldigte sich für die Belästigung, drückte Kloter mit liebenswürdiger Miene die Hand und ging.

Am Freitagvormittag erschien Riva am Krankenbett Kloters. Er war nicht allein, ein Polizist begleitete ihn.

«Das ist eine Vernehmung. Alles, was gesprochen wird, halten wir fest», sagte Riva freundlich zu Kloter.

Der Polizist zog ein kleines Aufnahmegerät aus der Tasche und hob es in die Höhe.

«Es geht weniger nur um Sie, mehr um den erschossenen Fahrer des Wagens, mit dem Sie angefahren wurden. Aber auch da wissen wir nicht, wie alles abgelaufen ist, vielleicht war er ein Opfer wie Sie», begann Riva.

Er konfrontierte Kloter mit den Angaben, die er gegenüber dem Sergeanten gemacht hatte. Das stimme so, bestätigte Kloter.

«Damit wir mit den Ermittlungen beginnen können, benötige ich weitere Informationen von Ihnen. Sind Sie derzeit in der Lage, darüber zu berichten?»

Kloter nickte schwach. «Sie müssen einfach Geduld haben, Reden ist für mich eine Qual.»

«Ich weiss», sagte Riva verständnisvoll. «Zuerst zum Kollegen, Christoph Rüfenacht, der Sie anfänglich auf der Velotour begleitet hat. Er heisst doch Rüfenacht?»

«Ja. Er ist ein Landsmann von mir.»

«Wie lange kennen Sie ihn schon?»

«Ich muss nachdenken ... Seit Sommer 1999. Bei einer Party, die unsere Firma gab, sind wir uns zum ersten Mal begegnet.»

«Arbeitet er in Ihrer Firma?»

«Nein, in einem Partnerunternehmen. Der Chef dieses Unternehmens, Vinzenz Albot senior, war ursprünglich als leitender Angestellter im Bankhaus Bieder in Mexiko tätig. Er gründete dann eine eigene Firma mit dem Einverständnis und der Unterstützung des Seniorchefs Dr. Cäsar Bieder in Zürich.»

«Unter welchem Namen ist diese Firma auf den Cayman Islands eingetragen?»

«Albot Global Invest, Cayman Islands.»

«Ist das der Stammsitz dieses Unternehmens?»

«Nein, sicher nicht. Der ist in Zürich an der Bahnhofstrasse. Im selben Gebäude wie der Hauptsitz des Finanzkonzerns Cäsar Bieder.»

«Dann arbeiten beide Institutionen zusammen?»

«Das kann man wohl sagen. Es sind sozusagen siamesische Zwillinge. Wobei ich zur Ansicht neige, dass Vinzenz Albot senior, der Direktor der Albot Global Invest Zürich, wahrscheinlich der Dominantere der beiden ist. Er ist US-Bürger, besitzt aber auch die mexikanische Staatsangehörigkeit und neuerdings die der Schweiz, was ihn vor einer drohenden Auslieferung in die Vereinigten Staaten schützen wird. In New York sollen mehrere Prozesse gegen ihn laufen.»

Kloter unterbrach seinen mühsamen Redefluss kurz, hob die rechte Hand und sagte: «Zur Zusammenarbeit von Albot und Bieder wäre noch etwas nachzutragen. Beide Seniorchefs wohnen im Zürcher Nobelort Erlenbach, in zwei ungefähr gleich grossen und luxuriösen Villen. Beide Grundstücke grenzen aneinander.»

«Dann sind es Freunde, die sich schon seit Langem kennen?»

«Freunde? Da wäre ich mir nicht so sicher. Ich weiss von einem bösen Streit, den sie miteinander austrugen. Dass sie nahe zusammenleben, dürfte der gegenseitigen Abhängigkeit geschuldet sein.»

«Genauer bitte?»

«Dazu möchte ich mich nicht äussern.»

«Wie viele Mitarbeiter beschäftigt die Albot Global Invest, Cayman Islands?»

«Das kann ich nur schätzen. Etwa ein Dutzend. Das spielt aber eine untergeordnete Rolle, wenn es um das Verschieben von grossen Geldbeträgen geht.»

Riva schmunzelte. «Ich weiss.» Er zog einen kleinen Notizblock aus seiner Jackentasche, las etwas mit gerunzelter Stirn. Dann stellte er die nächste Frage. «Wie oft trafen Sie Rüfenacht, um mit ihm Rad zu fahren?»

«Das war erst das zweite Mal.»

«Wann war es das erste Mal?»

«Vor einem Monat.»

«Waren Sie damals besser in Form als bei der Begegnung vorgestern?»

«Das schon. Aber wir fuhren damals auch gemütlich die Strandstrasse entlang, es war Rüfenacht, der das vorgeschlagen hatte. ‹Ich möchte mal die Gegend erkunden. Ich bin hier noch nie mit dem Velo unterwegs gewesen›, rechtfertigte er sich. Einige Male stieg er sogar vom Rad und machte Fotos mit dem Handy.»

«Aha», sagte Riva, die Augenbrauen hochziehend. Er hielt einige Momente inne, konsultierte erneut seinen Notizblock und fragte: «Hat Ihnen Rüfenacht von seiner Arbeit erzählt?»

Kloter zögerte mit der Antwort. «Nicht sehr viel. Er ist Buchhalter in der Albot Global Invest. Buchhaltern ist es streng untersagt, mit Aussenstehenden über ihre Tätigkeit in der Firma zu sprechen. Das gilt umso mehr, wenn sie gegen Steuergesetze verstösst, Geld wäscht oder von kriminellen Organisationen solches verwaltet. Ich vermute, dass die Albot Global Invest genau das praktiziert.»

«Haben Sie wirklich diesen Verdacht?»

«Ich schliesse es nicht aus.»

«Ist Rüfenacht verheiratet, lebt er in einer Partnerschaft, oder ist er Single?»

«Er ist verheiratet mit einer Mexikanerin. Ich habe seine Gattin noch nie gesehen.»

«Hatten Sie seit dem Unfall Kontakt zu Rüfenacht?»

«Er hat mich heute Morgen im Spital angerufen. Ich erzählte ihm, was ich wusste von meinem Unfall.»

«Wie hat er darauf reagiert?»

«Was sollte er auch dazu sagen? Er entschuldigte sich, dass er nicht auf mich gewartet hatte.»

«Können Sie sich das Formtief erklären, das Sie bei der Radtour vorgestern befallen hat?»

«Eigentlich nicht. So etwas passiert mir eher selten. Wenn eine Grippe im Anzug ist, vielleicht. Aber dagegen lasse ich mich neuerdings impfen. Ich bin auch nicht besonders wetterfühlig.»

«Wo waren Sie, bevor Sie mit dem Velo wegfuhren?»

«In der Firma.»

«Haben Sie vorher etwas gegessen und getrunken?»

«Einen Kaffee.»

«Haben Sie ihn selbst zubereitet?»

«Nein. Er wurde mir gebracht von der kleinen Kantine, die in unserem Haus betrieben wird.»

«Wissen Sie, wer ihn zubereitet hat?»

«Nein. Es gibt immer wieder neue Leute in diesem Ausschank.»

«Wusste jemand in Ihrer Firma von Ihrem Vorhaben, auf der Küstenstrasse zu radeln?»

«Ich denke schon. Mittwochs steige ich, wenn immer möglich, nach der Arbeit auf das Velo.»

«Wusste jemand, dass Sie die Tour zusammen mit Rüfenacht machen wollten?»

«Könnte sein. Er fuhr vorgestern mit seinem Rennrad in unseren Vorhof und wartete auf mich.»

Riva sah Kloter einige Augenblicke unschlüssig an. Dann kam gepresst über seine Lippen: «Könnten Sie sich vorstellen, dass Rüfenacht etwas mit dem Unfall, den Sie erlitten haben, zu tun hatte? Dass er von Ihrer Wegstrecke bereits zuvor wusste und mithalf, Sie in eine Falle zu locken?»

«Ich kann das nicht ausschliessen.»

«Sind Sie verheiratet?»

«Ja, seit 1995, also seit sechs Jahren, meine Frau ist Schweizerin.» Kloter sah Riva mit zusammengekniffenen Augen an. «Sie wollen auch alles wissen.»

«Das ist so. Ein Inspektor muss neugierig bis zum Überdruss sein. Bei Kriminalfällen spielen oft Menschen im Umfeld des Opfers oder des Täters eine Rolle.»

«Möglich, aber in meinem Fall begeben Sie sich auf den Holzweg, sollten Sie annehmen, meine Gattin hätte etwas mit dieser Sache zu tun. Wir leben eng zusammen, ich treibe mit ihr Sport, wir haben keine Geheimnisse voreinander. Meine Frau besitzt seit einigen Jahren das Schweizer Bürgerrecht, ursprünglich war sie deutsche Staatsangehörige.»

«Was treiben Sie neben dem Radfahren für einen Sport?»

«Wir tauchen, und das macht man üblicherweise nicht ohne Begleitung.»

«Und Sie, Herr Kloter, reisen Sie oft nach Zürich?»

«Nicht so oft, mindestens einmal jährlich.»

«Wie ist derzeit das Arbeitsklima in Ihrer Firma?»

«Es war schon besser, aber ich komme gut zurecht. Mehr möchte ich diesbezüglich nicht preisgeben.»

«Schade», sagte Riva. «Das ist vorerst alles, was ich von Ihnen wissen wollte. Es kann sein, dass ich Sie später erneut aufsuchen werde. Bei uns nimmt man diesen Fall ernst. Es geht in diesem Zusammenhang auch um einen Mord. Ein eher seltenes Ereignis auf den Cayman Islands. Noch seltener, wenn das Opfer in einer Sicherheitsfirma angestellt war, die für international tätige Finanzinstitute Dienstleistungen erbringt. Dass in diesem Sektor auch Gewaltverbrechen verübt werden, vermuteten wir schon immer. Doch diese werden sozusagen ausgelagert. Die Menschen, einige haben auch auf den Cayman Islands gearbeitet, werden in anderen Ländern umgebracht: in

Mexiko, Panama, auf den Bahamas, auf Barbados, Grenada, Haiti, Jamaika und was es noch so gibt.»

***

Inspektor Riva schrieb einen Bericht und leitete ihn seinem Vorgesetzten, Chef-Inspektor Metzger, weiter. Richard Metzger war im Gegensatz zum ziemlich dunkelhäutigen und feingliedrigen Manuel Riva ein bulliger weisser Riese, an die ein Meter neunzig gross. Metzger zitierte Riva zu sich. Sein Büro war im gleichen Haus wie das von Riva, aber in der Teppichetage, das von Riva ein Stockwerk tiefer.

«Manuel, ist dir bewusst, auf was du dich hier einlässt?», fragte Metzger aufgebracht. «Ich kann dir jetzt schon sagen. Gegen die beiden Finanzdienstleistungsfirmen werden wir nicht ermitteln.»

«Dann haben wir wohl keine Chancen, diesen Mordversuch aufzuklären.»

«Wir klären ihn nach unserer Fasson auf.»

«Fasson?»

«Meine Vorfahren waren Deutsche. Sie wanderten um die Mitte des 19. Jahrhunderts in die USA aus. Nach dem Bürgerkrieg, sie lebten in Mississippi, emigrierten sie auf die grosse Insel der Cayman Islands. Weil ich deutsche Wurzeln habe, weiss ich, was Fasson bedeutet. Der Alte Fritz hat gesagt: ‹Jeder soll nach seiner Fasson selig werden.› Fritz war der preussische König Friedrich II. Er lebte im 18. Jahrhundert. Die Deutschen sind eben eine Kulturnation.»

Riva setzte eine säuerliche Miene auf. «Ich stamme auch von Vorfahren aus Kulturnationen ab. Von Indios und von Afrikanern. Und sei dir bewusst, unser Premierminister hat dieselbe Abstammung wie ich.»

«Sei nicht beleidigt, Manuel. Der Premierminister ist schon recht, er ist ein guter Freund von mir. Und es ist genau seine Fasson, sich nicht in die Geschäfte der Finanzbranche einzumischen. Wegen denen brauchen unsere Bürger sozusagen keine Steuern zu bezahlen. Die Geldinstitute sollen ihre Unstimmigkeiten unter sich austragen, das hat er mir eingeschärft. Und das respektiere ich.»

«Aber verrate mir jetzt, was meinst du mit Fasson?»

«Fasson ist … ist … die Art und Weise, wie wir bei der Polizei strategisch vorgehen. Wenn wir einen Mörder suchen, finden wir ihn. Darin unterscheiden sich die Cayman Islands von den meisten anderen Ländern. Wir finden ihn dort, wo er sein darf. Er darf unter keinen Umständen in der Belegschaft der Albot Global Invest oder der der Trust Company Cäsar Bieder sein. Verstehst du?»

«Nein.»

«Stell dich nicht dumm. Wir müssen den Mörder anderswo finden. Zum Beispiel bei einer kriminellen Gang. Oder besser noch, wir holen uns den Nächsten, der seine Frau umbringt. Kommt immer wieder vor auf unseren Inseln. Wir jubeln ihm einen weiteren Mord unter. Gesteht er den, versprechen wir ihm Hafterleichterung. Es spielt in der Strafzumessung ohnehin keine Rolle, ob er einen Menschen oder mehrere umgebracht hat. Fazit: Werter Manuel, deine verdammte Pflicht ist es, mir einen Mörder herbeizuschaffen. Gelingt dir das, bekommst du eine Lohnerhöhung.»

***

Die Verletzungen Kloters waren noch gravierender, als es anfangs schien. Seine Frau Helga wandte sich an seinen Arbeitgeber und forderte eine Verlegung in ein anderes Spital. Man einigte sich auf eines in Miami: University of Miami Hospital and Clinics.

Sie erbat sich, ihren Mann zu begleiten. Für ihre Reisekosten würde sie selber, für die von Konrad die Krankenversicherung aufkommen.

Der Direktor hatte offensichtlich Probleme mit diesem Vorschlag. «Warum verlassen Sie sich nicht darauf, dass wir Ihren Gatten auch ohne Sie wieder heil aus Miami zurückbringen?»

«Darüber bin ich Ihnen keine Rechenschaft schuldig.»

Mitte Januar flogen die Kloters mit einer Maschine der Cayman Airways nach Miami.

***

Zwei Männer in blauen Overalls, der eine nahezu ein Riese mit einer beträchtlichen Körperfülle, der andere spindeldürr, kaum einen Meter sechzig hoch, läuteten bei Kloters Haus. Der Dürre hielt einen schwarzen Koffer, wie ihn Handwerker üblicherweise mitführen, und beide trugen dünne Gummihandschuhe. Sie warteten einige Augenblicke, bis sich die Türe wie von selbst öffnete, weil der eine einen Schlüssel in das Schloss geschoben hatte.

Vom Telefon im Eingangskorridor montierte einer der beiden den Hörer ab, legte ihn behutsam auf das Tischchen darunter und schraubte das Mikrofon ab. Der andere zog einen winzigen Baustein, der so aussah wie eine Zwanzig-Rappen-Münze, aus der Tasche, bestrich einen Teil der Hohlraumwand mit einem Sekundenkleber und drückte den kleinen Gegenstand darauf. Sekunden später hielt der Kleber, danach schraubte er das Mikrofon zu und befestigte den Hörer wieder am Telefon an der Korridorwand.

«Den ersten Sender hätten wir platziert», sagte der Riese. «Die Gespräche, alle Geräusche sollen von diesem eher schwachen Sender zu einem kleinen Empfänger auf den obersten Stock, dessen drei kleine Räume als Abstellkammern dienen, übertragen werden. Diese Miniwanze ist stark genug, auch Geflüster bis auf den Dachboden zu leiten. Wir müssen noch einen grösseren Sender, verbunden mit dem Empfänger, installieren. Dieser wird die Signale zur zwei Kilometer entfernten Antenne auf dem Bieder-Gebäude weiterleiten.»

«Verstehe», sagte der Dürre.

«Das System, Festnetzgespräche so anzuzapfen, ist übrigens genial. Der schwache Strom, mit dem die Telefone gespeist werden, ist als Energiequelle längst ausreichend. Es wird so lange funktionieren, bis der Hörer ausgetauscht wird. – Du kannst noch vieles lernen. Den nächsten Einsatz wirst *du* übrigens leiten. Auf meiner Liste sind noch andere Kunden. Für die nächsten drei Wochen fliege ich in den Urlaub – nach Miami.»

Der Dürre nickte andächtig, und der Riese fuhr fort: «Als nächster kommt der Apparat im Arbeitszimmer dran, ein Tischtelefon im ersten Stock. Mit ihm verfahren wir gleich wie bei dem im Korridor. Das andere wird allerdings komplizierter. Wir müssen mehrere Sender in der Wand anbringen. Dort wird es schwieriger. Das geht so, ich mache es dir vor, für das nächste Mal.»

Der Riese schlug einen Nagel in eine Fuge der Täfelung und zog ihn wieder heraus. Dann schob er einen holzfarbenen, anderthalb Zentimeter langen Zylinder von der Dicke des Nagels in das Loch, dem er kurz zuvor einen Tropfen Epoxidharz beigefügt hatte. Der Zylinder, in dem sich die Wanze befand, steckte sofort fest. Einen Draht so dick wie ein Menschenhaar, der im Zylinder aufgewickelt war, drückte er in die Fuge der Täfelung und führte ihn zur Decke hoch. Dort schob er den hauchdünnen Draht durch eine Ritze zum Dachboden.

«Wir montieren auf diese Weise drei Minisender an den Wänden des Arbeitszimmers. Sicher ist sicher», sagte der Riese.

Da der Dürre auch Hand anlegte, war das in zehn Minuten gemacht.

Auf die gleiche Weise verfuhren sie mit den übrigen Räumen.

«Jedes Zimmer wird so verwanzt, auch die drei im Parterre: Küche, Esszimmer, Vorratskammer», sagte der Riese.

«Wie kommen wir durch die Decke über dem Erdgeschoss?», fragte der Dürre.

Der Riese entnahm dem Werkzeugkoffer eine Bohrmaschine. «Damit stossen wir ein ganz dünnes Loch durch den Zwischenboden und können so den Draht durch die Fuge nach oben ziehen.»

Eine halbe Stunde später war das ganze Haus der Kloters verwanzt. Der Riese machte mit dem Dürren einen Rundgang durchs Haus.

«Grossartig», bemerkte der Dürre. «Alle Mikrofone sind unsichtbar. Der grössere Sender im Dachgeschoss fällt auch niemandem auf.»

«So muss es sein. Ich habe Übung in dieser Sache. Und denk daran, Kleiner, darüber von jetzt an kein Wort.»

«Dann können wir nun endlich abhauen?»

«Nein, du Einfaltspinsel. Jetzt kommt noch die Funktionskontrolle.» Der Riese tippte eine Nummer in sein Handy. Er hatte es so eingestellt, dass der Dürre mithören konnte.

«Hallo, wer ist da?»

«Sperber. Wir sind fertig mit Installieren. Nun gilt es zu überprüfen, ob alles funktioniert.»

«Gut, ich bin gespannt.» Das Telefonat wurde grusslos abgebrochen.

«Wer war das?»

«Das geht dich nichts an. Ich schreibe dir die Nummer auf.»

Die beiden gingen durch alle Räume, sprachen miteinander. Immer kam ein Signalton aus dem Handy, der eine SMS ankündigte. Jede Nachricht enthielt ein «Okay».

«Und die Telefone?», erkundigte sich der Dürre.

«Sieh einer an! Wie schön, dass du auch mitdenkst.»

Der Riese rief von beiden Festnetzgeräten sein Handy an. Auch das funktionierte einwandfrei.

***

Ende Januar, zwei Wochen nachdem die Kloters nach Miami abgeflogen waren, hatte Inspektor Riva die ihm auferlegte Aufgabe gelöst. Er «fand» den Mörder des Puerto Ricaners W. S., der Konrad Kloter angefahren und verletzt hatte: ein Einheimischer mit den Initialen J. Z., mit brauner Hautfarbe, der in einem Quartier in George Town zu Hause war, das vorwiegend von der nicht wohlhabenden Bevölkerung bewohnt wird. Er hatte einen Nachbarn, der in sein Haus eingebrochen war, niedergeschossen und mittelschwer verletzt. Der Schütze wurde festgenommen, aber nicht des Mordversuchs angeklagt.

Auf den Cayman Islands wird häufig gestohlen und eingebrochen, das wird, sollte der Täter gefasst werden, immer geahndet, meist mit Gefängnis.

Riva schlug dem in Haft Genommenen einen Deal vor. «Wenn du zugibst, mit deiner Flinte auf den Mann, der ein Auto gestohlen hat, gezielt und abgedrückt zu haben, verspreche ich dir ein faires Gerichtsverfahren.»

«Da müsste ich schon mehr wissen über diesen Mann.»

Riva erzählte ihm die Geschichte vom Unfall Kloters.

«Dieser Mann hat also nicht nur ein Auto geklaut, sondern danach noch einen Mann angefahren und schwer verletzt?»

«So ist es. Und du hast sein Tun beobachtet. Du warst einfach empört über diesen Autorowdy und hast ihn in der ersten Wut umgelegt. So etwas gehört sich ja nicht. Das Temperament ist dir wieder mal durchgegangen. Du bist halt ein impulsiver Typ. Das Gesetz erlaubt so was nicht. Doch ein Krimineller bist du deswegen nicht.»

«Welche Strafe habe ich zu erwarten?»

«Gefängnis auf Bewährung und sofortige Entlassung aus der Untersuchungshaft.»

Der festgenommene J. Z. streckte Riva die Hand entgegen. «Danke vielmals, das ist grosszügig, ich nehme das Angebot an.»

«Warte noch einen Moment, ich muss die Sache zuerst noch meinem Chef unterbreiten.»

Riva ging gleich zu Metzger und unterbreitete ihm seinen Vorschlag. Metzger klopfte ihm auf die Schultern. «Du bist ein Teufelskerl und mein bester Inspektor. Gut gemacht.»

***

Metzger war am selben Abend zu einer Party, die Nathan Kupperman, der Direktor der Cäsar Bieder Trust Company, in seiner Villa gab, eingeladen. Eine private Party, nur handverlesene Leute waren dazu eingeladen. Weniger als ein halbes Dutzend aus der Firma durften daran teilnehmen. Darunter der

Sicherheitschef Henry Johnson, der Anwalt Jorge Luis Rhodriguez, beides enge Vertraute von Kupperman, und Christoph Rüfenacht, Buchhalter der Albot Global Invest. Rhodriguez war ein Prozessanwalt, der die Bieder Trust Company vor Gericht vertrat, nicht nur auf den Cayman Islands, sondern auch und vorwiegend in den USA.

Kurz nach Beginn bat Kupperman Metzger in sein Arbeitszimmer. Er habe mit ihm etwas Wichtiges zu besprechen. Metzger bemerkte lässig, er wisse sehr wohl, um was es gehe.

«Wie steht es mit dem Mord an der Strandstrasse?», fragte Kupperman, der auf einem bequemen Ledersessel Platz genommen und Metzger die gleichartige Sitzgelegenheit angeboten hatte.

«Ich muss überlegen ...»

«Du machst es spannend.»

«Es ist auch spannend.» Metzger schilderte wortreich den Auftrag, den er Riva gegeben hatte und was dieser daraus gemacht hatte.

Kupperman verfiel in ein schallendes Lachen, das er fast nicht mehr abbrechen konnte. Immer wieder klopfte er sich auf die Schenkel. «Ich glaube es nicht. Auf diese Idee muss man schon kommen.» Dann warf er einen halbwegs ernsten Blick auf Metzger. «Du, sag mal, wie steht es mit der Rückzahlung deiner Hypothek bei der Bank ... bei der Bank ...»

«Banco Popular de George Town. Ich werde es schaffen.»

«Wie viel noch?»

«Fünfzehntausend Pfund.»

Kupperman verzog seinen Mund zu einem süffisanten Lächeln. «Komm schon, das geht bei uns über die Portokasse ...»

«Du willst damit nicht sagen, dass ...»

«Doch, unsere Firma übernimmt das.»

«Wie habe ich das verdient?»

«Zum Teil bereits ... den anderen werden wir später einfordern. Wie ich dich einschätze, wirst du kooperieren.»

«Darauf kannst du dich verlassen.»

«Daran zweifle ich keinen Moment. Weiss ich doch, dass du

von guten Eltern abstammst. Moment mal. Und Riva? Muss der auch Hypotheken abstottern?»

«Ja, schon ... er ächzt immer wieder über seine geldgierige Bank.»

«Wie viel etwa?»

«Weiss ich nicht genau. Aber sicher weniger als bei mir.»

«Schlag ihm morgen diesen Handel vor. Denkst du, er wird darauf einsteigen?»

«Sicher. Der wäre schön blöd, täte er das nicht.»

«Was für ein Tag, so wunderschön ... Das wollen wir begiessen.» Wieder klopfte sich Kupperman auf die Schenkel.

«Als Polizeichef von George Town kann ich es mir nicht leisten, besoffen herumzufahren.»

«Oje, mach jetzt kein Theater. Ich besorge dir einen Chauffeur, der dich mit deinem Wagen nach Hause bringt.»

Nach dem feuchtfröhlichen Abend hatte Richard Metzger drei neue Duzfreunde: Henry Johnson, Jorge Luis Rhodriguez und Christoph Rüfenacht.

Am nächsten Morgen war auch Riva seine finanziellen Sorgen los.

Am folgenden Montagmorgen erhielt Metzger einen Anruf von Kupperman. «Könntest du mir heute Nachmittag in meinem Büro einen Besuch abzustatten?»

«Darf ich jemanden mitbringen, meine Sekretärin, die mir bei Schreibarbeiten und anderem zur Verfügung steht?»

«... und anderem ist gut. Nein, das ist nicht nötig. Wir möchten dich allein sprechen. Die Sache ist höchst vertraulich.»

Als Metzger in Kuppermans geräumiges Büro geführt wurde, staunte er nicht schlecht. Am Besuchertisch sassen bereits Johnson, Rhodriguez und Rüfenacht. Die Sekretärin brachte Kaffee und Süssigkeiten.

«Die Besprechung wird nicht lange dauern, eine halbe, höchstens eine Stunde», sagte Kupperman. Er begann mit der Bitte, sich an die Gesetze zu halten. Das habe beim Konzern Cäsar Bieder Priorität. Natürlich schätze diese Bank die wirtschaftlichen Verhältnisse auf den Cayman Islands. «Die Hauptstadt George Town hat sich in den letzten Jahren zu einer internationalen Steueroase entwickelt. Die Banken sind verschwiegen, sogar verschwiegener als die in der Schweiz. Es herrscht das perfekte Bankgeheimnis. Und all das kommt auch der Bevölkerung auf dieser Insel zugute. Es gibt weder eine Einkommensteuer noch eine Körperschaftsteuer. Keine Grundstücksteuer, keine Kapitalertragsteuer, keine Erbschaftsteuer. Trotzdem geben wir dem Fiskus Geld ab. Niemand fragt danach, von wo wir es haben. So können wir unbefangen investieren und daraus Gewinn erzielen. Allen ist damit geholfen.»

Er schaute in die Runde, bevor er weiterfuhr. «Die Cayman Islands sind ein mit der britischen Krone verbundenes Territorium, kein unabhängiger Staat und trotzdem freier als eine eigenständige Nation. Die Cayman Islands haben eine ungewöhnlich stabile Regierung, man redet ihr aus London nicht drein. Sie ist autonom und kann schalten und walten, wie sie will. Auf der Insel kennt man weder Kriminalität noch Arbeitslosigkeit.»

Von den Gesichtern der Zuhörer konnte Kupperman es unschwer ablesen: Jetzt übertreibt er mit seinem Zynismus. Es fühlte sich für ihn und sie an wie ein Kaffeelöffel voll Honig auf der Zunge.

«Kommen wir zur Sache», sagte Kupperman schliesslich. «Es geht um den zweiten Mann in der Cäsar Bieder Trust Company, Cayman Islands, Chief Operating Officer Konrad Kloter. Der Mann schert aus. Ihm gehen die Gesetze der Cayman Islands zu wenig weit. Er mutiert immer mehr zum Moralapostel. Er beginnt das Bankgeheimnis zu hinterfragen. Er vermutet hinter jedem finanzstarken Kunden, Kreditnehmer oder Investor einen Drogenhändler oder einen Steuerhinterzieher. Er ist auf dem besten Weg dazu, unsere Bank an die Wand zu fahren. Das können wir nicht zulassen.»

«Warum setzt du ihn nicht an die frische Luft?», fragte Metzger.

Kupperman seufzte. «Der Konzern Cäsar Bieder ist ein Schweizer Finanzunternehmen. Stellen wie die von Kloter werden vom Mutterhaus in Zürich besetzt. Dort gelten ein bisschen andere Regeln als hierzulande. Die Angestellten sind zum Teil in Gewerkschaften organisiert. Die mischen sich zwar nicht in unser Geschäftsgebaren ein, doch geht es um Anstellungsverträge, liegt der Fall anders, da spielen die Gepflogenheiten in der Schweiz eine Rolle. Man ist verpflichtet, Kündigungsfristen einzuhalten. Wenn mir als Direktor ein Mitarbeiter überdrüssig zu werden beginnt, muss ich es mit Zürich absprechen und das aufs Sorgfältigste begründen. Das dürfte dauern, für mein Dafürhalten zu lange. Ich möchte den Kerl loswerden, und zwar lieber heute als morgen. Um das zu bewerkstelligen, bin ich auf eure Hilfe angewiesen.»

«Warum ihn nicht liquidieren?», warf Metzger ein.

«Darüber habe ich mir auch schon Gedanken gemacht. Diese Sache ist verdammt heiss. Da war die Geschichte mit dem Fahrradunfall. Denen von Zürich kam das ungelegen. Es gibt Anzeichen, dass Kloter das als Versuch auslegt, ihn zu beseitigen, und deswegen bei seinen Schweizer Freunden vorstellig werden könnte. Das würde für die Bank einen nicht wiedergutzumachenden Imageschaden bedeuten. Wie ihr seht, sind mir ein Stück weit die Hände gebunden. Wir müssen mehr erfahren über ihn. Mit wem er telefoniert, wem er Briefe schreibt, von wem er solche erhält, mit wem er sich trifft, was er für Freizeitgewohnheiten hat. Aber auch über die Aktivitäten seiner Frau sollten wir Bescheid wissen. Vieles davon ist uns bekannt, doch längst nicht alles. Beginnen wir mit den Telefonen.»

Kupperman zog einen Notizblock aus seiner Jackentasche, blätterte kurz darin und fand die Stelle, die er suchte. «Um das Belauschen der Gespräche der beiden Festnetztelefone braucht sich hier niemand mehr zu kümmern. Auf sein Handy haben sie aber keinen Zugriff.» Kupperman sah Metzger an. «Meines Wissens hat die Polizei durchaus Möglichkeiten, Handys abzuhören.»

«Kein Problem. Das könnte ich in die Wege leiten. Allerdings dürfte das mindestens zwei Wochen dauern, wenn nicht sogar länger. Aber spätestens in einem Monat wären wir so weit.»

«Danke, abgehakt», erwiderte Kupperman.

«Wanzen in seinem Haus?», schickte Metzger nach.

«Auch dieser Bereich ist abgedeckt. Wir hören jedes Schnarchen und Stöhnen in seinem Schlafzimmer. Da gibt es auf Cayman Firmen, die darauf spezialisiert sind. Wir sind nicht das erste Finanzinstitut, das deren Dienste beansprucht.» Wieder flog ein Blick Kuppermans zum Chef-Inspektor. «Doch an einer anderen Dienstleistung wären wir interessiert. Kloters Porsche ist verwanzt. Gut wäre es, wenn die Polizei ihn überwachen könnte. Wir haben einen Empfänger auf dem Dach unseres Hauses. Doch Signale kann er lediglich in George Town und Umgebung erfassen. Die Empfangsgeräte der Polizei decken dagegen die ganze Hauptinsel ab.»

«Wird erledigt», versprach Metzger. «Ich benötige lediglich die Koordinaten der Wanzen.»

Kupperman nickte mit einem zufriedenen Lächeln. «Das ist noch nicht alles», beschied er fordernd. «Uns wäre geholfen, wenn Kloter rund um die Uhr überwacht würde. Möglichst jede Ortsveränderung von ihm sollte zeitlich aufgezeichnet werden. Geht das?» Er sah Metzger fragend an.

Dieser überlegte einige Augenblicke. «Dafür gibt es auf den Cayman Islands jede Menge Schnüffler, die sich Detektive nennen. Einen Polizeimann allein dafür freistellen reicht nicht. Es müssten mindestens vier sein. Und das schaff ich kaum ohne gerichtliche Genehmigung.»

«Kann man diese Genehmigung irgendwie umgehen?»

Metzger gluckste. «Nathan, das ist doch kein Problem für uns. Ich kann das in die Wege leiten. Es kostet natürlich etwas, aber in Anbetracht des Schadens, den euch Kloter zufügen könnte, lohnt sich das allemal.»

Kupperman stimmte leicht widerstrebend zu. Wieder blickte er zu Metzger. «Wäre nett von dir, wenn die Polizei diesen

Kerl ein wenig piesacken würde. Uns ist bekannt, dass Kloter mit seinem Porsche häufig die Geschwindigkeitslimits nicht beachtet. Gibt es diesbezüglich nicht eine Möglichkeit einzugreifen?»

«Ist die Überschreitung massiv, könnten wir ihn sogar verhaften und einen Tag in Untersuchungshaft setzen. Das wäre zu machen. Und wenn er nicht so schnell fährt, könnten wir uns vielleicht auch mal bei der Messung irren.» Metzger lachte lauthals.

«Harren wir der Dinge, die da kommen werden. Richard, herzlichen Dank für deine Mithilfe, jetzt lasse ich dich springen. Es könnte sein, dass ich dich erneut bitten muss, mich aufzusuchen.»

2

Konrad Kloter war nun schon zwei Wochen im Spital von Miami. Seine Gattin Helga hatte zusammen mit Jenny in der Nähe eine kleine, bescheidene Zwei-Zimmer-Wohnung gemietet. Konrads Genesung machte Fortschritte, bald würde er wieder auf die Cayman Islands zurückkehren können. Er stand über sein Mobiltelefon in regem Kontakt mit der Firma. Man wünschte ihm von dort gute Besserung – jeden Tag. Gab ihm zu verstehen, dass man sich nach dem Tag sehnen würde, an dem er wieder in seinem Büro auf der Teppichetage der Cäsar Bieder Trust Company tätig sein werde.

Konrad sprach mit Helga darüber. Sie glaubte nicht so recht an diese Sympathiebezeugung. «Nimm dich in Acht vor Bieder. Mir schwant, sie führen etwas Ungutes im Schilde.»

«Wem sagst du das? Die ganze Sache stinkt zum Himmel. Doch was soll ich tun? Mich nochmals an die Zentrale in der Zürcher Bahnhofstrasse wenden? Das Schreiben, das sie mir nach dem Unfall über ihre Niederlassung auf den Cayman Islands zustellte, war zumindest zwiespältig.»

Kloter zog die Schublade des kleinen Tisches in seinem Spitalzimmer heraus und entnahm ihr ein schwarzes, grossformatiges Wachstuchheft. Er schlug die erste Seite auf. Da war er, der erste Brief, den er in das Heft geklebt hatte.
Kloter las ihn laut vor.

Zürich, Montag, 8. Januar 2001

Lieber Herr Kloter,
Ihr Unfall hat uns in Zürich betroffen gemacht. Wir wünschen Ihnen eine baldige Genesung. Nach unseren Informationen wurden Sie von einem Wagen, der gestohlen worden war, angefahren. Dessen Fahrer wurde in der Nähe des Fahrzeuges wenige Kilometer vom Unfallort

tot aufgefunden. Die Polizei in George Town arbeitet fieberhaft an der Aufklärung des Vorfalls. Wie uns Herr Kupperman mitteilte, geht der zuständige Polizeiinspektor nicht davon aus, dass die Tötung des Fahrers etwas mit Ihrem Unfall zu tun hat.
Wir bitten Sie, allfälligen anderslautenden Gerüchten – wir wissen, dass solche im Umlauf sind – keine Beachtung zu schenken. Wir haben volles Vertrauen in die Arbeitsweise der Kriminalpolizei auf den Cayman Islands.
Mit freundlichen Grüssen
Dr. Cäsar Bieder jun.

Unter dem Brief stand noch eine handschriftliche Bemerkung Kloters, die er später, im Krankenhaus von Miami, hinzugefügt hatte:

Wie konnte Herr Bieder am 8. Januar spätnachmittags in Zürich wissen, dann hatte er den Brief wohl geschrieben, dass «anderslautende Gerüchte» in George Town über meinen Unfall herumgeboten wurden? Das ist doch nur damit zu erklären, dass Kupperman Kenntnis von meinen Aussagen im Verhör mit Riva hatte. Ganz offensichtlich liefen damals die Drähte zwischen der Zürcher Bahnhofstrasse, der Bieder auf Cayman und der Cayman-Polizei heiss. Es geht um die beiden Sätze im Gesprächsprotokoll:
Frage von Riva: «Könnten Sie sich vorstellen, dass Rüfenacht mit dem Unfall, den Sie erlitten haben, etwas zu tun hatte? Dass er von der Wegstrecke bereits zuvor wusste und mithalf, Sie in eine Falle zu locken?»
Meine Antwort: «Ich kann es nicht ausschliessen.»
Beizufügen an dieser Stelle ist, dass Rüfenacht, Kupperman und Metzger schon Monate zuvor miteinander kurzgeschlossen waren.

Es folgte der zweite Brief.

Zürich, Dienstag, 30. Januar 2001

Sehr geehrter Herr Kloter,
eben haben wir von Herrn Kupperman erfahren, dass das Tötungsdelikt an W. S., der am Steuer des Wagens gesessen hatte, der Sie am Nachmittag des 3. Januar 2001 angefahren hat und schwer verletzte, aufgeklärt ist.
Weder der Schütze J. Z. noch der Unfallfahrer W. S. standen, wie offenbar fälschlich suggeriert wurde, in Verbindung mit Christoph Rüfenacht. J. Z. hat aus Empörung über die Fahrweise von W. S. gehandelt.
Wir bitten Sie eindringlich, diesen Sachverhalt zur Kenntnis zu nehmen.
Mit freundlichen Grüssen
Dr. Cäsar Bieder jun.

Handschriftliche Bemerkung Kloters unter dem Brief:

Die Botschaft zwischen den Zeilen ist unschwer auszumachen. Der eingeschobene Satzteil «wie offenbar fälschlich suggeriert wurde» bezieht sich auf mich.
Man unterstellt mir, Rüfenacht unterschwellig zu beschuldigen, den Fahrradunfall in Auftrag gegeben zu haben. Das habe ich so nicht getan.

Helga lachte, als Kloter mit Vorlesen zu Ende war. «Das hört sich an wie ein freudscher Versprecher.»

«Genau. Das rückt es fast in die Nähe eines Beweises. Doch im Moment bin ich unschlüssig, wie ich darauf reagieren soll. Die Kommunikation fand seit dem Unfall lediglich zwischen Nathan Kupperman und Cäsar Bieder statt. Ich hatte keine Gelegenheit, meinen Standpunkt einzubringen. Ich müsste zunächst versuchen, bei Cäsar Bieder direkt vorstellig zu werden. Es ist für mich schwer nachzuvollziehen, dass der Generaldirektor in Zürich zu Methoden wie der des Eliminierens eines seiner Untergebenen greifen würde. Das hätte er auch nicht nötig. Es gäbe andere Wege, sich von einem Mitarbeiter zu trennen. Auf eine transparente, faire Art.»

«Wäre das überhaupt möglich? Du hast in dieser Firma eine Spitzenposition. Mit deinem Wissen über ihre Geschäftspraktiken scheint es mir ein Ding der Unmöglichkeit, bei einem Konkurrenzunternehmen anzudocken.»

Auf Kloters Gesicht bildeten sich tiefe Sorgenfalten. «Darüber müsste ich mich mit Cäsar Bieder junior unterhalten. Nicht alle Privatbanken funktionieren gleich. Ich denke, wir würden eine Möglichkeit der Ablösung finden.»

«Vielleicht geht es weniger um die Konkurrenz, vielleicht geht es mehr darum, welche krummen Sachen die Bieders in der Vergangenheit gedreht haben. Du bist ein Geheimnisträger, du hättest die Möglichkeit, als oberster Kontrolleur der Bieder-Filiale auf den Cayman Islands einiges davon herauszufinden. Vielleicht haben solche Machenschaften seit deiner Ernennung zum Chief Operating Officer – das ist etwas mehr als ein Jahr her – gar nicht stattgefunden. Oder doch?»

Kloter seufzte. «Darauf dürfte ich eigentlich keine Antwort geben. Die Arbeit des Chief Operating Officer ist eine Gratwanderung. Unregelmässigkeiten sind mir schon aufgefallen. Doch waren sie für mein Dafürhalten Grenzfälle. An den Akten, an denen ich gearbeitet habe, ist mir nichts wirklich Kriminelles aufgefallen. Vielleicht ein paar riskante Steuererklärungen, wenig präzise Angaben über die Herkunft von Geldern, die auf unsere Bank verschoben wurden. Zudem blieben einige Fragen offen, was die Kontoauszüge betraf. Ich habe diese Regelwidrigkeiten mit meinen Untergebenen besprochen und natürlich auch mit dem Direktor. Das kam allerdings schlecht an. Ich solle mich da raushalten. Das sei eine Angelegenheit der Klienten. Die würden sich dem Risiko aussetzen, für strafbare Handlungen zur Verantwortung gezogen zu werden. Zudem könnten wegen einer solchen Nörgelei einträgliche Geschäfte an andere Geldinstitute verloren gehen.»

«Was für Geschäfte?»

«Du weisst, ich habe mich verpflichtet, auch mit den Menschen, die mir am nächsten stehen, nicht darüber zu reden. Daran habe ich mich bis zum Unfall gehalten. Nun hat sich die Situation geändert ... Ich werde mich durchringen, dir einiges zu verraten. Ich wage das, weil ich sicher bin, dass meine Firma keine Wanzen in diesem Raum angebracht hat. Ich habe mich auch in die Akten meines Vorgängers vertieft, der auf eine eigenartige Weise ums Leben gekommen ist. Und da kam Verdächtiges zum Vorschein. Es ging um Gelder aus Medellín.»

Helga horchte auf. «Nicht doch!»

«Du denkst jetzt unwillkürlich an Drogengelder. Das kann man nicht ausschliessen, aber es muss nicht sein. Die Stadt beherbergt über zwei Millionen Einwohner. Medellín ist eines der bedeutendsten Industriezentren Lateinamerikas. Betriebe der Textil-, der Konfektions-, der Nahrungsmittel- und der Tabakbranche sind dort angesiedelt, aber auch mehrere chemische Fabriken, solche der Metallverarbeitung, der Zement-, Maschinen- und Möbelherstellung sowie weitere Produktionsstätten. Dafür sind Finanzdienstleistungen in grossem Umfang erforderlich. Und selbstredend mischen da die Bieder mit. Allerdings spielen sich der Drogenhandel und andere illegale Händel in Medellín und anderswo über ‹unverdächtige› Firmen ab. Dass sich etwa ein Möbelhaus mit Drogengeldern finanziert oder in einer grossen Pizzeria Geld gewaschen wird, wäre nichts Ungewöhnliches. Ich werde diese Akten gründlicher begutachten und gehe davon aus, dass darunter noch einige tote Hunde begraben sind.»

«Warum bist du diesbezüglich so zuversichtlich?»

«Die Cayman Islands liegen an der Drogenstrasse Kolumbien–USA. Auch der Umschlagplatz Mexiko, und dieser ist gewaltig, wird hauptsächlich über die Cayman Islands abgewickelt. Das hört man immer wieder hinter vorgehaltener Hand. Massenhaft Dollarscheine sollen aus der Luft und zur See nach George Town gebracht und dort auf ‹sorgfältig ausgewählte› Finanzunternehmen ‹verteilt› werden.»

«Und du glaubst, darunter sei auch die Bieder Cayman?»

«Das ist *die* Frage. Ich tippe eher auf die Albot Global Invest oder die Diaz Global Invest.»

«Die Diaz Global Invest? Die ist mir neu.»

«Tja, diesen Namen habe ich dir gegenüber noch nie erwähnt. Ich habe immer versucht, nicht daran zu denken. Die Diaz Global Invest war eine Tochterfirma des Hauses Bieder. Über sie zu reden ist in unserer Firma tabu.»

«Warum eigentlich? Und du hast dich daran gehalten? Was weisst du überhaupt von der Diaz Global Invest?»

Konrad Kloter errötete leicht. «Das ist es ja. So gut wie nichts. In den Büchern, die ich bislang begutachtet habe, sucht man vergeblich nach Akten über die Diaz Global Invest. Warum? Der Direktor dieser nun aufgelösten Firma, Alvaro Héctor Diaz, sitzt derzeit in Mexiko-Stadt in Untersuchungshaft. Diaz war Brigadegeneral der mexikanischen Armee mit dem Ruf eines Hardliners. Er war wesentlich an der Niederschlagung des Aufstandes in der Provinz Chiapas beteiligt und hatte dabei grässliche Massaker zu verantworten. Es waren nicht diese Menschenrechtsverletzungen, weswegen man ihm jetzt den Prozess macht, sondern seine Verwicklung in Drogengeschäfte, die natürlich auch das Waschen von kriminellen Geldern nach sich ziehen.»

«Mich schaudert. Und du hattest Kenntnis von Diaz' Verbrechen?»

«Sagen wir es so. Ich hätte Kenntnis davon haben können. Doch ich kümmerte mich nicht darum. Ich machte mir nie Gedanken über die Aktivitäten von Diaz, weil er in unserer Firma nie ein Thema war. Ich hatte zu viel zu tun, um mich auch noch um die Machenschaften von Direktor Diaz' erloschenem Unternehmen zu befassen.»

«Für mich heisst das im Klartext, deine Firma verwaltet kriminelle Gelder.»

«Damit könntest du recht haben. Die Albot Global Invest und die Diaz Global Invest übernehmen die Wäsche der Drogengelder. Solches Geld läuft bekanntlich über verschiedene

Waschgänge. Sind die Moneten sauber, werden sie der Bieder Trust Company, Cayman Islands überwiesen. Deshalb findet man bei Bieder keine ‹schmutzigen› Akten.»

«Denkst du, es wird dir gelingen, die Geldflüsse auf die Filialen des Bieder-Konzerns bis zu ihrer Quelle zurückzuverfolgen?»

«Da bin ich mir nicht so sicher. Das könnte auch gefährlich werden. Entscheidend ist, dass mir niemand beim Recherchieren über die Schultern schaut.»

Helga machte sich bereit zum Gehen, als es an der Zimmertür klopfte. Eine Krankenschwester trat ein, hinter ihr ein mittelgrosser, drahtiger Mann, bekleidet mit einem dunkelblauen Anzug, einer dunkelblauen Krawatte, polierten glänzenden schwarzen Schuhen. Er trug einen dunkelblauen Schlapphut.

«Dieser Herr möchte Sie sprechen, Herr Kloter», sagte die Krankenschwester.

Der Mann ging zu Kloter, der immer noch am Tisch sass – in einem Morgenrock. Er streckte Kloter die Rechte entgegen. Kloter zuckte leicht, da der Händedruck seines Besuchers überaus kräftig war.

«McArthur.»

Kloter sah ihn fragend an.

McArthur griff in die Innentasche seiner Jacke und zog eine messingfarbene Marke heraus. «McArthur Bob, Special Agent, FBI.»

Kloter fuhr zusammen und fand im Moment keine Worte.

«Keine Sorge. Ich bin nicht da, um Sie zu verhaften. Ich möchte Ihnen lediglich einige Fragen stellen. Doch das ist nur möglich, wenn uns niemand zuhört.»

Die Schwester war bereits gegangen. Helga sah ihren Mann an und sagte: «Verstehe, dann verabschiede ich mich.»

McArthur würdigte sie keines Blicks.

«Sie sind Chief Operating Officer der Cäsar Bieder Trust Company, Cayman Islands. Diese Firma macht uns Probleme beziehungsweise ihre mittlerweile aufgelöste Tochterfirma, die Diaz Global Invest. Was wissen Sie über diese?», begann McArthur.

«Dass sie eine Tochter unserer Firma war, kaum mehr.»

«‹Kaum› ist mir zu wenig. Wie hiess ihr Direktor?»

«Alvaro Héctor Diaz.»

«Kennen Sie Diaz?» Die kalten blauen Augen McArthurs fixierten Kloter.

Kloter hielt eine Weile inne, was McArthur sichtlich nervös machte.

«Ich bin Diaz tatsächlich einmal begegnet – an einer Party in Zürich, zu der Cäsar Bieder junior eingeladen hatte. Das war, glaube ich, in den Weihnachtstagen 1994, wenige Monate nachdem ich die Stelle eines Revisors auf Cayman angetreten hatte. Zuerst konnte ich mir keinen Reim darauf machen, warum der Mann an diesem Anlass teilnahm. Ein bisschen unbeholfen fragte ich ihn danach. Er reagierte ziemlich gekränkt. ‹Hey, wissen Sie das denn nicht? Mein Büro befindet sich rund hundert Meter entfernt von Ihrem in George Town. Auf der Teppichetage der Firma Diaz Global Invest. Ich bin deren Direktor. Zu meiner Schande muss ich gestehen, dass ich dort monatlich nur wenige Tage sein kann. In meinem Hauptberuf bin ich Brigadegeneral der mexikanischen Armee.› Danach fiel der Groschen. Ich hatte mit der Diaz Global Invest nichts zu tun, aber wusste natürlich, dass sie eine Tochter des Finanzkonzerns Cäsar Bieder war. Diaz wandte sich dann von mir ab.»

McArthur runzelte die Stirn, was Kloter so auslegte, als ob er ihm nicht glaubte. «Ich fühle mich ein bisschen unbehaglich», bemerkte Kloter. «Auch wenn die Diaz Global Invest teils den Bieders gehörte, war sie eigenständig, mit einer eigenen Buchhaltung, in die ich als Revisor keinen Einblick hatte.»

«Mir ist bekannt, dass Sie damals Revisor waren und Ihnen erst im September 1999 Ihre derzeitige Funktion übertragen wurde. Nach dem Zusammentreffen in Zürich musste Ihnen dann aber klar geworden sein, was es mit Alvaro Héctor Diaz auf sich hatte. Ich kann mir schlicht nicht vorstellen, dass dieser

Name in der Bieder-Filiale auf Cayman Islands nicht hin und wieder gefallen ist.»

«Da irren Sie sich. Diaz war wirklich kein Thema. Erst als die Firma aufgelöst wurde, hat uns das Mutterhaus mit einem Schreiben informiert.»

«Auch warum das geschehen ist?»

«Dr. Cäsar Bieder junior begründete seine Bekanntmachungen nie.»

«Aber Ihnen dürfte nicht entgangen sein, dass Diaz kurz zuvor in Mexiko verhaftet wurde. Danach wurde seine Firma aufgelöst. Das, obwohl eigentlich Diaz' Frau Sonja das Unternehmen leitete.»

Kloter stierte McArthur mit offenem Mund an. «Ich werde den Eindruck nicht los, dass Sie mir Fragen stellen, deren Antworten Sie zum Voraus kennen.»

McArthur lachte laut heraus. «Wüssten wir alles, hätte ich Ihnen kaum einen Besuch abgestattet. Nur so nebenbei: Wir wissen nicht alles, aber viel.»

McArthur schob seine Hand abermals in die Innentasche seiner Jacke und zog einen dünnen Notizblock heraus. Er blätterte darin. «Jetzt habe ich gefunden, über was ich noch mit Ihnen reden wollte. Ist Ihnen bewusst, dass es Leute in Ihrem beruflichen Umfeld gibt, die Ihnen nach dem Leben trachten?»

Kloter sah resigniert auf. «Ich muss mich wohl daran gewöhnen. Der Unfall scheint mein Leben verändert zu haben. Was wissen Sie eigentlich von diesem Unfall?»

«Ich denke, so ziemlich alles.»

«Warum haben Sie mich überhaupt besucht?»

«Wir möchten mit Ihnen ins Geschäft kommen.»

«Was das auch immer heissen mag. Ich erwarte Ihre Vorschläge.»

«Wir brauchen die Akten der Cäsar Bieder Trust Company und der Albot Global Invest für den Zeitraum vom 1. Januar 1994 bis heute und die der Diaz Global Invest und Trust Company vom 1. Januar 1994 bis zu ihrer Auflösung.»

«Mit Akten meinen Sie die Bücher?»

Erneut lachte McArthur. «Darüber brauchen wir uns nicht zu unterhalten. Sie wissen sehr wohl, was ich meine. Die Dokumente, die Diaz Global Invest betreffend, dürften im Gebäude sein, in dem sich Ihr Arbeitsplatz befindet. Diejenige der Albot Global wohl an deren Adresse unweit der Ihrer Firma.»

«Den ersten Wunsch könnte ich Ihnen erfüllen, das mit der Albot Global dürfte schwierig werden.»

«Wir könnten Ihnen behilflich sein. Wir bräuchten den Zugang zu den Akten, die Schlüssel und den genauen Standort, wo sie gelagert sind.»

«Die Schlüssel?»

«Hören Sie, Kloter, stellen Sie sich nicht so dumm. Sie können diese Schlüssel problemlos beschaffen. Ihre Gattin hilft dort bei der Einrichtung von Computern. Sie hat damit Zugang zu allen Räumen. Aber nicht zu den Tresoren.»

«Ich bin baff. Sie wissen fast alles.»

«Die Tresore können wir knacken.»

«Verstehe ich Sie richtig, McArthur? Haben Sie vor, die gewünschten Unterlagen selbst zu holen?»

«Wir werden das in zwei, drei Nächten tun, wenn sich niemand der Belegschaft im Gebäude befindet.»

«Und der Nachtwächter?»

«Den bestechen wir.»

«Aber wenn die von Albot Global am Morgen nach dem Einbruch kommen und keine Akten mehr vorfinden, wird das einen riesigen Radau geben. Ganz abgesehen davon, dass gestohlene Akten als Beweismittel für einen Prozess nicht zugelassen werden.»

«Der Prozess wird natürlich nicht in der Schweiz stattfinden. Auf den Cayman Islands, in Mexiko und allenfalls in den USA. Wenn das FBI Beweise vorlegt, wird niemand danach fragen, wer sie hergeschafft hat.»

«Das gilt auch für die Cayman Islands und Mexiko?»

«An beiden Orten dürfte man sich schwerlich mit uns anlegen. Abgesehen davon, dass wir nicht beabsichtigen, die ganze Büchersammlung mit Lieferwagen abzutransportieren. Wir werden sie uns ansehen und kopieren, was wir brauchen. Die Originale bleiben dort, wo wir sie gesichtet haben. Die Kopien werden wir scannen und CDs daraus machen.»

«Befürchten Sie nicht, dass Sie bei dieser Aktion von der Cayman-Polizei gestört werden könnten?»

«Die Polizei der Cayman Islands wird keinen Finger rühren.»

«Warum sind die Akten der Albot Global so wichtig für Sie?»

«Sie bekommen eine Antwort auf diese Frage, wenn Sie sich verpflichten, mit uns zusammenzuarbeiten.» McArthur zog ein Formular aus der Innenseite seiner Jackentasche und gab es Kloter, der es durchlas.

«Kreuzen Sie an, wo es vorgesehen ist, und unterschreiben Sie.» McArthur reichte Kloter einen Kugelschreiber, als er mit der Lektüre zu Ende war.

Kloter seufzte. «Habe ich eine andere Wahl?»

«Nein, haben Sie nicht. Weigern Sie sich, mit uns zu kooperieren, suchen wir uns einen anderen hochkarätigen Mitarbeiter bei Ihrer Firma. Und wenn wir im Besitz der von uns gewünschten Unterlagen sind, werden auch Sie Probleme bekommen. Dann könnte es sein, dass wir die ganze Bieder-Gruppe hochgehen lassen. So weit dürfte es für Sie gar nie kommen. Man hat offensichtlich den Verdacht geschöpft, Sie könnten brisante Dokumente nach aussen weiterleiten und damit der Firma unermesslichen Schaden zufügen. Ob dieser Verdacht berechtigt ist, steht auf einem anderen Blatt. Doch der Verdacht allein reicht aus, um Sie zu liquidieren. Der erste Versuch dazu ist misslungen, der zweite würde erfolgreich sein. Nur wir, die Agenten des FBI, sind in der Lage, das zu verhindern. Wir werden Sie beschützen, das garantiere ich Ihnen.»

Kloter kreuzte an und unterschrieb.

«Danke, gleich werde ich Ihnen erklären, weshalb wir so sehr an den Akten der Bieder-Gruppe interessiert sind.»

McArthur streckte den rechten Daumen hoch. «Erstens Diaz. Dass er schwere Menschenrechtsverletzungen begangen hat, ist nicht unser Problem. Er soll zahlreiche Guerilleros eigenhändig erschossen haben. Ihn dafür zur Rechenschaft zu ziehen ist Sache der Mexikaner oder des Gerichtshofs für Menschenrechte in Den Haag. Das FBI ermittelt seit 1992 gegen Diaz wegen Geldwäsche und Drogenschmuggel. Das betrifft in hohem Masse die USA. Die Einkünfte aus beiden Delikten wurden von den beiden Geldinstituten Albot Global und Diaz Global Invest gewaschen, die beiden Unternehmen legten auch Hand an beim Schmuggel von Drogen. Sie stellten dafür ihren gemeinsamen Learjet zur Verfügung, der von Bieder Global gemietet wurde. Übrigens ist das mit ein Grund, weswegen wir auch einen Blick in die Unterlagen des Cäsar Bieder Trusts auf den Cayman Islands werfen möchten.»

McArthur streckte den Zeigefinger zum Daumen. «Zweitens Albot. Er war Direktor einer Zweigniederlassung der Bieders in Mexiko. Er hat diese auch aufgebaut und mutmasslich ebenfalls einen Drogenumschlagplatz unterhalten – mit allem Drum und Dran. Zudem sind Cäsar Bieder senior und Vinzenz Albot senior miteinander liiert, was man nicht unbedingt als Freundschaft auslegen kann. Ihre beiden prächtigen Grundstücke am Zürichsee grenzen aneinander –»

Kloter konnte sich kaum mehr auf dem Stuhl halten, er unterbrach McArthur. «Verdammt, Sie wissen tatsächlich auch das.»

Ein schwaches Lächeln glitt über McArthurs Gesicht. Er kommentierte Kloters Bemerkung nicht.

«Eine geballte Ladung, die Sie mir heute beschert haben, McArthur. Damit ich das alles nachvollziehen kann, ich meine, das, was sie mir eben über meine Firma preisgegeben haben, müssen Sie allerdings konkreter werden. Mir einfach in Aussicht zu stellen, mich zu beschützen, genügt mir nicht.»

«Das kann ich verstehen. Wir haben durchaus ein Konzept, was Ihren Schutz und den Ihrer Frau und Tochter betrifft. Darüber werden wir uns aber nicht heute unterhalten. Zum Schutz einen Hinweis. Er gilt auf den Cayman Islands und in den USA, allenfalls noch in einigen anderen Gebieten, die wir unter Kontrolle haben.»

«Dass Sie in der Schweiz nicht für meine Sicherheit sorgen können, verstehe ich.»

McArthur gab Kloter seine Visitenkarte. «Wenn nur das Kleinste vorfällt, das im Zusammenhang mit Ihrem Arbeitgeber steht, lassen Sie es mich bitte wissen. Sie können jederzeit, Tag und Nacht, mit mir Kontakt aufnehmen.» McArthur streckte Kloter die Hand entgegen. «Das war für uns und ganz bestimmt auch für Sie ein erfolgreiches Treffen. Ich bin zuversichtlich, dass alles gut kommt.»

Als McArthur gegangen war, rief Kloter seine Frau an und bat sie, gleich nochmals zu ihm zu kommen.

***

Am Dienstag, 6. Februar 2001, kurz nach Arbeitsbeginn wurde Kuppermans Bildschirm in seinem Büro bei der Cäsar Bieder Trust Company schwarz. Auch das Licht war erloschen. Kupperman stürmte auf den Flur, auch die Mitarbeiter sahen sich um.

Er sah aus dem Fenster und stellte fest, dass in den benachbarten Gebäuden die Lichter brannten. Er rief über das Haustelefon, dieses funktionierte zum Glück noch, den Hausmeister an, der im Erdgeschoss nahe dem Eingang sein Büro hatte. «Lopez, verdammt, was ist plötzlich los? Wir haben auf unserer Etage keinen Strom.»

«Es sind bei mir aus allen Stockwerken entsprechende Meldungen eingegangen. Ich werde mich auf den Weg zum Sicherungskasten im Kellergeschoss machen, suche gerade meine Taschenlampe –»

«Beeilen Sie sich. Jede verlorene Minute kostet uns eine Stange Geld. Ich erwarte, dass die Panne in spätestens einer Viertelstunde behoben ist.»

«Das kann ich leider nicht versprechen. Ich werde mein Möglichstes tun.»

Kupperman fluchte und warf den Hörer auf die Gabel. Danach sagte Lopez zu sich: «Dieser Kupperman ist ein Arschloch. Ich könnte ihn erwürgen.»

Lopez fand die Taschenlampe und schlurfte die Treppe hinunter zum Sicherungskasten, der sich einige Meter neben der letzten Stufe befand. Er beleuchtete das Brett mit den zahlreichen Sicherungen und stellte fest, dass die grösste, an der alle anderen hingen, durchgeschmort sein musste. Er schraubte die defekte heraus, ersetzte sie durch eine neue, die er nach einigem Suchen in einem kleinen Behälter neben dem Kasten fand. Beim Einschrauben erhellte sich der Kellerraum für wenige Sekunden, dann fiel die Beleuchtung wieder aus. Lopez ging zum Wandtelefon ganz zuhinterst im Hauptkorridor des Kellers. Von dort aus rief er Kupperman an.

«Tut mir leid, es könnte länger dauern. Ich habe die Hauptsicherung ersetzt, dann verstrichen wenige Sekunden, und die neue war wieder hin. Ich werde gleich die Firma anrufen, die für unsere Elektroinstallationen zuständig ist. Sie muss jemanden schicken. Irgendwo tritt ein Kurzschluss auf, der das ganze Stromnetz im Haus lahmlegt.»

Kupperman murrte zwar, aber musste sich mit dem Betriebsunterbruch abfinden.

***

Eine Viertelstunde später vernahm Lopez quietschende Reifen auf dem Parkplatz vor dem Gebäude. Ein weisser Lieferwagen war forsch auf einem weiss eingerahmten Feld zum Stehen gekommen. Vier Arbeiter in blauer Arbeitskleidung stürzten aus dem Fahrzeug und rannten auf den Eingang zu, wo Lopez sie in Empfang nahm. Er schilderte ihnen, was er bislang unternommen hatte.

Der eine Arbeiter sagte: «Wir sind von der Firma, die für die Strompanne zuständig ist. Die Sache scheint komplizierter zu sein. Das Problem muss irgendwo in den beiden Untergeschossen liegen. Herr Kupperman hat uns eingeschärft, den Schaden möglichst schnell zu beheben. Um das zu bewerkstelligen, benötigen wir die Schlüssel für alle Räume des Kellers.»

Lopez runzelte die Stirn und sah die vier der Reihe nach

an. «Eigentlich dürfte ich das ja nicht. Ich müsste die ganze Zeit dabei sein. Allzu grosse Schätze dürften dort unten nicht vergraben sein. Ich gebe Ihnen den Passepartout, aber nicht weitersagen.» Er sah den ältesten Arbeiter an. «Ich vertraue Ihnen diesen Schlüssel an. Bevor Sie das Haus verlassen, melden Sie sich in meinem Büro.» Er zeigte auf eine rot gestrichene Türe. «Dort klopfen Sie an. – Wie lange dauert es, bis Sie mit der Recherche fertig sind?»

Der Arbeiter zuckte mit den Schultern. «Ich kenne die Räume nicht. Wie viele sind es?»

Lopez musste überlegen. «Im ersten Untergeschoss acht, im zweiten fünf.»

«Dann sollten wir spätestens in anderthalb Stunden fertig sein, hoffentlich ein wenig früher.»

Nun fielen Lopez die schwarzen, grossformatigen Taschen auf, jeder von den Männern in den Arbeitskleidern trug eine. «Was ist denn da drin?»

«Werkzeuge, Ortungsgeräte.» Einer machte sich daran, seinen Koffer umständlich zu öffnen.

Lopez winkte ab. «Nur keine Umstände, ich glaube Ihnen.» Er ging wieder in sein Büro und rief eine Nummer an. «Es hat alles geklappt. Sobald die Sache gelaufen ist, werde ich Sie benachrichtigen.» Er wartete die Antwort des Angerufenen ab. «Kupperman? Ich werde ihn im Auge haben. Sollte er sich daranmachen, in den Kellerbereich hinunterzusteigen, habe ich mir schon etwas einfallen lassen.»

Die vier Männer in den blauen Overalls gingen in den hintersten Kellerraum und machten sich an die Arbeit. Sie packten alle CDs von den Gestellen in ihre grossen Taschen und ersetzten sie durch andere, die bereits mit Etiketten versehen waren. Anschliessend füllten sie die zahlreichen Dokumente in A4-Format, die in Bananenschachteln archiviert waren und auf den Gestellen standen, in Jutesäcke. Die leeren Schachteln füllten sie mit unbedrucktem Papier, das in einem Nebenraum gelagert war, wobei das oberste Blatt jeweils bedruckt war.

Dann stellten sie die gefüllten Jutesäcke in den Nebenraum, wo diese leer gelagert worden waren.

Die vier Handwerker trugen unter ihrer Arbeitskleidung nur Unterwäsche, die, als sie mit Arbeiten zu Ende waren, richtiggehend an ihren Körpern klebten. Die Klimaanlage lief wegen des Stromausfalls nicht, und sie mussten zügig alles verpacken.

Eine Stunde hatte es gedauert, dann waren sie fertig. Wenige Minuten danach brannten im ganzen Gebäude wieder die Lichter, und es wehte langsam wieder ein kühler Wind durch die Räume, die Kühlaggregate taten wieder ihren Dienst.

Seit drei Jahren war das so. Über die Mittagszeit, niemand arbeitete zwischen zwölf und halb zwei im Haus, fuhr Lopez mit dem firmeneigenen Lieferwagen über eine Rampe ins Kellergeschoss. Das war nur möglich mit einem Spezialschlüssel, den Lopez und Kupperman besassen. Diese Einrichtung existierte schon seit Bestehen der Cäsar Bieder Trust Company auf den Cayman Islands. Alle zwei Wochen kam eine Lieferung mit anscheinend geheimen Dokumenten, die Lopez aus einem Hangar des Flughafens abholte – sie waren in Jutesäcke verpackt – und in das Kellergeschoss hinunterkarrte. Lopez war es streng verboten, einen Blick in die Säcke zu werfen. Das konnte er auch nicht, da sie plombiert waren. Doch einmal, vor einem halben Jahr, widerstand er seiner Neugierde nicht. Er fand Mittel und Wege, einen Sack zu öffnen und ihn wieder zu verschliessen, sodass niemand draufgekommen wäre, jemand hätte dort hineingeschaut. Es waren keine bedruckten Dokumente drin, sondern Bündel von Dollarnoten. Lopez zweigte eines ab und wartete darauf, welche Reaktion auf diesen Diebstahl folgen würde. Es geschah nichts. So entschloss er sich, beim nächsten Transport ein weiteres Bündel abzuzweigen. Dann noch eines.

Eines Abends läutete ein dunkelblau gekleideter Mann mit Schlapphut bei ihm zu Hause. Der Mann stellte sich nicht mit seinem Namen vor, sondern als Agent des FBI.

«Erschrecken Sie nicht, Lopez, wir haben es nicht auf Sie

abgesehen. Sie haben zwar etwas Gesetzeswidriges getan, aber uns damit einen wertvollen Dienst erwiesen. Sie haben uns auf die Spur eines kriminellen Geldtransfers verwiesen. Es geschieht Ihnen nichts, wenn Sie von nun an mit uns zusammenarbeiten. Jede Dollarnote hat eine Nummer, das wissen die wenigsten. Uns fielen in George Town plötzlich Geldscheine auf mit Nummern, die wir an anderer Stelle als von kriminellen Quellen stammend identifiziert hatten. Einer dieser Geldscheine führte dann zu Ihnen. Und jetzt verraten Sie mir bitte, von wo Sie das Geld haben.»

Lopez tat das und war danach sehr erleichtert.

Und morgen würde er die vollen Jutesäcke auf dem Weg zum Hangar an die Adresse, die man ihm heute am Telefon durchgegeben hatte, ausliefern.

3

Walo Hungerbühler war ein geachteter Mann. Im ausgehenden 20. Jahrhundert war er Gemeindepräsident einer behäbigen Berner Landgemeinde im Seeland. Er fiel durch grosse Umtriebigkeit auf. Er war der Dorfkönig schlechthin, Feuerwehrkommandant, Milizoffizier im Range eines Hauptmanns des Eidgenössischen Heeres. Zur Krönung seines gesellschaftlichen Aufstiegs schaffte er sogar die Wahl in das Parlament des Kantons Bern. Hungerbühler war immer auf Achse, fehlte bei keiner Hundsverlochete, wo er meistens eine kurze Rede hielt, deren geistiger Tiefgang allerdings zu wünschen übrig liess. Was die Festbesucher gerne über sich ergehen liessen, denn sie wurden für ihren nachfolgenden Applaus mit Gratisbier und zuweilen sogar mit Gratisbratwürsten belohnt, wozu er durchaus Zugang hatte; seine bessere Hälfte war die Tochter eines Grossmetzgers aus einem Nachbardorf. Kinder wurden in ihrer Ehe nicht gezeugt. Er wäre dem nicht abgeneigt gewesen, sie wollte aber nicht. Das schränke das Leben ein, es gebe sowieso schon zu viele Menschen auf der Erde.

Neben seiner politischen und gesellschaftlichen Tätigkeit betrieb Hungerbühler eine kleine Fabrik für Landmaschinen, eigentlich mehr eine Werkstatt: grosse Traktoren, Mistzetter, umgebaute Schilter, Mähdrescher und was noch so anfällt im bäuerlichen Gewerbe. Zum Erstaunen vieler wurde er dabei immer reicher, obwohl niemand den Eindruck hatte, seine Firma rentiere wirklich. Als geselliger Zeitgenosse wurde er diesbezüglich oft angesprochen. «Man muss das Geld eben arbeiten lassen», war die Standardantwort darauf. Wie das aber funktionierte, darüber liess er sich nicht aus.

Kurz vor seiner Heirat 1990 absolvierte Hungerbühler einen militärischen Wiederholungskurs. Daran nahm auch Cäsar Bieder junior teil, damals Oberleutnant. Die beiden freundeten sich an.

Hungerbühler spürte zunehmend das Verlangen, sich mit Menschen zu vernetzen, die einen festen Platz in der High Society hatten. «Zur richtigen Zeit am richtigen Ort muss man sein», war einer der von Hungerbühler häufig zitierten Sprüche an gesellschaftlichen Anlässen. Die Bekanntschaft mit Cäsar Bieder war da eine wundersame Gelegenheit, die Hungerbühler geradezu in den Schoss fiel. Wer bot sich schon trefflicher an als der Spross eines der mächtigsten Privatbankiers der Schweiz, zumal er noch militärisch niederrangiger war als er. Hungerbühler suchte immer wieder die Nähe Bieders. Man kam ins Gespräch, das sich um Finanzen und Wirtschaft drehte, zumindest soweit es Hungerbühler verstand.

Doch besser wusste Hungerbühler die seelische Verfassung, die Stärken und Schwächen der Leute, denen er sich anbiederte, einzuschätzen, obwohl er nie Psychologie studiert hatte. Bieder junior war ein behütetes Wesen, das sich noch immer an die Rockzipfel der Mutter klammerte. Hungerbühler hatte leichtes Spiel mit ihm.

Offshoring, Cayman war das Stichwort.

Offshoring faszinierte Hungerbühler. Er schrieb in einer nicht allzu hoch dotierten Wirtschaftszeitung einen Artikel darüber.

Offshoring – das perfekte Allheilmittel gegen die Steuervögte

Offshoring ist ein Wort, das man meist zu umgehen versucht. Es hat nicht den besten Ruf. Zu Unrecht. Der englische Begriff Offshoring bezeichnet eine Verlagerung unternehmerischer Prozesse ins Ausland. Bedeutung hat Offshoring eigentlich nur im Finanzsektor. Man spricht von Offshore-Banken oder Offshore-Trust-Companys. Wird ein anderes Unternehmen, zum Beispiel eine Maschinenfabrik, in einen anderen Staat verschoben, ist der Ausdruck weniger gebräuchlich. Obwohl in beiden Fällen der Grund für den Ortswechsel derselbe ist. Es

geht dabei schlicht um günstigere Rahmenbedingungen im Ausland. Bei der industriellen Auslagerung stehen die Arbeitskosten im Vordergrund. In asiatischen und osteuropäischen Ländern sind die Lohnkosten ungleich tiefer als bei uns. In Bangladesch zum Beispiel beträgt der Tageslohn einer Textilarbeiterin umgerechnet drei bis fünf Franken. Kleider können dort viel billiger produziert werden, was erlaubt, sie in Schweizer Verkaufsläden den Kunden zu tieferen Preisen anzubieten. Der Detailhändler hierzulande kauft ein Paar Jeans zu zwanzig Franken ein und verkauft sie zu fünfzig bis hundert. Die Marge ist so um ein Mehrfaches höher, als wenn die Ware in der Schweiz produziert würde. Wie es so treffend heisst: eine Win-win-Situation. Der Kunde kommt günstiger zu seiner Ware, der Anbieter verdient mehr daran. Aber auch dort, wo die Artikel produziert werden, in den unterentwickelten Ländern, ist es ein Segen. Die Menschen bekommen Arbeit, was in solchen Gefilden gar nicht selbstverständlich ist.
Eine richtige Goldgrube sind Offshoring-Unternehmen im Finanzsektor. Es handelt sich um Niederlassungen in der Karibik, in Mittelamerika und auf einigen britischen Kanalinseln. In all diesen Ländern werden den Angestellten relativ hohe Löhne gezahlt, was der dort ansässigen Bevölkerung zugutekommt. Ein guter Teil des Personals von Offshore-Unternehmen sind Einheimische. Warum ist das möglich? Diese Firmen, von denen eine ganze Anzahl Stammhäuser in der Schweiz haben, entrichten sozusagen weder Steuern noch weitere Abgaben an den Staat, wo sie registriert sind. Dadurch können Gewinne wieder investiert werden. Nicht für die Finanzinstitute, sondern auch für die Anleger und Kreditnehmer ist es ein gutes Geschäft. Besonders für solche, die ihren Wohnsitz in der Schweiz haben. Zusammen mit dem Schweizer Bankgeheimnis sind das wahrhaft ideale Voraussetzungen.

Fünf Jahre später war Hungerbühler mehrfacher Millionär. Er, noch mehr seine Angetraute, hatte das ländliche Leben satt. Hungerbühler trat von allen öffentlichen Ämtern zurück. Seine Fabrik, die ohnehin nichts abwarf, verscherbelte er. Sie entschlossen sich, dorthin auszuweichen, wo sie sich mehr unter ihresgleichen wähnten. Nach Herrliberg an der Zürcher Goldküste, wo sich die Hungerbühlers aus einer Konkursmasse eine prächtige Villa am See unter den Nagel reissen konnten.

Den Winter verbrachten sie jeweils in der Feriendestination Key West, Florida. Dieser Ort wurde nicht zufällig ausgewählt. 1996 wurde Walo Hungerbühler ein fürstlich honoriertes Mandat im Verwaltungsrat der Diaz Global Invest in George Town auf den Cayman Islands angeboten. Der Key West International Airport, drei Kilometer östlich des Stadtzentrums, ist eine Flugstunde von den Cayman Islands entfernt. Den Stellenwert von Hungerbühler in der Hierarchie der Diaz Global Invest zeigt, dass er oft am Morgen mit einem Learjet in Florida abgeholt und damit am Abend wieder dorthin zurückgeflogen wurde.

Mehrmals im Monat war Hungerbühler auf Geschäftsreisen nach Acapulco an der mexikanischen Pazifikküste, nach Panama City oder nach Medellín unterwegs. Auch diese Ausflüge bestritt er mit dem firmeneigenen Learjet.

***

Damian Finger war ein unpolitischer Mensch, jedenfalls behauptete er das von sich. Er sei ein Libertärer, was seine Lebenseinstellung betreffe. Das habe aber nichts mit einer Parteizugehörigkeit zu tun. Wenn einer Drogen nehme, solle man ihn nicht bestrafen, wenn einer Alkohol trinke, müsse er selber entscheiden können, ob es weiterhin sinnvoll sei, Auto zu fahren.

Gegen Finger wurde nie polizeilich ermittelt, er hielt auch fest, nie eine Ordnungsbusse erhalten zu haben. Wären alle so wie er, bräuchte es weder Polizisten noch Richter, war ebenso ein Ausdruck von ihm.

Finger entwuchs einer Mittelstandsfamilie. Der Vater betrieb ein Waffengeschäft an der Langstrasse in Zürich, bis einer mit einer Pistole, die er von Vater Finger gekauft hatte, seinen Laden betrat und das Magazin leer schoss.

Obwohl er trauerte, konnte Damian Finger sich mit dem Tod seines Vaters gut abfinden. Es entbehre nicht der Logik, mit einer erstandenen Waffe jemanden zu erschiessen. Mit Waffen könne man gutes Geld machen, trage allerdings dabei auch ein hohes Risiko. Er, Damian Finger, wünsche sich deshalb einen Broterwerb, bei dem das Risiko minim sei und er trotzdem ein gutes Einkommen habe. So entschied er sich, Banker zu werden, und absolvierte eine Lehre in einer renommierten Finanzfirma an der Zürcher Bahnhofstrasse. Mit fünfundzwanzig Jahren hatte er ein Gehalt, um das ihn manch ein Akademiker in den Vierzigern beneidete.

Sein Chef, Vinzenz Albot senior, hielt grosse Stücke auf Finger. Eines Tages liess er ihn in sein Büro kommen. Sein Sohn, Vinzenz Albot junior, führe, wie ihm ja bekannt sei, eine Filiale in George Town auf den Cayman Islands. Das könnte eine Goldgrube sein, leider sei sie das vorläufig nicht. Irgendwie habe der Sohn immer noch Skrupel, wenn es darum gehe, Geld entgegenzunehmen. Diese Einstellung habe er mit der Muttermilch eingesogen. Dessen Mutter, seine erste Frau, die leider verstorben sei, als Vinzenz junior noch ein Kind im Vorschulalter war, habe oft gebetet und jeden Tag in der Bibel gelesen. Irgendwo müsse in diesem Buch etwas stehen, das einem verbiete, Gelder von Leuten zu verwalten, die auf unredliche Weise zu grossem Vermögen gekommen seien.

Vinzenz Albot senior lachte dabei herzlich. «Hätte ich diesen Rat befolgt, stünden Sie, Damian Finger, jetzt nicht vor mir, und ich würde von der Sozialhilfe leben. Stattdessen liefere ich dem Staat so viel Steuern ab, dass Tausende von Bedürftigen über das Existenzminimum kommen. Ich darf mir also auf die Brust klopfen und mich Wohltäter nennen.»

Albot zog ein Papier aus einer Schreibtischschublade, legte es vor sich, faltete die Hände und sprach weiter: «In der Schweiz haben wir ein gutes Bankengesetz. Doch es gibt noch bessere. Das auf den Cayman Islands, ein selbstständiger Staat, zugleich aber britisches Hoheitsgebiet. Dort, auf dieser Ferieninsel, möchte ich Sie in den nächsten Jahren haben. Nicht als Angestellten meines Sohnes, aber als seinen selbstständigen Mitarbeiter, besser: als seinen Berater. Sie werden auf eigene Rechnung arbeiten, was das auch heissen mag. Ihr Büro befindet sich in den Räumlichkeiten des Albot-Global-Invest-Gebäudes, unserer Filiale in George Town. Was erwarten wir dort von Ihnen?»

Vinzenz Albot senior drückte auf den roten Knopf neben seinem Tischtelefon. Er starrte zur Decke und sagte: «Einen Moment nur.» Kurz danach hörte man ein Trippeln, behutsam ging die Tür auf, im Zimmer stand schüchtern eine junge Frau.

«Arlette, bringen Sie uns bitte Kaffee mit Süssigkeiten.»

Finger sah Albot fragend an. Dieser schien Gedanken lesen zu können. «Ich weiss, welchen Kaffee und welche Süssigkeiten Sie mögen. In unserem Haus weiss ich alles über meine Mitarbeiter, ich weiss Bescheid über ihre Gewohnheiten, über ihre Schwächen und Stärken. Und Sie, Finger, haben Stärken, von denen andere nicht mal zu träumen wagen. Sie sind ein abgebrühter Schweinehund, aber Sie sind unser Schweinehund.» Albot verfiel in lautes Lachen.

Als sie den Kaffee getrunken und von den Süssigkeiten genascht hatten, wollte Vinzenz Albot senior seinen Monolog fortsetzen, doch plötzlich wusste er nicht mehr weiter. «Wie sind wir verblieben?»

«Was Sie von mir erwarten?»

«Genau. Als Erstes geben Sie in den lokalen Printmedien ein Inserat auf.»

Albot legte den Finger auf eine Stelle des Blattes vor ihm:

Gehobenes Restaurant oder Hotel gesucht. Zum Mieten oder Kaufen.

«Am kommenden Tag werden Sie von Rückmeldungen überflutet. Leute in der Albot Global Invest werden Ihnen dabei zur Hand gehen. Sie werden das richtige Angebot finden. Dort wird unter anderem Folgendes stehen.»

Wieder zeigte Albot auf eine Passage des Schriftstücks vor ihm.

Wir bieten Ihnen ein Vier-Sterne-Hotel an. Das Gebäude ist fünfzehn Jahre alt. Gut gewartet. Gérant und die übrigen Angestellten sind gut eingespielt. Wir empfehlen Ihnen, diese Personen zu übernehmen. Kaufpreis nach Vereinbarung, aber mindestens zehn Millionen Dollar.

«Was für Dollars?», erkundigte sich Finger.

«Cayman Dollars. Ein Cayman Dollar entspricht etwa einem Schweizer Franken. Ihre Aufgabe wird es dann sein, das bereits vorliegende Antwortschreiben zu unterzeichnen.»

Wir sind an Ihrer Offerte interessiert. Der von Ihnen in Aussicht gestellte Kaufpreis entspricht unseren Erwartungen. Bitte setzen Sie sich mit unserem Immobilienspezialisten in Verbindung.

Darunter stand die Nummer eines Mobiltelefons.

«Eine Rückmeldung wird nicht lange auf sich warten lassen. Der Anrufer wird französisch sprechen. Sie werden ihn anweisen, sich beim Portier des Global-Invest-Gebäudes zu einem bestimmten Zeitpunkt zu melden. Ist er in Ihrem Büro, bitten Sie ihn an den Besuchertisch. Machen Sie mit ihm ein wenig Small Talk, wie Sie das gewohnt sind. Die Umgangsformen der Geschäftsleute auf den Cayman Islands unterscheiden sich nicht grundlegend von denen bei uns in Zürich. In dieser Zeit wird Ihnen eine dafür ausersehene Dame Tee und Kekse auftischen. Danach legen Sie dem Gast den vorbereiteten Kaufvertrag vor. Er wird ihn überfliegen und unterzeichnen.»

Finger warf Albot einen ratlosen Blick zu.

«Was ist das für ein Theater, werden Sie, Herr Finger, sich fragen. Ist es auch, wir werden alles vorbereitet haben. Das wird Ihr erstes Verkaufsgespräch auf den Cayman Islands sein. Dann wissen Sie, wie so was abläuft. Das nächste Mal können Sie es in Eigenregie abwickeln. Unmittelbar nach dem Treffen mit dem Hotelverkäufer wird eine weitere Person an Ihrer Bürotür anklopfen. Er wird einen schwarzen Anzug tragen und eine dunkle Sonnenbrille aufgesetzt haben. Versuchen Sie nicht, ihn mit einem Händedruck zu begrüssen. Er würde das ablehnen. Aus seiner Jackentasche wird er einen Brief herausziehen und mit einer sonoren Stimme sagen: ‹Lesen Sie das Schreiben darin aufmerksam durch und tragen Sie Sorge für den beigelegten Scheck.›»

Albots Augen blitzten auf. «Das ist ernst gemeint. Sollten Sie den Scheck verlegen, wären Sie ein toter Mann.»

Albot schüttelte sich vor Lachen. «Der Scheck ist für einen Betrag von fünfzehn Millionen Dollar ausgestellt. Was für Sie natürlich erklärungsbedürftig ist. Wie soll ich Ihnen das plausibel machen? In diesem risikobehafteten Business herrschen andere Sitten als in Tante-Emma-Läden oder dergleichen. Das Risiko hat seinen Preis. Sie, Finger, tragen das Risiko, ebenso die Global Invest. Wir berechnen fünfzig Prozent des Kaufpreises dafür. Für Sie fallen zehn Prozent davon ab. Die Verkaufssumme ist nur in Ausnahmefällen zehn Millionen oder mehr. Geht es um eine Pizzeria oder ein Restaurant liegt sie in der Grössenordnung von ein bis drei Millionen. Aber auch das schenkt ein, wenn wir pro Jahr mehrere solcher Aufträge haben.»

Fingers Augen leuchteten, was Albot nicht entging.

Albot lächelte und fragte: «Einverstanden?»

«Ja, ja … nur noch eine Frage. Was geschieht mit dem Hotel, das ich gekauft habe?»

«Sie sind ein guter Zuhörer, Finger. Dieses Hotel werden Sie nach einigen Monaten weiterverkaufen. Für zehn Millionen, vielleicht sogar für zwölf, wenn es nicht anders geht, für acht. Ob Sie es glauben oder nicht, es gibt Objekte, die wir bereits mehrmals gekauft und wiederverkauft haben. Das gehört zu diesem Spiel. – Gut, das hätten wir. Dann bringen wir das speditiv über die Bühne. Reisen Sie allein auf die Cayman Islands, oder nehmen Sie Ihre Freundin mit?»

Diese Frage hatte Finger nicht erwartet, er schluckte leer.

«Sehen Sie, Finger, ich weiss alles über Sie. Muss ich auch, besonders wenn es sich um wichtige Leute handelt.»

«Ich weiss nicht, ob sie mitkommt. Ich muss mit ihr reden.»

«Sie kann auch später reisen. Auf Kosten des Hauses. Wir haben für Sie sowieso eine Zwei-Zimmer-Wohnung reserviert. In guter Lage, nahe dem Arbeitsplatz. Allerdings dürfte Ihre Freundin in George Town keiner Vollzeit-Beschäftigung nachgehen. Das ist auf den Cayman Islands nicht üblich, wenn der Mann arbeitet, vielleicht sogar untersagt. Es wird aber von den Behörden nicht kontrolliert.»

Vierzehn Tage später flog Finger von Zürich-Kloten auf die Cayman Islands. Die ersten Wochen lief alles so ab, wie Vinzenz Albot es geplant und ihm beschrieben hatte.

4

Manfred Gisler war ein ehrgeiziger Ökonom mit guter Ausbildung. Das Studium absolvierte er zwischen 1987 und 1993 an der Handelshochschule St. Gallen. Gislers Vater war Chef der Steuerverwaltung des Kantons Thurgau. Für den jungen Gisler war eines klar: Der Staat muss sich aus der Wirtschaft zurückziehen. Der Staat hat zwar demokratisch legitimiert zu sein, doch er muss Gesetze im Einvernehmen mit der privaten Wirtschaft schaffen. Die politischen Verhältnisse in der Eidgenossenschaft liessen das zu. Gisler war ein Liberaler. Für ihn dürfte es keine Gesetze geben, die den freien Markt behindern. Da spielte es keine Rolle, was gehandelt wurde: Lebensmittel, Maschinen, Drogen oder Waffen.

Gisler war überzeugt davon, der Markt würde letztendlich alle gesellschaftsfeindlichen Machenschaften zum Verschwinden bringen. Auch den Drogen- und den illegalen Waffenhandel. Und Menschen als Handelsware gab es in Gislers Weltanschauung nicht. «Arbeitskräfte sind Menschen, die etwas produzieren. Arbeitskräfte müssen angeleitet werden, wie sie am erfolgversprechendsten produzieren. Diese Aufgabe ist Sache des Arbeitgebers», war ein oft gehörtes Zitat von Gisler.

Gisler begann die verschiedensten Produktionsmuster zu studieren. Er fand heraus, dass die Prostitution ein lukratives Gewerbe sei. Gislers Vater, der 1994 verstorben war, hätte seinem Sohn dabei vehement widersprochen. Wohl aus christlichen Motiven. Prostitution hatte aus seiner Sicht den Ruch der Untreue, des Ehebruchs. Untreue beziehungsweise Ehebruch seien liberal, so dachte hingegen Gisler junior.

Der frisch gebackene Ökonom besuchte ein Bordell in Au im St. Galler Rheintal. Dabei hatte er den Eindruck, die Dame, mit der er sexuellen Kontakt hatte, würde das gerne machen. Um sich zu vergewissern, dass dem tatsächlich so war, führte er mit ihr ein längeres Gespräch. Sein anfänglicher Eindruck verfestigte sich, als sie sagte: «Dieser Job macht mir Spass, er ist geil.»

Gisler hatte in seinem Studium auch Verhandlungstechnik gelernt. Er war überzeugt davon, er habe bei dieser Frau die richtige angewendet.

Das Geschäftsmodell Prostitution war für Gisler neu. Er nahm sich also etwas Zeit, in dieses Business einzusteigen. Er musste noch mehr darüber wissen.

Gisler traf sich mit Pietro Casanova, dem Betriebsleiter des Bordells in Au. Casanova sah sein Etablissement allerdings nicht als Goldgrube. Er habe immer wieder Knatsch mit den Steuerbehörden, diese zögen ihn bis aufs Hemd aus. Gisler fand, da könne er Abhilfe schaffen.

Monate später fand Casanova, die finanziellen Verhältnisse seines Betriebs seien jetzt im Lot, Gisler habe gute Arbeit geleistet. Man könnte zusammenarbeiten, für Gisler würde dabei auch etwas abfallen. Gisler hatte nichts anderes erwartet und nahm das Angebot an.

Ein halbes Jahr nach der Übereinkunft mit Casanova, im Frühling 1996, erhielt Manfred Gisler einen Anruf von Cäsar Bieder junior am Morgen früh.

«Herr Gisler, es freut mich, Ihre Bekanntschaft zu machen …»

Gisler war bass erstaunt, dem Namen nach wusste er, dass Cäsar Bieder der Generaldirektor der Bank war, auf der er seit fast zehn Jahren ein Konto hatte. «Was für eine Ehre, der oberste Chef persönlich …»

«Meinerseits. Seit einigen Monaten sind Sie, Herr Gisler, einer der besten Kunden unseres Hauses. Es ist durchaus üblich, dass ich mich mit solchen Menschen direkt in Verbindung setze. Uns sind eigenartige Bewegungen auf Ihrem Konto aufgefallen. Sie haben auch schon einen Betrag von zweihunderttausend Franken und einen von fünfzigtausend abgehoben. Für uns ist der Kunde König und Diskretion oberstes Gebot. Allerdings drängt sich uns in einem solchen Fall die Frage auf: Wo befinden sich Ihre Geldquellen?»

«In unserem Lande haben wir doch ein gesetzlich verankertes Bankgeheimnis?»

«Das trifft zu, und wir sind glücklich über diesen Gesetzesparagrafen, der unsere Einleger vor allzu neugierigen Blicken des Fiskus und der Staatsanwaltschaften schützt. Doch wir sollten Ihre Geldquellen kennen, auch wenn wir sie nach Möglichkeit geheim halten. Eigentlich wäre es uns verboten, kriminelle Gelder anzunehmen. Diesbezüglich sind wir aber flexibel. Die Grenzlinie zwischen legal und illegal ist keineswegs scharf. Sie liegt in einer breiten Grauzone.»

«Danke, ich verstehe Sie, Herr Bieder. Ich habe übrigens ein Zeichen von Ihnen erwartet. Ihnen gegenüber muss ich ja kein Geheimnis daraus machen, was mein geschäftliches Engagement betrifft. Mein Geschäftspartner ist Pietro Casanova, Eigentümer und Besitzer eines Etablissements in Au.»

Bieder konnte ein Kichern nicht verbergen. «Gut, das klärt diese Angelegenheit. Casanova ist auch ein Kunde von uns. Wir schätzen ihn als sehr zuverlässig ein, wenn bisweilen auch zu wenig risikobereit. Doch in letzter Zeit, das ist uns aufgefallen, hat sich sein Verhalten, wie soll ich mich ausdrücken … hat sich sein Verhalten stabilisiert, was eine Folge seiner Bekanntschaft mit Ihnen sein dürfte. Das verstehe ich nun.» Bieder fuhr gleich weiter. «Kommen Sie bitte rasch bei mir vorbei. Ihr Arbeitsplatz? Sie sind selbstständig erwerbend? In einem gemieteten Büro an der Bahnhofstrasse?»

«So ist es. Ich arbeite in unmittelbarer Nähe von Ihnen.»

«Ich erwarte Sie in zwanzig Minuten.»

Gisler klopfte an die Bürotür von Cäsar Bieder junior.

Bieder begrüsste seinen Gast überschwänglich, nach einem kurzen Small Talk kam Bieder zur Sache. Sein Atem wurde hörbarer. «Ich mache Ihnen einen Vorschlag, der Sie von allenfalls auftretenden lästigen Umtrieben verschont. Ihre Kontobewegungen würden besser zu unserer Zweigniederlassung auf den Cayman Islands passen. Die Behörden dort schauen noch weniger hin, als sie das bei uns in der Schweiz tun. Das hat allerdings unter Umständen seinen Preis. Doch dieser ist, wenn wir in Betracht ziehen, was unter dem Strich anfällt, gerechtfertigt.»

«Ich versuche zu verstehen», erwiderte Gisler mit gepresster Stimme und einem verlegenen Lächeln.

Bieder lachte laut. «Die ganze Angelegenheit ist schon etwas komplex. Prostitution ist hierzulande nicht verboten, aber die Steuerbehörden, die Polizei und Justiz halten Argusaugen darauf. Auf den Cayman Islands ist man, was dieses Gewerbe betrifft, erheblich generöser. Dort gibt es eine geringfügige Pauschalbesteuerung dafür. Kommt diese zum Tragen, schaut niemand mehr genauer hin.»

«Was raten Sie mir?», fragte Gisler beinahe flehend.

«Eröffnen Sie ein neues Konto bei der Cäsar Bieder Trust Company, Cayman Islands. Ich vermittle Ihnen ein Gespräch mit Nathan Kupperman, meinem dortigen Direktor.» Bieder sah auf seine Uhr. «Neun Uhr ist jetzt. Dort unten ist es erst zwei Uhr früh. Tätigen Sie das Gespräch von Ihrem Büro aus. Um ...» Bieder sah abermals auf die Uhr. «Rufen Sie um zehn abends an, in George Town wird es dann Nachmittag sein. Um diese Zeit ist keine Sitzung mehr anberaumt. Ich werde alles vorbereiten.» Bieder riss einen Zettel von seinem Notizblock ab, kritzelte etwas darauf und reichte ihn Gisler. «Da haben Sie Kuppermans Koordinaten.»

Es wurde ein langes Gespräch. Bieder deckte Gisler mit allen möglichen Formularen und Schriftstücken ein. Die beiden verabschiedeten sich aufgeräumt. Danach verschaffte sich Gisler Kontakt zu Kupperman. Die Sache ging durch wie Butter.

Mitte September 1996 überstieg Gislers Kontostand beim Cäsar Bieder Trust in George Town mehr als eine Million Cayman Dollar. Etwa die gleiche Summe war an Pietro Casanova weitergeleitet worden.

Kupperman bat Gisler, ihn zu besuchen. Seine, Gislers, geschäftlichen Möglichkeiten seien noch längst nicht ausgeschöpft.

Anfang Oktober flog Gisler auf die Cayman Islands. Am Ausgang des kleinen Flughafens wurde er von Kupperman persönlich in Empfang genommen. Er fuhr ihn zum besten Hotel George Towns. «Ruhen Sie sich aus, am kommenden Tag hole ich Sie um neun hier ab.»

Als Gisler das grossräumige und luxuriöse Büro Kuppermans betrat, war er beeindruckt. Die Bieder-Filiale auf den Cayman Islands musste nur so im Geld schwimmen. Stolz führte Kupperman Gisler durch die Räumlichkeiten des Cäsar Bieder Trust. Dann ging es zur Besprechung. Kupperman stellte Gisler seinem Assistenten vor, einem Anwalt, dunkelhäutig, von imposanter Statur. «Der Mann ist Absolvent der Georgetown Universität, nicht der des hiesigen George Town, sondern der von Washington, D.C., der weltweit wohl renommiertesten Universität für Wirtschaftswissenschaften und Jurisprudenz. Wir können es uns leisten, die besten Leute anzustellen.»

Der Afroamerikaner nickte zustimmend. Er nahm ebenfalls an der Sitzung teil.

Kupperman zog Gisler so richtig den Speck durch den Mund. Er habe etwas aus sich gemacht. Bordelle, stelle man es richtig an, seien überall auf dem Globus lukrative Einrichtungen. Etwa ein Zehntel der Tantiemen, die auf dem Cäsar Bieder Trust in Georg Town angelegt würden, kämen von der Prostitution. Er habe aber das Gefühl, dass in Au – Kupperman musste sich gut vorbereitet haben, er wusste sogar den Namen des Ortes an der Dreiländerecke Schweiz-Österreich-Bayern – dass in Au noch weit mehr drin liege. Es seien noch mehr Freudenmädchenpfade zu erschliessen, von der Ukraine, Moldawien, Rumänien und weiteren Staaten des ehemaligen Ostblocks. Zu beachten sei auch, dass in Schwarzafrika ein ansehnliches Potenzial an «dunkelhäutigem Fleisch» brachliege. Beim «dunkelhäutigen Fleisch» schien es Gisler, als ob der Assistent leicht schmerzvoll das Gesicht verzog.

«Bauen Sie als Anfang in Kiew und in Mombasa, der kenianischen Küstenstadt, zwei Stützpunkte auf. An beiden Orten gibt es preiswerte Ware.» Selbstzufrieden grinste Kupperman. «Wie

Sie feststellen, kenne ich mich in diesem Bereich aus.» Kupperman reichte Gisler mehrere Unterlagen, die es ihm leicht machen sollten, in beiden Destinationen Geschäftsbeziehungen aufzubauen.

Ganz wohl war es Gisler dabei nicht. Dem aufmerksamen Kupperman fiel das auf. «Wo ist das Problem?», fragte er Gisler und musterte ihn.

«Im Schweizer Strafgesetzbuch gibt es einen Paragrafen über Menschenhandel.»

«Wirklich?» Kupperman stand auf und fasste Gisler an beiden Schultern. «Den gibt es auch auf den Cayman Islands, in den USA, fast überall. Die Frage ist nur, wie man ihn anwendet. Ob sich die Liebesdienerinnen aus freien Stücken zur Verfügung stellen oder dazu gezwungen werden. Sowohl in Kiew wie in Mombasa ist sichergestellt, dass dies freiwillig geschieht.» Kupperman zwinkerte mit dem rechten Auge.

Gisler flog mit einer Menge von Papieren nach Zürich zurück. Er ging damit zu Casanova. Es verging kaum ein halbes Jahr, da musste Casanova in Au ein weiteres Gebäude mieten.

5

Bernhard Willener war ein Waffennarr. Er fing klein an. Zunächst war es ein blosser Sammlertrieb. Vor allem die alten Armeegewehre, die Karabiner, faszinierten ihn, und von denen gab es viele. Er selber war ein Berufsunteroffizier in der Schweizer Armee, in einer Zeit, in der zwei Drittel der Männer zwischen neunzehn und vierzig Jahren Dienst leisteten. Jeder Wehrmann hatte seine Waffe zu Hause aufbewahrt – in funktionstüchtigem Zustand. Wer seine Dienstpflicht beendet hatte, durfte die Waffe behalten.

Und so sah Willener sich jeweils die Todesanzeigen landesweit an. Segnete ein alter Mann das Zeitliche, setzte er sich mit den Angehörigen in Verbindung. Er kondolierte einfühlsam, wechselte einige Worte und kam schliesslich auf den Grund zu sprechen, weshalb er anrief. Häufig wies man ihn ab, doch bei einem von fünf Anrufen hatte man ein Einsehen und gab ihm die Waffe gratis ab. Wollte jemand Geld dafür, sagte Willener anständig, er werde nächstens vorbeikommen und sich das Gewehr oder die Pistole ansehen, was er allerdings nie tat.

Der Zeitpunkt kam immer näher, zu dem seine Wohnung, sein Estrich und Keller voller Karabiner und Revolver waren, sodass sein Haus aus allen Nähten zu platzen drohte. Die Angetraute begann zu rebellieren.

Die Armee versuchte in den neunziger Jahren ihren Personalbestand zu reduzieren. Als Berufsmilitärler war Willener aber unkündbar, und sein Vorgesetzter, ein Oberst, lud Willener vor, um mit ihm über seine berufliche Zukunft zu reden. Er schlug ihm vor: «Eröffnen Sie einen Waffen- und Munitionsladen. Sie können ihn in einem Gebäude des Armeemotorfahrzeugparks betreiben.» Das war in Thun, wo im zu Ende gehenden 20. Jahrhundert ein ganzes Quartier aus militärischen Bauten bestand.

Willener nahm den Vorschlag mit Begeisterung auf, konnte er doch somit sein Hobby zum Broterwerb machen.

«Der Form halber verlangen wir von Ihnen eine geringe Miete», erklärte der Oberst. «Dafür benötigen Sie ein Bankkonto.»

«Geht mein Lohnkonto auch?»

«Davon rate ich ab. Das wird ohnehin bald aufgelöst. Wir bezahlen Ihnen ein Altersguthaben und werden Ihnen, bis die AHV-Rente in zwanzig Monaten fällig sein wird, eine kleine monatliche Rente überweisen. Ich weiss übrigens eine ausgezeichnete Bank. Die ‹Cäsar Bieder› an der Zürcher Bahnhofstrasse.»

«Aber ich wohne im Kanton Bern und habe nicht die Absicht, nach Zürich auszuwandern.»

«Das müssen Sie auch nicht. Der moderne Bankverkehr läuft heute übers Internet. Bei der Bieder-Bank ist diese Überweisungsart bereits Standard. Ich werde Ihnen dabei gerne behilflich sein.»

Ein halbes Jahr später eröffnete Willener seinen Laden im Kasernenareal in Thun. Er lief von Beginn an prächtig. Bald hatte Willener ein ansehnliches Guthaben auf seinem Bankkonto.

Dann kam der Anruf von Cäsar Bieder. Er lud Willener nach Zürich ein, empfing ihn wie einen Geschäftspartner auf Augenhöhe.

«Sie, Herr Willener, sind lizenzierter Waffenhändler. Sie haben den Ruf, sehr tüchtig zu sein. Das Geschäft mit Waffen verlangt ein besonderes Mass an Flexibilität, die Ihnen unser Stammhaus an der Bahnhofstrasse nicht vollumfänglich zu bieten vermag. Wir haben aber eine Filiale auf den Cayman Islands, die speziell für solch heikle Geschäfte geeignet ist.»

«Wo zum Teufel sind die Cayman Islands? Ich glaubte, Kaimane seien eine Art Krokodile.»

Bieder versuchte ein Lächeln zu unterdrücken, was ihm nicht ganz gelang. «Ja, da liegen Sie nicht ganz falsch. Die Caymans sind auch Wassertiere. Aber mit dem gleichen Namen gibt es eine Inselgruppe in der Karibik. Und dort besitzen wir eine Zweigniederlassung. Wie steht es eigentlich mit Ihren Englischkenntnissen?»

«*Yes* und *no*, und damit hat es sich.»

«Ein wenig Englisch sollten Sie schon verstehen. Auch wenn wir nicht vorsehen, dass Sie auf den Caymans arbeiten. Nicht einmal ein Besuch dort ist geplant. Allenfalls geht es um einen telefonischen Kontakt. Wir werden einen Weg finden. Ab nächster Woche schicke ich Ihnen eine Fremdsprachenlehrerin. Täglich wird sie Ihnen zwischen acht und zehn Englischlektionen erteilen. Nach zwei, drei Monaten können Sie sich mit Englischsprachigen unterhalten.» Bieder sah Willener prüfend an, eine Reaktion erwartend.

Doch Willener sagte nichts darauf.

«Wir haben grosses Interesse an Ihnen, Herr Willener. Sie werden es nicht bereuen, wenn Sie mit uns zusammenarbeiten. Wir sind sozusagen Ihre Koordinationsstelle. Sie werden vielleicht Anrufe von Politikern, Privatpersonen, grösseren und kleineren Firmen bekommen. Nehmen Sie diese freundlich entgegen. Halten Sie alles Ihnen Mitgeteilte fest, Sie müssen nur einen Mitschnitt der Gespräche machen. Wie das funktioniert? Wir schicken Ihnen dafür eine Fachperson, die Ihr Festnetztelefon und Ihr Handy zu diesem Zweck präpariert.

Das Waffengeschäft ist lukrativ, bislang von unserer Firma noch viel zu wenig erschlossen. Wir benötigen einen lizenzierten Waffenhändler, der sich nicht nur mit dem Handel auskennt, weit mehr einen, der auch von Waffen etwas versteht, der intakte Beziehungen zur Schweizer Armee und ihren Waffenproduzenten hat. Das trifft auf Sie, wie auf kaum einen anderen, zu. Und was das Administrative betrifft», fuhr Bieder weiter, «müssen Sie sich keine Sorgen machen. Wir werden Ihnen zunächst alles vorbereiten. Sie werden Dokumente unterschreiben, die Sie nicht durchwegs verstehen können. Alles ist zu Ihrem Vorteil. Sie werden sehen.»

Willener signalisierte durch stetes Nicken Zustimmung.

«Ich möchte Sie nicht überfahren. Sie haben immer noch

die Wahl, meine Angebote abzulehnen.» Dabei setzte Bieder ein undurchsichtiges Lächeln auf.

Als Willener Bieders Büro verliess, war seine Mappe randvoll mit Papieren und Prospekten. Er verabschiedete sich überschwänglich, fast schien es, er sei erleichtert zu gehen.

Willener schickte sich in die Anweisungen Bieders. Doch hatte er eine andere Wahl? Er hatte sein ganzes Berufsleben lang gehorcht und die Befehle, die er empfangen hatte, ohne sie zu hinterfragen, weitergegeben. Immer mit Anstand und Würde. Und jetzt schien es so weiterzugehen, nur eben: Willener verstand die Befehle noch weniger. Ein Trostpflaster hatte er: Seine finanziellen Verhältnisse hatten sich gebessert, und das in einem Ausmass, das er niemals für möglich gehalten hätte. Zudem gab man ihm den Eindruck, er sei nun eine gefragte, wichtige Person. Komplizierte Texte, mit denen er kaum etwas anfangen konnte, trugen seine Unterschrift. Das war irgendwie ein erhabenes Gefühl.

Zu einem Glücksgefühl wurde es aber, wenn seine Expertenkompetenz in Sachen Waffen abgefragt wurde. Welche Waffen er für den Bodyguard von Cäsar Bieder junior empfehle. Der Senior lehnte eine persönliche Bewaffnung ab. Oder eine Lieferung von vierhundert Armeepistolen nach Armenien. Welche sich besser eigne, das Modell 75 oder das Modell 49. Das Modell 49 sei billiger, aber davon habe es grosse Lagerbestände. Herstellungspreis drei- bis vierhundert Franken. Das Modell 75 koste ein Drittel mehr. Qualitativ sei aber der Unterschied gering.

Willener wusste, dass sich Armenien mit Aserbaidschan im Krieg befand. «Das könnte Probleme geben. Von der Schweiz aus dürfen in Kriegsgebiete keine Waffen geliefert werden.»

Genau um das gehe es bei diesem Export. Deshalb sei es einer Schweizer Waffenfirma untersagt, Pistolen auf dem direkten Weg nach Armenien zu liefern.

Willener wurde nicht informiert, was in dieser Sache weiter geschah. Als ihm Ende 1997 sein Kontoauszug beim Bieder Trust in George Town ausgestellt wurde, war sein Erstaunen gross. Am 15. November 1997 gab es eine Einzahlung in Höhe von hundertfünfzigtausend Cayman Dollar durch eine Firma in Zürich, die Haushaltsgeräte herstellte, wie Willener anhand des Absenders herausfand. Beim Überweisungsprotokoll stand unter «Vermerk»: Lieferung von Rohmaterial für Porzellangeschirr. Als hätte sich Willener jemals für Porzellan interessiert.

Am 17. November gab es eine Belastung von hundertvierzigtausend Cayman Dollar für den Kauf von vierhundert Teigmaschinen bei derselben Firma und am 18. November eine Lieferung nach Eriwan, Armenien. Unter dem Strich stieg nach diesen Transfers das Konto Willeners um zehntausend Franken, da der Kurs beider Währungen in etwa eins zu eins betrug.

Willener zerbrach sich den Kopf über diesen Kontostand. Er suchte nach einer Erklärung. Vielleicht konnte ihm sein Oberst aus der Zeit bei der Armee dabei helfen.

Dieser antwortete: «Machen Sie sich keine Sorgen, solange Ihr Guthaben dabei wächst. Bieder ist ein fairer Mann, vertrauen Sie ihm. Waffen zu erstehen und zu veräussern ist ein heikles Geschäft und für uns von grosser Bedeutung. Wenn wir in dieser Sache abseitsstehen, können wir unsere Armee in den Kamin schreiben.»

Willener hinterfragte nicht, was der Verkauf von Pistolen mit der Schweizer Armee zu tun habe. Das wäre einer nicht zumutbaren Beleidigung gleichgekommen; wenn sein ehemaliger Oberst, den Willener immer noch verehrte, eine Erklärung abgab, war dies korrekt.

Von nun an sah Willener zwar weiter seine Kontoauszüge der Bieder-Filiale auf den Cayman Islands genau an und machte sich Gedanken. Er tat das auch, als er jeweils vorgängig ein Dokument unterzeichnete, das er eben immer noch nicht richtig verstand. Doch er fand sich damit ab, umso mehr, als er danach immer ein bisschen reicher war.

Um sein Gewissen ein wenig zu entlasten, sprach er mit seiner Frau über die rätselhaften Bewegungen auf seinem Cayman-Konto. Sie verstehe das auch nicht, sagte sie. Für sie sei das kein Anlass, sich Sorgen zu machen. Jedenfalls befürchte sie keinen Moment, dass da etwas nicht mit rechten Dingen zugehe.

6

Es war der 12. Februar 2001, zehn Uhr morgens, an einem Montag, als das Handy von Helga Kloter schrillte. Sie war im Krankenzimmer von Kloter.

Sie nahm den Anruf an. «Moser, Cäsar Bieder Trust Company, Cayman Islands. Guten Tag, kommt Ihnen mein Name bekannt vor?»

«Ja. So gut kenne ich Sie aber nicht. Sie sind der persönliche Mitarbeiter von Nathan Kupperman.»

«Genau, Kupperman hat mich nach Miami geschickt, geschäftlich, mich aber noch gebeten, Ihren Mann zu besuchen. Ich bin gerade am Flughafen. Mir wäre gedient, wenn Sie dort hinkommen könnten. Ich werde zu Mittag im McDonald's speisen, bin einige Minuten nach halb eins dort. Ich lade Sie gerne zum Essen ein. Danach könnten Sie mich zu Ihrem Gatten begleiten. Wäre das möglich?»

«Ich bin gerade in seinem Zimmer.»

Helga hatte das Gespräch auf Lautsprecher gestellt, sodass Kloter alles mithören konnte.

«Sag ihm, du würdest zurückrufen», flüsterte er.

«Einen Moment, Herr Moser, in circa einer Viertelstunde bekommen Sie ein Telefon von mir.»

Kloter schüttelte den Kopf. «Was soll das? Auf diesen Moser habe ich keine Lust. Die Sache gefällt mir nicht. Ich melde dies McArthur.»

McArthur rief nach einigen Sekunden an, und Kloter informierte ihn über den Anruf von Moser.

«Ich will nicht den Teufel an die Wand malen. Doch etwas scheint da nicht zu stimmen. Ein Mitarbeiter von mir fährt jetzt gleich zum Spital, holt Ihre Frau dort ab und bringt sie zum McDonald's im Flughafen. Er wird sie dort im Auge behalten. Alles Weitere ergibt sich dann. Bitten Sie Ihre Frau, sich um zwölf beim Haupteingang des Krankenhauses einzufinden. Etwa um die gleiche Zeit werde ich Sie im Spital besuchen.»

Fünf Minuten vor zwölf Uhr stand Helga Kloter am Haupteingang des Universitätsspitals Miami. Kurz danach traf Bob McArthur mit einem Kollegen ein, ebenfalls ein Special Agent, der sich David Koch nannte. Er war genau gleich angezogen wie McArthur, ein wenig grösser und massiger. Koch bat Frau Kloter, ihm zu folgen. «Ich fahre Sie jetzt zum Flughafen.» Er führte sie zu seinem Wagen, einem in die Jahre gekommenen Volvo. Seine Fahrweise war irgendwie hektisch. Sie stützte sich mehrmals am Armaturenbrett ab. Koch entging das nicht. «Tut mir leid, aber ich möchte rechtzeitig im McDonald's sein. Ich verspreche Ihnen, sicher zu fahren. Wir müssen stets die Augen offen haben. Ich habe das ungute Gefühl, dass uns jemand folgt, deshalb meine Überholmanöver.»

Eine halbe Stunde später waren sie im Parkhaus des Flughafens, einige Minuten danach vor dem McDonald's. «Treten Sie mal ein, warten Sie beim Empfang, sagen Sie Ihren Namen, man wird Sie zu einem Platz, der für Sie reserviert wurde, führen.»

Der Platz war reserviert. Der Sessel ihr gegenüber war noch leer. Nach einer Viertelstunde tauchte Koch auf. «Ich setze mich an den Nebentisch, bestellen Sie schon etwas.»

Der Kellner kam zu Helga, notierte die Bestellung, ging dann zu Koch.

Um ein Uhr zehn sass sie vor einem Hamburger und einer Schüssel Salat, Koch vor einem Big Mac, Pommes und einem Glas Mineralwasser. Er warf ihr lächelnd einen Blick zu. «Ich denke nicht, dass der Mann noch auftaucht. Er hat offensichtlich Lunte gerochen. Was stimmt da nicht? Ich setze mich jetzt zu Ihnen. Wir verzehren in aller Ruhe unseren Lunch, dann bringe ich Sie ins Spital zurück. Ich bin gespannt, was sich dort in der Zwischenzeit abgespielt hat.»

***

Um Viertel nach zwölf klopfte es an der Zimmertür von Kloter im Spital. McArthur öffnete sie. Vor ihm stand ein Mann mit einer Weste, die er als schusssicher erkannte. Blitzschnell war in McArthurs Hand eine Glock-Pistole, und er zielte direkt ins Gesicht des Typs, der im Türrahmen stand. «FBI, legen Sie sich auf den Boden und werfen Sie Ihre Waffe weg. Wird's bald. Sonst schiesse ich.»

Im Nu waren zwei weitere Agenten zur Stelle, fassten den Mann unsanft an beiden Armen und warfen ihn zu Boden. Sekunden später hatte McArthur die Browning des ungebetenen Gastes in der Hand.

«Sie sind verhaftet.» Dann blickte er zurück zu Kloter. «Wir sind auf der Hut. Zwei unserer Leute werden von jetzt an vor Ihrer Türe stehen.»

***

Der Verhaftete wurde von McArthur im Bundesgefängnis in der Nähe von Miami verhört. Er war ein Mexikaner, der behauptete, im Auftrag eines Vertreters von Alvaro Héctor Diaz gehandelt zu haben. Er habe Kloter nicht erschiessen, nicht einmal einschüchtern wollen. Der Abgesandte von Diaz habe ihn gebeten, mit Kloter ein freundschaftliches Gespräch zu führen. Seine Absicht sei es gewesen, mit dem Schweizer Banker aus George Town etwas in der Cafeteria der Klinik zu trinken oder zu essen.

«Warum haben Sie eine Browning mit sich geführt?», fragte McArthur.

«Miami ist eine unsichere Stadt. Vor allem für Leute, die Züge von Indios tragen, wie ich eben.»

McArthur verfiel in ein Lachen.

Der Mexikaner verlangte nach einem Anwalt, der ihm gewährt wurde.

Einen Tag später fand das nächste Verhör statt. McArthur glaubte dem Mexikaner kein Wort. Doch Beweise, dass dieser Kloter hatte umbringen wollen, konnte McArthur auch nicht vorweisen. Kurz danach wurde der Mexikaner auf freien Fuss gesetzt. Im Vorhof des Gefängnisses tippte er eine Nummer in sein Handy und begann zu lachen, während McArthur ihn ein letztes Mal beobachtete.

***

Die Kloters sprachen nach dem Vorfall lange miteinander. Dass man ihm, Kloter, bereits in einem sicheren Krankenhaus in Miami nach dem Leben trachtete, beunruhigte beide. Solange er sich in Miami aufhielt, drohe ihm keine Gefahr mehr, meinte er seufzend. «Aber was geschieht auf den Cayman Islands? Ich kann mir kaum vorstellen, dass mich das FBI dort unten rund um die Uhr beschatten kann. In einer Woche sollte ich auf die Insel fliegen und am nächsten Tag in meiner Firma die Arbeit wieder aufnehmen. Ich muss mit McArthur reden und mit Dr. Bieder in Zürich.»

Kloter rief McArthur an. Der nahm den Anruf sofort entgegen. «In einer Stunde bin ich bei Ihnen.»

«Darf meine Frau auch anwesend sein?»

McArthur zögerte einen Moment, sagte dann aber zu.

Nach einer kurzen Begrüssung zog McArthur ein kleinformatiges blaues Heft aus der Westentasche, blätterte darin und las einen Augenblick die gefundene Notiz. Er sah zuerst Kloter, dann seine Frau an und lächelte. «Kommt Ihnen vielleicht altertümlich vor, wenn Sie zusehen, wie ich dieses kleine blaue Ding als Gedankenstütze verwende. Doch es ist für mich immer noch die sicherste und schnellste Methode, etwas darin festzuhalten und wiederzufinden. Ich bin nicht überrascht, dass Sie, Herr Kloter, mich angerufen haben. Ich habe mir, was Ihren Schutz und den Ihrer Gattin betrifft, Gedanken gemacht. Bald kehren Sie auf die Cayman Islands zurück. Auch dort werden wir Sie beide beobachten. Das geht aber nur in Zusammenarbeit mit der dortigen Polizei.»

Kloter verzog das Gesicht.

McArthur wehrte mit den Händen ab. «Ich bin mir bewusst, dass Justiz und Polizei dort unten nicht ganz unabhängig sind. Sie unterstehen dem Vereinten Königreich. Mit diesem Land haben wir gute Beziehungen. Es sind sozusagen unsere engsten Verbündeten. Wir müssen Personenschutzmassnahmen mit London besprechen. Diesbezüglich stossen wir in der Regel auf grosses Verständnis. Danach geht eine Meldung nach George Town, direkt an den Justizminister. Dieser hat noch nie Schwierigkeiten gemacht, wenn das FBI etwas von ihm wollte. Natürlich weiss ich, dass die Behörden auf den Cayman Islands korrupt sind. Auch in London ist das kein Geheimnis. Man drückt dort ein Auge zu. Nimmt es dankbar hin, dass sich dort ein globaler Finanzplatz und ein Steuerparadies etabliert haben, schliesslich fällt davon einiges für die Briten ab.»

McArthur räusperte sich, bevor er fortfuhr. «Doch wenn sich dort das Geschäftsgebaren einer Firma zum Schaden der USA entwickelt, akzeptieren London und die Lokalregierung, dass das FBI tätig wird. Das ist bei der Albot Global Invest und der Diaz Global Invest und Trust Company der Fall, ebenso, wenn auch im Hintergrund, bei der Cäsar Bieder Trust Company. Verstehen Sie mich richtig: Wenn die Banken und Finanzinstitute Drecksgeschäfte mit irgendwelchen Ländern machen, mischen wir uns nicht ein. Wenn es aber um den Import von Drogen in unser Land geht oder ihm Steuern vorenthalten werden, hört bei uns der Spass auf. Mir wäre noch kein Fall bekannt, wo man auf den Cayman Islands nicht mit uns kooperiert hätte. Wir werden in George Town zur Stelle sein, die Umtriebe gegen Sie genau beobachten. Die Behörden dort werden auf unsere Anweisung die notwendigen Massnahmen – Hausdurchsuchungen, Beschattungen, allenfalls Festnahmen – in Gang setzen. Auf den Cayman Islands sind Sie ab sofort sicher. Das betrifft Leib und Leben, allerdings nicht Belästigungen wie psychische Nadelstiche am Arbeitsplatz. Wir können Ihren Arbeitgeber auch nicht daran hindern, Sie zu entlassen. Auf der anderen Seite sind wir an einer Zusammenarbeit mit Ihnen interessiert, wenn es um strafbare Handlungen gegen die USA, Firmen oder Privatpersonen in diesem Land geht.» McArthur rollte dabei die Augen. «Ich gehe davon aus, Sie verstehen mich.»

Kloter nickte verhalten, fragte dann aber: «Wie geht es weiter?»

«Machen Sie sich darüber keine Gedanken. Wir sind über jeden Schritt, den Sie dort machen, informiert und bürgen für Ihre Sicherheit, erwarten aber von Ihnen, dass Sie uns Unregelmässigkeiten die USA betreffend umgehend melden.»

«Wie melden?»

«Zunächst mit einem Handyanruf an mich. Sie können mich immer erreichen. Das Weitere ergibt sich dann.» McArthur erkundigte sich nicht, ob Kloter noch Fragen habe oder ob er mit dem allen einverstanden sei, sondern drückte freundlich zuerst Helgas, dann Kloters Hand und ging.

7

«Ein Herr möchte Sie sprechen», sagte die persönliche Sekretärin von Kupperman, als sie leise in sein Büro eintrat.

Es war Donnerstag, der 15. Februar 2001.

«Ich habe jetzt keine Zeit, der soll später kommen», entgegnete Kupperman unwillig. «Wer ist dieser Herr überhaupt, hat er einen Namen genannt?»

«Eigentlich nicht, er hat nur gesagt ‹FBI›.»

Kupperman wechselte die Farbe. «Das darf doch nicht wahr sein. Holen Sie mir den Kerl und bringen Sie ein Tablett mit Kaffee und Süssigkeiten mit …»

«Koch, Special Agent, FBI. Nathan Kupperman?»

«Ja. Was führt Sie zu mir? Ich bin sehr überrascht. Ich kann mir keinen Reim darauf machen, weshalb Sie hier hereingeschneit kommen.»

Koch lachte. «Hereingeschneit ist gut. Auf den Cayman Islands schneit es nie. Sie stammen wohl aus dem Norden der USA, dort, wo jetzt gerade viel Schnee liegt.»

«So ist es. Ich komme aus New York.»

«Und nun arbeiten Sie für eine Schweizer Firma. Doch auf den Cayman Islands gelten nicht die Gesetze der Schweiz.»

«Tja, die Cayman Islands sind noch weniger restriktiv als die Eidgenossen –»

Koch unterbrach Kupperman. «Zum Teil, solange die Geschäfte der Banken nicht mit den Interessen der USA kollidieren.»

«Tun sie denn das?»

«Eine scheinheilige Frage. Was die Bieders und ihre Töchter-Unternehmen betrifft, wohl schon. Das ist nämlich genau der Grund, weshalb ich jetzt in Ihrem Büro stehe. Wäre es nicht nett, Sie böten mir einen Sitzplatz an?»

Kupperman schoss auf und zeigte auf den Sessel neben dem

Besuchertisch im geräumigen Raum. «Tut mir leid, ich war einfach überrascht.»

«Wirklich? Als die Aktion mit Ihrem subalternen Angestellten Moser gründlich in die Hosen ging –»

Kupperman fuhr dazwischen. «Wie bitte? Moser ist seit Wochen auf den Cayman Islands.»

«Sonderbare Reaktion von Ihnen. Wie können Sie wissen, wo diese ‹Aktion› stattgefunden hat? Nun ja, vielleicht wissen Sie es doch. Was zu beweisen wäre. Ist aber irrelevant. Ich spreche vom Anschlagsversuch vom …» Koch zog einen kleinen Notizblock aus seiner Jackentasche, blätterte darin und fand schliesslich, was er suchte. «… 12. Februar, gerade mal vor drei Tagen. Und Sie haben das schon wieder vergessen …»

«Ich bin nicht vergesslich.»

«Das unterstelle ich Ihnen gar nicht, eher noch, dass Sie mich jetzt anlügen. Aber wie schon angetönt, ich kann das nicht belegen. Deshalb hat eine Diskussion darüber auch gar keinen Sinn. Jemand mit dem Namen Moser von der Cäsar Bieder Trust Company, Cayman Islands, hat am 12. Februar auf dem Handy von Helga Kloter angerufen. Das steht eindeutig fest.»

«Können Sie beweisen, dass das tatsächlich unser Moser war?»

«Die Nummer war unterdrückt. Den Absender kann man so nicht zurückverfolgen, glauben viele. Doch mit Mobiltelefonen verstehen wir umzugehen. Auch wenn der Anrufer seine Identität unterdrückt, sind wir in der Lage herauszufinden, von wo aus er telefoniert, ganz besonders, wenn wir darauf vorbereitet sind. Und ja, wir waren darauf vorbereitet, dass Kloter im Fadenkreuz von ‹Leuten› von den Cayman Islands ist. Nach seinem ‹Fahrradunfall› wurden wir noch wachsamer.»

«Da müssen Sie mir nachhelfen. Das verstehe ich nicht ganz.»

Koch tippte mit dem Finger auf die Stirn. «Sie wollen es nicht verstehen. Konkreter: Wir haben diese ‹Leute› schon längere Zeit auf dem Radar –»

«Was meinen Sie mit diesen ‹Leuten›?», unterbrach ihn Kupperman.

«Das verrate ich Ihnen gerne. Personen aus der Belegschaft der vier Firmen auf den Cayman Islands: Cäsar Bieder Trust Company, Albot Global Invest und Diaz Global Invest und Trust Company –»

Erneut unterbrach Kupperman Koch. «Aber die Diaz Global Invest ist nach 2000 aufgelöst worden.»

«Für wie blöd halten Sie uns eigentlich, Kupperman? Oder wissen Sie wirklich nicht, warum diese Firma aufgelöst wurde?»

«Hmmm ... hmmm ... Das könnte mit Alvaro Héctor Diaz zusammenhängen, dem Brigadegeneral der mexikanischen Armee. Er sitzt derzeit in Mexiko-Stadt in Untersuchungshaft.»

Koch streckte den rechten Daumen in die Höhe. «Bravo, Sie wissen doch etwas davon. – Und wie kam es dazu, dass gerade Diaz als Direktor der Tochterfirma des Zürcher Finanzkonzerns Bieder eingesetzt wurde?»

«Hmmm ... hmmm ... Das hatte sicher einen Grund, leider weiss ich nichts Näheres darüber. Diaz war ein einflussreicher Mann in Mexiko. Er gehörte der langjährigen Regierungspartei PRI an und soll darin auch eine wichtige Rolle gespielt haben. Sein Netzwerk legte er auch über die Geschäftswelt. Und an Geschäften waren natürlich Dr. Bieder senior und junior interessiert. Die Diaz Global Invest war eine Goldgrube.»

Koch kniff die Augen zusammen. «Sie sind auf der richtigen Spur, Kupperman. Warum wurde Diaz verhaftet?»

«Politische Machenschaften, hat man mir gesagt. Es hat damals ein Regierungswechsel von der Partido Revolucionario Institucional, der PRI, zur Partido Acción Nacional, der PAN, stattgefunden.»

«Nicht ganz falsch. Die Präsidentenwahl fand im Juli 2000 statt. Fox von der PAN wurde gewählt, er sollte sein Amt im Dezember antreten, was dann auch geschah. Im August wurde Diaz verhaftet. Wer hat mit Ihnen über die ‹politischen Machenschaften› gesprochen?», fragte Koch.

«Dr. Bieder junior persönlich. Die Verhaftung Diaz' musste

ihm zugesetzt haben. Er flog deswegen extra nach George Town und besprach mit mir die Liquidation der Diaz Global Invest.»

«Die Wahl von Fox war für uns US-Amerikaner ein Glücksfall. Obwohl ich nicht behaupten möchte, Fox sei makellos. Mein Vorgesetzter hat dazu gemeint, er sei auch ein Halunke, aber eben unser Halunke. Die Verhaftung von Diaz hatte nichts mit seiner politischen Orientierung zu tun. Diaz war übrigens keineswegs an der Politik interessiert. Kommen Sie doch, Kupperman, das dürften Sie auch wissen. Was machte dieser Mann für Geschäfte?»

«Tut mir leid. Im Detail weiss ich das nicht.»

«Im Detail wissen wir das auch nicht. Aber in grossen Zügen schon.» Koch schüttelte genervt den Kopf. «Ich glaube Ihnen kein Wort. Keine Frage, die Details müssen Sie auf den CDs in Ihrem Archiv haben; Sie sind schliesslich der Direktor der Firma, die den Nachlass der Diaz Global Invest verwaltet.»

«Da überschreiten Sie die rote Linie, Herr Koch. Diese Papiere darf ich Ihnen nicht aushändigen. Ich müsste mich zuerst mit Dr. Bieder in Verbindung setzen.»

«Dann tun Sie das und geben mir Bescheid, was er dazu meint.» Koch streckte Kupperman seine Visitenkarte entgegen.

Kaum hatte Koch Kuppermans Büro verlassen, rief dieser Dr. Cäsar Bieder junior an. Dessen Sekretärin nahm das Telefon entgegen, erkundigte sich, ob es wichtig sei, Ihr Chef habe gerade eine Verhandlung mit einem Kunden, die wohl etwas länger dauern werde.

«Es ist extrem wichtig.»

«Gut, Herr Kupperman, Dr. Bieder wird umgehend zurückrufen.»

Fünf Minuten später schrillte das Telefon auf Kuppermans Schreibtisch. Er informierte Bieder über Kochs Besuch.

Bieder schien diese Nachricht zuzusetzen. Der oberste Boss des Zürcher Finanzkonzerns war sonst ein cooler Typ, der nicht so leicht aus dem Tritt geriet. «Ich muss diese Schreckensmeldung einige Augenblicke verdauen. Bleiben Sie am Apparat.»

Es vergingen einige Minuten, bis sich Bieder wieder meldete. «Kupperman, halten Sie Folgendes fest: Erstens: Gehen Sie in das Kellergeschoss und löschen Sie alle CDs aus dem Nachlass der Diaz Global Invest. Zweitens: Schreddern Sie dort alle Dokumente.»

«So könnten uns eine Menge von Kundendaten verloren gehen.»

«Stimmt. Ich überlege gerade, wie wir dieses Problem lösen könnten ... Haben Sie eine Idee?»

«Wir bringen die Originale der CDs und sämtliche Dokumente in unser Lager im Hangar des Flughafens. In einer Woche bringen wir alles mit unserem Learjet nach Zürich. Dort sind diese Sachen sicher. Sobald das geschehen ist, können Sie Koch informieren und ihm die leeren CDs aushändigen.»

«Da bleibt aber noch eine Kleinigkeit. Koch wird darauf bestehen, dass ich ihm auch die Dokumente herausrücke.»

«Und – wie schaffen Sie diese Schwierigkeit aus der Welt?»

«Wir legen in jede Bananenschachtel – sie befinden sich in den Jutesäcken – zuoberst mehrere beschriebene Blätter, darunter die nicht bedruckten.»

Cäsar Bieder röhrte vor Lachen. «Gut, Kupperman, Ihre Phantasie amüsiert mich.»

«Danke, ich werde Sie nicht enttäuschen.»

«Wen beauftragen Sie, Kupperman, mit dem Austausch der CDs sowie der Dokumente und dem Transfer zum Hangar?»

«Auch darüber habe ich mir schon Gedanken gemacht. Dazu bestimme ich Pedro Lopez, unser Mädchen für alles. Er ist unser Hausmeister und wirkt bereits so lange, wie Cäsar Bieder auf den Cayman Islands existiert. Lopez ist, soweit ich beurteilen kann, zuverlässig. Aber er ist eben ein Einheimischer, und denen muss man immer auf die Finger schauen. Lopez transportiert die wertvollen Sachen vom Hangar zu uns und umgekehrt. Bislang ohne die geringsten Unstimmigkeiten.»

«Er ist also nie mit den Moneten abgehauen. Das wäre ja möglich gewesen, es hätte ihn zu einem reichen Mann gemacht.»

«Da lege ich für ihn die Hand ins Feuer. Ihm würde so etwas auf gar keinen Fall einfallen. Nicht dass ich ihn als Ausbund eines Ehrlichmanns einschätzen würde. Aber Lopez ist nicht dumm. Er könnte sich zwar damit in einen anderen Karibikstaat absetzen, unbehelligt von der Polizei. Doch die Drogenbosse und die Geldwäscher dürften ihn bald ausfindig und auf ihre Weise unschädlich machen.»

«Danke, Kupperman. Wir haben soeben eine heikle Angelegenheit unbeschadet hinter uns gebracht. Ich bin immer mehr überzeugt, einen guten Griff getan zu haben, als ich Sie vor einem Jahr zum Direktor beförderte. Geben Sie mir kurz Bescheid, wenn die Sache vorüber ist.»

«Ich will für Sie und auch für mich hoffen, Sie haben recht.»

Bieder verabschiedete sich überschwänglich.

Kupperman wählte die Nummer von Lopez. Zwei Minuten später stand Lopez in seinem Büro.

«Die Sekretärin bringt uns Kaffee und Süssigkeiten, dann wollen wir zusammen etwas Wichtiges besprechen. Setzen Sie sich aufs Sofa. Nur einen Moment, ich muss, bis Hanna kommt, noch einige Dokumente unterzeichnen.»

Bald kam Hanna mit einem zuckersüssen Lächeln. «Welche Ehre, die Direktionssekretärin beehrt mich mit Süssigkeiten, da muss etwas Bedeutsames anstehen», bemerkte Lopez.

«Tut es auch, Lopez. Ich habe mir genau Sie ausgesucht für diese Angelegenheit.» Kupperman gab Lopez das weiter, was er mit Bieder besprochen hatte.

Lopez lächelte und nahm den Auftrag folgsam an.

«Machen Sie jetzt Feierabend, Lopez, und beginnen Sie morgen mit dieser Arbeit. Machen Sie bitte alles allein, engagieren Sie ja keinen Helfer.»

***

Überglücklich verliess Lopez die Firma und begab sich nach Hause. Von dort aus rief er Koch an und erzählte ihm vom Auftrag, den er von Kupperman gefasst hatte.

«Sie sind ein Glückspilz, Lopez. Alles läuft exakt so, wie wir's geplant haben. Hören Sie jetzt gut zu. Machen Sie sich genau um zehn Uhr auf den Weg. Passt das so?»

«Ja, bequem. Bis dann habe ich alles im Wagen verstaut.»

«Nein, Lopez, lassen Sie im Archiv alles so, wie es ist. Fahren Sie leer weg. Wir folgen Ihnen mit einer schwarzen BMW-Limousine und dahinter mit einem hellgrauen Mercedes-Kastenwagen.»

«Bisweilen folgt man mir bei solchen Ausflügen. Mein Boss will offenbar auf Nummer sicher gehen.»

«Machen Sie sich deswegen keine Sorgen. Auf so etwas sind wir vorbereitet. Wir werden allfällige Verfolger im Auge behalten und ihr Vorhaben stören. Anderthalb Kilometer vor dem Flughafen gibt es eine Tankstelle. Biegen Sie dort ein und fahren Sie auf den Parkplatz. Dann tauschen wir die Wagen. Unserer ist ebenfalls ein Mercedes wie Ihrer, übrigens hat er dieselbe Farbe. Wir werden die Nummernschilder austauschen. In unserem Wagen befinden sich die Original-CDs und die Originaldokumente. Die brauchen wir nicht mehr. Wir haben Kopien. Davon wissen die Bieders nichts.»

Am nächsten Tag, genau um zehn Uhr, fuhr Lopez mit dem Mercedes-Kastenwagen über die Rampe aus dem Untergeschoss. Kurze Zeit später sah er einen BMW und dahinter das seinem Mercedes typengleiche Transportfahrzeug. Nach etwa zwei Kilometern scherte der BMW nach links aus in eine Ausbuchtung. Kurze Zeit später wurde Lopez von einem lauten Knall aufgeschreckt. Er warf einen Blick in den Rückspiegel, der Beifahrer des Mercedes-Kastenwagens, der nun direkt hinter seinem fuhr, hob den Daumen in die Luft.

Lopez bog, wie vereinbart, bei der Tankstelle ein und fuhr auf ein Parkfeld. Kurz danach stand im Parkfeld daneben der zweite Mercedes-Kastenwagen. Fahrer und Beifahrer stiegen aus und machten Lopez ein Handzeichen, es ihnen gleichzutun.

«Was war das für ein Knall?», fragte Lopez.

Der Fahrer grinste. «Ein Audi ist uns gefolgt. Der Beifahrer im BMW hat ihm in den rechten Hinterpneu geschossen. Er steht momentan mit einer Reifenpanne am Strassenrand. Bis sein Wagen wieder fahrtüchtig ist, wird im Minimum eine halbe Stunde vergehen. Wir wechseln jetzt die Kontrollschilder, und Sie fahren danach in aller Ruhe zum Hangar und nehmen sich Zeit zum Ausladen. Könnte ja sein, dass Sie dort von einem Angestellten Ihrer Firma Besuch bekommen … Sind Sie fertig, kommen Sie zurück zu dieser Tankstelle. Wir wechseln die Nummernschilder und die Wagen. Genial, Lopez, oder etwa nicht?»

In knapp zehn Minuten war Lopez mit dem Mercedes des FBI im Hangar. Er verstaute die Jutesäcke in den riesigen Behälter, in den er wöchentlich die Dokumente und Geldscheine des Cäsar Bieder Trust deponierte oder sie dort herausnahm. Im riesigen Behälter waren auch die frisch angekommenen plombierten Jutesäcke mit Dokumenten und Geldscheinen aus Zürich, die Lopez in den Kastenwagen lud. Er beeilte sich nicht. Um halb zwölf kam Moser in den Hangar gerannt, ausser Atem und verschwitzt, sein weisses Hemd und seine leichte Khakihose waren tropfnass.

«Lopez, mein Gott, sind Sie es wirklich?»

«Ja, wie er leibt und lebt.»

«Ich habe Qualen ausgestanden. Man hat mir in den rechten Hinterpneu geschossen. Ich kam in der Folge massiv ins Schleudern. Ich kann froh sein, dass ich noch lebe. Als guter Fahrer und unerschrockener Typ konnte ich einen schweren Unfall vermeiden», sagte Moser mit sich überschlagender Stimme.

Lopez schüttelte den Kopf. «Ich verstehe das nicht. Sind Sie mir gefolgt? Von meiner Fahrt wusste doch nur Kupperman?»

«Darf ich Sie daran erinnern, dass ich Kuppermans rechte Hand bin.»

«Tut mir leid, das wusste ich nicht.»

Moser musterte Lopez mit einem beleidigten, bösen Blick. «Kupperman hat mir den Auftrag gegeben, Sie bis zum Flughafen zu begleiten und ihm unverzüglich Meldung zu erstatten, sollte dabei etwas schiefgehen.»

«Es ist alles wie am Schnürchen gelaufen.»

«Wirklich? Man hat einen Anschlag auf meinen Wagen verübt. Jemand ist hinter den Unterlagen her, die Sie hierhertransportiert haben. Was ist faul an der Sache?»

Lopez grinste Moser an. «Was sind das für Spekulationen?»

Moser beugte sich über den grossen Behälter, begutachtete einige Dokumente, nahm die eine oder andere CD und wog sie in den Händen.

«Wollen Sie so etwa herausfinden, ob Sie beschrieben ist?»

«Lopez, jetzt reicht es mir bald.»

«Mir reicht es bereits jetzt.»

«Nehmen Sie sich in Acht, Sie sind nur der Hausmeister und ich ganz oben in der Hierarchie in unserer Firma.»

«Womit Sie recht haben, Moser. Sie arbeiten ja im vierten Stock und ich im Erdgeschoss.»

«Ich ertrage diese Frechheiten nicht mehr, ich gehe nach draussen eine rauchen und komme zurück, wenn Sie mit Einpacken fertig sind. Wann ist das so weit?»

«Sie müssen sich noch zehn Minuten gedulden.»

Moser sah Lopez provozierend an, als er den Hangar verliess. «Ich werde Ihnen jetzt bis zur Firma folgen. Das ist mein Auftrag.»

Lopez bestieg den Mercedes, verschloss die Türen und wählte auf seinem Mobiltelefon die Nummer von Koch. Er informierte ihn über die Absicht Mosers.

«Fahren Sie seelenruhig zur Tankstelle. Wir werden Moser neutralisieren. Einige unserer Leute befinden sich in der Nähe des Hangars.»

Lopez schaute sich nach Moser um und nickte ihm zu, um abzuklären, ob er parat sei. Dann drehte er den Zündschlüssel, der Motor sprang an, und er fuhr mit einem sportlichen Start weg.

Zwischendurch sah er in den Rückspiegel. Nichts von Mosers rotem Audi.

An der Tankstelle wurden die Jutesäcke aus Zürich in den andern Mercedes umgeladen und die Nummernschilder gewechselt. Zwanzig Minuten später fuhr Lopez hinunter ins Kellergeschoss der Cäsar Bieder Trust Company.

Um drei Uhr nachmittags bekam Lopez einen Anruf von Kupperman. «Kommen Sie bitte in mein Büro.»

Lopez nahm sich Zeit. Es dauerte beinahe zehn Minuten, bis er an die Bürotür des Direktors klopfte.

«Herein», schnarrte Kupperman. «Verdammt, hat das lange gedauert, warum?»

«Ich habe offenbar zu viele Datteln verspeist, hatte halt keine Zeit, zu Mittag zu essen. Das hat meine Verdauung ein wenig durcheinandergebracht.» Er furzte kräftig.

«Sie haben keine Manieren, Lopez. Setzen Sie sich an den Besuchertisch.»

Erst jetzt realisierte Lopez, dass dort noch ein Gast war, einer in der Uniform eines Inspektors der Kriminalpolizei. Er kicherte. Lopez kannte ihn.

«Darf ich bekannt machen?» Kupperman wies mit der Hand zum Polizisten. «Richard Metzger, Inspektor Royal Police Cayman Islands.» Dann deutete er mit einer Kopfbewegung zu Lopez und stellte diesen vor. «Darf ich Ihnen das Wort erteilen, Herr Inspektor?»

Metzger hielt ein kleines Aufnahmegerät in die Höhe. «Ich werde das Gespräch jetzt aufzeichnen.»

«Haben Sie verstanden, was der Inspektor eben gesagt hat, Lopez? Lügen Sie nicht, sonst …» Kupperman strich mit dem Handrücken über die Kehle.

Metzger lachte laut heraus. «Auf unserer Insel wurde die Todesstrafe schon vor fünfzig Jahren abgeschafft.»

Kuppermans Miene erstarrte.

«Wir haben heute um circa dreizehn Uhr Johannes Moser tot in seinem Wagen aufgefunden. Der Wagen stand auf dem Parkplatz beim Hangar des Flughafens. Moser wies keine äusserlichen Verletzungen auf. Seine Leiche wird derzeit im Krankenhaus von George Town obduziert. In solchen Fällen gehen wir erst einmal vom Schlimmsten aus. Moser könnte Opfer eines Tötungsdelikts geworden sein. Der Arzt, der ihn als Erster untersuchte, sagte allerdings, es könnte ein Herzstillstand gewesen sein. Ich stelle Ihnen, Lopez, nun einige Fragen. Ich erspare mir jetzt die Litanei, Ihnen aufzutischen, was geschehen würde, falls Sie mich anschwindelten und es später ans Tageslicht käme.»

Metzger nahm seine schwarze, grosse Tasche, die er neben seinem Sessel liegen hatte, stellte sie auf den Tisch, öffnete sie und suchte ohne Hast etwas darin. Schliesslich zog er eine grüne Klarsichtmappe heraus, klappte sie auf und entnahm ihr ein Papier mit einem Text, in dem einzelne Sätze mit einem roten Marker hervorgehoben waren.

Metzger musterte Lopez. «Nach unserem Wissensstand sind Sie die Person, die zuletzt mit Moser gesprochen hat, und zwar im Hangar. In was für einer Verfassung war Moser?»

Lopez sah zu Kupperman, dann zu Metzger. «Moser war ziemlich aufgeregt. Er verriet mir, dass ihm auf der Fahrt zum Flughafen in den rechten Hinterreifen geschossen wurde und er nur mit Mühe seinen Wagen unter Kontrolle bringen konnte.»

«Dann war Ihnen Moser mit seinem Wagen gefolgt?»

«Offensichtlich, ja.»

«Wurden Sie nicht darüber informiert?»

Bevor Lopez antworten konnte, brachte sich Kupperman ins Gespräch ein. «Es ist so … hmmm … Lopez war sozusagen auf geheimer Mission. Er transportierte vertrauliche Dokumente zum Flughafen. Zu seiner Sicherheit gaben wir ihm einen Begleitschutz.»

«Wussten Sie davon, Lopez?»

«Nein, natürlich nicht.»

Kupperman schleuderte Lopez einen wütenden Blick entgegen.

«Nach unseren Recherchen wurde Moser dadurch etwa eine halbe Stunde aufgehalten. Danach tauchte er bei Ihnen am Hangar auf. Waren Sie überrascht?»

«Ja, schon. Ich wusste ja nichts von seinem Auftrag.»

«Dann kam es zu einem Gespräch zwischen Moser und Ihnen?»

«Könnte man als das bezeichnen. Moser hat mich genervt, als er mich mit herablassenden Bemerkungen eindeckte.»

«Was hat er denn gesagt?»

«Diesen Schwachsinn habe ich mir nicht gemerkt.» Lopez schilderte dann, dass Moser ankündigte, ihm bis zur Firma zu folgen. «Ich fuhr ein bisschen sportlich an, das hat Moser offenbar überfordert. Jedenfalls sah ich ihn nicht mehr im Rückspiegel.»

«Wann fuhren Sie vom Hangar weg?»

Lopez dachte nach. «So genau weiss ich das nicht mehr. Das könnte zwischen zwölf und halb eins gewesen sein.»

«Vielen Dank, Herr Kupperman und Herr Lopez. Das war alles, was ich von Ihnen wissen wollte. Ich verabschiede mich jetzt.» Er grüsste militärisch, ohne den beiden die Hand zu reichen.

Kupperman warf Metzger einen entsetzten Blick zu. «Bleiben Sie noch ein wenig, ich würde mich gerne mit Ihnen unter vier Augen unterhalten.»

«Das können wir später nachholen», erwiderte Metzger, als er bereits den Türrahmen passierte.

Lopez machte sich zum Gehen auf. «Lopez, Sie bleiben, ich habe noch mit Ihnen zu reden.»

Lopez sah Kupperman stupid an. «Um was geht es denn?»

Kuppermans Miene nahm scharfe Züge an. «Diese Frage haben Sie mir nicht zu stellen. Sage ich Ihnen, Sie bleiben, dann bleiben Sie, ohne einen Kommentar abzugeben. Warum ich Sie zum Nachsitzen auffordere, hat durchaus einen Grund, wie alles, was ich anordne.»

Lopez sagte: «Zu Befehl.»

«Lopez, reizen Sie mich nicht. Was heute Morgen geschehen

ist, macht uns Sorgen. Es begann mit einem Handyanruf, den ich um circa zehn Uhr fünfzehn von Moser erhielt.»

Kupperman spielte das Telefongespräch ab:

Als es mir schliesslich gelungen war, mich direkt hinter Lopez einzureihen, hat er aus einem unerfindlichen Grund plötzlich Gas gegeben und ist auf die Überholspur ausgeschwenkt, direkt hinter ihm schlossen unmittelbar danach ein schwarzer BMW und ein Mercedes-Kastenwagen – typen- und farbengleich mit dem unserer Firma – zu unserem Mercedes auf. Nach einer Fahrt mit hoher Geschwindigkeit von etwa einem Kilometer schwenkten die drei Fahrzeuge vor mir wieder auf die linke Spur ein. Ich war zuvor stets auf dieser Spur gefahren, parallel zu den drei Fahrzeugen, ausgenommen während zwei kurzen Überholmanövern, und blieb auch darauf. Schliesslich gelang es mir, mich wieder hinter Lopez einzureihen. Dann hörte ich einen Knall, und mein Fahrzeug begann zu schlingern. Ich konnte von Glück reden, dass ich die Kontrolle über meinen Audi behielt. Kurze Zeit danach stand ich auf dem Pannenstreifen.

«Das hört sich verdächtig nach einem abgekarteten Spiel an. Meinen Sie nicht auch, Lopez?»

Lopez zuckte mit den Schultern. «Nimmt man die Aussage von Moser zum Nennwert, wäre da wirklich etwas faul an der Sache. Doch so wie ich das eben gehört habe, lief das nicht ab. Es war eine ganz normale Fahrt. Was mich irritierte, war das Fahrzeug, das mich hartnäckig verfolgte, eben der rote Audi, in dem Moser sass. Ich habe dieses Fahrzeug noch nie auf dem Areal unserer Firma gesehen. So wurde ich misstrauisch und versuchte es abzuhängen. Ich nahm an, der Audi-Fahrer habe es auf meine Ladung abgesehen.»

Kupperman nickte bedachtsam. «Ich hoffe für unsere Firma und auch für Sie, dass Ihre Erklärung den Tatsachen entspricht. Vor dem Abend erwarten wir Bescheid über die Obduktion von Mosers Leiche. Derzeit ist gerade unser Sicherheitschef mit vier Assistenten im Hangar. Sie vergewissern sich, ob sämtliche Unterlagen und alle CDs vorhanden sind. Die CDs werden zudem überprüft, es könnten ja einige manipuliert oder gelöscht sein.»

«Was soll ich dazu sagen?» Lopez sah Kupperman beinahe belustigt an. «Ich habe ein gutes Gewissen. Ich entwende weder Akten, noch manipuliere ich CDs. Mit Sicherheit würde ich gar nicht verstehen, was auf die CDs gebrannt und in den Akten geschrieben ist. Keine Ahnung, ob jemand an den Unterlagen im Archiv herumgemacht hatte, ich aber ganz bestimmt nicht.»

«Lopez, Lopez ... warten wir jetzt einmal ab, bis wir vom Sicherheitschef und dem Inspektor Bescheid bekommen. Bis dahin verlassen Sie unser Haus nicht. Verschwinden Sie jetzt aus meinem Büro.»

Um halb sechs rief Kupperman Lopez über das firmeninterne Telefon an. «Die Akten und die CDs sind unbehelligt. Zudem wurde kein Gift in Mosers Leiche gefunden. Was das auch heissen mag. Wir werden Sie, Lopez, von nun an trotzdem im Auge behalten.»

Lopez lachte herzlich. «Ich bin erleichtert. Bespitzeln Sie mich ruhig. Danke, Herr Kupperman, ich wünsche Ihnen noch einen schönen Abend.»

«Gehen Sie jetzt, Lopez. Ich erachte diese Sache als erledigt.»

In weniger als einer halben Stunde war Lopez in seinem Heim und rief Koch an, um ihn zu informieren.

«Das ist vielleicht ein Ding. Gut gemacht. Darf ich Sie Pedro nennen?»

«Klar doch!»

«Sag David zu mir. Aber bitte nicht in Kuppermans Beisein oder wenn du mich von deinem Büro aus anrufst. Das solltest du künftig sowieso vermeiden, ausser in ganz dringenden Fällen.»

«Wie geht es jetzt weiter?»

«Normal, wie bis anhin. In den nächsten Tagen wirst du neue Instruktionen von mir erhalten ... Solltest du demnächst wieder für einen Transport von Schwarzgeld aufgeboten werden, lass die Finger von den Geldscheinen. Der Sicherheitsdienst deiner Firma würde dich überführen, und das könnten wir jetzt am wenigsten gebrauchen.»

«Jammerschade», seufzte Lopez. «Aber wenn es nicht sein darf, halte ich mich daran.»

***

Am folgenden Morgen erhielt Kupperman abermals Besuch von Metzger. Dieser streckte ihm ein Papier unter die Nase. Es war ein Durchsuchungsbefehl für die beiden Kellergeschosse. Kupperman tat so, als ob ihn das überraschte, innerlich kicherte er.

«Ich tue das nicht gerne, Herr Kupperman. Ich bin froh, wenn alles vorüber ist. Mein Vorgesetzter hat mich angewiesen, diese Massnahme zu ergreifen.»

«Ihr Vorgesetzter?»

«Der Superintendent. Über ihm ist der Chef-Superintendent, dieser ist dem Polizeiminister unterstellt. Ich denke, der Befehl für die Durchsuchung kam von ganz oben, vom Minister oder vielleicht sogar vom Premierminister.»

«Sie müssen sich nicht rechtfertigen, Herr Inspektor. Wir haben schon immer gut mit der Polizei zusammengearbeitet.»

«Weiss ich, Herr Kupperman. Nur eben, wir werden nicht umhinkommen, gewisse Unterlagen in Ihrem Archiv zu beschlagnahmen.»

«Tja, das ist zwar hart für uns. Darin sind vertrauliche Daten von unseren Kunden. Und Sie wissen ja, die zahlen dafür eine Stange Geld, und etwas fällt noch für die Behörden der Cayman Islands ab.»

«Das ist uns bewusst. Wir werden Ihr Bankgeheimnis auch nicht verletzen.»

«Das beruhigt mich. Dann konfiszieren Sie halt das Material, das im Archiv liegt. Wir haben nichts Gesetzeswidriges getan. Wann ist es so weit?»

«In den nächsten Minuten. Es stehen bereits zehn Leute von uns vor Ihrem Eingang.»

Kupperman spielte den Entsetzten. «Mit dem habe ich nicht gerechnet. Aber selbstverständlich bieten wir Ihnen Hand dazu.» Er wählte die Nummer von Lopez, sagte ihm, Herr Metzger würde ihm gleich einen Besuch abstatten. Er solle ihm bitte die Schlüssel für die Untergeschosse 1 und 2 aushändigen.

«Uuuiii, uuuiii ... die fahren wirklich drein ...»

«Lopez, es ist nicht an Ihnen, Befehle von mir zu kommentieren.»

Die Durchsuchung fand statt. Die Leute von der Polizei holten alle vermeintlichen CDs und Dokumente der Diaz Global Invest und Trust Company aus dem Archiv ab. Als das Material im Gebäude der Kriminalpolizei war, rief Metzger Koch an und informierte ihn über die Beschlagnahme.

Koch sagte: «Bewahren Sie die Sachen bei sich auf oder geben Sie die Unterlagen Kupperman wieder zurück.»

Metzger verschlug es die Sprache. Nach einigen wortlosen Momenten fragte er: «Was hat das denn für einen Sinn gehabt?»

Koch lachte. «Was wir tun, verstehen viele nicht, obwohl es durchaus Sinn macht. Machen Sie sich keine Gedanken darüber, Metzger.»

8

Am 26. Februar 2001, einem bewölkten Montag, erwartete Lopez Koch beim Eingang der Cäsar Bieder Trust Company, was er als Zufälligkeit erscheinen liess, denn dort fand zu dieser Stunde ein hektisches Kommen und Gehen statt.

«Wer sind Sie überhaupt?», sprach Lopez Koch mit breitem Grinsen an.

Mit einem noch breiteren Grinsen antwortete Koch: «Bringen Sie mich bitte zum Direktor.»

Kupperman zeigte sich, als Koch im Türrahmen seines Büros stand, überrascht. «Wie bitte – Sie, Herr Spezialagent? Herzlich willkommen. Was führt Sie zu mir? Geht es etwa um die Unterlagen, die von der Cayman-Polizei konfisziert wurden?»

«Ich denke, da stimmt vieles nicht, wir sind noch am Auswerten.»

Kupperman verschluckte sich. Er war perplex.

«Das ist nicht der Grund, weshalb ich Sie aufsuche, Kupperman. Es geht um Ihren Mitarbeiter Konrad Kloter, den Chief Operating Officer Ihrer Firma.»

«Was hat er denn angestellt, dass wir deswegen Besuch vom FBI bekommen?»

«Das möchte ich Ihnen jetzt noch nicht verraten. Ich habe Kloter mehrmals im Spital von Miami besucht –»

Kupperman fuhr Koch unwirsch ins Wort. «Das kann doch nicht wahr sein. Hat er Kontakt mit Ihnen aufgenommen?»

«Ich wäre nicht ein FBI-Agent, würde ich auf eine solche Frage eine Antwort geben.» Koch musterte nun Kupperman mit einem beinahe drohenden Blick. «Wir wissen vom Fahrradunfall Kloters am 3. Januar 2001. Wir sind diesem Ereignis nachgegangen. Dazu möchte ich nur Folgendes bei Ihnen deponieren: Sollte diesem Mann nochmals Ähnliches zustossen, sind Sie und Ihre Firma dran. Sollten Sie auf die Idee kommen, Kloter zu entlassen, werden Sie Schwierigkeiten bekommen.»

Kuppermans Gesicht wurde kreidebleich. «Das liegt nicht allein in meiner Macht. Sie können uns doch nicht vorschreiben, einen Angestellten, in diesem Fall sogar die Nummer zwei unseres Finanzhauses, zu behalten, wenn er unsere Erwartungen nicht erfüllt.»

«Das liegt in Ihrem Ermessen, wie wir darauf reagieren, in unserem. Es ist auch nicht geplant, dass wir darauf bestehen, dass Sie ihn ewig behalten. Aber wir werden den Zeitpunkt bestimmen, wann die Ablösung Kloters stattfinden kann. Machen Sie sich nichts vor, Kupperman. Wir haben die Cäsar Bieder Trust Company, Cayman Islands, im Fadenkreuz, und zwar schon seit mehreren Jahren.»

«Das kann ich mir nicht erklären, wir waren bislang sehr bedacht, das Gesetz der Cayman Islands einzuhalten.»

«Ehrlich, Kupperman, für wie bescheuert halten Sie uns eigentlich? Was die Cayman-Polizei und -Justiz gegen Steuerhinterziehung, Geldwäsche und Drogenhandel unternimmt, wissen Sie mindestens so gut wie ich. Diese Schweinereien interessieren uns nicht, wenn sie zulasten von Staaten ausserhalb der USA begangen werden. Wenn aber deswegen unser Land zu Schaden kommt, werden wir aktiv. Darüber möchte ich jetzt nicht und auch später nicht mit Ihnen verhandeln. Das ist alles, was ich Ihnen heute sagen wollte. Ich verabschiede mich.»

Auf Kuppermans Stirn hatten sich grosse Schweisstropfen gebildet, als er zum Tischtelefon griff und Cäsar Bieder junior anrief. Er informierte ihn über Kochs Visite.

«Das ist ja ein Horror», waren die ersten Worte Bieders. «Wie konnte das nur geschehen? Glauben Sie, Kloter hat uns verraten, ist hinter unserem Rücken zum FBI gegangen?»

«Nicht ausgeschlossen, aber wir können es ihm nicht beweisen. Eher noch glaube ich, dass das FBI mit ihm Kontakt aufgenommen hat nach dem Fahrradunfall.»

«Da ist dieser unselige Unfall. Das war doch wohl eine Dummheit, oder?»

«Das ist zweischneidig. Der Anschlag hätte besser vorbereitet werden müssen. Immerhin hat Kloter schon seit geraumer Zeit Sand in unser Getriebe gestreut. Er steckte seine Nase in Sachen, die ihn nichts angingen. Ich denke nur an die Gelder, die unserer Firma von Diaz mit grossem Geschick über Umwege zugeleitet wurden. Dass diese wunderbare Geldquelle irgendwann mal versiegen würde, damit mussten wir ja rechnen. Die Dollarnoten, die bei uns ankamen, waren sauber gewaschen. Dann kam dieser Kloter und stellte Fragen. Dass plötzlich aus einem eingegrenzten Wirtschaftsraum, damit meinte er Mexiko, derart viele Mittel abfliessen würden, mache ihn stutzig. Das sagte er an einer Kadersitzung. Wir gehen zwar davon aus, dass unsere Leute grossmehrheitlich nichts gegen ergiebige Geldquellen haben. Was unsere Aktiven aufstockt, kommt letztendlich allen Angestellten zugute. Dennoch können wir nicht alle Gehirne unter Kontrolle haben. Wenn nur schon einer von denen das zur falschen Zeit an der falschen Stelle weitererzählt, kann es verheerende Folgen für uns haben. Das könnte jetzt geschehen sein. Wir müssen damit rechnen, dass uns das FBI mit Argusaugen belauert. Gibt es bei uns keine Leute, die solche Themen zur Diskussion stellen, dürfen wir uns sicher fühlen. Taucht einer wie Kloter auf, stört er diese Ruhe. Da gibt es nur ein Gegenmittel: Kloter müsste weg.»

«Verstehe, verstehe», sagt Bieder nahezu kleinlaut. «Müsste? … müsste? … Das heisst so viel wie, wir müssen Kloter bis auf Weiteres behalten. Oder wie sehen Sie das, Kupperman?»

«Leider kann ich Ihnen nicht widersprechen. Die haben mir jetzt wirklich klargemacht, dass Kloter zu bleiben hat.»

«Daran führt kein Weg vorbei. Widersetzen wir uns dem, begeben wir uns auf Kriegsfuss mit dem FBI. Das würde bedeuten: Wir müssten unsere Läden nicht nur auf den Cayman Islands, sondern überall auf der Welt schliessen. Wie können wir Kloter unter Kontrolle behalten, bis die Amerikaner es uns erlauben, ihn zu entlassen?»

«Genau, nur diese Frage müssen wir uns jetzt stellen. Ich habe natürlich darüber nachgedacht und glaube, eine Antwort gefunden zu haben. Erstens haben wir diesbezüglich eine wichtige Vorarbeit geleistet. Noch bevor das FBI begann, mich zu belästigen, habe ich angeordnet, Kloters Heim, das wir ja für ihn und seine Familie gemietet haben, gründlich zu verwanzen, was dann umgehend geschah.»

«Das habe ich ja auch ohne Bedenken genehmigt.»

«Jedes Wort, das von nun an in den Räumen der Kloters gesprochen wird, nehmen wir auf und archivieren es», stöhnte Kupperman.

«Wo archivieren?»

«An einer sicheren Stelle auf Cayman Brac.»

«Das hätte man schon lange tun sollen, auch mit anderen geheimhaltungswürdigen Unterlagen.»

«Mir fällt gerade etwas zum Verwanzen ein. Meinen Sie nicht auch, das FBI könnte sich diesem annehmen und die ganze Installation zunichtemachen?»

«Das liegt durchaus drin.»

«Verhindern können wir das ja nicht. Wenn wir fortan Kloter keine Steine in den Weg legen, erachte ich das Risiko, dass das eintritt, als eher gering.»

«Genau, Kupperman, seien Sie von nun an nett zu Kloter – auf Zusehen hin, bis sich die Situation geändert hat.»

***

Koch liess es sich nicht nehmen, die Kloters am 1. März von Miami aus bis zu ihrem Heim in George Town zu begleiten. Auf dem Flug unterrichtete er die beiden, dass ihr Haus von der Firma Cäsar Bieder Trust Company durchgehend verwanzt worden sei. FBI-Spezialisten hätten das vor einigen Tagen festgestellt. «Wir lassen aber die Abhöreinrichtungen bis auf Weiteres stehen. Wir haben sie angezapft und können ab sofort auch alle Geräusche hören. Ich sage Ihnen, wo im Gebäude Sie sich aufhalten müssen, um ungestört miteinander zu kommunizieren.»

Die verhaltene Miene von Helga Kloter sprach Bände. Sie

hielt sich aber zurück, etwas auf Kochs Ankündigung zu erwidern. Konrad drehte sich zu ihr. «Helga, ich weiss, das ist alles andere als angenehm. Aber wir wissen es jetzt, und diese Massnahme leuchtet mir ein. Es kann auch eine Chance für uns sein. Wir können Kupperman und seine Leute mit gewissen Äusserungen verwirren.»

Koch, der auf der Dreierbestuhlung in der Mitte sass – am Boden spielte Jenny mit einer Puppe –, dankte Konrad Kloter für sein Verständnis und versuchte seine Gattin Helga zu beruhigen. «Darf ich Helga und Konrad zu Ihnen sagen? Ich heisse David.»

***

Kupperman wurde von seinem Sicherheitschef über die Ankunft der Kloters auf dem Flughafen George Town informiert. Und dass Koch mit ihnen reiste. Das beunruhigte ihn. «Dieser Mistkerl, was führt der noch im Schilde?»

Er wollte nichts verpassen, blieb beim Empfangsgerät und wartete sehnlichst auf das Eintreffen der drei im Hause Kloters. Er hörte ihre Schritte auf dem Kies vor dem Eingang, dann, wie die Haustür geöffnet wurde. «Erfreulich, die Abhöranlage scheint noch zu funktionieren», bemerkte er zu seinem Sicherheitschef, der neben ihm sass.

***

Die Kloters führten Koch durchs Haus. Koch deutete mit dem Finger jeweils auf die Standorte der Wanzen, während er harmlose Kommentare abgab, wie: «Die Küche gefällt mir, das Besucherzimmer ist etwas düster, das Schlafzimmer könnte einen neuen Anstrich gebrauchen.»

Dann sagte Helga: «David, ich mache euch einen Kaffee, in der Zwischenzeit könnt ihr euch den Garten ansehen. Er ist aber etwas verwildert in den sechs Wochen.»

Koch schritt stampfend zur Tür, die in den Garten führte,

öffnete diese lautstark, zog seine Schuhe aus und schlug die Tür mit lautem Knall zu, ohne allerdings das Haus zu verlassen. Dann begab er sich ins Dachgeschoss und unterbrach die Leitungen zu den Wanzen des Erdgeschosses. Er öffnete die Fenster, die des ersten Stockwerks, sodass man den Strassenlärm hören konnte.

«Helga, bereite doch den Kaffee zu, und wir lassen Kupperman und die anderen Spitzel ein bisschen schmoren. Was geschieht als Nächstes? Ich sehe auf der gegenüberliegenden Strassenseite ein Restaurant. Wir werden uns morgen um zehn Uhr dort treffen. Die Schnüffler Kuppermans sollen nur kommen. Mein ganzes Team wird sich dort einfinden und Augen und Ohren offen halten. Wir werden mit Sicherheit zwei, drei von ihnen identifizieren. Sie sehen sich als Profis, aber mit uns können sie sich nicht messen. Allerdings muss ich eingestehen, die Verwanzung in diesem Haus ist echt gekonnt.»

Koch reichte Kloter einen Zettel mit mehreren Anweisungen. Nummern von Hotlines zu FBI-Stellen, vor allem, wenn er von Kupperman angewiesen würde, sich mit Kunden auf Cayman Brac oder im näheren Ausland zu treffen, im mexikanischen Cancún, in Belize-Stadt, in San José in Costa Rica oder in Panama-Stadt, aber auch in Medellín, Kolumbien. Alles Destinationen, für die Flüge kurzfristig gebucht werden können. Koch versprach Kloter dafür immer Begleitschutz, denn darunter waren bisweilen heisse Pflaster, auf denen man leicht liquidiert werden konnte, ohne dass dies Spuren hinterliess. Nach dem Fahrradunfall bekam Kloter in der Unterwelt einen ziemlich hohen Stellenwert. Er galt als Gefahr für alle, die irgendwann, irgendwo mit der Diaz Global Invest oder der Albot Global Invest Geschäfte getätigt hatten. Auf den Cayman Islands konnten die Bieders wohl für Kloters Sicherheit bürgen, aber in Mexiko und anderen lateinamerikanischen Staaten lag das nicht mehr drin.

***

Kupperman atmete auf, als sich in Kloters Haus wieder etwas bewegte. Die Stille hatte gegen zwanzig Minuten gedauert. Kupperman hörte Stimmen aus der Küche von allen drei Zielpersonen. Hämisch grinsend sagte er zu Henry Johnson, seinem Sicherheitschef: «Jetzt geht's ans Eingemachte.»

Kupperman und Johnson lauschten.

«Was meint ihr, Helga und Konrad, wenn wir uns morgen zum Frühstück treffen, im Cake Studio, an der Smith Road, gegenüber dem Medical Centre?»

«Das wäre wunderbar», sagte Helga.

Kloter wiederholte: «Um zehn Uhr, geht das?

«Abgemacht.»

Dann folgte ein längeres Gespräch, das Kupperman zusehends nervte. «Was soll ich mit diesem Gelaber, bleib du dran, Henry, und gebe mir Bescheid, sollten weitere interessante Informationen kommen.»

***

Punkt zehn, am 2. März 2001, betrat Koch das Café in seiner gewohnten Uniform, blauer Filzhut, blauer Anzug, blaue Krawatte und weisses Hemd. Es war eine fröhliche Runde, die mehr als eine Stunde anhielt. Kupperman würde nicht auf seine Rechnung kommen, wussten sie insgeheim.

Im Laufe des Nachmittags erhielt Kloter eine SMS von Kochs Hotline.

Vier von Kuppermans Schnüfflern waren im Cake Studio. Wir treffen uns um siebzehn Uhr beim Hafen, im Fast-Food-Restaurant Dairy Queen. Es ist wichtig, dass du ihre Gesichter erkennst und sie dir einprägst. Wir haben Fotos gemacht.

Als Kloter dort eintraf, sass Koch schon in einer Ecke an einem Zweiertisch.

«Die Luft hier ist noch nicht ganz rein. Ich zeige dir, Konrad, die Bilder in meinem Wagen.» Koch erhob sich und winkte Kloter, ihm zu folgen.

Im Wagen sah er sich die Bilder an. Sie waren grossformatig. «Ich sende sie dir auch auf den Computer.» Kaum hatte er diese Worte gesprochen, sah er einen Schatten am Seitenfenster. «Sieh dir das an.» Er zeigte mit dem Finger auf einen Mann mit Fotoapparat, der von zwei andern an den Schultern gepackt wurde. «Unsere Männer haben gerade einen von Kuppermans Leuten in Beschlag genommen. Es sind noch zwei andere, denen dasselbe passiert ist.»

«Was geschieht mit denen?»

«Das verrate ich dir gerne. Wir fahren mit ihnen zum Flughafen, verfrachten sie in eine einmotorige Maschine und setzen sie auf irgendeiner Insel ab, dort überlassen wir sie ihrem Schicksal. Sie werden es überleben, denn wir wählen eine Insel aus, auf der es einige Häuser und Herbergen hat.»

«Nicht schlecht. Ich möchte Kuppermans Visage sehen, wenn sie ihm in ein paar Tagen unter die Augen treten.»

«Was meinst du, Konrad, wollen wir in der Hafenkneipe ein Bier trinken und den zweiten Tag deiner Rückkehr auf die Cayman Islands begiessen?»

Kloter sagte nicht Nein.

Diesmal waren sie unter sich, nicht belauscht. «Konrad, ruf gleich Helga an. In einigen Minuten wird es an ihrer Haustür klingeln. Ein Team von uns wird die Wanzen entfernen. Das dauert nicht lange.»

***

Kupperman und sein Sicherheitschef erwarteten seit sechs Uhr abends drei Männer. Und jetzt war es halb acht. «Um Himmels willen, was ist los mit diesen Jungs? Die sollten schon längst da sein.»

«Ruf doch Metzger an, du hast einen guten Draht zu ihm. Frag ihn, ob am Hafen Ausserordentliches vorgefallen sei.»

Kupperman tippte eine Nummer in sein Handy. «Wie bitte?

Das darf doch nicht wahr sein. Und der Sergeant hat nicht eingegriffen?» Das Gespräch ging noch einen Moment weiter, dann knallte Kupperman das Handy auf den Tisch und wandte sich dem Sicherheitschef zu. «Es war offensichtlich Koch, dieser Arsch. Die vom FBI scheinen Kloter voll im Griff zu haben. Sie lassen nichts anbrennen. Ein Sergeant hat den Vorfall beobachtet und ihn umgehend Metzger gemeldet.»

«Was hat er denn beobachtet?»

«Dass unsere Leute von Schlägern überwältigt, in einen Van verfrachtet und weggefahren wurden.»

«Wohin?»

«Das weiss auch Metzger nicht. Der Sergeant hat die Nummer des Wagens notiert.»

«Und was hat das ergeben?»

«Das ist ja das Problem, Metzger sagte, die Nummer sei niemandem zuzuordnen. Er tippe aber auf das FBI, dessen Fahrzeugpark mit nicht registrierten Nummern versehen sei. Dann lachte dieser Halunke noch.»

«Was glaubst du, was stellen die Leute vom FBI mit unseren Männern an? Werden sie sie umbringen?»

«Eher nicht. Im schlimmsten Fall ausfragen. Doch was unsere Geschäftsbeziehungen angeht, können die keine Auskunft geben. Und das dürften die FBI-Agenten haargenau wissen.»

Kupperman schaute abermals auf die Uhr. «Weisst du, Henry, was mich stutzig macht?»

«Nein, wie sollte ich das erraten?»

«Es sind bereits einige Tage vergangen, seit die Cayman-Polizei unser Diaz-Archiv beschlagnahmte. Ich gehe davon aus, dass es jetzt in den Händen des FBI ist. Da sie darin nichts finden, hätte ich irgendeine Reaktion erwartet.»

«Darauf kann ich mir keinen Reim machen. Sonderbar, wirklich sonderbar ist das. Könnte ja sein, sie haben andere Quellen, die ergiebiger sind.»

«Noch ergiebiger, du bringst mich zum Lachen. Geht das weiter, müssen wir uns beide nach einem Fluchtweg umsehen –»

Das Telefon auf Kuppermans Tisch schrillte. «Wer könnte das wohl sein?» Er hob ab und stellte den Lautsprecher ein. «Was sagen Sie? ... Auf Little Cayman? ... Und die haben euch dort unbehelligt abgesetzt?»

Er hängte auf und wandte sich an Johnson. «Henry, du hast alles mitbekommen. Hole diese drei Trottel wieder nach Hause. In der Zwischenzeit gehe ich in den Sende-/Empfangsraum. Ich möchte hören, was die Kloters miteinander quatschen.»

Augenblicke später hallte eine Tirade von wüsten Flüchen durch das Treppenhaus des Cäsar-Bieder-Gebäudes.

9

Am Montag, dem 5. März, um acht Uhr, erhielt Kupperman über eine hausinterne Nummer einen Anruf. Dieser kam vom Apparat des Hausmeisters.

«Lopez, Herr Direktor, jemand erwartet Sie in meinem Büro, ein Herr David Koch.»

«Was will denn der schon wieder?»

«Das hat er mir nicht gesagt.»

«Bringen Sie ihn zu mir. Aber warten Sie damit noch zehn Minuten. Ich muss zuvor noch dringende Dinge erledigen.»

Lopez hatte den Lautsprecherknopf des Apparats gedrückt, sodass Koch alles mithören konnte.

Koch lächelte verschmitzt. «Zehn Minuten dürften ihm kaum reichen, um all die Dokumente wegzuschaffen, die ihn belasten. Hast du realisiert, Pedro, dass ich noch einen grossen Koffer mitgeschleppt habe? Darin befindet sich ein Beamer, mit dem ich in Kuppermans Büro ein Video an seine grossflächige weisse Wand projizieren möchte. Und einige grossformatige scharfe Bilder.»

«Da wird sich der Direktor aber freuen, er hat einen Narren an Videos und Fotos gefressen. Immer vor Feiertagen lädt er die ganze Belegschaft ein und beglückt sie mit Filmchen aus seinem Privatleben, von seiner sexy Gattin mit den grossen Brüsten, dem imposanten Hintern, den Lippen wie Blutwürsten und seinen drei Jungen.»

«Tja, Pedro, diese Vorführung wird ihm einfahren. Er dürfte anschliessend das, was er gesehen und gehört hat, gleich Cäsar Bieder junior weitergeben, was diesen wohl veranlasst, sich mit Beruhigungs- und Schlafmitteln vollzupumpen.»

Lopez trug Koch den schweren Koffer in das Büro Kuppermans hoch. «Ich würde mir das Video auch gerne ansehen, auch die Bilder.»

«Na, lieber Pedro, diesen Wunsch darf ich dir leider nicht erfüllen. Das würde dein zartes Gemüt durcheinanderbringen.»

Kupperman rollte mit den Augen, als er Koch und Lopez mit dem schweren Koffer im Türrahmen erspähte.

«Was bringen Sie da für Ramsch mit, Koch? Meine Suite ist keine Müllhalde.»

Das brachte Koch dazu, laut zu lachen. «Da wäre ich mir gar nicht so sicher. Im Koffer befinden sich ein Beamer und ein Computer. Ich würde Ihnen gerne einen Film zeigen, Herr Direktor, in dem Sie mitspielen und auch Ihr ehrenwerter Chef, Dr. Cäsar Bieder junior.»

Das Letztere entspannte Kuppermans Züge leicht, was Koch bemerkte. Der dachte bestimmt, wenn er mit Bieder gemeinsame Sache gemacht hatte, würde die Schuld dafür auf die Schultern zweier Männer geladen.

«Lopez, schliessen Sie uns den Beamer und den Computer an, sodass wir bequem vom Sofa die Vorführung sehen können», sagte Kupperman.

Als der Hausmeister nach getanem Auftrag den Raum verlassen hatte, sagte Koch zu Kupperman: «Zuerst noch eine kleine Frage: Sagt Ihnen die Bezeichnung ‹Desaparecidos› etwas?»

«Möglich, dass dieses Wort auch schon in meiner Gegenwart gefallen ist. Momentan wäre ich nicht in der Lage, es einzuordnen.»

«Ihre Antwort erstaunt mich schon etwas. Ich bin Ihnen gerne behilflich, um Ihr Erinnerungsvermögen ein wenig aufzufrischen. Desaparecidos ist eine in Mexiko und andern Ländern Lateinamerikas gängige Bezeichnung für unbotmässige Bürger, die von quasistaatlichen Sicherheitsdiensten unter Ausschluss der Öffentlichkeit festgenommen, anschliessend gefoltert und getötet werden. In diesem Film geht es um Desaparecidos.»

Koch tippte etwas in seinen Laptop. Der Film lief ab. Zuerst erschien lange der Titel:

DESAPARECIDOS
AUGUST, 10. 1978
KAMPF GEGEN DIE ACNR
ASOCIACIÓN CÍVICA NACIONAL REVOLUCIONARIA
UNTER DEM KOMMANDO
VON OBERST DIAZ, ALVARO HÉCTOR

Zu sehen war eine Gruppe von einem Dutzend Männern und Frauen mit Fussfesseln, mit einem dicken Strick aneinandergebunden. Es schien drückend heiss zu sein. Hinter ihnen eine lange Bank.

Diaz trat vor die Gefangenen. «Setzen Sie sich, wir müssen miteinander reden.»

Die Gefangenen setzten sich.

Danach marschierten elf Männer über den Kiesplatz, zwei in Zivil, die andern in Uniformen der mexikanischen Armee, bis auf zehn Meter hinter die Bank.

Diaz hob die linke Faust. Die Männer legten an. Diaz hob ein zweites Mal die Faust. Dann die Schüsse. Alle Sitzenden bis auf einen flogen rücklings über die Bank, einer blieb sitzen.

Diaz zeigte auf den noch Lebenden. «Homero Cárdenas, du bist der Anführer dieser rebellischen Bande. Ich nehme mir dich persönlich vor.» Diaz trat zwei Meter vor Cárdenas, zog seine Pistole Kaliber 38 aus dem Halfter, blickte Cárdenas verächtlich an.

Cárdenas spuckte Diaz mitten ins Gesicht.

Diaz warf die Waffe weg und traktierte Cárdenas mit Fusstritten.

Dieser spuckte Diaz abermals ins Gesicht. Diesmal war der Speichel blutig. Cárdenas brach zusammen, dann schoss Diaz sein Magazin auf Cárdenas' Körper leer.

Die Kamera lief dann über die elf Gesichter der anderen Schützen. Beim ersten Zivilisten stoppte Koch den Film und zeigte mit einem Lasermarker auf dessen Gesicht, vergrösserte es.

«Kennen Sie diesen Mann, Kupperman?»

«Ich sage nichts dazu.»

«Kann ich nachvollziehen. Das ist Ihr Gesicht. Sie waren damals siebenundzwanzig Jahre alt und machten mit Diaz Geschäfte. Das heisst, Sie versorgten ihn mit Geldern für die Drogen, die er in die USA, nach Kanada und in westeuropäische Länder absetzen liess. Dafür haben wir lupenreine Beweise.»

Koch liess den Film weiterlaufen und unterbrach ihn beim zweiten Zivilisten, wieder zeigte er mit dem Lasermarker auf das Gesicht und vergrösserte es.

«Kennen Sie diesen Mann, Kupperman?»

Kupperman betrachtete das Gesicht längere Zeit. «Es könnte Vinzenz Albot junior sein, aber sicher bin ich nicht.»

«Wir sind auch nicht ganz sicher, der Bildausschnitt lässt zu wünschen übrig, aber wir tippen auch auf Albot den Jüngeren.»

Koch liess die Vorführung weiterlaufen. Die elf Männer und Diaz verpackten die Leichen in Jutesäcke, warfen sie auf einen Pick-up, deckten sie mit einer Plane zu. Dann fuhren sie in die nahe Stadt auf den Vorhof eines Hotels.

«All das wurde von einem Kamerateam aufgenommen», sagte Koch. Er spulte etwas vor, und man sah Diaz und Kupperman in der Lobby des Hotels, beide in schicken Anzügen mit Krawatte und weissem Hemd. Zu ihnen gesellten sich zwei weitere Herren, ein wenig jünger als Kupperman.

Koch hielt den Film wieder an und zoomte deren Gesichter heran. «Wer sind die beiden, Kupperman?»

«Dr. Cäsar Bieder junior und Vinzenz Albot junior, diesmal bin ich mir sicher.»

«Danke, Kupperman, für Ihre Mithilfe. Dass nun Albot hier eindeutig erkennbar ist, heisst für uns nicht, dass er auch an den Morden zuvor beteiligt war. Für solche Vorfälle sind eindeutige Beweise unerlässlich.»

Die vier Herren gingen zusammen in einen Speisesaal und nahmen eine üppige Mahlzeit zu sich.

Kupperman spulte den Film weiter vor, bis die vier zusammen das Hotel unter lautem Gejohle verliessen und mit dem

Pick-up zu einer Schotterpiste fuhren. Sie machten halt vor einer Maschine des Typs IAI Arava, einem kleinen Transportflugzeug der mexikanischen Armee.

«Ich würde Ihnen, Herr Dr. Cäsar Bieder und Herr Vinzenz Albot, gerne die Pazifikküste von Acapulco zeigen», sagte Diaz mit gönnerhafter Gebärde zu Bieder, während Arbeiter die Säcke in den Frachtraum der Maschine warfen. Mindestens zwei von ihnen machten ein Kreuzzeichen mit den ausgestreckten Fingern der rechten Hand. Sie berührten dabei die Stirn, die Brust, dann die linke und die rechte Schulter und sprachen: «Im Namen des Vaters und des Sohnes und des Heiligen Geistes.»

Bieder fragte Diaz, was denn das solle.

«Diese Menschen sind sehr fromm, sie beten für uns, dass wir nicht abstürzen», antwortete Diaz.

Dann schwenkte die Kamera auf Kuppermans und Albots grinsendes Gesicht.

Bieder genoss den Flug über den Pazifik hinaus sichtlich. Kupperman entschuldigte sich kurz. Er müsse im Frachtraum etwas kontrollieren. Kurz danach schnellte die Maschine mehrere Meter nach oben.

Bieder sah zum Fenster hinaus und schaute den Säcken nach, die aus grosser Höhe Richtung Meer fielen.

Er erkundigte sich bei Diaz, was das für Material sei, das sie da im Meer versenken würden.

«Kehricht», sagte Diaz mit einem Lächeln auf den Stockzähnen.

«Das ist nicht gerade umweltfreundlich», gab Cäsar Bieder zu bedenken.

«Da liegen Sie falsch, Herr Doktor, das ist organisches Material und deshalb ein wertvoller Beitrag für unsere Fischgründe.»

Vinzenz Albot beugte sich vom hinteren Sitz zu Bieder hin. «Cäsar, spielst du uns etwas vor? Die zwölf Säcke enthalten die Leichen von zwölf Desaparecidos. Sie sind mit Steinen beschwert, dass sie bis auf den Meeresgrund sinken und ja nicht mehr auftauchen.»

Bieder hielt beide Hände vors Gesicht und schluchzte.

Das war das Ende des Films.

Kupperman war in sich zusammengesunken. «Was bezwecken Sie damit, Koch?»

«Dass der Finanzkonzern Bieder endlich damit aufhört, den Drogenhandel in die USA zu finanzieren.»

«Das tun Sie erst jetzt?»

«Einiges haben wir bereits getan. Dieses Video ist uns vor etwa zwei Jahren in die Hände gefallen und hat dazu beigetragen, dass Diaz im August 2000 verhaftet werden konnte.»

«Können Sie bitte diesen Raum verlassen. Ich ertrage Ihren Anblick nicht mehr, Koch.»

«Das kann ich verstehen, Kupperman. Trotzdem habe ich noch eine Bitte.»

Koch öffnete den Koffer und händigte Kupperman sechs CDs aus. «Zweimal drei Kopien der Originale. Unsere Spezialisten haben die Bänder digitalisiert. Lassen Sie drei CDs auch Bieder junior zukommen.»

«Da werde ich wohl nicht umhinkommen.»

«Sollten Sie es nicht tun, ist es für uns auch keine Katastrophe. Bieder kennt diesen Film nämlich. Diaz hat ihm eine Kopie der Bänder zugestellt. Der Film wurde noch auf Bändern festgehalten. Und warum hat Diaz das gemacht? Er hat damit Bieder erpresst. Dieser frass ihm richtiggehend aus der Hand und machte ihn zum Direktor einer seiner Tochterfirmen. Geldmässig ein voller Erfolg. Der Trust auf den Cayman Islands hat den Bieder-Konzern erheblich reicher gemacht.»

«Eine Frage hätte ich noch.»

«Gerne, Kupperman.»

«Auch Albot junior war im Video zu sehen. Was haben Sie mit Albot vor?»

«Sie stellen Fragen! Ich werde sie nicht beantworten.»

Koch bat Kupperman, Lopez zu rufen, damit dieser ihm behilflich sein könne, den Beamer abzumontieren und diesen mit den anderen Geräten in sein Auto hinunterzubringen.

10

Kloter nahm am Morgen des 5. März, einem bewölkten Montag, seine Arbeit bei der Cäsar Bieder Trust Company wieder auf. Kupperman empfing Kloter überschwänglich. Um seinen direkten Untergebenen zu schonen, bestand Kupperman darauf, ihm bis auf Weiteres ein Pensum von fünfzig Prozent zuzuteilen, bei vollem Gehalt selbstredend. Kupperman übertraf sich selber mit grosszügigen Gesten, als er Kloter dieses Angebot machte. Kloter mimte grosse Zufriedenheit darüber, obwohl er Kupperman am liebsten einen Kinnhaken verabreicht hätte.

Kupperman stellte Kloter jedem neuen Mitarbeiter vor. Es gab nur wenige, die erst während seiner Rekonvaleszenz zur Cäsar Bieder Trust und Company stiessen. Dabei bediente sich Kupperman derart penetrant salbungsvoller Floskeln, dass einige seiner Angestellten sich abwenden mussten, um vor Lachen nicht herauszubrüllen.

«War angenehm, das Wiedersehen mit Ihnen. Ich schlage vor, Sie kommen jeweils am Montag, Mittwoch und Freitag zur Arbeit. Ist das in Ordnung?»

Kloter stimmte dem zu.

Nach dieser Tour begab sich Kupperman wieder in seine Suite und rief Cäsar Bieder junior an. Er informierte seinen Chef über die Ankunft Kloters in der Firma.

Bieder liess es sich nicht nehmen, Kupperman einzuschärfen, dass er dafür zu sorgen habe, Kloter, bis von ihm eine andere Weisung kommen werde, sozusagen in Schutzhaft zu nehmen. Kloter dürfe auf gar keinen Fall etwas zustossen.

«Wo sehen Sie denn die grösste Gefahr für Kloter?», fragte leicht genervt Kupperman.

«Das wissen Sie doch mindestens so gut wie ich. Im Umfeld von Diaz und Albot gibt es mehrere Typen, für die Kloter nach wie vor eine Bedrohung ist. Einige von ihnen sind nicht rational denkende Personen. Sie hängen Rachegedanken nach, durch Kloters Schnüffelei sind ihnen lukrative ‹Aufträge› verlustig gegangen.»

«Das ist ein harter Brocken. Wie soll ich denn das alles bewerkstelligen, im Schlepptau der ehemaligen Diaz-Niederlassung und der noch existierenden Albot Invest sammelt sich einiges an fast nicht zu kontrollierenden Elementen an.»

«Wem sagen Sie das, Kupperman? Um dieser Probleme Herr zu werden, habe ich Sie angestellt – zu einem übermässig hohen Preis. Zeigen Sie auch gegen diese, ihre einstigen Mitstreiter, Härte, machen Sie Ihnen klar, dass, sollte der Finanzkonzern Bieder von den FBI-Schergen aufgerieben werden, auch für sie nichts mehr zu holen wäre. Obwohl mir das unendlich schwerfällt, werde ich mit dem FBI eine Vereinbarung treffen. Bis diese steht, könnten anderthalb bis zwei Jahre vergangen sein. Erst wenn es einmal so weit ist, dürfen wir uns von Kloter trennen. In der Zwischenzeit gilt es, Kloter so einzusetzen, dass auch für die Cäsar Bieder Trust Company auf den Cayman Islands etwas herausschaut. Und das scheint durchaus möglich, sogar eine Chance zu sein. Kloter, nach wie vor ein fähiger Kontrolleur, wird die neuralgischen Stellen unserer Transaktionen ausfindig machen. Das ist seine Aufgabe. Wie wir mit seinen ‹Entdeckungen› verfahren, ist dagegen unsere Sache.»

Kupperman versprach Bieder, seine Anweisungen zu befolgen. Er werde Kloter in dem Sinne, wie er, Bieder, angeordnet habe, einsetzen. Allerdings werde der Konzern Bieder in dieser Übergangsphase einen Gewinneinbruch erleiden, da der Goldesel Bieder Cayman auf Diät gesetzt sei.

Am 23. März, einem Freitagnachmittag, traf Konrad Kloter mit Nathan Kupperman zusammen. Kloter legte Rechenschaft über seine Recherchen seit dem 5. März ab.

An den meisten Berichten über Geldtransaktionen und geplanten Investitionen hatte Kloter nichts auszusetzen. Nur einen Bericht stufte er als fragwürdig ein. Eine Rechnung aus dem kolumbianischen Medellín. Es ging um Werkzeugmaschinen, die nach Memphis in den USA geliefert werden sollten. Das Geschäft hätte über die Albot Global Invest Cayman abgewickelt werden sollen, doch diese sah sich momentan zu wenig liquid, diese «Investition» zu tätigen.

Kloter ging, wie er Kupperman informierte, dieser Sache nach. Empfänger war die U.S. Industrial Machinery in Memphis, ein mittelgrosser Maschinenhersteller im Bundesstaat Tennessee. Allerdings stimmte die angegebene Lieferadresse nicht mit dem Sitz dieser Firma überein. Olympic Street, zwischen der Keel Ave und der Henry Ave. Das war ein mittelständisches Wohngebiet ohne Industrie. Auch die Bankverbindung lautete nicht auf den Namen dieses Unternehmens.

Kupperman runzelte die Stirn. «Verdammt, was ist das für eine Schlamperei!»

«Das sieht, wie ich es beurteile, nicht nach Schlamperei, sondern nach Geldwäscherei oder Drogenhandel aus.»

«Konrad, was sind das für Unterstellungen? Vielleicht ist es die Adresse eines der Direktoren des Maschinenherstellers.»

«Das würde mich ja wundern.»

«Gut, Konrad, Vertrauen ist gut, Kontrolle ist besser. Reise nächste Woche nach Medellín, dann nach Memphis. Sollte etwas faul an der Sache sein, werden wir diese Investition stornieren. Ich werde unseren Mitarbeiter für Geschäftsreisen beauftragen, diese Reise zu organisieren. Komm am Montagmorgen zu mir ins Büro. Dann sind die Flüge und Hotels gebucht. Du kannst die Unterlagen abholen. Für diesen Ausflug gebe ich dir zwei Wochen. Stelle dich auf den kommenden Dienstagvormittag als Abflugzeitpunkt ein.»

Kloter kicherte in sich hinein.

Nach dem Treffen mit Kupperman, das gut zwei Stunden gedauert hatte, machte sich Kloter auf den Weg nach Hause, um zu Mittag zu essen. Kaum war er dort angekommen, rief er Koch an.

«Konrad, gib mir die genaue Adresse von Memphis durch – die an der Olympic Street.»

«Klar doch. Der Begleitschutz, den du mir versprochen hast, macht mir Sorgen.»

«Der kommt auf jeden Fall zustande. Ich gehe davon aus, dass es von George Town aus mit Umsteigen nicht allzu viele Verbindungen nach Kolumbien gibt, direkte wohl kaum. Wir werden uns, sobald die Flüge gebucht worden sind, die Passagierlisten beschaffen. Dann interveniere ich. Mindestens zwei Agenten von uns werden in den Maschinen sitzen, die für dich reserviert worden sind. Dafür stehe ich gerade. Sobald du die Bordkarten und Hotelreservationen hast, lasse es mich sofort wissen.»

***

Kurz nach der Zusammenkunft rief Kupperman Vinzenz Albot junior an. «Wir müssen uns sofort treffen.» Er schlug dafür eine Bar in der Nähe der Cäsar Bieder Trust Company vor. Nach einigem Zögern stimmte Albot zu.

«Albot, verdammt, was hast du uns wieder eingebrockt? Es geht um die Finanzierung eines Unternehmens in Medellín, besser: um die eines Geschäfts, das wir mit einer Maschinenfabrik in Memphis abschliessen sollten.»

Albot setzte eine Pokermiene auf. «Und? Ist es zustande gekommen?»

«Natürlich nicht, Kloter hat es buchstäblich im letzten Moment verhindert.»

«Ach ja, der Kerl ist wieder im Land. Doch ehrlich, Nathan. Ich habe es nur gut mit dir gemeint, wollte dir einen lukrativen Auftrag zuschanzen. Es geht ja um einen höchst legalen Handel.»

«Für wie blöd hältst du mich eigentlich, Vinzenz? Du weisst so gut wie ich, dass Finanzierungen Medellín betreffend höchst verdächtig sind. Es wäre nicht das erste Mal, dass in diesem Fall unter dem Deckmantel eines Werkzeugmaschinenverkaufs Drogengelder hin- und hergeschoben werden. Die klassische Methode des Geldwaschens. Das FBI sitzt uns derzeit im Nacken und dir vermutlich auch.»

«Das ist mir nicht neu. Meine Global Invest ist allerdings um einiges angreifbarer als deine Bieder Trust Company. Wir haben, um es einmal offen zu sagen, für euch immer die Drecksarbeit geleistet, und ihr habt abgesahnt. Wobei ich einräume, dass auch wir profitiert haben, allerdings niemals im Ausmass wie der Bieder-Finanzkonzern. Lassen wir diesen Streit, es ging halt nicht anders. Ohne Risiko kommt man nicht vorwärts. Nur, irgendwann steht man an der roten Linie. Wir werden, im Gegensatz zu euch, vom FBI beobachtet, wenn unsere Geschäfte bis nach Medellín reichen. Das FBI sieht dagegen keinen Anlass, in euren Büchern zu stöbern, wenn ihr Geschäfte mit den Kolumbianern macht. Ausser ein Kloter macht das FBI darauf aufmerksam. Ich wette, genau das ist jetzt geschehen.»

«Unrecht hast du damit nicht. Doch bedenke, Cäsar Bieder schaut mir auf die Finger. Und es ist Cäsar Bieder, der verlangt hat, dass Kloter vorläufig bei uns bleibt», sagte Kupperman.

«Man hätte Kloter früher loswerden müssen oder ihn niemals zum Chief Operating Officer befördern.»

«Das darfst du mir nicht anlasten, er wurde auf diesen Posten gehievt, einige Zeit bevor ich Direktor war.»

«Stimmt auch wieder. Aber wir müssen uns etwas einfallen lassen, um Kloter abtauchen zu lassen. Es hätte effizientere Methoden gegeben als diesen läppischen Fahrradunfall.»

«Meinetwegen. Das ist tatsächlich schiefgelaufen. Aber du wurdest ja zuvor davon in Kenntnis gesetzt und hast nicht Einspruch dagegen erhoben.»

«Was sollte ich denn tun, Kloter ist nicht mein, sondern dein Angestellter. Ich hätte da schon eine Idee …», gab Albot vor.

«Welche?», fragte Kupperman.

«Du bist gut. Meinst du, ich würde sie dir preisgeben? Du würdest damit stante pede zu Cäsar Bieder rennen …»

«Wie kann ich dir dabei helfen?»

«Damit ich dir das verraten kann, müsstet du wissen, was ich vorhabe.»

Kupperman informierte Albot über die anberaumte Geschäftsreise Kloters nach Medellín und nach Memphis.

«Das ist ja eine ideale Gelegenheit. Da benötige ich nur die Abflugzeit sowie die Destination der Maschine, die George Town verlässt. Er reist allein, oder?»

«Ich denke schon, jedenfalls von unserer Firma begleitet ihn niemand. Ich werde dir morgen oder allenfalls schon heute Abend diese Informationen per Fax durchgeben.»

«Gut, das wollte ich noch wissen.»

***

Gegen Freitagabend war der Geschäftsausflug Kloters organisiert. Kupperman brachte die Unterlagen dazu persönlich in Kloters Büro.

Kloter jubelte innerlich. Von zu Hause aus rief er wiederum Koch an und gab ihm alle Termine durch.

Bereits am Samstagmorgen läutete Koch an der Haustür der Kloters. Er habe die von Kupperman festgelegten Daten ein bisschen durcheinandergebracht. Der Abflug würde bereits um sechs statt um neun Uhr stattfinden. Dementsprechend würden alle anderen Eckpunkte nach vorn verschoben werden. «Kein Problem, das finanzieren wir, die ganze Sache ist uns wichtig, sie ist brandheiss. Es werden drei FBI-Leute mit dir reisen und dich beschatten. Sie geben sich dir nicht zu erkennen. Das ist bei uns so üblich. Wichtig: Du darfst dich sicher fühlen. Ich gebe dir jetzt die Flugkarten und Hotelreservationen.»

Kloter nahm die Unterlagen entgegen, sah sie sich an. «Cancún, Mexiko? Eine Zwischenlandung? Das ist neu. Mit der Geschäftsvariante wäre ich direkt geflogen. Wie ist es dort mit dem Grenzübertritt? Das habe ich schon mal über mich ergehen lassen, sehr unangenehm. Beinahe hätte ich den Anschlussflug verpasst.»

«Diesmal ist das kein Thema. Sieh dir mal das Formular und die grüne Karte im Klarsichtmäppchen an. Weist du das am Schalter der Eingangskontrolle in Mexiko vor, wirst du unverzüglich durchgelassen. Man wird sogar fragen, ob sie etwas für dich tun können.» Koch schmunzelte.

«Brauche ich deren Hilfe?»

«Nein, das ist nur eine Höflichkeitsfloskel. Von dem Moment an wissen die Grenzbehörden, dass du vom FBI begleitet wirst.»

«Und wie sieht es bei der Ankunft in Medellín aus?»

«Einer unserer Agenten wird dich nach der Personenkontrolle in Empfang nehmen. Reihe dich beim Schalter C ein. Der Grenzbeamte wird informiert sein.»

«Wie geht es in Medellín weiter?»

«Unser Agent wird dich überallhin begleiten. Danach kann nichts mehr schiefgehen.»

Helga brachte Konrad am frühen Dienstagmorgen zum Flughafen, sodass er eine Dreiviertelstunde vor dem angesetzten Abflug dort war. In der Folge lief alles wie am Schnürchen. Am Nachmittag um drei Uhr stand Kloter am Schalter C des internationalen Flughafens von Medellín. Der FBI-Agent, der sich Jack nannte, nahm Kloter in Empfang und begleitete ihn ins Hotel, in das Zimmer Nummer 25. «Falls Sie eine Frage haben, ich logiere gegenüber, Nummer 28. Ich schlage vor, dass wir uns in einer halben Stunde an der Bar bei der Hotellounge treffen.»

***

Vinzenz Albot junior begab sich gleich nach der Zehn-Uhr-Pause in sein Büro und stellte das Radio an. Er hörte die News, unterbrochen von viel Musik. Wenige Minuten nach elf Uhr erregte eine Meldung Albots Aufmerksamkeit.

> *Pinar del Río Airport, Kuba. Nach noch unbestätigten Berichten musste kurz vor zehn Uhr eine Maschine der Cayman Airways wegen eines Triebwerkschadens notlanden. Dabei sollen keine Personen verletzt worden sein. Wir halten Sie auf dem Laufenden und berichten, sobald wir mehr wissen, ausführlicher über diesen Zwischenfall.*

Albot wurde von einem Wutanfall erfasst. Er nahm die halb volle Kaffeetasse und schleuderte sie Richtung Fenster. Eine Scheibe ging zu Bruch, die Tasse flog auf den Vorhof des Gebäudes der Albot Global Invest.

Albot wählte Kuppermans Nummer und informierte ihn, dass die Maschine, mit der Kloter um neun Uhr von George Town abgeflogen sei, in Kuba habe notlanden müssen. «Das bringt alles durcheinander. Gib mir Bescheid, wann eine Ersatzmaschine aus Kuba wieder abhebt und wo sie hinfliegt. Das muss ich wissen, wenn du Wert darauf legst, dass ich weiterhin versuche, Kloter aus dem Verkehr zu ziehen.»

Kupperman versprach das. Er erkundigte sich gleich beim Flughafen nach weiteren Informationen. Ob wirklich keine Personen zu Schaden gekommen seien.

Das stehe nun fest, beruhigte man ihn.

Wann an einen Weiterflug zu denken sei?

Das könne man derzeit nicht sagen. Frühestens am Nachmittag werde eine Maschine von George Town aus starten und nach Kuba fliegen, die dann gleich Kurs auf Cancún nehmen werde.

Wie es mit Anschlussflügen stehe?

«Wohin?»

«Nach Medellín.»

«Das wird erst am Mittwoch möglich sein. Etwas kann ich Ihnen aber zusichern. Für die Übernachtung ist gesorgt. Die Person, nach der Sie sich erkundigen, hat doch wohl ein Mobiltelefon. In Cancún, anders als in Pinar del Río, werden Sie sie problemlos erreichen können.»

Kupperman gab diese Auskunft gleich an Albot weiter, der sagte: «Dann hält sich der Kerl also heute Abend bis morgen Mittwoch in Cancún auf. Finde heraus, wo er nächtigt.»

«Ich bin nicht sicher, ob man mir das sagt. Ich denke, eher nicht.»

«Aber immerhin hast du seine Handynummer. Versuch, Kloter zu erreichen.»

«Einen Versuch ist es wert, aber ich kann ihn nicht zwingen, das Gespräch anzunehmen. Aber rücke endlich damit heraus. Was hast du eigentlich vor?»

«Noch einmal. Das verrate ich nicht. Ich muss einfach wissen, wann die Maschine nun in Cancún landet.»

Vinzenz Albot entliess eine Kaskade von wüsten Flüchen. «Auch auf dich, Nathan, ist kein Verlass. Ich habe mir alles schön zurechtgelegt für Kloters Ankunft in Cancún. Was am Mittag möglich gewesen wäre, dürfte am Abend schlecht funktionieren. Gut, ich werde versuchen, daraus das Beste zu machen.» Albot knallte den Hörer auf die Gabel.

Kupperman sah auf die Uhr. Er brummte halblaut zu sich: «Momentan ist nichts zu machen, ich muss warten, bis neue Nachrichten aus dem Radio kommen.» Das dauerte bis nachmittags halb eins.

Eben ist vom Flughafen George Town eine Maschine nach Pinar del Río, Kuba, gestartet. In einer Dreiviertelstunde wird sie dort erwartet.

Die Maschine traf pünktlich dort ein, wie übers Radio gemeldet wurde. Eine halbe Stunde später startete sie mit Bestimmungsort Cancún. Kupperman sah auf die Uhr. Also ist damit zu rechnen, dass Kloter um drei Uhr in Cancún landet. Ich versuche ihn dort per Handy zu erreichen. Das Handy war auf Empfang, doch Kloter nahm das Gespräch nicht entgegen. Kupperman versuchte es mehrmals, ohne Erfolg. Dann rief er Albot an und teilte ihm mit, Kloter müsste jetzt in Cancún sein, aber er nehme den Anruf nicht entgegen. Mehr könne er nicht tun. «Ich gehe davon aus, dass du einen oder mehrere Leute in Cancún hast. Versuch, Kloter ausfindig zu machen. Viel Glück.»

***

Kloters Handy klingelte nach fünfzehn Uhr, als er im Flughafen von Medellín war. Sein Begleiter vom FBI hielt ihn an, nur einen Anruf von Koch oder von seiner Frau entgegenzunehmen. Der Anrufer war Kupperman. Zehn Minuten später wieder Kupperman. Weitere zehn Minuten später nochmals. Das wiederholte sich noch dreimal, dann gab Kupperman auf.

Um sechzehn Uhr legte sich Kloter in seinem Hotelzimmer kurz hin. Das Klingeln des Handys weckte ihn auf. Es war die Nummer von Koch. «Eigentlich hatte ich gehofft, jetzt auf dem Flughafen von Medellín zu landen, doch momentan schmore ich noch in Cancún.» Koch hatte die für Kloter reservierte Maschine, die um neun Uhr von George Town gestartet war, bestiegen. Kloter erfuhr davon erst jetzt, ebenso von der Notlandung in Pinar del Río und der stark verspäteten Ankunft in Cancún.

«Was mich ein wenig stutzig machte, war, dass du, Konrad, am Flughafen über Lautsprecher aufgerufen wurdest. Du solltest dich bei der Auskunft melden, hiess es. Schon als ich die Personenkontrolle verliess, fielen mir zwei Männer mit Argusaugen auf, die neugierige Blicke auf die Ankommenden warfen. Man hat dich also hier erwartet. Das wirft auf jeden Fall Fragen auf. Ein untrügliches Zeichen, dass wir nach wie vor auf der Hut sein müssen. Ich werde morgen am späteren Vormittag in Medellín eintreffen. Wir treffen uns um zwölf Uhr dreissig in der Hotellobby. Dann gehen wir zum Abteilungsleiter der Fabrik, der mutmasslich Werkzeugmaschinen in ein Wohnquartier von Memphis verschicken möchte.»

«Könnte das nicht gefährlich werden?», fragte Kloter ein wenig besorgt.

«Ein bisschen schon, aber nicht für uns. In Kolumbien, ganz besonders in Medellín, hat man einen Riesenrespekt vor uns. Man fasst uns wie rohe Eier an. Geniesse noch die Zeit, bis wir uns in die Höhle eines der grössten Drogenhändler Lateinamerikas begeben.»

«Ein klein wenig mulmig ist mir dabei schon.»

«Muss es nicht. Die ganze Angelegenheit ist zu kompliziert, als dass ich sie dir in einem kurzen Handygespräch erläutern könnte. Nur so viel: In Kolumbien tobt ein blutiger Bürgerkrieg. Die Drogenmafia mischt auch mit, dummerweise auf der Seite, die wir unterstützen. Man wird uns kein Haar krümmen.»

Kloter wählte die Nummer seiner Frau, die das Gespräch sofort entgegennahm, sie hatte es ja erwartet. «Es ist bislang alles gut gegangen.» Kloter beschrieb ihr, wo er sich gerade aufhielt, und erzählte, dass morgen Nachmittag Interessantes bevorstand.

***

Vinzenz Albot griff zum Telefon. Er war stinksauer und wählte Kuppermans Nummer. Dabei dachte er, dass Kupperman bestimmt sehnlichst auf seinen Anruf wartete. «Eine verfluchte Scheisse. Alles ist falsch gelaufen. Aber nicht wegen dem bedauerlichen Zwischenfall mit dem Flieger der Cayman Airways. Hast du gewusst, dass Kloter eine Maschine nahm, die zwei Stunden früher von George Town abflog als die, die du für ihn reserviert hattest?»

Kupperman verschlug es die Sprache. Er schwieg einige Momente. Dann legte er los. «Dieser Kloter ist ein Mistkerl. Er ist nicht loyal, er betrügt mich nach Strich und Faden. Er steckt mit dem FBI unter einer Decke. Das heisst, das FBI hat, solange Kloter in unserer Firma Chief Operating Officer ist, die volle Kontrolle über unsere Bücher. Ich werde das gleich Cäsar Bieder junior weitermelden. Doch wie ich ihn kenne, macht er sich in die Hosen und lässt vorläufig alles über sich ergehen. Dass wir in den USA Steuern bezahlen, sogar sehr viel, scheint er nicht zu beachten. Würden die US-Strafbehörden den ganzen Drogenhandel zum Erliegen bringen, würde es sich im Fiskus bemerkbar machen. Die Steuereinnahmen sackten dramatisch zusammen … Übrigens, danke für deine Information.»

Kaum hatte Albot aufgelegt, klopfte es an seiner Bürotür. Es war die Sekretärin. «Herr Albot, es möchte Sie ein Herr sprechen.»

«Sein Name, um was geht es?»

«Bob McArthur …»

«Um Himmels willen, der hat mir gerade noch gefehlt. Bitten Sie ihn herein und bringen Sie Kaffee und Gebäck.»

McArthur streckte Albot die Hand entgegen. «Es ist mir ein Bedürfnis, mit Ihnen zu reden.»

«Darf ich Ihnen etwas anbieten?»

«Eher nicht, es dürfte ein kurzes Gespräch werden. Bloss eine Mitteilung. Sie dürfte keinen Anlass zu Diskussionen geben.»

«Ich höre.»

«Es ist mir eben zu Ohren gekommen, dass Sie Konrad Kloter nachstellen.»

«Was sagen Sie da? Haben Sie Beweise?»

«Wenn ich die nicht hätte, würde ich kaum unangemeldet bei Ihnen aufkreuzen ... In Cancún wurden eben drei Männer verhört. Nachdem meine Kollegen dort ein wenig Druck ausgeübt hatten, haben die Kerle gestanden. Sie gaben an, in Ihrem Auftrag versucht zu haben, Kloter dingfest zu machen, was dann aber misslang, weil die Zielperson mit einer früheren Maschine in Cancún gelandet war.»

«Soso ... Sie scheinen Geständnisse mit Foltermethoden aus den Verhörten herausgepresst zu haben.»

«Ich hatte Ihnen bereits klargemacht, dass ich mit Ihnen nicht über meine Mitteilungen diskutieren möchte. Ich hoffe, Sie haben diese Nachricht verstanden. Sollten Sie erneut versuchen, Kloter nachzustellen, werden wir dafür sorgen, dass Ihre Firmen dichtgemacht werden, nicht nur die auf den Cayman Islands, auch die in den USA und die in Mexiko. Ob Ihr Stammhaus in Zürich dann noch existieren kann, weiss ich nicht. Ich bezweifle es. Ich gehe jetzt.» McArthur drehte sich auf dem Absatz um und verliess den Raum.

***

Bereits zehn Minuten früher als vereinbart fand sich Kloter am Mittwoch, 7. März, zusammen mit seinem Begleiter am Mittag in der Hotellobby ein und erwartete Koch, der dort zehn Minuten später, um zwölf Uhr vierzig, eintraf.

Koch entschuldigte sich für die Verspätung. Er habe sich ein wenig hingelegt und sei dann prompt eingenickt.

Ein Van holte sie ab. Es sassen bereits fünf Herren darin, alle gleich gekleidet: blauer Anzug, blaue Krawatte, weisses Hemd, blauer Schlapphut und glänzend polierte schwarze Schuhe.

Das Fabrikareal war in seiner Grösse imposant. Der Eingang, der vom Van angesteuert wurde, war mit einer Barriere abgesperrt. Ein Uniformierter trat auf der Seite des Fahrers, der die Scheibe herunterkurbelte, zum Wagen.

«Wir haben Sie erwartet», sagte der Portier. «Sie kennen ja den Weg, fahren Sie bitte weiter.»

Vor einem mehrstöckigen Bürogebäude hielt das Fahrzeug an. Kloter und die sechs FBI-Agenten stiegen aus. Vor dem Eingang wartete ein Dutzend Schwerbewaffnete mit den Insignien der Militärpolizei. Kloter zog unwillkürlich den Kopf ein. «Gemütlich ist das nicht gerade.»

«Nur keine Panik, Konrad. Dir geschieht nichts», sagte Koch.

Sie fuhren mit dem überdimensionierten Lift in den zweitobersten Stock. «Aussteigen bitte. Hier sind wir auf der Teppichetage», sagte Koch lächelnd. Offensichtlich war er nicht das erste Mal dort.

Ausserhalb des Lifts standen zwei Militärpolizisten mit Maschinenpistolen, ihnen zur Seite ein Oberst des kolumbianischen Heeres.

Sie salutierten Koch grinsend. Offensichtlich überraschte ihn ihre Anwesenheit nicht. Zu seinen fünf FBI-Kollegen sagte er: «Wartet bitte hier. Mich begleiten jetzt der Oberst, die beiden Militärpolizisten und Kloter zum Büro des Abteilungsleiters. Die Polizisten und der Oberst bleiben vor der Tür stehen. Ich klopfe an, Kloter und ich treten ein.»

«Herein.» Koch und Kloter blieben im Türrahmen stehen.

«Eufrasio Guzmán ist mein Name …» Dann schienen die Worte in seinem Hals stecken zu bleiben. «… Herr Kloter? Ich habe Sie erwartet, aber ohne Begleitung.»

«Ich bestehe auf eine Begleitung. Es geht um meine Sicherheit.»

«Hier sind Sie sicher ...» Die Stimme Guzmáns wurde immer zittriger.

«Herr Guzmán, ich bin da, um einen Vertrag zu unterzeichnen, den Sie vorbereitet haben. Unterzeichnen werde ich ihn erst, wenn mein Begleiter und ich ihn durchgelesen und für korrekt befunden haben. Bitte legen Sie uns dieses Dokument vor.»

Guzmáns Stirn glänzte vor Schweiss, obwohl der Raum klimatisiert war.

Er öffnete eine Schublade seines riesigen Schreibtisches und nahm zwei Klarsichtmappen heraus. «Das sind zwei Kopien des Vertrages. Bitte lesen Sie sie und stellen Sie bei Unklarheiten Fragen.»

Koch bemerkte schmunzelnd: «Wie ich Sie verstehe, Herr Guzmán, darf ich auch Fragen stellen. Ich bin nämlich der Experte für solche Verträge.»

Guzmán reagierte hilflos mit Achselzucken.

Kloter und Koch begannen zu lesen. Beide strichen Stellen mit einem Markierstift an.

Koch hob plötzlich den rechten Zeigefinger. «Herr Guzmán, kennen Sie die Stadt Memphis im US-Staat Tennessee?»

«Was hat diese Frage mit dem Vertrag, den Herr Kloter unterzeichnen soll, zu tun?»

«Meiner Meinung nach durchaus etwas. Waren Sie schon mal dort?»

«Nein, warum auch?»

«Können Sie sich vorstellen, dass die Maschinenfabrik Industrial Machinery sich mitten in einem Wohnbezirk befindet?»

«Warum sollte mich das kümmern? Die USA sind ja das Land der unbegrenzten Möglichkeiten.» Guzmán lachte gequält.

«Eine weitere Frage. Um was für eine Werkzeugmaschine handelt es sich, mit der Sie diese Firma beliefern möchten?»

«Die Typennummer und der Preis stehen im Vertrag.»

«Wie gross ist diese Maschine?»

«Was soll das denn heissen?»

«Die Maschine hat Dimensionen, die nur mit einem Spezialtransport geliefert werden können.»

«Ich denke, wir senden sie in Einzelteilen.»

«Im Vertrag steht aber ‹zusammengebaut und einsatzbereit›.»

«Das könnte auch ein Fehler sein. Dann müssen wir das Zusammenbauen noch in Rechnung stellen, danke für den Hinweis.»

«Der angegebene Preis scheint nicht zu diesem Modell zu passen. Nach unseren Recherchen wäre er um einiges zu tief.»

Guzmán rutschte nervös auf dem Stuhl herum. «Das will noch nichts heissen. Wenn wir eine Firma das erste Mal als Neukunde beliefern, bieten wir häufig einen Preisnachlass. Das ist bei solchen Aufträgen üblich.»

«Siebzig Prozent?»

«Unter Umständen.»

Koch sah zu Kloter hinüber. «Was denken Sie darüber?»

«Etwas ist faul an dieser Sache. Unter diesen Umständen kann ich den Vertrag nicht unterzeichnen.»

«Jammerschade, dass Sie auf ein solch lukratives Angebot nicht einsteigen.»

Koch pfiff grell durch die Finger. Guzmán sah ihn verständnislos an. In diesem Moment öffnete sich die Tür. Die beiden Militärpolizisten und der Oberst stürmten ins Zimmer. Der Oberst zog aus einer schwarzen Tasche, die er mit sich führte, Handschellen heraus und forderte Guzmán auf, ihm die Arme entgegenzustrecken. «Guzmán, Eufrasio, Sie sind verhaftet wegen Handel mit Kokain und Geldwäsche. Da, lesen Sie …»

Koch, seine FBI-Kollegen und Kloter fuhren zum Hotel zurück. Koch und Kloter trafen sich zu einem Umtrunk im Restaurant neben der Lobby.

«Das ist einer der grössten Fische, die wir in den letzten Jahren geangelt haben. Nicht ganz so fett wie Alvaro Héctor Diaz, der übrigens mit dem Cäsar-Bieder-Konzern liiert ist. Danke, Konrad, dass du uns auf diese Spur geführt hast.»

«Was geschieht jetzt mit mir?»

«Die Bieders und ihre Alliierten werden gegen dich vorläufig nichts unternehmen.»

«Vorläufig?»

«Das heisst, solange du bei ihrer Firma auf den Cayman Islands tätig bist.»

«Wann geht das zu Ende?»

«Bis wir mit ihnen einen Vergleich geschlossen haben. Dieser wird sie teuer zu stehen kommen. Danach werden wir dich nicht fallen lassen. Solltest du wieder in die Schweiz zurückkehren wollen, werden wir dir eine Hilfe zu einem Neustart anbieten. Einfacher wäre es für uns, wenn du eine neue Existenz in den USA aufbauen könntest.»

«Das Letztere kann ich mir nicht gut vorstellen. Doch sollte es einmal so weit sein, werden wir zusammen reden.»

Kloter flog am nächsten Morgen via Cancún nach George Town zurück.

Am Freitag, den 9. März, besprach Kloter sich mit Kupperman, der schlecht gelaunt war. Kloter erzählte ihm seine Version der «Geschäftsreise». Kupperman gab sich ahnungslos, stellte einige belanglose Fragen, die aber für Kloter durchaus aussagekräftig waren. Mit einem nicht überhörbaren Unterton erwähnte Kupperman das FBI.

Nach diesem Treffen vertiefte sich Kloter nochmals in aussergewöhnliche Transaktionen, die allerdings nicht die Schweizer Kundschaft der Cäsar Bieder Trust Company betrafen. Es handelte sich um das Dossier von Paulina Castañon und ihrem Bruder Antonio Castañon. Daneben die Randnotiz: «Ehefrau von Raúl Salinas de Gortari, Bruder des Präsidenten von Mexiko.»

Kloter kniff die Augen zusammen und dachte nach. «Jetzt fällt es mir ein. Der Salinas-Skandal», sagte er kleinlaut zu sich. «Nicht zu fassen, der Salinas-Clan deponierte Schwarzgeld bei den Bieders auf Cayman.»

Ausserdem stand im Dossier: «Paulina und Antonio Castañon wurden in Zürich an der Bahnhofstrasse festgenommen, als sie bei einer Grossbank über achtzig Millionen Franken abheben wollten.»

Die riesige Summe wurde von der Bieder Trust Company Cayman einen Tag zuvor an die Schweizer Bank überwiesen. Kloter blätterte weiter im Dossier und fand die genaue Zahl: vierundachtzig Millionen und zweihunderttausend. Die Herkunft dieser Summe? Wahrscheinlich Drogengelder.

Bei der Suche fiel Kloter ein weiteres Konto unter dem Namen Jorge Martinez ins Auge. Einhundertunddrei Millionen US-Dollar. Sie wurden im Januar 2000 überwiesen. Kurz darauf nach Panama weitergeleitet. Im März tauchte der gleiche Betrag wieder auf, und zwar auf dem Konto von Antonio Castañon. Dann wurde es erneut nach Panama transferiert und kam einige Wochen später gewaschen zurück, und zwar auf das Konto von Raúl Salinas de Gortari, der nach mehreren Verhaftungen wieder auf freiem Fuss war. Man ging davon aus, dass diese mehr als hundert Millionen Raúl Salinas als Schmiergelder für Bauprojekte überwiesen wurden.

Kloter, immer noch unter dem Schutz des FBI stehend, wandte sich an Koch, der ihn aber bat, vorerst nichts zu unternehmen und Kupperman nicht darauf anzusprechen.

Einige Tage später wurden die Castañons wieder freigelassen, bestiegen kurz danach eine Maschine nach Mexiko-Stadt.

11

Anschliessend an die Geschäftsreise nach Medellín stürzte sich Kloter richtiggehend in die Arbeit. Er redete sich ein, von nun an sicher zu sein. Seine Rückenbeschwerden gingen zwar zurück, doch ganz hörten sie nie auf. Zwischendurch erlebte er für ein, zwei Wochen einen Schub von Schmerzen, den er jeweils mit Medikamenten etwas eindämmen konnte. Doch diese Tage erinnerten ihn jeweils an die Folgen des rätselhaften Fahrradunfalls vom Januar, also vor wenigen Monaten. Es gelang ihm nicht, diesen aus seinem Gedächtnis zu tilgen, obwohl es ihn wahnsinnig machte, dass er sich an den Unfall selber nicht erinnern konnte.

Ging es Kloter körperlich gut, spielte er in seinem Wohnquartier mit Nachbarn und lokalen Polizisten zusammen Fussball. Dabei erfuhr er immer wieder Geschichten, die sich zugetragen haben sollten, wie ihm versichert wurde. Noch nicht lange her sei es, dass sie einen Touristen mit einer Kugel im Kopf gefunden hätten. Offiziell wurde dieses Delikt als Verbrechen einer jamaikanischen Räuberbande kommuniziert. Es gab sogar Verhaftungen. Die Festgenommenen mussten allerdings aus Mangel an Beweisen wieder freigelassen werden. Doch intern hielt sich hartnäckig ein Gerücht. Das Opfer habe mit Drogen gehandelt und ein Konto bei der Albot Global Invest und der Bieder Trust Company besessen. An die Auflösung dieses Kontos mochte sich Kloter sogar noch schwach erinnern. Es war ein Betrag in siebenstelliger Höhe. Seine Nachfrage, ob das auf der Bieder-Filiale deponierte Geld «sauber» sei, hatte man unwirsch beiseitegeschoben. Der Geldbetrag des dahingegangenen Schweizers sei völlig korrekt angelegt worden. Es sei nicht unüblich, dass vermögende Schweizer Bürgerinnen und Bürger sich mit dem Gedanken trügen, in die Karibik auszuwandern, wenn sie sich auf das Altenteil zur Ruhe setzen möchten. Nicht fair, all diesen Menschen kriminelle Absichten zu unterstellen, wurde Kloter von Nathan Kupperman vorgeworfen.

Kloter liess sich nicht beirren. Er ging dem stets nach, wenn der Verdacht aufkam, es könnten kriminelle Gelder auf der Cäsar Bieder Trust Company deponiert werden. Bis im Juli 2001 rief er mit wenigen Ausnahmen Dr. Cäsar Bieder junior persönlich an, wenn er den Eindruck hatte, die auf die Bieder Trust und Company einbezahlten Beträge könnten etwas mit Geldwäsche, Drogenhandel oder anderweitiger Organisierter Kriminalität zu tun haben. Bieder tat ihm dann aber kund, er möchte künftig nicht weiter mit solchen Telefonaten behelligt werden. Es reiche aus, wenn der Direktor auf den Cayman Islands davon in Kenntnis gesetzt werde.

In der Altjahreswoche 2001 stiess Kloter auf einen besonders gravierenden Fall von Steuerhinterziehung, der allerdings nicht die USA, sondern Griechenland betraf. Seit dem Oktober 1993 bildete in Athen die linke PASOK die Regierung. Die Bieder-Gruppe hoffte auf eine Machtübernahme der Konservativen, denn die PASOK-Leute setzten den griechischen Anlegern auf den Finanzunternehmen des Bieder-Konzerns immer mehr zu, da sie Hinweise erhielten, diese würden im grossen Stil Steuern hinterziehen. Gemäss seinem Pflichtenheft machte Kloter Kupperman auf diese von ihm eindeutig festgestellten Unregelmässigkeiten aufmerksam. Doch Kupperman schlug das in den Wind. Die derzeitigen Machthaber in Athen seien sozialistische Schurken, deren Zeit sowieso bald abgelaufen sei. Auch die neue Administration im Weissen Haus möge diese Leute nicht und hoffe insgeheim auf einen Wechsel des Regimes in Griechenland.

Kloter liess diese Angelegenheit keine Ruhe, er informierte Koch. Dieser versprach, diese Regelwidrigkeit weiterzuleiten. Längere Zeit geschah nichts, bis Koch wieder mit Kloter Kontakt aufnahm. Er bedankte sich für die Information den griechischen Steuerbetrüger betreffend, riet aber Kloter, nichts mehr dagegen zu unternehmen. Das FBI sehe keinen Anlass, in diesem Fall zu intervenieren.

Wie schon bei früheren Unstimmigkeiten im Geschäftsgebaren redete Kloter seit seinem Velounfall mit seiner Frau darüber. Sie riet ihm dringend, diese Vorkommnisse festzuhalten und an einem geheimen Ort aufzubewahren.

«An einem geheimen Ort aufbewahren? Ich gehe davon aus, dass ich überwacht werde, vom FBI sowieso, aber auch von den Bieders. Und diese werden zuschlagen, wenn das FBI kein Interesse mehr an mir hat. Aber ich habe schon eine Idee. Ich habe einen alten, immer noch ordentlich leistungsfähigen Rechner, den ich Hurrikan-Laptop nenne. Er kann mit einem CD-Brenner gekoppelt werden. So ist ziemlich alles gespeichert, falls ein tropischer Sturm das Bieder-Gebäude auf den Cayman Islands zerstören würde.»

Den Computer bewahrte Kloter zu Hause an einem geheimen Ort auf. Verliess er die Hauptinsel von Cayman und Helga begleitete ihn oder ging anderswohin, nahm er ihn stets mit.

Der Hurrikan-Laptop kam neun Monate nach dem Gespräch zwischen Helga und Konrad Kloter zum Einsatz. Es war der Hurrikan Isidore, der sich Mitte September 2002 im Golf von Mexiko bildete. Zunächst entwickelte er sich zu einem eher harmlosen tropischen Sturm, bis er Kuba mit einer Stärke der Kategorie 1 traf, das war am 19. September, einem Donnerstagnachmittag. Kloter befürchtete, ein Ausläufer könnte auch die Cayman Islands treffen. Er reagierte schnell, konnte Helga überzeugen, mit ihm nach Cayman Brac zu fliegen. Dort gab es eine Kalksteinhöhle, die vom Cäsar Bieder Trust als Materiallager gemietet wurde.

Kloters gelang es, den letzten Jet vor dem erwarteten Sturm zu erreichen. Etwa um achtzehn Uhr landete die Maschine auf dem Captain Charles Kirkconnell International Airport, der einzigen Flugpiste von Cayman Brac.

Dort warteten mehrere Taxis, um die Passagiere zu den Hotels, Herbergen oder Wohnhäusern zu bringen. Als Kloter sagte: «Major Donald Drive», runzelte der Fahrer die Stirn. «Hoffentlich erreichen wir diesen Weg, bevor der Hurrikan zuschlägt. Der Major Donald Drive kann von der nördlichen und der südlichen Küstenstrasse erreicht werden. Ich schlage die südliche vor, das Unwetter trifft von Norden her auf die Insel. Wo an diesem Drive?»

«Etwa drei Kilometer östlich vom Park National Trust Parrot Reserve. Dort befindet sich eine Kalksteinhöhle, die unserer Firma gehört. Mit gut vierzig Metern über dem Meeresspiegel bietet sie Schutz vor den Regenmassen des Hurrikans.»

«Ich verstehe, Sie wollen sich in Sicherheit bringen. Aber ich glaube nicht, dass es diesmal zu Verwüstungen kommt.»

«Auf Cayman Brac vielleicht weniger, aber auf Grand Cayman könnte es Überschwemmungen geben.»

Nach zwanzig Minuten Fahrt waren Helga und Konrad Kloter und ihr kleines Mädchen an ihrem Bestimmungsort. Die Höhle war mit einem eisernen, verschlossenen Tor gesichert. Als Kader-Angestellter hatte er einen Schlüssel dazu. Am Eingang befand sich der Stromgenerator, der augenblicklich ansprang. Die Kaverne wurde von gleissendem Licht durchflutet. Sie war gut eingerichtet und bot allen Komfort: eine Wohnküche mit einem Lebensmittellager, mehrere Schlafräume, Bad, WC. Alles war intakt.

Kloter bemerkte: «Ein bisschen verwundert bin ich schon, dass nicht noch weitere Angestellte unserer Firma diesen Ort aufgesucht haben. Doch nun ist es zu spät für andere, das hat auch seine Vorteile.»

Helga klatschte in die Hände. «Nun machen wir uns ein verlängertes Wochenende.»

«Da werden wir ungestört sein. Bis hierhin kommt kein Handysignal. Ich bin fast sicher, Kupperman versucht mich zu erreichen und möchte wissen, wie es um die Sicherheit unserer Kundendaten bestellt ist. Wenn ich nächste Woche wieder zurück bin, wird er es wahrscheinlich wieder vergessen haben, weil gar nichts passiert ist. Und wenn doch, kann ich ihm alle Daten unbeschädigt vorweisen. Und er wird sich überbieten mit Lobeshymnen auf mich und im Hinterkopf etwas ausdenken, wie er es schafft, mich elegant loszuwerden. Hat er ein Gerechtigkeitsempfinden? Ich weiss es nicht. Wäre das der Fall, könnte er für mich bei Cäsar Bieder junior ein gutes Wort einlegen.»

Helga lachte. «Verlass dich nicht darauf. Die wissen, dass du für die Bieders künftig immer eine Gefahr sein wirst. Sie werden alles daransetzen, dich so einzuschüchtern, dass du dein Wissen niemals gegen sie einsetzt.»

Plötzlich hörte man ein heftiges Rauschen vom Eingang her. Der Hurrikan tobte über Cayman Brac. Es windete und schüttete wie aus Kübeln. An einem sichereren Ort konnte man nicht sein.

Die Nacht in der kühlen Höhle war erholsam. Die Familie nahm das Frühstück ein. Zwischendurch trat Konrad zum Eisentor am Eingang, öffnete es und nahm einen Augenschein der Umgebung. Immer noch regnete es in Strömen. Man sah nicht weit. Konrad kehrte wieder zu den Seinen zurück. Es war erst Freitag. Sollte sich das Unwetter im Laufe des Sonntagvormittags legen, war an einen Rückflug nach Grand Cayman zu denken. Andernfalls wollten sie noch in der sicheren Höhle bleiben.

Bereits gegen Samstagabend klarte es auf. Am Sonntag herrschte strahlender Sonnenschein. Kloter begab sich zur nahen Strasse, musste aber feststellen, dass sie von umgeknickten Bäumen übersät war. Er hörte Motorengeräusch von schweren Maschinen. Ein Bagger tauchte vor ihm auf, der die Hindernisse auf der Strasse beseitigte. Er tippte eine Nummer ins Handy ein, es war die des Flughafens. Um sechzehn Uhr werde die erste Maschine zur Hauptinsel fliegen.

Dann kam der erste Anruf nach drei Tagen. Es war Kupperman. Seine Stimme klang aufgeregt. Er fragte Kloter nicht, wie es ihm gehe. Ob er oder seine Frau oder seine Tochter wegen des Sturms wohlauf seien, sondern brüllte los: «Eine Katastrophe, Kloter. Die Fenster im obersten Stock wurden eingedrückt. Mein Büro, Ihr Büro und die anderen Büros unseres Hauses standen unter Wasser. Ich denke, die meisten Sachen sind zerstört. Glauben Sie, dass die CDs auch Schaden genommen haben?»

Kloter beruhigte Kupperman. «Bei CDs passiert nichts, wenn sie nass werden. Ich habe deine CDs sichergestellt. Ich weiss, dass darauf sehr sensible Daten sind. Brauchst du sie überhaupt?»

«Ja.»

«Dann werden wir sie zusammen ansehen, ich werde entscheiden, ob sie für dich noch einen Wert haben», sagte Kloter.

«Und die Computer, die Laptops? Können die beschädigt sein?», fragte Kupperman.

«Die eher. Wenn sie durchnässt sind, wohl schon.»

«Ich war in deinem Büro und wollte den PC starten. Das funktionierte zunächst, dann gab es einen schwachen Knall, und nachher lief nichts mehr. Es roch nach verbrannten Kabeln.»

«Dann ist er hin, ich muss einen neuen besorgen.»

«Hast du die Daten gespeichert?», fragte Kupperman.

«Das mache ich nach jedem Arbeitstag. Auch am Ende eines Vormittags. Und hast du das auch getan?», fragte Kloter zurück.

«Dazu fehlt mir die Zeit.»

«Wie steht es mit deinem PC?»

«Wenn das zutrifft, was du eben gesagt hast, dann ist er auch hin. Gibt es eine Möglichkeit, die Daten darauf zu retten?»

«Ja, die Einträge auf der Festplatte lassen sich nach einem Wasserschaden in der Regel wieder lesbar machen. Das können allerdings nur Spezialisten. Ich werde mich am Montag darum kümmern.»

«Ich erwarte dich morgen bereits um sieben Uhr. Es ist sehr dringend. Wo bist du eigentlich? Ich konnte dich gestern nicht erreichen. In deinem Haus nahm niemand ab, und das Handy funktionierte nicht.»

«Plausibel. Ich bin derzeit auf Cayman Brac, in unserem Bunker. Morgen bin ich dann wieder im Büro.»

Um halb sechs abends waren Helga, Jenny und er wieder zu Hause in George Town.

Am Montag um sieben Uhr klopfte Kloter an die Bürotür Kuppermans. Nach einem mürrischen «Herein» betrat Kloter den Raum.

Grusslos begann Kupperman mit Befehlen. «Setz dich neben mich an den PC. Schiebe die CDs, die ich aus deinem Arbeitszimmer sichergestellt habe, in das Laufwerk und lade die Dokumente herunter.»

«Funktioniert dieser Computer?»

«Ja, Henry Johnson hat sich gestern mit seinem Kollegen der Albot Global Invest in Verbindung gesetzt und ihn gebeten, uns mit einigen PCs auszuhelfen. Bei denen funktioniert alles bestens. Ihre Büros wurden nicht durch Wassermassen überflutet. Bitte starte jetzt die erste CD.»

«Was meinst du mit der ersten? Ich schlage vor, mit der letzten beschriebenen zu beginnen. Darauf sind die aktuellsten Dokumente», sagte Kloter.

«Wenn du meinst? Meinetwegen, beginne mit diesem Datenträger.»

«Es sind gescannte Word- und Excel-Dokumente darauf. Ich habe diese teils mit handschriftlichen Randbemerkungen ergänzt. Du könntest sie ohne meine Anwesenheit herunterladen», sagte Kloter.

Kupperman setzte eine höhnische Miene auf. «Zweifellos. Doch ich habe meine Gründe, dass du dabeibleibst.»

Kloter zuckte mit den Schultern und lud das erste Dokument herunter. Es trug das Datum vom Donnerstag, 19. September 2002, und den Speicherzeitpunkt zehn Uhr fünfunddreissig. Es war ein Brief, den er an eine Firma in Panama geschrieben hatte. Der Text darauf war unverdächtig. Kupperman las ihn mit Stirnrunzeln und sagte dann: «Die nächste Datei.» Kupperman verfuhr mit zwanzig Dateien in gleicher Weise. Dann waren drei Viertelstunden vorüber. «Wie viel ist noch auf dieser CD?»

«Wir sind erst bei den ersten zehn Prozent.»

«Verdammt, so kommen wir nicht weiter. Du kennst ja diese Texte und Tabellen. Sag mir jeweils, was sich lohnt, anzusehen.»

Kloter konnte ein hämisches Lachen nicht unterdrücken. «Das hätte ich jetzt auch bald vorgeschlagen.»

Die Besichtigung ging weiter, von nun an um einiges zügiger, bis ein Dokument die Aufmerksamkeit sowohl von Kupperman wie auch Kloter auf sich zog. Es war eine Stellungnahme Kloters an Kupperman vom November 2000 über die Finanztransaktion eines Financiers und Reeders namens Konstantin Papadopoulos. Auf Konten der Cäsar Bieder Trust Company, Cayman Islands, waren Gelder in der Grössenordnung von fünfzig Millionen Dollar eingegangen. Nach mehreren Waschvorgängen unter anderem durch die ebenfalls ortsansässige Albot Global Invest saubere Gelder. Auf der letzten Seite dieser Schriftstücke hatte Kloter einige Fragezeichen dahintergesetzt. Am Rand eine Bemerkung:

Der Betrag ist ausserordentlich hoch. Wusste der griechische Fiskus davon?

Dann folgte ein von Kloter verfasstes «erklärendes» Dokument.

Papadopoulos hat sich wiederholt als Feind der derzeitigen sozialistischen Regierung Griechenlands hervorgetan und lautstark einen neuen Militärputsch gefordert. Dass die Verantwortlichen in den USA diese Geldüberweisung an die Bieders nicht anstössig fanden, vermag ich gut nachzuvollziehen. Dass die griechische Regierung daran keine Freude haben kann, liegt auf der Hand. In den Satzungen des Bieder-Konzerns gibt es Leitsätze wie: «Wir respektieren die Souveränität befreundeter Staaten und tun alles, um diesen keinen Schaden zuzufügen.» Ein Lippenbekenntnis, das bezogen auf die Regierung in Athen wohl kaum eingehalten wird. Ich bedaure das. Es kann nicht im Interesse der Bieder-Gruppe liegen, dass unsere griechischen Kunden ihrer Heimat durch Steuerhinterziehung oder -betrug schaden.

Kupperman zeigte auf den Bildschirm. «Das hast du tatsächlich geschrieben?»

Kloter nickte lächelnd.

«Konrad, ich finde deine Stellungnahme eine Unverschämtheit. Sie ist geschäftsschädigend. Ob Konstantin Papadopoulos Steuern nach Athen abliefert oder nicht, geht uns nichts an. Die Cäsar Bieder Trust Company nimmt diesen zweistelligen Millionenbetrag ohne Rückfrage entgegen. Alles andere wäre eine Zumutung für diesen guten Geschäftspartner.»

«Ich tue meine Pflicht als Kontrolleur des Geschäftsgebarens der Cäsar Bieder Trust Company. Was in meiner Kompetenz liegt: Dich, Nathan, darauf aufmerksam machen, dass in unserer Firma Steuerhinterziehung und Geldwäsche teilweise übersehen werden. Das sind deliktische Praktiken, die sich für uns letztendlich nachteilig auswirken können.»

Kupperman warf Kloter einen scharfen Blick zu. «Solche Schriftstücke sind der Grund, weshalb ich all diese CDs beschlagnahme. Sie sind Eigentum unserer Firma. Sie dürfen nicht an Personen veräussert werden, bei denen die Gefahr besteht, dass sie diese gegen die Bieder Trust Company verwenden. Und genau diesen Verdacht habe ich, was dich, Konrad, betrifft.»

«Diese Akten befinden sich in einem Tresor, zu dem auch du Zugang hast. Ich habe einen Schlüssel dafür, du bist im Besitz des zweiten. Du hättest diese Unterlagen längst ansehen und mich zur Rechenschaft ziehen können. Warum hast du es nicht getan?»

«Ich unterstelle dir, dass du die Unterlagen über die Geschäftsbeziehungen mit Papadopoulos kopieren und an einem geheimen Ort beiseiteschaffen möchtest. Was du vielleicht bereits getan hast. Ich bin sicher, dass auch Dr. Cäsar Bieder junior dir kein Vertrauen mehr schenkt.»

Kupperman erwartete eine Antwort darauf, doch Kloter zuckte nur mit den Schultern und sah Kupperman an, als ob ihn der gegen ihn erhobene massive Vorwurf überhaupt nicht interessierte. Er schlug vor, zügig weiterzufahren, um bis zur Mittagspause mit der Sichtung der Daten fertig zu werden.

In der Folge kamen weitere Dokumente, in denen Kloter auf Unstimmigkeiten aufmerksam gemacht hatte, zur Sprache. Kupperman reagierte darauf ähnlich wie beim Fall Konstantin Papadopoulos: aggressiv, auf eine Auseinandersetzung hinsteuernd. Schliesslich schlug die Pendeluhr in Kuppermans Büro zwölf, er sagte: «Genug für heute. Etwas möchte ich noch hinterlegen: Konrad, fühle dich nicht zu sicher. Bald ist deine Zeit bei uns abgelaufen.»

Auch diese Ankündigung nahm Kloter mit gleichgültiger Miene entgegen, was Kupperman erzürnte und verunsicherte.

***

Augenblicke nachdem Kloter den Raum verlassen hatte, klingelte das Telefon auf Kuppermans Schreibtisch. Kupperman hob ab und horchte. «Hier spricht Mister Anonym. Nur so viel. Bei uns ist ein Schreiben von der Steuerbehörde in Athen eingegangen. Man wisse dort, dass ein gewisser Konstantin Papadopoulos ein Konto bei der Bieder Trust und Company in George Town mit einem zweistelligen Millionenbetrag habe.»

Das verschlug Kupperman für einige Momente die Sprache. «Wer ist der Informant?»

«Das wissen wir natürlich nicht. Doch es ist offensichtlich, dass die griechische Regierung wirklich etwas in den Händen hält. Man hat in Athen eine genaue Vorstellung des angelegten Betrags.»

«Wie hoch denn?»

«Ich weiss es nicht genau. Ein Sachverständiger bei uns spricht von vierzig bis fünfzig Millionen Dollar.»

«Danke vielmals.»

Kupperman zitierte Henry Johnson zu sich. «Ich denke, nun haben wir genügend gegen Kloter in der Hand», führte er seine Tirade gegen seinen als Chief Operating Officer amtierenden Widersacher. «Ich bin gerade daran, Cäsar Bieder junior zu bearbeiten, dass er endlich grünes Licht für eine Entlassung Kloters gibt. Nur weil wir in den letzten zwei Jahren derart viel

Geld generiert haben, ist der Konzern Bieder nicht in die roten Zahlen gerutscht. Siehst du denn das nicht auch so, Henry?»

«Natürlich sehe ich das so, Boss. Du kannst dich auf mich verlassen. Ich bin schliesslich dein Mann fürs Grobe. Und wenn alles überstanden ist, wird dir Bieder persönlich die Hände abschlecken.»

«Henry, ich werde dir ewig dankbar sein. Aber jetzt ist es an der Zeit, dass du mir Vorschläge für die nächsten Schritte in dieser Angelegenheit machst.»

«Dafür müsste ich aber auf dem neuesten Stand der Akte Kloters sein.»

Auf Kuppermans Stirn legten sich tiefe Falten. «Du weisst, es wird immer Dinge geben, die ich dir nicht verraten darf. Hinter vorgehaltener Hand habe ich sie von Bieder junior persönlich erfahren, und er hat mir eingeschärft, Stillschweigen zu bewahren – eben weil es sich um sehr delikate Angelegenheiten handelt. Nichts, gar nichts darf zunächst darüber an die Öffentlichkeit dringen.»

«Nathan, ehrlich, komm doch zur Sache. Wir wissen beide, dass Cäsar Bieder ein ängstlicher Mensch ist, dem das Wasser wieder mal bis zum Hals reicht. Nun muss es endlich vorwärtsgehen mit der Causa Kloter.»

«Vor einigen Monaten schon habe ich Bieder junior bekniet, mit dem FBI Kontakt aufzunehmen. In dem Sinne, dass wir als Trust Company auf den Cayman Islands immer auch die Interessen der USA im Hinterkopf haben, dass wir alles vermeiden möchten, das gute Verhältnis mit diesem Land zu gefährden. Ich glaube, damit habe ich offene Türen eingerannt. Er sagte mir über den neuen Präsidenten, George W. Bush, das sei genau der Mann, den er sich an der Spitze der Regierung in Washington wünsche.»

Johnson wurde ungeduldiger, er stampfte sanft auf den Fussboden. «Das sind Lippenbekenntnisse, die Bieder ähnlichsehen. Doch er sollte nun endlich ein Abkommen mit den Amerikanern abschliessen.»

Kupperman nickte zufrieden. «Ich denke, das ist auf bestem

Weg. Gestern Abend habe ich erfahren, dass Koch und McArthur, die beiden FBI-Schergen und Schutzpatrone Kloters, in den Ruhestand geschickt worden sind.»

«Ist das wirklich so?», fragte Johnson kopfschüttelnd. «Da bleibt mir die Spucke weg. Ich wagte es nicht zu hoffen, doch nun scheint sich in Washington tatsächlich eine andere Politik durchzusetzen. Ist das ein Zeichen, Kloter nun abzuschiessen?»

Kupperman schlug zweimal mit der flachen Hand auf den Tisch. «Ich denke schon. Doch seine körperliche Integrität dürfen wir nicht antasten. Ich hoffe, dass du das verstehst.»

Johnson rollte die Augen. «Stimmt, der Fahrradunfall war mir eine Lehre.»

«Da ist übrigens etwas Neues, ich bin nicht sicher, ob Bieder junior das schon weiss. Da ist die Überweisung von Konstantin Papadopoulos an die Bieder Trust, Cayman. Erinnerst du dich noch daran?»

«Ja, sehr genau.»

«Bevor ich dich bat, mich aufzusuchen, erhielt ich einen mysteriösen Telefonanruf von unserem Spitzel bei der Staatsanwaltschaft von George Town.» Kupperman informierte Johnson über das Telefonat. «Nun bist du, Henry, gefordert, dir etwas auszudenken. Genau da müssen wir ansetzen.»

«Einverstanden. Doch wir wissen nicht, ob es Kloter war, der Papadopoulos bei den Griechen verpfiffen hat», sagte Johnson leicht verunsichert.

«Das würde er ganz sicher nur dann zugeben, wenn wir es ihm hieb- und stichfest beweisen können. Es bleibt uns nichts anderes übrig, als es ihm zu unterstellen. Genau das ist deine Aufgabe. Ich gebe dir bis Mittwoch der kommenden Woche Zeit, dann unterbreite mir einen Vorschlag.»

Johnson konnte es kaum erwarten, Kupperman mit seinem Vorschlag zu konfrontieren. «Wir werden Kloter einem Lügendetektortest unterziehen.»

«Diese Methode mag gängig in den USA sein, aber bislang nicht auf den Cayman Islands und schon gar nicht in der Schweiz», gab Kupperman zu bedenken.

«Befürchtest du, Nathan, dass man von Zürich aus gegen diese Methode Einspruch erheben könnte?»

«Das dürfte so sein, wenn man dort frühzeitig von dieser Sache Wind bekäme. Wir müssen alles daransetzen, dass Kloter erst im letzten Moment von diesem Test erfährt. Das wäre zu machen. Doch was geschieht, wenn der Test negativ ausgeht?»

«Du amüsierst mich, Nathan. Darüber musst du dir keine Sorgen machen. Wenn man von Anfang an ein indirektes Schuldbekenntnis erwartet, die Überführung als Lügner also, liefert einem das Gerät das. Es gilt nun, die richtige Firma dafür zu engagieren.»

Kupperman sah Johnson fragend an. «Was für eine Firma?»

«Kavanaugh & Kopp, ein Anwaltsbüro, spezialisiert auf Polygrafen.»

«Polygraf? Ein anderer Ausdruck für Lügendetektor?», fragte Kupperman.

«Nicht unbedingt. Ein Polygraf kann auch zu medizinischen Zwecken verwendet werden. Als seriöses Diagnosegerät, zum Beispiel bei Schlafstörungen», entgegnete Johnson in einem belehrenden Ton.

«Lügendetektoren sind umstritten, sie haben ausser in den Südstaaten und im mittleren Westen der USA einen schlechten Ruf.»

Johnson grölte laut lachend. «Aber Lügendetektoren werden nicht eingesetzt, um die Wahrheit zu finden, sondern um festzulegen, was als Wahrheit zu gelten hat. Zum Beispiel in Mordprozessen in Staaten wie Texas, Georgia, Missouri, Mississippi, Florida, Oklahoma und weiteren. Meist wurden Schwarze zum Tode verurteilt. Pech, bei einigen kam nachträglich raus, durch DNA-Analysen, dass sie unschuldig waren. Doch das tat dieser Methode keinen Abbruch. Sie wird nach wie vor verwendet. In letzter Zeit immer mehr von Unternehmen, wenn sie einen Mitarbeiter loswerden wollen. Wenn wir auf diese Weise Kloter entlassen können, wird auch ein Dr. Cäsar Bieder junior nichts dagegen haben.»

«Und was wird das FBI dazu sagen?»

«Nichts, gar nichts. Kloters Beschützer dort sind weg, hast du doch letzte Woche gesagt.»

«Also, Henry, dann leite das in die Wege. Ich werde nicht umhinkommen, zuvor Cäsar Bieder junior einzuweihen.»

«Tue das, aber erst kurz zuvor.»

«Dafür müsste ich aber noch etwas mehr in Händen haben. Zum Beispiel müsste ich wissen, was die Anwaltsgemeinschaft Kavanaugh & Kopp für einen Stellenwert bei den einschlägigen Firmen hat.»

«Dieser ist in der Tat beträchtlich. Kavanaugh & Kopp, K & K, sind berüchtigt. Sie liefern für gutes Geld alles, was man von ihnen wünscht. Ich kann dir eine lange Liste von Konzernen, die bei heiklen Fällen auf K & K zurückgriffen und -greifen, präsentieren. Kavanaugh & Kopp lernten ihr Handwerk von der Pike auf. Sie haben vor zwei Jahrzehnten als Winkeladvokaten angefangen. Bekamen einen hoffnungslosen Fall bei einer mittelgrossen Elektronikfirma. Es ging darum, ein Vorstandsmitglied abzuschiessen. Die Chancen standen schlecht, man musste damit rechnen, dass der Verwaltungsrat nicht mitmachen würde. Doch Kavanaugh & Kopp konnten ihn überzeugen. Hinzu kamen weitere Fälle, auch bei Gerichtsprozessen. K & K gewannen immer. Das sprach sich herum. Ihre Spezialitäten waren Lügendetektoren, die sie Polygrafen nannten, um ihnen einen wissenschaftlichen Anstrich zu geben. Heute sind bei K & K gegen zweihundert Anwälte tätig, ein Dutzend Psychologen und einige Psychiater verstärken das Team. Die Psychologen und Psychiater haben die Aufgabe, die Messergebnisse der Polygrafen auszuwerten. Immerhin ist es K & K gelungen, das Vertrauen der American Polygraph Association zu bekommen, der weltweit führenden Organisation der Verwender dieser Geräte.»

«Aber ihre Anwendung als Lügendetektoren bleibt nach wie vor umstritten.»

«Und was tut das zur Sache, Nathan? Nichts, überhaupt nichts.»

«Das kann ich nachvollziehen, aber ich werde in dieser Angelegenheit nicht allein entscheiden. Ich muss Bieder junior davon überzeugen. Nicht zuletzt auch deshalb, weil die ganze Übung einiges kosten wird.»

«Das wird dein Job sein. Ich vertraue dir.»

Am nächsten Tag folgte ein langes Gespräch zwischen Kupperman und Cäsar Bieder junior.

Bieder sagte zu Kupperman: «Ich muss Ihnen in die Augen sehen, bevor ich Ihrem Vorschlag zustimmen kann oder ihn ablehnen muss.»

Zwei Wochen später flog Kupperman nach Zürich ab. Er traf sich mit Bieder junior am Montag, den 21. Oktober 2002, in dessen Büro. Nach einer Stunde konnte Kupperman ihn beinahe überzeugen. Dabei sprach Bieder aber auch die Rolle des FBI an. Würde die Möglichkeit bestehen, dass das FBI, wie beim Fahrradunfall, zugunsten Kloters intervenierte? Kupperman konnte Bieder glaubhaft versichern, dass dies nicht geschehen werde. Bieder zog schliesslich das Fazit, dass das zwar nicht eine moralische Lösung des Problems Kloter sei, aber er sehe ein, dass sein Weiterverbleib in der Firma nicht mehr tragbar sei. Bevor er zu diesem Entschluss kam, fragte er Kupperman noch, ob er glaube, Kloter habe die Akten von Papadopoulos den griechischen Steuerbehörden zugespielt.

Kupperman antwortete: «Das kann ich vermuten oder auch nicht. Wichtig für mich ist, dass Kloter in der Lage gewesen wäre, das zu tun.»

«Den Beweis müsste ja der Lügendetektortest liefern. Und Sie sind überzeugt, dass dieser Test zuungunsten Kloters ausgehen wird?»

«Der Test wird Kloter der Lüge überführen …»

«Dass seine Aussage, er hätte die Daten von Papadopoulos nicht weitergegeben, gelogen war?»

«Ja. Oder Kloter bricht den Test von sich aus ab. In diesem

Fall interpretiert man das als Beleg, dass Kloter die Akten von Papadopoulos den Griechen weitergegeben hat.»

***

Kloter nahm an, dass etwas kommen würde, das seine Position beim Bieder Trust auf den Cayman Islands gefährden könnte. Ihm wurde von Pedro Lopez zugetragen, dass Johnson auffällig oft im Büro von Kupperman verkehrte. Kloter sprach auch mit seiner Frau darüber. Sie meinte, dass höchstwahrscheinlich vor Weihnachten nichts geschehe. Kloter hatte Anfang Dezember einen Termin im Zürcher Universitätsspital, dort erhoffte er eine Heilung oder zumindest eine Linderung seiner Rückenbeschwerden.

Kupperman wusste davon und sprach Kloter sogar Mut zu, sagte unter anderem: «Ich denke, dann wird alles wieder gut, und du bist endlich von deinen Schmerzen erlöst.»

Und diese Schmerzen wurden im Laufe des Oktobers und Novembers immer schlimmer. Mehrmals schrieb ihm sein Arzt auf den Cayman Islands, der ihm anderswie nicht helfen konnte, ein Zeugnis, er müsse für einen Tag pausieren, was Kupperman jeweils mit bedauerndem Achselzucken kommentierte.

Es war Donnerstag, der 21. November 2002, als Kupperman die Katze aus dem Sack liess. Er zitierte Kloter noch vor acht Uhr in sein Arbeitszimmer und teilte ihm mit, dass er einen Lügendetektortest ablegen müsse, wie ein Dutzend andere Angestellte. Kloter wollte wissen, weshalb, um was es gehe. Dass man das den Testpersonen im Voraus preisgebe, sei nicht üblich, antwortete Kupperman.

Kloter liess das nicht einfach auf sich sitzen. Erstens seien solche Tests bislang in der gesamten Bieder-Gruppe ein Tabu gewesen. Dazu sei noch nie gegriffen worden, auch wenn der begründete Verdacht bestand, dass ein Mitarbeiter sich eine Urkundenfälschung oder einen Diebstahl habe zuschulden kommen lassen. In seinem Stammhaus in Zürich seien solche Fälle der Polizei zur Aufklärung übergeben worden.

Das schien Kupperman zu amüsieren. «Glaubst du, die Royal Police of Caymans würde sich zu so etwas hergeben? Vergiss es.»

«Ich werde das so auch nicht tun», protestierte Kloter. «Ich werde mich gleich mit Dr. Cäsar Bieder junior in Verbindung setzen.»

Kupperman schien diese Antwort erwartet zu haben. «Bitte, Konrad, tu dir keinen Zwang an.» Kupperman hielt Kloter den Hörer hin und wählte eine Nummer.

Kloter war davon derart überrascht, dass er mitmachte. Nach kurzem Summen nahm auf der Gegenseite jemand ab. Es war Cäsar Bieder junior. «Herr Kloter?»

«Ja. Guten Tag, Herr Dr. Bieder ...»

«Ich weiss, warum Sie anrufen. Befolgen Sie die Anordnung von Nathan Kupperman. An diesem Lügendetektor führt kein Weg vorbei. Ich habe auch nicht die Absicht, Sie davon zu überzeugen oder sogar zu begründen, weshalb Sie sich diesem Test zu unterziehen haben. Nehmen Sie es locker, Kloter, ich wünsche Ihnen einen schönen Tag.» Bieder beendete das Gespräch, ohne Kloters Entgegnung abzuwarten.

Ein hämisches Grinsen zog über Kuppermans Gesicht.

«Ich finde das eine Zumutung», wehrte sich Kloter. «Ich lasse mich doch als Nummer zwei des Bieder Trust Cayman nicht wie ein Krimineller abführen.»

«Beruhige dich, Konrad. Befehl ist Befehl. Du hast zu gehorchen.»

«Und wenn ich nicht gehorche?»

«Zwingen können wir dich dazu nicht. Aber sollte es dir einfallen, nicht zu kooperieren, werden wir das Arbeitsverhältnis mit dir beenden.»

Kloter schüttelte den Kopf, immer wieder. Dann wollte er etwas sagen, doch Kupperman unterbrach ihn nach dem ersten Wort. «Ich bitte dich, jetzt zu gehen, ich habe keine Lust, mit dir über Angelegenheiten zu diskutieren, über die es nichts zu diskutieren gibt.»

Kloter war jetzt klar, dass seine Zeit bei der Bieder Trust Company, Cayman Islands, sich dem Ende zuneigte. Er begab sich nach Hause, um die neue Situation mit seiner Frau Helga zu besprechen. Man zog die Konsequenzen. Die Abreise für die Weihnachtsferien und den Spitalaufenthalt in Zürich wurde auf Ende November vorverlegt. Helga übernahm das. Sie buchte am selben Vormittag für Freitag, den 29. November, einen Flug nach Kloten, während Kloter wieder zurück in sein Büro ging.

Er vertiefte sich nicht in seine Arbeitsunterlagen, sondern dachte darüber nach, wie der Umzug zu organisieren war. Das musste in aller Heimlichkeit geschehen. Wie war das möglich? Er musste vermeiden, von seinem Büro aus auf das Festnetztelefon zuzugreifen, denn er machte sich keine Illusionen darüber, dass er nicht belauscht würde. Von Koch hatte er gelernt, wie man in einem Raum nach Wanzen suchte und sie unschädlich machte. Er tat das, fand prompt ein halbes Dutzend davon und riss sie weg.

Kurz danach tauchte Pedro Lopez in seinem Büro auf. «Komm rasch mit mir nach unten, in das Archiv», flüsterte er ihm ins Ohr.

Sie fuhren mit dem Lift hinunter. In aller Eile informierte Lopez Kloter, dass plötzlich die Abhöranlagen in Kloters Büro nicht mehr funktionierten, er solle doch einmal nachschauen, was damit geschehen sei. «Das wollte ich dir nur sagen.»

«Danke, Pedro, ich habe die Minispione bemerkt und sie ausser Gefecht gesetzt.»

«Gut, ich muss sie wieder installieren. Ich will nur hoffen, dass Kupperman nicht realisiert, dass du es warst, der sie stillgelegt hat.»

«Warum hast du mich nicht vorher darüber informiert?», wollte Kloter wissen.

«Ich hätte das getan. Doch ich kam bis jetzt nicht dazu. Sie wurden gestern am späten Abend in meinem Beisein installiert. Ich wurde beauftragt, von nun an jeden Abend zu kontrollieren, ob sie noch funktionieren. Ich klopfte etwa um halb zehn heute Morgen bei dir an. Leider warst du nicht im Büro.»

Kloter klärte Lopez über seine Abwesenheit zu dieser Stunde auf.

«Wir gehen zusammen zurück in dein Büro.»

Lopez sah zur Decke. «Siehst du das kleine Kästchen da oben? Damit sind alle Wanzen verkabelt, von dort geht ein dünner Draht zum Sender, der die Signale in den Äther schickt. Das Empfangsgerät befindet sich im Büro von Kupperman. Dort werden alle Geräusche aufgezeichnet.» Dann ging er zum Tischtelefon und rief Kupperman an. «Herr Direktor, Kloter ist derzeit in seinem Büro.» Lopez drückte auf einen Knopf, sodass Kloter alles mithören konnte. «Stellen Sie den verdammten Lautsprecher ab», wies Kupperman Lopez zurecht, «ich will nicht, dass Kloter zuhört.» Es folgte ein kurzer Dialog. Als Lopez den Hörer auf die Gabel gelegt hatte, sagte er zu Kloter: «Der bescheuerte Direktor wird dich am späteren Nachmittag anrufen und dich zu einem Feierabend-Bier im gegenüberliegenden Restaurant einladen, um mit dir Wichtiges zu besprechen. Er will nicht, dass ich mich in deiner Anwesenheit an den Wanzen zu schaffen mache.» Lopez sah auf die Uhr. «Wir haben also noch gut zehn Minuten Zeit, dann hole ich meine Werkzeugtasche und werde diese widerlichen Spione wieder installieren.»

«Danke vielmals, Pedro.» Kloter schilderte ihm, was am Morgen seit Arbeitsbeginn geschehen war.

«Brauchst du meine Hilfe?», fragte Lopez.

«Ja, schon. Ich muss meinen Umzug nach Zürich organisieren.»

Lopez sah Kloter nachdenklich an. «Dann wirst du uns verlassen?»

«Ja, es gibt keine andere Möglichkeit. In der Zwischenzeit möchte ich alle Unterlagen, auf die ich Zugriff habe, kopieren. Für mich ist das Kapitel Cayman noch nicht zu Ende geschrieben, wenn ich in meine Heimat übergesiedelt bin.»

«Verstehe», sagte Lopez. «Brauchst du auch Hilfe, um den Umzug zu organisieren?»

Kloter überlegte. «Auch diese Hilfe würde ich gerne von dir

beanspruchen. Wunderbar wäre es, wenn du uns bis nach Zürich begleiten könntest. Doch das darf ich kaum von dir erwarten.»

«Das könnte ich so einrichten. Meine Ferien beginnen in der letzten Woche November und dauern bis Mitte Dezember.»

«Das kommt uns wirklich gelegen. Wir finanzieren dir die Flugreise nach Zürich. Du darfst auch deine Gattin mitnehmen. Die heiklen Sachen, die ich mitzunehmen gedenke, würde ich nicht gerne in meinem Gepäck mitschleppen. Das wäre deine Aufgabe und die deiner Frau.»

«Was wäre das für ein zusätzliches Reisegepäck?»

«Der Hurrikan-Laptop, circa zehn CDs, eine Festplatte, die ich aus meinem Computer zu Hause ausgebaut habe. Ich muss davon ausgehen, dass ein oder zwei Personen, die ich noch nie zu Gesicht bekommen habe, mich beim Flug begleiten und mein Gepäck durchsuchen. Ich werde mein gemietetes Haus kündigen, mich in George Town abmelden. Natürlich kurzfristig. Doch die Bieders haben Spione in der Stadtverwaltung und beim Flughafen. Es entgeht ihnen nie, wenn einer ihrer Mitarbeiter die Cayman Islands per Flugzeug verlässt. Sollten mein Name, der meiner Frau und meiner Tochter auf einer Bordliste auftauchen, würden sie blitzschnell reagieren, ganz besonders, sollte ich mich klammheimlich davonmachen. Unseren Abflug vermögen sie nicht zu verhindern. Aber sollte ich CDs und einen Laptop in meinem Handgepäck haben, würden sie das herausfinden und auf dem Flug irgendwann alles entwenden.»

«Das heisst, wir müssten all diese Sachen in unser Handgepäck verstauen?»

«Ja, beim anderen Gepäck besteht das Risiko, dass irgendwo etwas verloren geht oder entwendet wird. Die Koffer und Reisetaschen werden im Flughafen durchleuchtet. Festplatten und ein Laptop, beides begehrte Gegenstände, werden als solche erkannt und könnten von einem Mitarbeiter der Abfertigung oder einem Zollbeamten herausgefischt werden.»

«Und was geschieht mit eurem Hausrat?»

«Einen Teil schenken wir dir. Was du davon nicht verwenden willst, darfst du nach eigenem Ermessen verkaufen. Einiges werden wir in Container packen. Diese Container solltest du erst nach deiner Rückkehr aus Zürich zum Hafen bringen, um sie nach Europa verschiffen zu lassen. Den ganzen Papierkram, der dabei anfällt, werden wir selbstverständlich vorbereiten. Du hast nichts zu machen, ausser den Transport zum Frachter zu organisieren.»

Lopez machte einen Luftsprung. «Meine Alte wird sich freuen und ich noch mehr. Das Ganze macht mir ungeheuer Spass. Aber jetzt muss ich sicherstellen, dass du nicht zusiehst, wenn ich dein Refugium verwanze.»

Das Telefon auf Kloters Schreibtisch schrillte. Er nahm ab. «Jawohl, Nathan, ganz zu deinen Diensten, in wenigen Minuten werde ich bei dir anklopfen.»

Kupperman und Kloter gingen zusammen ins Restaurant. Kupperman versuchte Kloter wieder freundlich zu stimmen. Er solle sich keine Sorgen machen wegen des Lügendetektors. Das sei eine Methode zur Wahrheitsfindung, die in den USA gängige Praxis sei. «Ich bin halt US-Amerikaner. Konrad, du hast dabei ja nichts zu befürchten, wenn es zutrifft, dass du uns nicht angelogen hast, was ich doch hoffen möchte.»

Das Grinsen Kuppermans war derart penetrant, dass sich Kloter ungeheuer zusammennehmen musste, um zu verhindern, dass ihm die Hand ausrutschte und auf der Wange seines Gegenübers landete.

Zwischendurch sah Kupperman immer wieder auf die Uhr, sein Mobiltelefon hatte er neben sich. Nachdem sie eine Reihe von Belanglosigkeiten ausgetauscht hatten, kam der erlösende Anruf.

«Hallo, das hat aber lange gedauert … Funktioniert es jetzt wenigstens? … Was sagen Sie da? Ich solle das Geld von denjenigen zurückverlangen, die die Anlage installiert haben? Solche Fragen überlassen Sie bitte mir. Gut, Lopez, machen Sie Ihren Job weiter. Inspizieren Sie nach Feierabend die Anlage nochmals sorgfältig bitte. Ich möchte ein solches Desaster wie heute nicht mehr erleben.»

Der von Spott triefende Blick Kloters traf Kupperman.

Am Abend machte Lopez einen Besuch bei den Kloters. Man besprach alles, was den Umzug betraf. Bevor Lopez wieder ging, fragte Kloter: «Bist du auch zu einem Lügendetektortest aufgeboten worden?»

«Nein. Wo denkst du hin? Ich bin ein Einheimischer, ein Handwerker, der zwischendurch ein bisschen rebelliert. Deswegen hegt Kupperman keinen Verdacht gegen mich. Ich verstehe ja überhaupt nichts vom Geschäftsgebaren des Bieder Trust. Ich helfe einfach, ohne etwas zu ahnen, bei den Schweinereien mit, zum Beispiel Geldscheine aus kriminellen Quellen zu verstecken, weiss aber nicht, dass es sich um Dollarnoten handelt, sondern glaube, es seien Briefe. Die haben ja nicht einmal gemerkt, dass ich einige davon geklaut habe.»

Am kommenden Morgen betrat Kloter um halb acht sein Büro. Kurz danach klingelte sein Festnetzapparat. Es war Lopez. «Konrad, die Sache geht jetzt los. Ich habe die unangenehme Aufgabe, dich zur Anwaltspraxis Kavanaugh & Kopp zu fahren. Man erwartet dich dort.»

«Kavanaugh & Kopp? Nie gehört. Weisst du, wer das sein könnte?»

«Du stellst wieder Fragen. Ich habe keine Ahnung, wer dies sein soll. Man hat mir lediglich die Adresse mitgeteilt, mit dem Auftrag, dich dort abzuliefern.»

Lopez fuhr Kloter zu K & K. Es war ein neues, imposantes dreistöckiges Gebäude, circa einen Kilometer von seinem Büro entfernt. Im Innern alles vom Feinsten. Am Eingang wurde Kloter erwartet. Ein uniformierter Portier stand dort, neben ihm ein smarter Herr in Schwarz, weissem Hemd und roter Krawatte. Als Rob McCarthy, Anwalt und Spezialist für Polygrafen, stellte er sich vor. «Sie müssen Herr …» Er zog ein Papier aus seiner Jackentasche. «Sie müssen Herr Kloter sein. Willkommen, Kloter, dann wollen wir mal.»

«Hallo, McCarthy.»

McCarthys Gesicht erstarrte zu einer Maske. «Wie steht es mit Ihren Manieren, Kloter?»

«Wie steht es mit Ihren, McCarthy?»

«Sind Sie sicher, Kloter, sich ein solches Verhalten leisten zu können? Sind Sie sich bewusst, dass es um Ihren gut bezahlten Broterwerb geht?»

«Natürlich weiss ich das. Doch eigentlich sollte es hier darum gehen, ob ich die Wahrheit sage oder nicht. Ein Lügendetektor müsste nur das feststellen. Nicht, ob ich ehrerbietig oder aufrührerisch bin. Oder wie sehen Sie das?»

«Ich bin nicht da, um mich vor Ihnen zu rechtfertigen, doch Sie sind da, um sich vor uns zu rechtfertigen.»

«Ich komme freiwillig zu Ihnen. Ich wurde nicht von einem Staatsanwalt vorgeladen. Wenn Sie mich weiterhin demütigen, drehe ich mich auf meinem Absatz um und kehre an meinen Arbeitsplatz zurück.»

Lopez stand neben Kloter und verkniff sich das Lachen.

«Wer ist dieser Kerl neben Ihnen? Ihr Chauffeur? Jagen Sie ihn weg und rufen Sie ihn an, wenn wir mit Ihnen fertig sind.»

Lopez zeigte, den Anwalt musternd, mit dem Finger auf die Stirn und schritt kopfschüttelnd zu seinem Wagen.

Kloter wurde in ein Zimmer mit einem Tisch, einem Hocker und einem komfortablen Ledersessel geführt. Auf dem Sessel nahm McCarthy Platz und wies Kloter an, sich auf den Hocker zu setzen.

Das stiess Kloter sauer auf. «Ich habe ein schwerwiegendes Rückenproblem.» Er zog ein Formular aus seinem Kittel und reichte es McCarthy. «Da ist ein Arztzeugnis, das mir bescheinigt, dass ich derzeit nicht in der Lage bin, mich einem solchen Test zu unterziehen.»

McCarthy überflog es. «Das ist eine Ausrede, um sich vor dem Test zu drücken. Bei uns funktioniert diese Masche nicht.»

«Gut, dann gehe ich, Sie haben nicht die Befugnis, mich hier festzuhalten.»

McCarthy wurde bleich vor Zorn. Er tippte etwas in sein Handy. «Ich muss Rücksprache mit meinem Vorgesetzten nehmen, gedulden Sie sich einige Minuten, bis ich wieder zurückkomme.»

«Das ist keine Vernehmung, McCarthy.»

Wortlos verliess McCarthy den Raum und schloss hinter sich die Tür ab.

Kloter stand auf und nahm Platz auf der bequemen Sitzgelegenheit gegenüber.

Fünf Minuten später kam McCarthy mit einem anderen Herrn zurück, der ebenfalls adrett gekleidet war, sich als Ford vorstellte und freundlich wirkte. Er drückte Kloter die Hand und sagte: «Sich einem Lügendetektortest zu unterziehen ist nicht angenehm. Wir haben ein wissenschaftlich ausgebildetes Team, das ihn bedient und auswertet. Rob McCarthy ist ein unbestrittener Fachmann in dieser Sache. Er wird Ihnen provokative Fragen stellen, Sie aus Ihrer Sicht allenfalls verunsichern. Doch das gehört dazu. Halten Sie sich an die Wahrheit. Wenn Sie das tun, werden Sie uns am Ende dankbar sein.»

«Haben Sie das Attest von meinem Arzt gesehen?», fragte Kloter, mit zusammengekniffenen Augen Ford anblickend.

«Habe ich. Man kann gesund sein und lügen, man kann krank sein und die Wahrheit sagen. Wir haben den Auftrag bekommen, den Test durchzuführen. Sie sind Angestellter der Firma, die uns mit diesem Auftrag betraut. Angestellte haben die Pflicht, die Anweisungen ihrer Vorgesetzten zu befolgen. Sollten Sie sich weigern, sich diesem Test zu unterziehen, widersetzen Sie sich den Anweisungen Ihrer Vorgesetzten. Wie in diesem Falle Cäsar Bieder Trust und Company mit Ihnen verfahren wird, haben wir nicht zu kommentieren. Wollen Sie jetzt den Test machen?»

«Ja, aber erst, wenn mein Gesundheitszustand es erlaubt. Und das tut er derzeit nicht.»

«Das mag Ihr Arzt sagen, und Sie mögen es denken. Das Arztzeugnis hätten Sie, bevor Sie zu uns kamen, Ihrem Vorgesetzten vorlegen sollen. Das ist offensichtlich nicht geschehen.» Ford sah Kloter bedauernd an. «Sie haben jetzt die Wahl. Wollen Sie sich dem Test unterziehen oder nicht?»

«Ich werde es versuchen, bitte aber um Rücksichtnahme. Es ist mir zum Beispiel unmöglich, dabei auf einem Hocker zu sitzen. Ich möchte einen bequemen Sessel. Einen solchen, auf dem ich gerade sitze.»

«Den Sessel, den Sie –», fuhr McCarthy dazwischen, doch Ford gab ihm per Handzeichen ein Signal, sich nicht weiter zu äussern.

Ford überlegte, lächelte und entschied dann, auf den Wunsch Kloters einzugehen. Die Augen von McCarthy blitzten vor Wut.

Zwei zusätzliche Ledersessel wurden gebracht. Auf einen setzte sich Ford, auf den anderen, direkt gegenüber Kloter, McCarthy.

«Die Fragen wird McCarthy stellen. Ich werde das Gespräch moderieren. Ich erinnere Sie nochmals daran. Die Fragen mögen Sie teils als eine Zumutung empfinden. Das gehört zum Spiel. Es ist üblich, den Probanden in eine Stresssituation zu manövrieren.»

«Zum Spiel?», fragte Kloter.

Er erhielt darauf keine Antwort von Ford. Stattdessen fuhr dieser mit seiner «Einführung» weiter. «Wir müssen jetzt den Polygrafen einstellen. Wie er auf Lügen reagiert, hängt von der Person ab, die an ihn angeschlossen ist. Um das festzustellen, muss der Proband absichtlich lügen. Beispiel: Wir fragen Sie, ob es stimme, dass Sie einen Sohn haben. Sagen Sie Ja, lügen Sie.»

«Verstehe, doch ich frage mich, ob es dasselbe ist, wenn man lügt und sich bewusst ist, dass auch der Bediener des Testgeräts über die Unwahrheit Bescheid weiss?»

Ford wandte sich zu McCarthy. Dieser runzelte die Stirn. «Diese Frage haben sich natürlich die Konstrukteure der Detektoren auch gestellt und herausgefunden, dass es funktioniert. Man muss das Gerät eben justieren.»

«Das glaube ich Ihnen nicht.»

McCarthy wollte darauf antworten, doch Ford winkte ab.

Kloter wurde mit dem Polygrafen verkabelt.

McCarthy stellte nun entsprechende Fragen, deren Antwort auch er kannte, mit der Aufforderung «Jetzt lügen Sie» oder «Jetzt sagen Sie die Wahrheit».

Nach dieser Runde konnte sich Kloter eine Bemerkung nicht verkneifen. «Hokuspokus.»

Er erntete von McCarthy einen bösen Blick. Ford, der bei der letzten Aussage Kloters keine Miene verzog, kündete an, dass jetzt der Test beginne.

«Kloter, wissen Sie –»

Wieder wurde McCarthy von Ford unterbrochen. «Sagen Sie doch bitte Herr Kloter.»

«Herr Kloter, wissen Sie überhaupt, weswegen Ihre Firma sich entschlossen hat, Sie einem Lügendetektortest zu unterziehen?»

«Nein.»

«Sie lügen.»

«Nein.»

«Bitte, Herr Kloter, sprechen Sie nur, wenn Sie gefragt werden.»

Ford brachte sich wieder ein. «Es geht um das Konto von Konstantin Papadopoulos. Jemand hat seine Kontodaten den griechischen Steuerbehörden übergeben.»

Und McCarthy hakte nach. «Dafür kommen wenige Angestellte der Bieder Trust und Company in Frage. Als Allererster Sie. Haben Sie den Griechen diese Daten geschickt?»

«Nein.»

«Sie lügen wieder. Doch zunächst andere Fragen.»

«Stimmt es, dass Sie mit Ihren Arbeiten im Rückstand sind?»

«Das ist bei allen Kaderangestellten so. Wegen meiner Rückenprobleme musste ich zeitweise meine Arbeit unterbrechen, deshalb kam ich ein bisschen ins Hintertreffen. Nach meinem unfallbedingten Spitalaufenthalt, das ist nun gut zwanzig Monate her, hatte ich eine zusätzliche Assistentin gefordert. Leider wurde die nicht bewilligt. Trotz vieler Überstunden gelang es mir nicht, alles zur gewünschten Zeit aufzuarbeiten. Aber das betraf nur wenige Akten.»

«Das bedeutet also, dass Sie mit Ihrer Arbeit überfordert sind.» McCarthy sah Kloter provozierend an. «Oder sehen Sie das anders?»

«Das ist eine undifferenzierte Auslegung von Ihnen.»
«Geben Sie endlich zu, dass Sie überfordert sind.»
Kloter biss auf die Zähne, bevor er auf McCarthys Unterstellung reagierte. «Sie setzen mir ein Gerät vor, das den Wahrheitsgehalt meiner Aussagen testen soll, dann legen Sie mir im Befehlston Worte in den Mund, die ich wieder ausspucken soll. Nein, Herr McCarthy, das akzeptiere ich nicht.»
Wieder meldete sich Ford. «Sie haben eben auf die Zähne gebissen. Das Gerät registriert das, teilt uns mit, dass unter diesen Umständen eine Äusserung von Ihnen nicht mehr analysiert werden kann. Das Auf-die-Zähne-Beissen könnte auch als Überlistung des Geräts gedeutet werden.»
«Haben Sie sich, bevor Sie zu uns kamen, über die Funktionsweise der Polygrafen informiert?»
«Ja, weshalb hätte ich das denn nicht sollen?»
«Dann wissen Sie auch, wie man dieses Gerät überlisten kann. Ich unterstelle Ihnen nun, dass Sie genau diese Absicht hatten, als Sie die Zähne zusammenbissen.»
«Was soll ich denn dazu sagen?», bemerkte Kloter achselzuckend.
«Wie steht es mit dem Arbeitsklima in Ihrer Firma?»
«Darüber muss ich Ihnen eine Antwort schuldig bleiben. In der Satzung unserer Firma steht, dass wir gegenüber Aussenstehenden nicht über das Klima intern reden dürfen.»
Ungeduldig schlug McCarthy mit der flachen Hand auf den Tisch. «Diese Satzungen sind bei einem Lügendetektortest ausser Kraft gesetzt.»
«Das sagen Sie. Warum sollte ich Ihnen glauben? Ich verweigere die Auskunft über diese Frage.»
McCarthy sah zu Ford hinüber. Dieser nickte schwach.
«Fühlen Sie sich in Ihrer Firma glücklich?», fragte McCarthy weiter.
Kloter schüttelte indigniert den Kopf. «Ich möchte nicht auf diese Frage eingehen.»
«Sie sind nicht kooperativ.»
«Schon möglich, ich habe auch keine Lust dazu.»

Es folgte eine ganze Kaskade von Fragen. «Sind Menschen, die Geschäftsgeheimnisse verraten, kriminell?»

«Gegenfrage, Herr McCarthy: Ist es ein Verbrechen, wenn diese Geheimnisse gegen das Gesetz verstossen?»

«Was sagen Sie da, Kloter? Damit räumen Sie ein, Geschäftsgeheimnisse verraten zu haben.»

«McCarthy, Sie gehen nicht auf meine Fragen ein und verdrehen meine Antworten.»

Wieder fühlte sich Ford bemüssigt, einzugreifen. «Die Diskussion eskaliert. Ich rate dazu, Anstandsregeln zu beachten. Es heisst Herr McCarthy, Herr Kloter und nicht McCarthy, nicht Kloter. Doch die Frage, ob Menschen kriminell sind, wenn sie Geschäftsgeheimnisse verraten, darf gestellt werden. Es geht um einen Verrat, nicht darum, was verraten wird.»

«Da bin ich anderer Meinung», sagte Kloter. «Kriminelle Geschäftsgebaren dürfen gemeldet werden – der Polizei oder anderen Behörden eines Staates.»

McCarthy war nahe daran, zu explodieren. «Haben Sie das getan, Kloter … Herr Kloter?»

«Nein, das habe ich nicht getan.»

«Sie lügen, Herr Kloter.»

«Sind Sie sich da sicher, Herr McCarthy?»

«Ja, der Polygraf sagt das.»

«Das manipulierte Gerät?»

«Eine haltlose, unbelegte Unterstellung, Herr Kloter.»

McCarthy ging auf die Familienverhältnisse der Kloters ein. Kloter beantwortete alle diese Fragen mit: «Das geht Sie nichts an.»

«Nun einige allgemeine Fragen», kündete McCarthy mit einem breiten Grinsen an.

Der Zeitpunkt kam, wo Kloter nicht mehr weiterfahren mochte. Stechende Rückenschmerzen plagten ihn. «Die Schmerzen schiessen regelrecht durch mein rechtes Bein, dessen Nerven im Rückenmark eingeklemmt werden. Ich bitte, mich ein wenig hinlegen zu dürfen.»

McCarthy hielt dem entgegen, das gehe jetzt nicht. Einen

Test könne man nicht unterbrechen. Er stellte weitere Fragen, auf die Kloter gar nicht mehr einging, so tat, als ob sie gar nicht erst gestellt worden wären.

Den Fragesteller schien das zu irritieren, es bewog ihn offenbar dazu, zum Gegenangriff überzugehen. «Kloter, Sie sind ein Simulant, ich glaube immer mehr, dass Sie die Trust-Dokumente entwendet haben.»

«Jetzt reicht es mir, ich habe endgültig genug von Ihnen. Ich mache dieses üble Spiel nicht mehr mit. Was ist das für eine Schweine-Firma, was sind das für Schweine-Anwälte, die es nötig haben, zu solch hinterhältigen Methoden zu greifen? Schämen Sie sich, McCarthy, schämen Sie sich, Ford. Sie sind beide Betrüger und bilden sich ein, diese üblen Machenschaften mit dem Griff auf ein idiotisches Gerät zu rechtfertigen.» Kloter zeigte mit dem Finger zur Decke. «Sehen Sie da die versteckte Kamera. Sie nimmt alles auf, ohne dass Sie mich zuvor darüber informiert haben. Das ist eindeutig illegal.» Er erhob sich mühsam, riss die Verkabelung von seiner Brust, vom rechten Arm und dem linken Bein weg. Er verliess den Raum, ging nach nebenan, stand im Türrahmen und sah von dort aus, wie Kupperman und Johnson gebannt auf den Bildschirm blickten, der die Szene im Nebenzimmer wiedergab.

«Sie sind zwei Schmutzfinken, die sich einbilden, ihr kriminelles Handwerk unter dem Schutzschirm einer honorigen Firma vollbringen zu können. Gehen Sie in Ihre Räuberhöhle zurück, ich will nichts mehr mit Ihnen zu tun haben. Eines verspreche ich Ihnen: Ich werde nicht ruhen, bis Sie beide hinter Schloss und Riegel sitzen. Dorthin gehören Sie nämlich.»

Das Entsetzen auf den Gesichtern der beiden war mit Händen zu greifen.

Kloter warf den beiden seine Firmenschlüssel hin. «Die brauche ich nicht mehr. Alles, was Sie noch benötigen, finden Sie auf meinem Schreibtisch.»

12

Am Vormittag des 22. November traf sich Helga Kloter mit Maria Lopez in einem Restaurant beim Hafen, nahe dem Wohnsitz der Familie Lopez. Helga brachte eine Tasche mit, in der sich der Hurrikan-Laptop, eine Festplatte und ein Dutzend CDs befanden.

Maria hob die Tasche an und bemerkte schmunzelnd, dass sie nicht ganz so leicht sei. «Doch mein Pedro ist kräftig, der schafft es problemlos, diese Sachen im Handgepäck durch die Flughafenschranken zu lotsen.»

«Wann plant ihr die Abreise?»

«Am Dienstag, den 26. November.»

«Wunderbar. Ich werde gleich den Flug buchen, dir die Flugtickets und die Hotelreservationen bringen. Für alles kommen wir auf.»

Ein leicht besorgter Blick von Maria streifte Helga. «Wie findet man sich in Zürich zurecht?»

«Kein Problem. Den Unterlagen habe ich auch die Bahn-Billetts beigelegt. Das Hotel ist in Bahnhofsnähe, man kann es ohne Schwierigkeit zu Fuss erreichen. Du findest in der Tasche auch einen Stadtplan von Zürich.»

«Bahnen?»

«Daran wirst du dich gewöhnen müssen. In der Schweiz gibt es viele Züge. Alle grösseren und viele kleine und ganz kleine Orte können auf der Schiene erreicht werden.»

***

Maria und Pedro Lopez fuhren am frühen Dienstagmorgen des 26. November zum Flughafen. In der Eingangshalle stand plötzlich Koch vor ihnen. Anders als sonst war er mit einer Lumberjacke und Jeans bekleidet. Statt seines Schlapphuts trug er ein Béret. Er legte zwei Finger auf die Lippen, um Lopez anzudeuten, ja nicht zu reden. Dann schob er ihm einen Zettel in die Jackentasche und entfernte sich wortlos.

Ich werde euch beide nach Zürich begleiten. Ich bin zwar seit einigen Wochen im Ruhestand, trotzdem habe ich immer noch Kontakte zum FBI. Wir wissen, dass Personen aus deiner Firma, Pedro, herausgefunden haben, dass ihr mit Kloters zusammenarbeitet. Zwei Männer in ihrem Auftrag werden euch während des Fluges nach Mexiko beobachten. Sie haben es auf euer Handgepäck abgesehen. Doch keine Sorge, benehmt euch wie ganz normale Touristen. Und redet auf gar keinen Fall über das, was ihr eben von mir erfahren habt. Ein Freund von mir wird ebenfalls den Flieger nach Cancún besteigen. Dort werden wir eure beiden Verfolger «neutralisieren». Am Ausgang werdet ihr von einem Herrn mit dunkelblauer Kleidung, Schlapphut … Ihr wisst ja … abgefangen. Euer Hotelzimmer ist reserviert. Früh am Morgen geht's mit einem Jumbojet der Air France nach Zürich-Kloten. Wir werden uns im Hotel in Zürich wiedersehen. Dort seid ihr in Sicherheit.

Die Abflugkontrolle verlief problemlos. Der Aufenthalt in Cancún und der Abflug ebenfalls.

***

Johnson und Vinzenz Albot junior sassen mit Kupperman zusammen um zehn Uhr in seinem Büro. Sie starrten auf einen Bildschirm, auf dem Handydaten – SMS, Bilder und Videos – via Computer übermittelt wurden. Szenen der Flughafenhalle in Cancún. Auf dem Bildschirm blitzte eine Aufnahme von Lopez mit seiner Gattin kurz auf.

«Lopez, dieser Halunke», kommentierte Johnson.

«Er wird uns in die Fänge geraten. Wir sind informiert worden, dass er im Hotel in der Nähe des Flughafens übernachtet», informierte Kupperman seine Gäste. Er stand auf, stellte die Kaffeemaschine an, liess in drei Tassen starken Espresso raus. Er öffnete den Kühlschrank und entnahm ihm drei grosse Schinken-Käse-Sandwichs. Die drei verzehrten die Zwischenverpflegung schmatzend und schlürften dabei den heissen Kaffee. Plötzlich war der Monitor ohne Bild. Johnson ging zum PC und versuchte die Verbindung mit dem Handy wiederherzustellen. Ohne Erfolg.

«Diese Schlappschwänze», schimpfte Albot. «Habe ich ihnen doch eingeschärft, stets online zu sein.»

«Versuch den Zweiten mit einem Anruf zu erreichen», schlug Kupperman vor.

Albot tippte die Nummer in sein Mobiltelefon, schüttelte den Kopf und drückte die Taste, die mit dem Lautsprecher verbunden war: *Der Empfänger ist zurzeit nicht erreichbar.*

«Das muss noch nichts bedeuten, in Mexiko ist es nicht unüblich, dass der Strom ausfällt.»

«Komisch ist das schon, denn Mobiltelefone haben einen Akku. Es ist nicht gerade wahrscheinlich, dass beide gleichzeitig leer sind. Die Sache gefällt mir gar nicht.»

Die drei wurden immer nervöser, harrten bis zwölf am Bildschirm aus. Doch es tat sich nichts.

Dann klopfte es an der Tür. Es war der stellvertretende Hausmeister. «Ein Herr möchte Sie sprechen, Herr Kupperman.»

«Was hat er für einen Namen genannt?»

«Daran erinnere ich mich nicht mehr. Doch er hat mir eine Visitenkarte gereicht.»

Kupperman nahm sie entgegen und stiess einen Schrei des Entsetzens aus. «Holen Sie den Kerl sofort.»

Johnson und Albot sahen gebannt auf Kupperman. Der sagte kleinlaut: «FBI, ich fass es nicht.»

Einige Minuten später stand Lopez' Stellvertreter mit dem Herrn im Türrahmen. Schlapphut, gebügelter Anzug, beides dunkelblau, weisses Hemd, rote Krawatte, glänzend polierte schwarze Schuhe. «Guten Tag, meine Herren, ich möchte mich mit dem Direktor allein unterhalten.»

Albot und Kupperman sahen einander fragend an. «Der meint dich», sagte Albot. Er und Johnson verliessen Kuppermans Büro.

«Herr Kupperman», sprach ihn der FBI-Agent an, «ich bin da, um Ihnen eine Neuigkeit mitzuteilen, die keiner nachfolgenden Diskussion bedarf. Dass wir Ihnen grünes Licht gegeben haben, Kloter zu entlassen, bedeutet nicht, dass Sie von nun an schalten und walten können, wie Sie wollen. Eben haben wir zwei Ihrer Leute dingfest gemacht. Diese haben in Cancún versucht, Pedro Lopez und seine Frau umzubringen.»

«Das ist eine Unterstellung, die ich entschieden zurückweise.»

«Wollen Sie etwa bestreiten, dass Sie Lopez nachgestellt haben?»

«Nachstellen ist noch längst nicht umbringen.»

«Die beiden Männer, die wir der mexikanischen Polizei übergeben haben, waren bis an die Zähne bewaffnet, sie hatten sich gewaltsam, mit gezogener Waffe, zu dem für Lopez und seine Frau reservierten Hotelzimmer Zugang verschaffen wollen. Statt des Ehepaars Lopez waren wir da. Es kam zu einem Schusswechsel, der nicht gut für Ihre Leute ausging. Immerhin leben sie noch. Sie befinden sich zurzeit in der Gefängnisabteilung des Hospitals in Cancún.»

Kupperman zog den Nacken ein. «Warum sind Sie überhaupt bei uns aufgekreuzt, wenn Sie alles wissen?»

«Das verrate ich Ihnen gerne. Lopez ist unser Mann. Ein Agent undercover. Lassen Sie ihn sofort in Ruhe.»

«Das heisst, Sie verlangen von uns, dass wir ihn weiterhin in unserer Firma beschäftigen?»

«Natürlich nicht. Er ist ja jetzt enttarnt. Sie können ihn entlassen. Wir haben bereits eine andere Tätigkeit für ihn gefunden.»

«Na, dann können wir dieses Kapitel als abgeschlossen ansehen?»

«Was Lopez betrifft, ja. Ausser Sie fügen ihm irgendwelchen Schaden zu. Das würde Sie teuer zu stehen kommen. Der nächste Grund, weshalb ich Sie aufgesucht habe, ist Konrad Kloter. Bis er zurück in der Schweiz ist, werden wir ihn weiter beschützen. Lassen Sie sich ja nicht dazu verleiten, ihm auch nur ein Härchen zu krümmen.»

«Verstanden. Für das, was ihm allenfalls in Zürich zustösst, kann ich allerdings nichts versprechen.»

«Keine Ausflüchte bitte. Das steht nicht zur Diskussion.» Der FBI-Mann ging wieder, ohne sich zu verabschieden.

***

Am Morgen des 27. November landete die Maschine der Air France in Kloten. Koch gesellte sich zu den Lopez' und lotste sie zum Bahnhof unterhalb des Flughafens. Wenige Minuten später traf der Zug zum Zürcher Hauptbahnhof ein. Eine knappe Viertelstunde später kamen sie dort an. Von dort ging es zum Hotel. Das Ehepaar Lopez war nicht an Nachtflüge gewohnt und war entsprechend müde. Sie schliefen den ganzen Tag. Koch verabredete sich mit ihnen zum Abendessen. Es war ein gemütlicher Abend, den Maria und Pedro Lopez zusammen mit Koch verbrachten. Er eröffnete dem besorgten Lopez, dass er im neuen Jahr einen neuen Job in einer US-Bank in George Town haben werde. Er und seine Gattin überboten sich mit Dankesbezeugungen. Ihm sei klar geworden, dass er nicht mehr tragbar sei für die Cäsar Bieder Trust Company, gab Lopez zu verstehen. Doch dann erkundigte er sich, ob er auch an der neuen Stelle als Informant des FBI wirken würde.

«Ganz bestimmt», sagte Koch. «Du bist ein guter Mann.»

Koch verabschiedete sich schliesslich herzlich von Maria und Pedro und verriet ihnen nebenbei, dass er am frühen Morgen wieder auf die Cayman Islands fliegen werde.

***

Zwei Tage später flogen die Kloters via Cancún vom Flughafen Grand Cayman nach Kloten ab. Am Samstag, den 30. November, nahmen sie im Hotel beim Bahnhof Zürich zusammen mit den Lopez' das Mittagessen ein.

Der Aufenthalt der Familie Kloter im Hotel beim Hauptbahnhof war nur eine Zwischenlösung. Konrad Kloter hatte kein Einkommen mehr. Mit der Gratifikation, die er in seiner Zeit beim Bieder Trust – und das waren immerhin fünfzehn Jahre – stets vor Weihnachten ausbezahlt erhielt, konnte er nicht mehr rechnen, auch wenn er selbst noch keine Kündigung eingereicht hatte und auch nicht die Absicht hatte, das zu tun. Am Montag, den 2. Dezember, brachte ihm ein Bote des Hauptsitzes des Bieder-Konzerns an der Zürcher Bahnhofstrasse persönlich den blauen Brief, unterzeichnet von Nathan Kupperman und Cäsar Bieder junior. Auch wenn Kloter die Kündigung erwartet hatte, beunruhigte ihn, dass sie ihm an die Adresse des Hotels zugestellt wurde.

«Wie haben die so schnell herausgefunden, dass ich hier wohne?», fragte er seine Frau.

«Die wollen dir ein Zeichen geben, dass sie auch in Zürich ein Auge auf dich werfen werden.»

Er habe das auch nicht anders erwartet, meinte Kloter. «Sie schulden mir noch den Lohn vom November und die vielen Überstunden, die ich im Laufe des Jahres 2002 angehäuft habe. Nach meinen Berechnungen sind das mindestens fünfundzwanzigtausend Franken. Ich werde sie einfordern.»

«Wenn sie sich weigern, dir das zu zahlen?»

«Das geht schon rein rechtlich nicht. Sollte es die Not erfordern, werde ich Cäsar Bieder junior persönlich andeuten, dass sich Kopien sämtlicher Bücher der Bieder-Filiale seit 1990 in meinem Besitz befinden. Das müsste ihm eigentlich Beine machen.»

«Glauben sie denn das? Sie haben ja keine Ahnung, wie du zu diesen Dokumenten gekommen bist.»

«Das stimmt so. Aber diesbezüglich lasse ich sie im Ungewissen.»

«Wenn das nur gut ausgeht.»

Am Mittwoch, den 4. Dezember 2002, wurde Konrad Kloter im Universitätsspital operiert. Anschliessend besuchte ihn Helga mit Jenny. Sie brachte ihm den Bankauszug mit, aus dem hervorging, dass am 30. November 2002 eine Zahlung vom Bieder Trust auf sein Konto eingegangen war. Fünfzehntausend Franken, allerdings ohne Hinweis, wann der noch ausstehende Betrag beglichen würde.

Die Kloters konnten das Geld gut gebrauchen, aber sie hatten mit mehr gerechnet. Sie hatten zwar Erspartes, aber ein längerer Hotelaufenthalt würde dieses bald aufzehren. Helga und Konrad waren in Zürich nach wie vor vernetzt, sie hatten einen Freundeskreis. Wolf Schnyder, ein guter Bekannter von beiden, sprang ein. Er stellte den Kloters eine Wohnung zur Verfügung. Über die Miete könne man später reden, dann nämlich, wenn Konrad oder Helga eine Stelle gefunden hätten. Dass dies nicht ganz so einfach war, wusste Schnyder, der eine eigene Anwaltspraxis betrieb und von Steuerfragen und dem Bankenwesen viel verstand. Er ermunterte die Kloters, gegen den Konzern Cäsar Bieder zu klagen. Aus gut unterrichteten Kreisen wusste er, dass der Bieder Trust auf den Caymans nicht über alle Zweifel erhaben war. Das Bankgeheimnis bis zur roten Linie ausnutzend, oft sogar darüber hinausgehend, machten die Bieders Geschäfte mit Kreisen, denen ein mafiöser Ruf anhaftete. Allerdings wusste Schnyder nichts Konkretes. Erst als Kloter ihm eine Menge geheimer Daten des Bieder Trusts zur Verfügung stellte, wurde Schnyders Verdacht bestätigt.

Er unterhielt sich mehrmals am Spitalbett mit Kloter über die Geschäftspraktiken der Bieders. Schnyder musste Kloter auch einige Illusionen nehmen. Die Finanztransaktionen, die über den Bieder Trust liefen, seien zwar aus seiner moralischen Sicht durchaus kriminell, doch nach den Gesetzen der Schweiz in den meisten Fällen legal. Auf der anderen Seite sei das Weitergeben von Bankdaten nach eidgenössischem Recht illegal, auch dann, wenn es sich um Konten handelte, über die kriminelle Gelder verschoben wurden. Das Schweizer Bankgeheimnis eben. «Es steht dir ein langwieriger und schwieriger

Kampf bevor, bis du zu deinem Recht kommen wirst. Konrad, das scheint mir zu deinem eigenen Schutz besonders wichtig: Du musst dich hüten, einzugestehen, dass du im Besitz der meisten Bankdaten der Bieder Trust and Company, Cayman Islands, bist.»

«Aber, was nutzen sie mir dann noch?»

«Sehr viel. Du musst sie anonym den Behörden und den Medien zuspielen. Dann wirken sie wie eine Bombe.»

Die Rückenoperation war gut verlaufen, weit besser, als Kloter erwartet hatte. Ende Januar war er so weit genesen, dass ihn kaum mehr Schmerzen plagten. Er fühlte sich voller Tatendrang und wollte zunächst nur eines: arbeiten in seinem angestammten Beruf, als Chefbuchhalter oder Revisor.

13

Konrad Kloter überlegte, ob er jetzt gleich eine Stelle suchen sollte. Wie standen die Erfolgschancen? Nicht gut, ihm war kurz zuvor gekündigt worden. Ein Kadermann, dem das in der Finanzbranche zustösst, hat schlechte Karten, vor allem, wenn ihn der entlassende Arbeitgeber der Illoyalität bezichtigt. Das wiegt im Bankgeschäft weit schwerer als fachliche Mängel. Kloter musste sich mit Cäsar Bieder junior zusammensetzen, um das Kündigungsschreiben abermals zu besprechen, um es allenfalls abzuändern. Dass eine Neuanstellung drin lag, war weder in seinem Interesse noch in dem der Bieders. Doch eine Trennung in gegenseitigem Einvernehmen, sozusagen im Frieden, wäre vielleicht für beide Seiten möglich, vielleicht auch für Bieder von Vorteil.

Unter der Vermittlung von Wolf Schnyder konnte Kloter mit Bieder sprechen. Dabei fiel es Kloter wie Schuppen von den Augen. Das war der falsche Weg. Cäsar Bieder junior war zutiefst gekränkt. Er machte Kloter den Vorwurf, Kupperman, seinem Filialleiter auf den Cayman Islands, das FBI auf den Hals gehetzt zu haben. Kloter bestritt das.

«Sie sind ein Lügner», schleuderte ihm Bieder wütend ins Gesicht. «Ich erinnere Sie an das Qualified-Intermediary-Abkommen. Darin verlangten die USA von Schweizer Banken, die in den USA tätig sind, US-Kunden den amerikanischen Behörden zu melden. Wir haben diese Begehren seinerzeit diskutiert, mit Ihnen und Kupperman. Dabei sind wir zum Schluss gekommen, dass durch das Abkommen die Existenz der Bank auf den Cayman Islands in Frage gestellt würde. Das käme einer Verletzung des Schweizer Bankgeheimnisses gleich. Der Stammsitz der Bieder-Banken ist immer noch die Bahnhofstrasse in Zürich.»

«Herr Bieder, Sie wissen genau, dass ich damals vorgeschlagen habe, dieses Abkommen zu unterzeichnen. Dass es keine andere Lösung für dieses Problem geben würde. Das heisst aber nicht, dass ich den Cäsar Bieder Trust auf den Cayman Islands dem FBI gemeldet habe.»

«Hören Sie auf damit, Kloter. Dass Sie seit dem Fahrradunfall, wohl noch früher, mit dem FBI unter einer Decke steckten, ist mehrfach belegt. Nun leben Sie wieder in der Schweiz. Für das FBI sind Sie damit wertlos, und damit fällt Ihr Schutz auch weg. Ich habe keine Lust mehr, mit Ihnen Worte zu wechseln. Gehen Sie, Kloter.»

Kloter ging. Das Verhalten von Bieder zeigte ihm aber auch, dass dieser nicht wusste, dass er im Besitz sämtlicher Bankdaten der Bieder-Filiale auf den Cayman Islands war.

Als Kloter den Türrahmen von Bieders Büro durchschritt, hielt er einen Moment inne, sah zu Bieder zurück, dachte einige Augenblicke nach. Spontan entschied Kloter, das nicht zu verraten.

Von zu Hause aus rief er Schnyder an und fragte ihn um Rat. Dieser sagte ihm, sich richtig verhalten zu haben. «Du darfst Bieder das auf gar keinen Fall unter die Nase reiben. Er würde es als Drohung einstufen. Vergiss deinen Velounfall nicht. Leute wie Bieder haben ein weitverzweigtes Netzwerk. Sie finden problemlos Leute, die für sie die Drecksarbeit machen. Auch wenn das in der Art, wie es auf den Cayman Islands üblich ist, hierzulande nicht so ohne Weiteres möglich ist.»

Schnyder überlegte, bevor er sagte: «Ich mache dir einen Vorschlag. Lass mich mit Bieder sprechen als dein Anwalt.»

«Dieses Angebot kann ich nicht ablehnen, vielen Dank. Wie lange wird das dauern?»

«Ich weiss nicht … Mach dich auf einige Monate gefasst. Aus meiner Erfahrung versuchen Arbeitgeber Einsprachen, die Kündigungen betreffen, in die Länge zu ziehen.»

«Was rätst du mir, in der Zwischenzeit zu unternehmen?»

«Stelle mir alles zusammen, was ich wissen muss, um mit Bieder oder seinem Anwalt zu verhandeln. Die noch ausstehenden Nachzahlungen. Die Gratifikation, die dir vor der Kündigung nicht ausbezahlt wurde und mit der du gerechnet hattest.»

«Habe ich Anspruch darauf?»

«Ich verwerfe die Hände. Du warst auf den Cayman Islands angestellt. Dort herrschen andere Sitten, andererseits sind die Bieders eine Schweizer Firma. Ich werde schauen, was ich machen kann.»

«Wenn nichts herausschaut?»

«Es wäre es ungeschickt, gegen Bieder zu prozessieren, bevor du eine neue Stelle hast. Du hättest schlechte Karten. Doch wenn du mich fragst, müsste er eigentlich ahnen, dass du als ehemaliger Chefbuchhalter einer seiner Zweigniederlassungen eine Menge gegen ihn in der Hand hast. Ich werde ihm das unterschwellig kundtun, ohne konkret zu werden. Ich hoffe, er hat ein Einsehen.»

Schnyder schrieb Bieder einen Brief, dieser liess ihn über seinen Anwalt beantworten. Es kam zu mehreren Treffen zwischen Schnyder und dem Anwalt. Die Abfindung, die der Bieder-Konzern Zürich bereit war, an Kloter zu zahlen, fanden sowohl er wie auch Schnyder völlig ungenügend. Die Bieders brachen daraufhin den Kontakt mit Schnyder ab.

Trotzdem riet Schnyder Konrad Kloter davon ab, vorläufig Daten der Cäsar-Bieder-Filiale «in Umlauf» zu bringen. Ausserdem bestehe das Schweizer Bankgeheimnis weiterhin.

***

Im Frühjahr sah Schnyder die Zeit gekommen, dass sich Konrad Kloter wieder um einen Arbeitsplatz bewerben möge. Die Suche war erfolgreich. Er trat am 1. Juli 2003 eine Stelle beim internationalen Konzern Diamant Investments an. Sein Büro war lediglich einen Steinwurf von dem entfernt, das er als Revisor im Stammhaus Bieder 1994 verliess, um seinen neuen Job auf den Cayman Islands anzutreten.

Er arbeitete sich gut ein, vergass zunächst seine Forderung an seinen früheren Arbeitgeber, da auch sonst alles problemlos lief.

Als Kloter Mitte Juli in sein Büro ging, fand er einen Brief in seiner Postablage. Nach den Marken, die daraufklebten, musste er von den Cayman Islands stammen. Er öffnete ihn und rief spontan aus. «Nein, nein … Pedro Lopez.» Eine Todesanzeige, beigelegt ein handschriftliches Schreiben seiner Witwe.

Pedro soll einem Verkehrsunfall zum Opfer gefallen sein. Auf der Strasse zum Flughafen. Warum er dort hingefahren sein soll, kann ich mir nicht erklären. Seit er den Bieder Trust verlassen hat, ist er kaum mehr diese Strecke gefahren. Er wollte nicht mehr an diese Zeit erinnert werden. Vor seinem Unfall hat er mir anvertraut, jemand fahre ihm oft hinterher. Derselbe Wagen, aber immer mit einem anderen Kontrollschild. Ich habe den Verdacht, dass er ermordet wurde.

Diese Nachricht beunruhigte Konrad Kloter. Gedanken gingen ihm durch den Kopf. Lopez war einer der wenigen, die wussten, dass er im Besitz von Bankdaten der Bieder-Filiale war. Doch Lopez war verschwiegen, er hätte dieses Wissen niemandem freiwillig weitergegeben. Wurde er entführt, erpresst und schliesslich umgebracht? Er sollte ja immer noch unter dem Schutz des FBI stehen. Tat er das überhaupt noch? Seine Beschützer, David Koch und Bob McArthur, waren gegen ihren Willen in den Ruhestand versetzt worden. Sie hatten keinen Zugang mehr zum FBI. Konnte es sein, dass das FBI kein Interesse mehr an Lopez hatte?

Zwei Tage später erhielt Kloter einen zweiten Brief, wieder von den Cayman Islands. Er war handgeschrieben.

Lieber Konrad,
ich muss dir eine traurige Mitteilung machen. Pedro Lopez ist von uns gegangen. Auf der Todesanzeige steht, er sei einem Verkehrsunfall zum Opfer gefallen. In Tat und Wahrheit ist er umgebracht worden. Ich lebe seit einem Jahr auf den Cayman Islands und bin so eine Art

freier Mitarbeiter des FBI, ohne weiterhin die Rechte und Pflichten eines Agenten zu haben. Es ist mir nicht erlaubt, einer Person, die ich beobachte, meine Karte unter die Nase zu halten und ihr zu sagen: «Sie sind verhaftet.» Ich darf sie aber beobachten und meine Beobachtungen weitermelden.
Bei diesem Tun ist mir aufgefallen, dass sich mehrere Leute für Lopez interessierten. Es handelte sich ausschliesslich um Angehörige krimineller Organisationen. Ich machte das FBI darauf aufmerksam, auch die Cayman-Polizei. Leider haben beide meine Warnungen zu wenig ernst genommen. Doch jetzt scheint sich das FBI darum zu kümmern. Man hat zwei Täter ausfindig gemacht und bereits aus dem Verkehr gezogen. Soweit ich erfahren habe, handelt es sich um temporäre Mitarbeiter aus dem Sicherheitsdienst der Vinzenz Albot Global Invest, Cayman Islands. Die beiden haben sich als dunkle Gestalten der karibischen Unterwelt einen Namen gemacht, vor allem im Bereich der «Betäubungsmittelbranche».
Man darf gespannt sein, welche Massnahmen das FBI nun gegen die Albot Global Invest ergreift. Allerdings dürfte der wirkliche Auftraggeber, Nathan Kupperman, wieder, wie so oft, unbehelligt bleiben.
sig. David Koch

***

Ende Juli 2003 stattete Kupperman dem Mutterhaus seiner Filiale an der Zürcher Bahnhofstrasse einen Besuch ab.

«Ich habe eine wichtige Mitteilung für dich. Endlich ist es uns gelungen, Pedro Lopez, diesen Verräter, unschädlich zu machen. Ich erhielt Anfang des Jahres einen versteckten Hinweis unseres Vertrauensmannes beim FBI –»

Cäsar Bieder junior unterbrach Kupperman. «Ein Vertrauensmann beim FBI? Das ist vielleicht ein Ding. Wie hast du das fertiggebracht?»

Kupperman entliess einen rülpsenden Lacher. «Das verrate ich dir später, doch zuerst das, was für dich eine heisse Sache ist.» Kupperman hielt inne, verdrehte die Augen. «Diejenigen, die Lopez festgesetzt haben, sind Profis. Sie pressen alle Geheimnisse aus einem Gekidnappten heraus. Sie hatten Lopez entlockt, dass Kloter der Cäsar Bieder Trust Company auf den Cayman Islands eine Menge von Kundendaten gestohlen habe.» Kupperman grinste höhnisch. «Dieser Halunke wird niemandem mehr Geheimnisse verraten. Und jetzt ist Kloter an der Reihe.»

Bieder winkte ab. «Nathan, die Schweiz ist nicht Cayman. Hierzulande ist Mord und Totschlag das allerletzte Mittel. Wir müssen besonnen vorgehen. Ich danke dir herzlich für diese wichtige Information. Du hast am Ende des Jahres eine Sondergratifikation verdient. Übrigens: Wir werden uns Kloters annehmen, darauf kannst du dich verlassen.»

«Hast du das Gefühl, Kloter habe bereits Daten weitergegeben?»

«Das ist nicht nur ein Gefühl, sondern Gewissheit. Mehrere Bankkunden haben sich an mich gewandt, weil sie davon ausgingen, jemand von unserer Cayman-Filiale habe den Steuerbehörden Konteninformationen von ihnen weitergegeben. Einige haben ein Verfahren am Hals wegen Steuerhinterziehung. Da kann nur Kloter dahinterstecken, wer sonst?»

«Immerhin habe ich jetzt herausgefunden, dass Kloter im Besitz von wohl fast allen heissen Bankunterlagen ist. Und nun scheint er damit herauszurücken. Das wäre in der Schweiz strafbar. Verletzung des Bankgeheimnisses.»

«Genau, aber wir müssen uns beeilen, es dürfte in den nächsten Jahren zu Grabe getragen werden. Leider.»

«Du brauchst also Beweise, um ihn zu überführen?»

«Richtig. Und diese herbeizuschaffen ist so einfach nicht. Kloter ist kein Dummkopf.» Bieder musterte Kupperman kritisch, steckte ihm den Zeigefinger in den Brustkasten. «Warum hast du eigentlich Kloter springen lassen, ohne dich zu vergewissern, was er aus den Beständen unseres Hauses auf den Cayman Islands hat mitlaufen lassen?»

Kupperman blickte zu Boden und sagte nichts.

Bieder reagierte nicht auf dieses Schweigen. Er liess sich von Kupperman über den Geschäftsgang seiner Filiale auf den Cayman Islands informieren. Und diese war nach wie vor eine Goldgrube, auch der Grund, weshalb Bieder Kupperman keine Vorwürfe machte, was er im Falle vom Abgang Kloters durchaus hätte tun können. Nachdem er sich freundlich von Kupperman verabschiedet hatte, rief er seinen Sicherheitschef, Pirmin Schwegler, an. Er gab ihm den Auftrag, Kloter überwachen zu lassen. Daran dürfte aber kein Angestellter des Bieder-Konzerns teilnehmen.

***

Es war Mitte Mai 2004, als Kloter mit Frau und Kind nach Istanbul abflog, um am Schwarzen Meer Ferien zu machen. Er war froh, sich entspannen zu können. Entspannen weniger von seiner Arbeit, die neue Stelle gefiel ihm, er war wieder in seinem Metier. Was ihm Sorgen machte, war das, was ihm seine Sekretärin erst kürzlich anvertraut hatte. Er erzählte Helga, dass diese von zwei Unbekannten über ihn ausgefragt worden sei. Dass ihn jemand bespitzelte, kränkte Kloter, machte ihm aber auch ein wenig Angst. Dass er auf den Cayman Islands mitgeholfen hatte, einige Steuerhinterzieher, Drogenhändler und Geldwäscher dem FBI ans Messer zu liefern, dürfte sich in der Unterwelt herumgesprochen haben. Das war ja auch zum Schutz seiner damaligen Firma gewesen, dem Bieder Trust, Cayman Islands. «Ich handelte auch nicht eigennützig», sagte Kloter zu Helga, «denn wäre die Sache aufgeflogen, hätte man mich ebenfalls zur Rechenschaft gezogen.»

«Dahinter müssen nicht die Bieders stecken. Was sollten sie für ein Interesse haben. Es könnte die Drogen- und Geldwaschmafia der Karibik sein», meinte Helga.

«Ich wünschte mir, du lägst mit dieser Vermutung falsch», sagte Konrad. «Aber ich kann deine Befürchtung nachvollziehen. Bieder junior ist berechnend. Er würde niemanden aus

Rache liquidieren lassen, nicht einmal, wenn er daraus einen finanziellen Vorteil ziehen könnte. Doch Mafiosi denken anders. Wer sie verrät, beleidigt oder demütigt, wird umgebracht. Ob ihnen das Gewinn oder Verlust einbringt, ist nicht die Frage. Es geht um Ehre und Stolz. Das kann sogar gefährlicher als die Geldgier eines Zürcher Bankers sein.»

«Sobald wir zurück in der Schweiz sind, schalte bitte die Polizei ein», bat Helga ihren Mann.

«Das verspreche ich dir.»

«Danke, ab jetzt sprechen wir nicht mehr über diese leidige Angelegenheit, sondern geniessen unsere Ferien.»

In der zweiten Juniwoche kehrten die Kloters in die Schweiz zurück. Sie wohnten seit dem Stellenantritt Konrads in Wollerau am östlichen linken Zürichseeufer.

Am Ende seines ersten Arbeitstages nach den Ferien verliess Kloter mit seiner Sekretärin das Gebäude, in dem die Diamant Investments ihre Büros hatte. Sie zeigte mit dem Finger auf zwei Männer. «Da, siehst du dort drüben? Das sind die zwei Gestalten, die sich vor den Ferien nach dir erkundigt haben.»

Kloter und seine Sekretärin begaben sich in die Tiefgarage. Sie fuhren beide mit ihren eigenen Wagen weg. Kloter sah in den Rückspiegel. Ziemlich nah schloss ein schwarzer Audi auf. Da dessen Frontscheibe eigenartig verschmutzt war, konnte er die Gesichter der beiden Männer auf den Vordersitzen schlecht erkennen. Er wählte nicht den direkten Weg nach Hause, sondern fuhr zunächst nach Nordosten, wo er in Zumikon, einem grossen Dorf an der westlichen Flanke der Pfannenstielkette, bei einem Restaurant haltmachte, um dort einen Kaffee zu trinken. Unweit des Parkfeldes, auf das er seinen Wagen abstellte, bemerkte er beim Aussteigen die Verfolger.

Als er wenige Minuten später das Restaurant wieder verliess, stand der Audi immer noch dort.

Kloter bog in die vierspurige Forchschnellstrasse ein und steuerte den Wagen nach Osten bis kurz vor Hinwil, zweigte rechts ab auf die Oberlandautobahn, Richtung Süden, wählte die Strasse, die über den Seedamm führte. Der schwarze Audi klebte weiterhin an seinem Heck. Auch dann noch, als er auf Umwegen ins Rapperswiler Stadtzentrum abzweigte, um dort wiederum vor einer Gaststätte anzuhalten, um etwas zu trinken. Als er zu seinem in die Jahre gekommenen Volvo zurückkehrte, parkierte der Audi direkt neben seinem Fahrzeug. Er verfolgte ihn bis in die Tiefgarage seiner Wohnsiedlung in Wollerau. Als Kloter ausgestiegen war, verliess der Audi mit quietschenden Reifen das unterirdische Parkhaus. Trotz des rasanten Wegfahrens gelang es Kloter, sich das Zürcher Kontrollschild des Fahrzeugs zu merken. In seiner Wohnung angekommen, rief er den örtlichen Polizeiposten an, schilderte, was geschehen war, und gab die Nummer des Audis durch. Man sagte ihm, Wollerau liege im Kanton Schwyz, er solle bei der Zürcher Verkehrspolizei versuchen, den Halter dieses Wagens ausfindig zu machen, was Kloter zur Bemerkung veranlasste, diese Antwort finde er sonderbar. Er sei verfolgt worden auf dem Kantonsgebiet von Schwyz, dort sei doch die Schwyzer Polizei zuständig.

«Einen Moment», sagte der, der den Anruf entgegengenommen hatte.

Es vergingen mehrere Minuten, bis sich wieder jemand meldete. «Wachtmeister Hürzeler, wo brennt es denn?»

Kloter, der allmählich ungeduldig wurde, sagte ziemlich verstimmt: «Muss ich jetzt Ihnen alles erzählen, was ich bereits Ihrem Kollegen geschildert habe?»

«Da haben Sie keine andere Wahl, Sie kennen doch das Sprichwort ‹Doppelt genäht hält besser›.»

Kloter tat das.

«Mein Kollege hat Ihnen die richtige Antwort gegeben, wenden Sie sich an die Zürcher Verkehrspolizei.» Hürzeler legte grusslos auf.

Helga hatte das Gespräch mitgehört, ihr Mann hatte die Lautsprechertaste gedrückt. «Das fängt ja schon gut an. Ich fasse es nicht.»

«Schwyz ist zum Glück nicht Zürich. Schwyz ist ein konservativer Landkanton. Man ist hier auf Wirtshausprügeleien spezialisiert. Bespitzelungen, wie ich sie gerade erleben muss, sind hier offenbar kein Thema.»

Am nächsten Tag rief Kloter von seinem Büro aus die Stadtpolizei Zürich an. Eine Polizistin machte Kloter darauf aufmerksam, dass jemandem nachfahren noch kein Delikt sei. Eine Anzeige gegen den Verfolger würde vor Gericht keine Chance haben. Man werde aber aufgrund der Autonummer den Besitzer ausfindig machen. Da bekomme man bereits eine erste Information, ob er vorbestraft sei. In diesem Fall würde der Sache nachgegangen. Nach einer Stunde meldete sich diese Polizistin erneut. «Tut uns leid, Herr Kloter. Haben Sie sich etwa beim Ablesen des Kontrollschildes getäuscht? Die Nummer, die Sie uns übermittelt haben, existiert nicht, oder sie war gefälscht. Informieren Sie uns, sollte sich der Vorfall wiederholen.»

Einen Tag später, nach der Mittagspause, klopfte der Portier an seine Bürotür. «Darf ich rasch bei Ihnen vorbeischauen? Die ganze Sache ist mir sehr peinlich. Die zwei Herren, die gestern vor unserem Gebäude gesehen wurden, verschafften sich Zutritt in unsere Büros. Eigentlich ist das nicht ganz unüblich, wir sind ein offenes Haus. Und über Mittag arbeiten immer welche, und diejenigen, die weg sind, schliessen ihre Arbeitsräume ab.»

«Und ich habe das vergessen», seufzte Kloter.

«Offenbar, sonst hätten sie sich einen Passepartout unter den Nagel reissen müssen, was nur aus meiner Loge möglich gewesen wäre. Doch diese Unverfrorenheit traue ich niemandem zu.»

«Haben Sie die Polizei nicht gerufen?»

«In der Diamant Investments will man keine Polizei. Das macht einen miserablen Eindruck an der Bahnhofstrasse. Schliessen Sie das nächste Mal ab, wenn Sie weggehen. Sollten Sie etwas vermissen, melden Sie es Ihrem Vorgesetzten.»

«Waren die beiden Burschen auch in meinem Büro?»

«Ihr Büro war das einzige, das sie heimsuchten. Allerdings nur kurz. Eine Putzfrau sah sie hineingehen und avisierte mich. Ich rannte hinauf zu Ihrem Arbeitszimmer und erwischte die Eindringlinge auf frischer Tat. Sie hatten einen Schrank geöffnet, begannen damit, dort in einem Ordner zu blättern. Ich stellte sie zur Rede. Dann zog der Bulligere der beiden einen Gummiknüppel aus einer Seitentasche seiner Hose und fuchtelte mit ihm herum und schrie, ich solle mich da raushalten. Ich schrie ‹Hilfe›. Es dauerte etwa dreissig Sekunden, und man hörte zahlreiche Schritte im Korridor. Die beiden Eindringlinge gaben Fersengeld.»

«Haben die beiden etwas mitgenommen?»

«Ich glaube nicht. Aber sehen Sie mal im Ordner nach.» Der Portier öffnete den Schrank und zeigte auf den Ordner. «Er ist noch offen.»

Kloter ging hin, griff nach dem Ordner. Dann schüttelte er den Kopf. «Da drin haben sie sicher nichts gefunden.»

Nachdem der Portier den Raum verlassen hatte, rief Kloter die Stadtpolizei Zürich abermals an, schilderte, was ihm der Portier erzählt hatte.

Die Antwort folgte postwendend und war entsprechend knapp. «Weniger als hundert Meter vom Sitz der Diamant Investments unterhalten wir einen kleinen Posten. Hätte jemand aus dieser Firma angerufen, wären wir in wenigen Minuten dort gewesen und hätten das Gebäude umstellt. Die beiden Ganoven wären jetzt hinter Schloss und Riegel. Aber eben, wenn sich diese Banker zu vornehm fühlen, die Polizei zu rufen, sollen sie die Sache selber klären. Danke, Herr Kloter, dass Sie uns auf dem Laufenden halten. Ich erinnere mich noch an das Gespräch von gestern mit Ihnen.»

Kloter sah bei der Heimfahrt am frühen Abend immer wieder in den Rückspiegel. Wurde er erneut verfolgt? Er wurde nicht. Doch als er seine Wohnung betrat, bemerkte er eine weinende Jenny in den Armen ihrer Mutter.

«Ich bin schockiert, nun machen sie sich bereits an unser Kind», sagte eine ebenfalls aufgelöste Helga. «Diese zwei Burschen, die dich vorgestern verfolgten – ich nehme an, dass sie es waren –, haben Jenny heute abgepasst, als sie vom gegenüberliegenden Haus vom Besuch einer Freundin kam.»

Helga berichtete, was ihr Jenny anvertraut hatte. «Die zwei fragten sie nach dem Aufenthaltsort ihres Vaters und versprachen ihr dazu einen Apfel. Dann wollten sie nicht glauben, als sie sagte, du seist im Büro in Zürich. Jenny wollte wegrennen, doch einer der Männer hielt sie zurück. Sie schrie: ‹Mami, Mami, zwei böse Männer fassen mich an.› Ich hörte die Hilferufe, ging auf den Balkon, wo ich die Strasse und die gegenüberliegenden Gebäude sehen konnte. Aber auch andere hörten Jenny rufen. Mehrere Fenster gingen auf. Die zwei Burschen rannten davon. Kurz danach läutete eine Nachbarsfrau an unserer Haustür. Sie habe alles gesehen. Sie werde gleich mit der Polizeistation telefonieren.»

«Wann hat sich das abgespielt?»

«Vor Kurzem.»

«Dann dürfte die Polizei bald bei uns eintreffen?»

«Ich will es hoffen.»

Wenige Momente danach stand Wachtmeister Hürzeler im Türrahmen. «Was ist geschehen?», fragte er Kloter, der ihn willkommen hiess.

Helga, die hinter Konrad stand, beschrieb dem Polizisten, was geschehen war.

«Sie wollten Jenny einen Apfel geben», wiederholte Hürzeler. «Das ist doch harmlos, wegen so etwas ruft man doch nicht die Polizei.»

«Sie können gut reden, Wachtmeister –»

Hürzeler unterbrach Kloter. «Was ist das für ein Ton?»

«Jetzt reicht es mir aber, Sie ... Am besten, Sie gehen wieder. Ich denke, auf Sie ist kein Verlass», sagte Kloter.

Hürzeler stand mit offenem Mund vor Kloter. Dann schloss er ihn wieder, drehte sich auf dem Absatz um und ging.

Helga zog lautstark Luft durch die Nase. «Riechst du denn nichts, Konrad? Dieser Hürzeler hat eine grässliche Alkoholfahne.»

«Was glaubst du, Helga, was sollten wir jetzt unternehmen?»
«Sicher nicht mehr die Schwyzer Polizei zu Hilfe rufen.»
«Nein, ich werde mich morgen erneut mit der Stadtpolizei Zürich in Verbindung setzen.»

Das tat Kloter dann auch. Es meldete sich wieder die gleiche Stimme. Diesmal sagte sie den Namen: «Leutnant Melinda Schild.»

«Das überrascht mich aber. Ist es bei Ihnen üblich, dass eine Offizierin Telefondienst macht?»

«Eigentlich nicht, aber das erste Telefon kam zu einer Unzeit, nach Dienstschluss, und ich war zufällig beim Empfang. Dann habe ich die Anrufe direkt auf mein Handy umgeleitet.»

Kloter erzählte Melinda Schild ausführlich, was am Abend zuvor seiner Tochter Jenny zugestossen war.

«Die ganze Geschichte interessiert mich», antwortete Melinda Schild. «Warum? Das möchte ich Ihnen von Auge zu Auge mitteilen. Wann können Sie heute bei mir vorbeikommen?»

«Am späteren Nachmittag.»

«Ich arbeite auf der Hauptwache Urania. Erkundigen Sie sich beim Empfang nach mir. Ich werde Sie dort abholen. Um sechzehn Uhr? Es dürfte länger dauern.»

«Einverstanden, besten Dank, Frau Schild.»

Als Kloter aufgelegt hatte, brummte er: «Es könnte länger dauern? Eigenartig.»

Melinda Schild, eine Mittdreissigerin, empfing Kloter in Zivilkleidung. Sie gingen zusammen in ihr Büro im obersten Stock des grossen Gebäudes.

Die Frau Leutnant stellte Kloter noch einige Fragen, um sicherzugehen, dass sie alle Telefonate, die in ihrer Abteilung von ihm eingegangen waren, richtig verstanden hatte. «Ich habe bereits nach dem ersten Telefonanruf Ihren Namen recherchiert. Ich denke, es war ein glücklicher Zufall, dass ich Ihren ersten Anruf entgegengenommen habe. Sie waren Chief Operating Officer beim Cäsar Bieder Trust auf den Cayman Islands, ist das richtig?»

«Ja.»

«Herr Kloter, erzählen Sie mir jetzt Ihre Lebensgeschichte vom Zeitpunkt an, als Sie in die Bank Bieder an der Bahnhofstrasse eingetreten sind.»

Kloter war baff. Damit hatte er nicht gerechnet. Er begann zu berichten. Mitunter unterbrach ihn Melinda Schild, um klärende Fragen zu stellen. Als Kloter zu Ende war, schmunzelte sie. «Sie haben sich wohl gefragt, weshalb ich mich für diesen Fall interessiere. Wie konnte ich wissen, dass Sie auf den Cayman Islands waren? Sie hatten sich bei der Einwohnerkontrolle in Zürich gemeldet.»

«Stimmt. Wir haben uns nach der Rückkehr zunächst in Zürich niedergelassen.»

Melinda Schild lächelte. «Das ist Routine, wenn wir jemanden auf dem Radar haben. Zunächst wenden wir uns an den Wohnort. Das war Wollerau. Dort ist vermerkt, von wo Sie hingezogen sind, damit kommt man zwangsläufig auf Zürich. Glauben Sie, ich hätte mir diese Mühe gemacht, wenn ich mich nur auf Ihre Anrufe bezogen hätte? Bestimmt nicht.» Melinda Schild klappte ihren Laptop auf, loggte sich ins Netz ein, tippte etwas in die Tastatur, und es erschien ein Foto. «Sehen Sie sich das doch einmal an. Erkennen Sie die Gesichter darauf?»

Kloter zeigte mit dem Finger von links nach rechts auf jeden Kopf. «Den kenne ich nicht.»

«Sie werden ihn vielleicht bald mal kennenlernen. Das ist Arnold Nötzli, Bezirksgerichtrichter Zürich Stadt.»

Den erkannte nun Kloter. «Mich haut es vom Sessel. Der Nächste ist Kupperman, Direktor der Bieder-Zweigniederlassung auf den Cayman Islands. Den Nächsten kenne ich nicht.»

«Balthasar Winterhalder, Staatsanwalt, Bezirksgericht Zürich Stadt. Auch mit dem könnten Sie nächstens Bekanntschaft schliessen», sagte Melinda Schild.

«Ich glaube, ich bin im falschen Film. Ist das nicht Hürzeler, der Wachtmeister des Postens Pfäffikon?»

Melinda Schild nickte und zeigte auf den Nächsten.

«Träume ich eigentlich? Cäsar Bieder junior, das darf ja nicht wahr sein», staunte Kloter. Der Letzte rechts war für ihn ein Unbekannter.

«Der kleine rundliche Herr heisst Odilo Probst. Er ist Inhaber und Leiter der Privatdetektei Rex», erklärte Melinda Schild.

«Unglaublich, wie kamen Sie zu diesem Bild?»

«Das habe ich mit meinem Handy geschossen. Keiner der Fotografierten hat Anstoss daran genommen. Das war – Sie sehen es unten rechts – am Samstag, den 10. April 2004, an einer kleinen Party, die Bieder zu Ehren von Nathan Kupperman gegeben hatte. Der Polizeikommandant wurde auch eingeladen, doch er entschuldigte sich und schickte mich an seiner Stelle.»

«Dann schickt er eine Offizierin der Kriminalpolizei?»

«Er tat das aus einem ganz bestimmten Grund, den ich Ihnen aber nicht verraten darf. Die Herren hatten ausgiebig gebechert und tauschten lautstark Gedanken aus, solche, die sie besser hätten für sich behalten sollen. Jedenfalls fiel der Name Konrad Kloter mehrmals. So oft, dass es mir auffiel. Ich konnte mich des Eindrucks nicht erwehren, dass an dieser Sache einiges nicht stimmte. Alle Eingeladenen, ausser meiner Wenigkeit, hatte Bieder bestimmt nicht zufällig für die Party ausgewählt. Nach Ihrem Telefon von vergangenem Dienstag war mir klar, die Veranstaltung fand wegen Ihnen, Konrad Kloter, statt. Die Anwesenheit des Odilo Probst ist nur damit zu erklären, Sie sollten überwacht werden. Warum wurde Hürzeler, der Postenchef der Polizeistation von Pfäffikon, eingeladen? Für Ihren Wohnort zuständig. Dass Sie sich irgendwann mal an die Polizei wenden würden, lag auf der Hand.»

«Wie kann ich mich den Schnüfflern entziehen? Was raten Sie mir?»

«Das braucht Zeit. Aber Sie haben einen grossen Vorteil. Sie wissen jetzt, wer Ihnen nachstellt, aus welchen Motiven man Sie beschattet. Wichtig scheint mir, dass Sie die Nerven behalten, das Ausspionieren eine Zeit lang zu überstehen. Ich werde Ihnen dabei behilflich sein. Irgendwann wird das Team von Probst einen Fehler machen. Dann, das garantiere ich Ihnen, wird die ganze Aktion ein abruptes Ende haben. Sie werden über Belege verfügen, um gegen Probst und seinen Auftraggeber gerichtlich vorzugehen.»

«Doch auch da droht mir Ungemach. Bieder scheint die Justiz mit seinem Netzwerk verknüpft zu haben. Im Hintergrund wird er alles daransetzen, Probst schadlos zu halten.»

«Genau. Aber diesbezüglich gibt es Abhilfe. In unserem Land kennen wir das Prinzip der Berufung. Der Gang zur zweiten Instanz, dem Obergericht, dürfte nicht zu umgehen sein. Dann haben wir ein Bundesgericht. Spätestens dort dürfte Probst scheitern. Haben Sie einen Anwalt?»

«Habe ich, einen Freund der Familie.»

«Ich bin beruhigt. Sich ohne Rechtsbeistand mit einem Schützling des Bieder-Konzerns anzulegen käme einem Ausflug in eine Räuberhöhle gleich. Aber auch seine Schützlinge lässt Bieder gegen die Wand rennen, wenn es Ihnen nicht gelingt, sich erfolgreich einem Strafverfahren zu entziehen. Bieder wird sie mit einem angemessenen Geldbetrag abfinden. Bislang hat sich diese Taktik bewährt, Bieder wusste stets von nichts, wenn man bei ihm nachfragte.»

Melinda Schild hielt Kloter die Rechte entgegen. «Hier haben Sie meine Karte. Kopf hoch, Herr Kloter, gehen Sie nun Ihren Weg und rufen Sie mich umgehend an, wenn die Schnüffler der Rex-Detektei Ihnen weiter zu schaffen machen.»

Auf der Heimfahrt am nächsten Tag wählte er die A 3, die Autobahn am linken Ufer des Zürichsees. Kurz nach der Einfahrt in Zürich-Wollishofen fingen die Schikanen an. Im Rückspiegel gewahrte Kloter, dass ein schwarzer Audi ihm sehr nah aufschloss. In der Absicht, ihn abzuschütteln, überholte Kloter. Doch der Verfolger hinter ihm tat das auch, sodass das folgende Fahrzeug auf der Überholspur heftig bremsen musste. Kloter fuhr circa einen Kilometer auf der Überholspur weiter, bog bei der nächsten sich bietenden Gelegenheit wieder rechts ein. Der Verfolger fuhr einige hundert Meter parallel zu ihm, wechselte dann abrupt auf die Normalspur, sodass diesmal Kloter stark bremsen musste. Die Reifen quietschten hinter ihm. Plötzlich gab der Vordermann Gas, in die sich auftuende Lücke preschte ein anderer schwarzer Audi, wiederum so, dass Kloter heftig auf das Bremspedal drücken musste. Es waren drei genau gleich aussehende Audis. Dieses Spiel trieben die Audi-Fahrer bis zur Abzweigung Wollerau. Kurz zuvor waren die drei Wagen hinter ihm. Alle nahmen ebenfalls dieselbe Ausfahrt. Die Fahrt ging auf Nebenstrassen weiter. Und da wurde es richtig gefährlich. Der Audi hinter ihm überholte halsbrecherisch und zwang durch sein abruptes Rechtseinschwenken Kloter zu einer Vollbremsung. Hupen und Quietschen hinter ihm.

Als Kloter in der Tiefgarage unter seiner Siedlung dem Volvo entstieg, war er klatschnass vor Schweiss. Immerhin verfolgten ihn die drei Audis nicht bis zu seinem Parkfeld.

Kloter rannte zu seinem Haus und hängte sich ans Telefon. Er rief Leutnant Melinda Schild auf ihrem Handy an.

Sie hörte zu, ohne Kloter mit Fragen zu unterbrechen. Als er mit seinen Schilderungen zu Ende war, seufzte sie und sagte: «Das hört sich nicht an wie eine versteckte Ermittlung. Ich bin in keiner Weise überrascht. Beobachten Sie die Umgebung Ihrer Wohnung. Haben Sie Bewegungsmelder installiert?»

«Ich werde uns morgen mehrere kaufen.»

«Haben Sie eine Videokamera oder besser zwei, die Sie vorne und hinten in Ihrem Wagen installieren können?»

«Nein. Und das wäre eine ziemliche Bastelei, die ich mir nicht zutraue.»

«Bringen Sie am Montag über Mittag Ihren Wagen zur Hauptwache Urania. Wir machen das für Sie, und zwar mit einem Sender, der die Überwachungsdaten direkt an uns übermittelt. Sie können die Kameras auch ausschalten. Allerdings dürfen wir diese Kameras nur mit Ihrem Einverständnis installieren.»

«Das Einverständnis haben Sie.»

Die Fahrt von Wollerau nach Zürich am Montagmorgen wurde durch weitere Aktionen gestört. Wieder waren die drei Audis daran beteiligt. Bei einem erzwungenen Bremsmanöver Kloters vor Thalwil gab es zwischen den beiden Fahrzeugen hinter dem von Kloter eine heftige Auffahrkollision. Kloter und mehrere andere Verkehrsteilnehmer hielten ihre Wagen auf dem Pannenstreifen an. Allerdings keiner der Audi-Fahrer. Die Wartenden waren sich alle einig, wer den Unfall verursacht hatte. Einige waren geistesgegenwärtig und hatten sich die Nummern der Audis notiert. Kloter wusste, dass die Nummern gefälscht waren. Trotzdem würden die Fehlbaren zur Rechenschaft gezogen, dank Leutnant Schild, auch das wusste Kloter, doch er sagte nichts dazu.

Als er in der Mittagspause seinen Wagen zur Hauptwache brachte, erwartete ihn Melinda Schild bereits am Eingang der Tiefgarage. Kloter schilderte ihr, was am Morgen um sieben Uhr auf der A 3 bei Thalwil geschehen war.

«Das kommt uns zustatten», bemerkte Melinda Schild schmunzelnd. «Jetzt tappen die drei Ganoven geradewegs in die Falle. Ich lasse die Sache mal laufen. Die Kantonspolizei wird die unbekannten Audi-Fahrer ausfindig machen wollen. Die Suche nach den Fluchtfahrzeugen wird überall im Land bekannt gemacht. Man wird Hunderte von schwarzen Audis überprüfen. Das ist unschön, aber es geht nicht anders.»

«Wie lange muss ich diese Belästigungen noch über mich ergehen lassen?»

Leutnant Schild kniff die Lippen zusammen. «Tut mir leid. Wir müssen weitere Gaunereien der Detektei Rex abwarten, bis wir zuschlagen können. Bieder hat Freunde bei der Justiz und leider auch bei der Polizei. Ich will doch hoffen, nur bei der des Kantons, nicht unter unseren Leuten. Aber ganz so sicher bin ich nicht.» Sie warf Kloter einen mitleidigen Blick zu. «So tickt eben eine Kriminale. Doch wir werden es schaffen.»

«Werden es schaffen?»

«Damit meine ich, die Detektei Rex aus dem Verkehr zu ziehen. Es geht doch einmal darum, dass Sie nicht mehr auf Schritt und Tritt bespitzelt werden. Was gerade abläuft, ist schlicht strafbar, in einem solchen Fall kann die Stadtpolizei allemal aktiv werden. Auf das, was dann von den Gerichten geschieht, haben wir leider kaum mehr Einfluss.»

Kloter seufzte resigniert.

Als Kloter am Abend nach Hause fuhr, wählte er vor allem Nebenstrassen. Niemand verfolgte ihn, was ihm ein Blick in den Rückspiegel verriet, ausser ein Zivilfahrzeug der Stadtpolizei Zürich, was so abgesprochen war.

Kaum hatte Kloter seine Wohnung betreten, klingelte sein Handy. Es war Melinda Schild, die anrief, und sie klang irgendwie besorgt.

«Wissen Sie, Herr Kloter, was mir jetzt Sorgen macht?»

«Keine Ahnung.»

«Sie wurden diesmal nicht verfolgt. Eigentlich nicht nachvollziehbar. Haben die Typen der Detektei Rex Lunte gerochen? Das glaube ich nicht, denn ich habe die Kantonspolizei bis jetzt gar nicht über die Audis informiert. Leider werde ich den Eindruck nicht los, dass wir in unseren Reihen eine Person haben, die die Rex oder den Sicherheitschef der Bieder-Bank an der Bahnhofstrasse mit Informationen versorgt. Herr Kloter, Sie müssen jetzt sehr wachsam sein. Man wird nicht aufhören, Sie zu belästigen, aber man wird die Taktik ändern.»

Dieser Verdacht schien Kloter plausibel. Am nächsten Tag hängte sich bei der Fahrt an seinen Arbeitsplatz kein Wagen mehr an sein Heck. In der Umgebung der Firma, in der er arbeitete, wurden keine herumschleichenden Personen mehr gesichtet. Auch auf der Heimfahrt am Abend, Kloter wählte den kürzesten Weg über die linksufrige Autobahn nach Wollerau, wurde er nicht behelligt.

Bereits als er sichtlich entspannt seine Haustür öffnete, kam die Ernüchterung. Helga hatte Tränen in den Augen, als sie ihn umarmte. «Nun setzen die Halunken mir nach. Kurz nachdem du heute Morgen weggefahren warst, fiel mir auf, dass mindestens drei Wagen in unserem Quartier herumbretterten. Vor unserem Haus rissen sie mehrmals einen Stopp. Dann erhielt ich ein Telefon von einer Nachbarin. Sie war unfreundlich. ‹Man ist hinter Ihnen her. Was haben Sie eigentlich angestellt?

Bevor die Kloters sich hier niederliessen, war es in unserem Quartier ruhig.› Sie hängte grusslos auf.»

Kloter rief gleich Melinda Schild an. Sie nahm, wie immer, umgehend ab und liess sich über das Geschehen in Wollerau informieren. «Ich beginne zu verstehen. Bieder beziehungsweise Probst hat von einem meiner Leute einen Tipp bekommen. Wir wissen, wer sie sind. Es sieht ganz danach aus, dass Bieder unter Druck gerät. Und er glaubt fälschlicherweise, dass Sie dahinterstecken.»

«Aber ich habe noch nichts verraten, zumindest nicht direkt. Was den Cäsar Bieder Trust Cayman betrifft, war ja das FBI aktiv. Aber wer hat seither den Bieder-Konzern gepiesackt?»

«Sie haben mir viel von Ihrer Zeit auf den Cayman Islands erzählt. Die, die derzeit Bieder piesacken, könnten durchaus die Leute vom FBI sein, mit denen Sie zusammengearbeitet haben. Eigentlich ist alles, was Ihnen auf den Cayman Islands in die Hände gefallen ist, auch diesen ehemaligen FBI-Agenten bekannt. Ich gehe davon aus, dass sie sich um Kundendaten des Cäsar Bieder Trust Cayman gekümmert haben.»

«Das leuchtet mir ein. Bieder und die in seinem Schlepptau wissen nicht, was diese Agenten alles herausgefunden haben. Und Bieder glaubt jetzt, ich sei derjenige, der seine Geheimnisse streut.»

«Weil Bieder eben nicht weiss, dass das FBI auch eingeweiht worden ist. Damit müssen Sie leben. Sie hatten sich ja auch vorgenommen, das irgendeinmal zu tun.»

«Was raten Sie mir jetzt?»

«Gehen Sie noch an diesem Abend auf die Polizeistation Pfäffikon und erstatten Sie Anzeige gegen unbekannt. Sollten die versuchen, Sie abzuwimmeln, lassen Sie das nicht zu. Sollte Ihnen das nicht gelingen, rufen Sie mich umgehend direkt vom Posten aus an.»

Am Empfang beim Posten in Pfäffikon war ein Korporal. Der zierte sich anfänglich. «Eine Anzeige? Ich habe jetzt keine Zeit.»

«Wie bitte? Keine Zeit?»

«Hören Sie mal, ich weiss genau, wer Sie sind. Sie brauchen mich nicht herumzukommandieren.»

Kloter holte sein Handy aus der Jackentasche.

«Stopp, stopp ... ich komme ja schon.» Er zog eine Schublade am Tisch heraus, suchte darin etwas, fand es nach einigen Minuten. Es war ein Formular. «Füllen Sie das aus. Aber wehe Ihnen, die Anzeige wird vom Staatsanwalt nicht angenommen. In diesem Falle kommt es Sie teuer zu stehen.»

«Erzählen Sie keinen Unsinn, darüber weiss ich Bescheid.»

«Füllen Sie das Formular jetzt aus und vergessen Sie die Unterschrift nicht.»

Kloter füllte das Formular, nachdem er es ausgiebig gelesen hatte, aus.

Der Polizist war wieder verschwunden und geduldete sich mit Kommen, als Kloter ihn rief: «Ich bin nun fertig mit Ausfüllen und möchte eine Kopie mitnehmen.»

«Wenn es sein muss.»

Kloter verbiss sich einen Kommentar, allerdings hatte er alles mit seinem Mobiltelefon aufgenommen.

Helga hatte ihm das Essen warm gestellt. Er nahm es ohne sonderlichen Appetit zu sich, obwohl ihm der gemischte Salat, die Rösti und die Bratwurst eigentlich sehr schmeckten.

«Ich gehe rasch an den PC und schaue mir die Mailbox an», sagte er wenig später.

Der nächste Schock kam. Eine Mail mit Absender Anonymus liess ihn erschauern. Damit hatte er nicht gerechnet.

Von geisterhand.zh
15/06/2004 – 14:12
Von: geisterhand@hotmail.com

Herr Kloter,
nun sind Sie am Ende der Fahnenstange angelangt. Leider fahren Sie mit Ihren strafbaren Handlungen fort. Sie wissen genau, um was es geht.

Sollten Sie nicht unverzüglich aufhören damit, sehen wir uns gezwungen, zu anderen Methoden zu greifen.
Sie haben eine Tochter. Wollen Sie das Leben Ihres Kindes gefährden, nur um Geld durch kriminelle Machenschaften zu erpressen?
Wir meinen es gut mit Ihnen. Haben Sie ein Einsehen, gerade auch im Interesse Ihrer nächsten Angehörigen.
Freundliche Grüsse
Ihre Geisterhand

Kloter wurde es schwindlig, als er aufstand. Er setzte sich wieder und starrte ungläubig auf den Bildschirm. Er flüsterte zu sich: «Helga ist noch im Kinderzimmer. Ich muss warten, bis sie wieder zurück und Jenny eingeschlafen ist.»

Als Helga auf den Bildschirm blickte, musste sie einen Entsetzensschrei unterdrücken.

«Was können wir tun? Ich habe noch nichts weitergegeben vom Hurrikan-Laptop. Ich wende mich morgen vor Arbeitsbeginn an Leutnant Schild. Ich hätte nie gedacht, dass Bieder so tief sinken würde und das Wohl seines Konzerns über Menschenleben stellt. Aber vielleicht tue ich ihm unrecht. Gut möglich, dass diese Mail gar nicht von ihm, sondern von einem seiner Unterhunde stammt.»

«Konrad, ich bitte dich. Red nicht so naiv dahin. Gar keine Frage, Bieder tut alles, um zu verhindern, dass seine Firma in den Konkurs schlittert. Zwar ist es richtig, dass du dich an die Stadtpolizei Zürich wendest, nicht an die Kantonspolizei Zürich und schon gar nicht an die von Schwyz.»

Das Gespräch mit Melinda Schild, das bereits um halb acht begonnen hatte, dauerte mehr als eine Stunde. «Die Mail beinhaltet eine Morddrohung», hob sie hervor. Sie riet Kloter, in Pfäffikon eine weitere Anzeige gegen unbekannt aufzugeben. Es sei unbedingt notwendig, dass er das tue. «Natürlich werden die in Pfäffikon keinen Finger rühren. Doch diese Unterlassung wird Folgen haben, das verspreche ich Ihnen.»

Kloter sah Melinda Schild enttäuscht an. «Wäre es nicht

besser, jetzt alle Karten offenzulegen, Bieder und Konsorten vor vollendete Tatsachen zu stellen?»

Sie biss sich verlegen auf die Lippen. «Zum jetzigen Zeitpunkt würde Bieder die Überwachung schon noch stoppen können. Doch die geplanten Massnahmen gegen Sie und Ihre Familie dürften weiterlaufen. Ich nehme nicht an, dass die Detektei Rex in das Entführungs- beziehungsweise Mordkomplott gegen Jenny eingeweiht ist. Solche Aktionen sind kriminellen Organisationen vorbehalten. Bieder junior will mit Kriminalität nichts zu tun haben. Aber seine Hintermänner sind diesbezüglich weniger zimperlich. Ebendas ist die Tragik von Bieder. Seine Hausmacht entfernt sich zusehends von ihm. Ohne sie, bestehend aus skrupellosen, finsteren Gestalten, kann Dr. Cäsar Bieder seinen Konzern nicht so erfolgreich weiterführen. Unter seelischen Qualen muss er diese Schmach auf sich nehmen, er will ja nicht, dass seine Weltfirma bankrottgeht. Es werden Strohmänner ausgesucht, die mit Gestalten der Unterwelt Kontakt aufnehmen sollen. Der Cäsar-Bieder-Konzern ist bereit, dafür eine Stange Geld auszugeben. Sie sollen fortan daran gehindert werden, weitere Bankkonten den Behörden oder gar der Öffentlichkeit zu verraten. Jenny mag als erstes Opfer ausersehen sein. Diese Auswahl treffen die Gangster. Sind sie dabei erfolgreich, wird es weitergehen. Man wird sich an Helga halten. Zum Schluss wären Sie, Herr Kloter, an der Reihe. Die unerbittliche Logik mafiöser Gangs. Sollte Jenny etwas zustossen, wird man Bieder nicht belangen, er weiss von nichts. Das beträfe auch die weiteren Opfer. Es gibt nur einen Weg, ein Verbrechen abzuwenden. Die Familie Kloter unter Polizeischutz zu stellen.»

«Du meine Güte. Die Kantonspolizei von Schwyz?»

«Liegt eine solche Drohung vor, muss auch sie aktiv werden. Sollte es tatsächlich zu einer Entführung oder gar einem Tötungsdelikt kommen, würde man sie in die Pflicht nehmen. Und das kann ganz sicher nicht in ihrem Interesse sein. Die Kantonspolizei Schwyz kann allenfalls angelaufene Operationen nicht stoppen. Sie wird nicht an die Gangster herankommen, auch wenn sie es wollte. Sie kann die Umsetzung von Gewalttaten nur – unter einem immensen Aufwand durch Überwachung rund um die Uhr – verhindern.»

«Werden sie dazu in der Lage sein?»

«Sie müssen.»

«Und was ist Ihre Rolle? Die der Stadtpolizei Zürich?»

«In solchen Fällen handeln wir grenzüberschreitend. Wir werden einige Beamte nach Pfäffikon verlegen. Und die Schwyzer werden uns dafür die Hände küssen.» Melinda Schild stand von ihrem Sessel auf und schlug mehrmals mit der flachen Hand auf den Tisch. «Ich garantiere Ihnen, nach der Anzeige wird es die Detektei Rex unverzüglich unterlassen, Ihnen und Ihrer Familie weiter nachzustellen.»

Nicht ganz beruhigt, fuhr Kloter an seinen Arbeitsplatz in der Bahnhofstrasse. Seine Postablage war stossend voll. Er werkelte den ganzen Vormittag daran. Kam nur schleppend voran. Die letzten Tage hatten ihm zugesetzt. Und immer wieder schweiften seine Gedanken ab. Gelang es Leutnant Schild, die Detektei Rex in die Zange zu nehmen? Doch viel schlimmer waren die kriminellen Gangs, die nicht als Institution registriert waren. Konnte er sich da auf die Kantonspolizei Schwyz verlassen? Wer ausser ihm hatte noch vertrauliche Kundendaten des Cäsar Bieder Trust aus der Zeit, als er dort, auf den Cayman Islands, arbeitete? Die ehemaligen FBI-Agenten Koch und McArthur. Denen ging es um die USA. Und er nahm nicht an, dass sie auf Geld aus waren. Sie wollten damals und wahrscheinlich auch noch heute gegen Drogenhändler, Geldwäscher und vor allem Steuerbetrüger vorgehen, alles Leute, die den USA schadeten. Gab es weitere, aus der kriminellen Szene, die den Bieder-Konzern erpressen wollten? Nicht auszuschliessen. Doch warum wurden sie erst jetzt aktiv?

Als er am Abend auf Umwegen nach Hause fuhr, sah er keinen verdächtigen Wagen im Rückspiegel. Helga empfing ihn beruhigt. «Keine Bespitzelungen heute.»

Am Donnerstag und Freitag blieb es ruhig, ebenfalls übers Wochenende. Und so ging es weiter, eine Woche, zwei Wochen, einen Monat. Kloter rief Ende Juli Leutnant Schild an.

«Ich habe getan, was möglich ist. Wurden Sie seit unserem letzten Treffen nochmals überwacht?», erkundigte sich Melinda Schild mit einfühlsamer Stimme.

Die Antwort Kloters schien sie zu überraschen. «Ich denke, die haben die Detektei Rex schleunigst zurückgepfiffen.»

«Die?»

«Der Bieder-Konzern natürlich.»

«Und wie steht es mit der Drohung gegen Ihre Tochter?»

«Auch diesbezüglich herrscht Stillhalten.»

«Gut so. Die Kriminellen, die auf Jenny angesetzt waren, dürften sich unverrichteter Dinge zurückgezogen haben, nachdem sie vom Bieder-Konzern entschädigt worden waren.»

«Da wären ja noch die Verfolgung durch die Audis und der Unfall am 14. Juni, den die Leute von Rex zu verantworten hatten.»

«Sie sagen es. Wenn ich das wüsste. Ich denke, Nötzli und Winterhalder haben ihre schützende Hand über die Detektei Rex gehalten. Von einer Anklage gegen die fehlbaren Audi-Fahrer habe ich nichts gehört.» Melinda Schild versprach, Kloter zu benachrichtigen, sollten sich in diesem Fall Neuigkeiten ergeben. Sie bat ihn auch, sich zu melden, sollten wieder Ereignisse eintreten, die ihn oder seine Familie bedrohten.

Der Herbst brach an. Die Kloters wurden nicht mehr behelligt.

Erst in den letzten Tagen des Septembers erhielt Kloter ein Schreiben der Staatsanwaltschaft Zürich, man werde das Verfahren wegen der Bespitzelung gegen ihn einstellen. Dass der Bieder-Konzern auf eigene Faust Ermittlungen anstelle, wenn der Verdacht bestehe, eine bestimmte Person wolle ihm Schaden zufügen, sei legitim.

Kloter legte gegen diesen Entscheid umgehend Rekurs ein. Dieser wurde abgelehnt. Kloter ging an die nächste Instanz, an das Obergericht. Danach kam es zu mehreren Einvernahmen, einmal musste Kloter antraben, dann der Sicherheitschef der Bieder-Bank an der Bahnhofstrasse und der Verantwortliche der Detektei Rex. Auch da: Das Verfahren wurde wegen Belanglosigkeit eingestellt. Doch Kloter gab nicht auf, er wandte sich an die nächste Instanz, an das Bundesgericht. Allerdings wurde ihm mitgeteilt, es könne mehrere Jahre dauern, bis der Fall dort geprüft werde.

***

Ende September 2004 war Kupperman zu Besuch an der Bahnhofstrasse. Bieder junior arrangierte bei dieser Gelegenheit ein Treffen zwischen Nathan Kupperman, Odilo Probst von der Detektei Rex und dem Sicherheitschef der Cäsar-Bieder-Bank an der Bahnhofstrasse Zürich. Das einzige Thema war das Dutzend anonymer Briefe an Kunden der Bieder Trust Company auf den Cayman Islands. Alle waren Schweizer Bürger mit eingeschriebenem Wohnsitz in den USA, die von den Cayman Islands aus mit US-Firmen Geschäfte machten. Ihnen wurde darin nahegelegt, eine Selbstanzeige bei den zuständigen Gerichten der Vereinigten Staaten einzureichen. Einige wegen Steuerhinterziehung, andere wegen Geldwäsche und zwei wegen Drogenhandels.

«Meine Herren», sagte Bieder unter theatralischen Gebärden, «ich bin zuversichtlich, dass dieser Spuk bald zu Ende ist. Übrigens bin ich sicher, dass Kloter dahintersteckt.»

«Das möchte ich gerne glauben. Doch in letzter Zeit kamen Zweifel auf. Warum betrifft es nur Geschäfte, die mit US-Unternehmen abgewickelt wurden? Ich bin nicht sicher, ob das ein Machwerk des FBI oder der Cayman Mafia ist», gab Kupperman zu bedenken.

Bieder schüttelte heftig den Kopf. «Nein, erst als wir Kloter durch die Mangel drehten, hörte die Sache schlagartig auf. Es hätte anders herauskommen können. Dank dem Wohlwollen einiger Freunde entgleiste die Sache nicht vollständig.» Bieder warf Probst einen bösen Blick zu. «Durch das stümperhafte

Vorgehen einiger Ihrer Mitarbeiter wäre das Unterfangen beinahe zu einem Desaster verkommen.»

Probst verwarf die Hände. «Ich weiss, ich weiss … ich habe die fehlbaren Detektive an die frische Luft gesetzt. Das wird nicht mehr vorkommen.»

«Was ist denn passiert?», wollte der neugierig gewordene Kupperman wissen.

Bieder wehrte dezidiert ab. «Ende gut, alles gut, das brauchst du gar nicht zu wissen.»

«Wie geht's jetzt weiter?», hakte Kupperman nach.

«Werden keine weiteren Drohbriefe mehr verschickt, erledigt sich das Ganze. Sollte der Kerl wieder damit anfangen, werden wir ihm erneut auf die Finger klopfen. In diesem Fall würden wir allerdings zu anderen Methoden greifen. Und wir sind im Recht – hierzulande, meine ich.» Ein triumphales Lächeln huschte über Bieders Gesicht. «In der Schweiz herrscht das Bankgeheimnis, und das werden nicht nur wir, sondern auch alle anderen Banken verteidigen.»

«Verstehe ich dich richtig», fragte Kupperman, «du wirst den Datendieb vor Gericht ziehen?»

«Du sagst es: ‹Datendieb›!»

«Trotzdem wäre es besser, wenn Kloter von nun an den Behörden keine weiteren Daten mehr melden würde. In der Schweiz sind Gerichtsprozesse öffentlich. Es würde ein Gewittersturm durch die Schweizer Medien toben. Danach stände der Bieder-Konzern so oder so als Verlierer da», erwiderte Kupperman.

«Machen wir uns vorläufig keine Sorgen mehr. Ich werde versuchen mit Kloter Kontakt aufzunehmen, ihm eine Abfindung anbieten. Nicht gleich jetzt, er würde das als Kniefall ihm gegenüber interpretieren und seine Forderung weiter hochschrauben. Ich werde ihn in dieser Sache im kommenden Frühjahr anschreiben.»

«Immer vorausgesetzt, dass es Kloter war, der Bankdaten weitergegeben hat», gab Kupperman zu bedenken.

«Nathan, du meinst, du müsstest immer das letzte Wort

haben. Aber meinetwegen, ich bin zufrieden mit euch allen. Ich glaube, unser Haus hat eine existenzbedrohende Krise überstanden.»

Die vier Herren trafen sich danach in einem teuren Restaurant in der Altstadt, liessen sich auf Kosten Cäsar Bieders ein sündhaft teures Menü auftischen und sprachen ausgiebig dem Alkohol zu.

***

Am 2. November 2004 bekam Kloter einen Anruf von Melinda Schild. Sie teilte ihm mit, dass sie ihre Stelle ab 1. Januar 2005 wechseln würde. Sie sei eben zur stellvertretenden Chefin der Kriminalpolizei des Kantons Jura ernannt worden.

«Jura? Dieser kleine Kanton. Ist das ein guter Tausch im Vergleich zur grossen Stadt Zürich?»

«Eben. Es geht dort ruhiger zu. Meine Mutter stammt aus Delsberg, ich bin auch im Jura verwurzelt.»

Kloter fehlten zunächst die Worte. Als er sich wieder gefasst hatte, fragte er Melinda Schild, ob er, Kloter, die Sache mit den Bieders überhaupt weiterverfolgen sollte.

«Unbedingt. Warten Sie den nächsten Frühling ab, danach beginnen Sie damit, einige honorige Zürcher Kunden der Bieder Trust Company Cayman daran zu erinnern, dass sie Geld waschen, Steuern hinterziehen und mit dem Drogenhandel fette Gewinne erzielen.»

«Doch Sie können mir von Delsberg aus wohl keine Polizisten zur Unterstützung schicken.»

«Nein, eher nicht. Aber ich werde Ihnen mit meinen Empfehlungen die Visitenkarte meines Nachfolgers zustellen. Es könnte durchaus sein, dass er Ihnen ebenfalls zur Seite stehen wird, sollte es überhaupt noch nötig sein.»

In der Altjahreswoche fand Konrad Kloter eine Nachricht in seiner Mailbox, die er gleich öffnete und las.

Von werlen.ch
26/12/2004 – 10:12
Von: kwerlen@bluewin.ch

Guten Tag Herr Kloter,
ich weiss nicht, ob Sie sich an meinen Namen erinnern. Ich arbeitete vom 1. Januar 1984 bis am 31. Dezember 2003 in der Bank Cäsar Bieder an der Zürcher Bahnhofstrasse als interner Postbote. Das war wirklich ein schöner Job, stressfrei, ohne besondere Verantwortung. Da meine Funktion als Firmenbriefträger mich zeitlich nicht auslastete, wurde ich auch für andere Tätigkeiten eingesetzt. Kopieren von Dokumenten, Reinigen von besonders vertrauenswürdigen Räumen, auch die des Generaldirektors, Cäsar Bieder junior. Bieder ist ein zuvorkommender Mensch, er behandelte mich immer freundlich, nicht von oben herab. Doch wenn ich mit ihm sprach und ihm in die Augen schaute, konnte ich mich des Eindrucks nicht erwehren, dass er nicht so dachte, wie er redete. Das war beim alten Herrn, Cäsar Bieder senior, Generaldirektor bis 1994, anders. Er war auch freundlich, aber nicht anbiedernd wie sein Sohn. Ich will mich ja nicht beklagen, ich brauchte diese Stelle und wurde den Umständen entsprechend korrekt behandelt.
Ich würde gerne mit Ihnen Kontakt aufnehmen. Zu mir als Person: Drei Jahre nachdem ich bei der Bieder-Bank anfing, traten Sie dort eine Stelle als Revisor an.
Darf ich Sie anrufen, oder wollen Sie das tun? Mich können Sie in den nächsten Tagen jederzeit erreichen. Ich bin bald sechsundsechzig und pensioniert.
Kurt Werlen

Nach dem Text standen die Adresse und die Telefonnummer von Werlen.

Kloter rief gleich an, obwohl es Sonntag war, und fragte Werlen, was der Grund seiner Kontaktaufnahme sei.

«Ich habe eine wichtige Information für Sie. Zunächst möchte ich mich aber kurz bei Ihnen vorstellen. Ich war nicht immer Postbote. Ich war vorher vierundzwanzig Jahre lang Lehrer an einer Zürcher Schule, dann wurde ich von einem tragischen Schicksalsschlag getroffen. Während einer Sportstunde in einem Hallenbad hechtete ein Schüler vom Sprungbrett ins Schwimmbecken, entgegen meinen Anweisungen. Unter ihm befand sich ein anderer Schüler, auf den er fiel. Dabei erlitt dieser unglücklicherweise einen Genickbruch und war sofort tot. Danach fühlte ich mich ausserstande, weiter zu unterrichten. Ich war damals fünfundvierzig Jahre alt und hatte Zwillinge, die in der Oberstufe am Gymnasium waren. Ich suchte nach Absprache mit meiner Frau eine andere Stelle, und da bot sich gerade die eines Boten bei der Bieder-Bank an. Natürlich war sie schlechter bezahlt als die in meinem ursprünglichen Beruf. Doch meine Frau arbeitete wieder als kaufmännische Angestellte, wir hatten einiges angespart und kamen finanziell gut durch.»

«Ich erinnere mich schon an Sie. Sie sprachen wenig mit mir, so auch mit den anderen Angestellten der Bank. Mir schienen Sie damals stets bedrückt zu sein, jetzt kann ich mir das erklären. Als ich Ihre Mail las, habe ich mich gefragt, warum hat er es nicht weiter gebracht als bis zum Postboten?»

«Auch ein Postbote kann intelligent sein. Mein Vater war Briefträger, und wie ich mich erinnere, war er intelligent, er sprach drei Fremdsprachen.»

«Hmmm», kam es von Kloter etwas verlegen. «Gut. Jetzt bin ich gespannt auf Ihre Information.»

«Zu den vertrauenswürdigen Räumen gehörte auch das Archiv. Ich hatte Zugang zu diesem Raum, weil man von mir erwartete, dort abzustauben, den Boden zu wischen und allenfalls die Dokumente zu ordnen nach Kriterien, die man mir vorlegte. Dazu war es nötig, das Titelblatt zu lesen. Dass einen Postboten auch der Inhalt interessieren könnte, auf diese Idee kam man nicht. Mir wurde nicht untersagt, diese Dokumente zu lesen. Und ich las sie, fast alle. Ich hatte eine Menge Zeit.

Der grosse Teil war langweilig, kaum der Rede wert, ausser man interessierte sich dafür, wie viel Geld eine bestimmte Person, die man kannte, auf dem Konto bei der Bieder-Bank hatte. Da sah ich aus Neugier das eine oder andere Mal hin. Natürlich blieb das mein Geheimnis. Doch da gab es andere Dokumente, die mein Interesse weckten.»

Kloter fragte sich insgeheim, wann Werlen endlich zum Punkt kam.

«Zum Beispiel das eines Richters und das eines Staatsanwalts eines Stadtzürcher Gerichtskreises. Warum hatten diese Magistratspersonen ein Konto bei der Cäsar Bieder Trust Company? Und wie kam es, dass dort mehrere Millionen parkiert waren? Mehrere Millionen! Das übertraf das Mehrfache dessen, was diese beiden in ihrem Hauptberuf verdienten. Es war alles peinlich genau dokumentiert. Von wo das Geld kam. Ich glaubte meinen Augen nicht zu trauen, als ich die Dokumente las. Ich zitiere die Zahlen und Namen aus meinen Notizen: ‹Juni 1994›. Eingang: ‹eins Komma fünf Millionen Dollar›. Überwiesen von der ‹Albot Global Invest, Cayman›. Ich fand rasch heraus, dass die Albot Invest eine Firma des Cäsar-Bieder-Konzerns war. Da war ein weiteres Datenblatt dazwischengeschoben: ‹Eins Komma sechs Millionen Dollar› wurden überwiesen von der ‹Diaz Global Invest Cayman›. Das war auch eine Bieder-Tochterfirma. Auf das Konto, von dem die ‹eins Komma sechs Millionen› überwiesen wurden, kamen kurz zuvor ‹eins Komma sieben Millionen› herein. Und zwar von einer Maschinenfabrik in Medellín, Kolumbien. Ich fand es eigenartig, dass die beiden Firmen jeweils ‹hunderttausend Dollar› abzweigten. Was sollte das? Eine Odyssee über zwei weitere Finanzinstitute. Und: Dass dieser Richter und dieser Staatsanwalt Maschinen aus dem fernen Südamerika kauften, war schwer vorstellbar. Es machte bei mir klick. Medellín? Drogen! Es konnte sich nur um Rauschgiftgeschäfte handeln. Ich ging der Sache nach und stiess auf einen Namen, der mir etwas sagte, besser zwei Sachen sagte. *Alvaro Héctor Diaz.* Erstens: Alvaro Héctor Diaz war Brigadegeneral der mexikanischen Armee. Und sass derzeit ein in einem Gefängnis von Mexiko. Zweitens: Alvaro Héctor Diaz war Direktor der Diaz Global Invest vom Januar 1994 bis irgendwann im Jahre 2000 –»

Kloter unterbrach Werlen. «Herr Werlen, das ist unglaublich interessant. Wir müssen uns unbedingt treffen. An einem neutralen Ort. Ich schlage das Café Mocambo vor, am nördlichen Ende des Niederdorfs, nicht weit vom Limmatquai.»

«Gerne, ich weiss, wo das ‹Mocambo› ist. Geht es noch diese Woche?»

«Ja, klar. Morgen Montag, 27. Dezember 2004, um zehn Uhr?»

«Einverstanden.»

Am nächsten Tag sassen Kloter und Werlen an einem Ecktisch des Niederdorfer Cafés. Es war das Auffrischen einer lockeren Bekanntschaft, die sieben Jahre gedauert hatte und danach ein Jahrzehnt lang unterbrochen worden war.

«Sie sind ziemlich grau geworden, Herr Kloter.»

«Und Sie waren das, als ich 1994 auf die Cayman Islands abreiste. Heute sind Sie schlohweiss.»

«So ist es. Vielleicht begannen meine Haare nach meinem erzwungenen Berufswechsel 1984 weiss zu werden. Aber fangen wir mit dem Thema an, weswegen ich mich an Sie gewendet habe. Übrigens, ich bin einige Jahre älter als Sie. Sprechen Sie mich mit Kurt an.»

Kloter streckte ihm spontan die Hand entgegen. «Konrad heisse ich. Kurt, zuallererst hätte ich eine Frage. Wie hiessen der Richter und der Staatsanwalt, die ein Konto bei der Cäsar Bieder Trust Company auf den Cayman Islands besassen?»

«Das waren … Noldi Nötzli und Balthasar Winterhalder.»

Kloter schlug sich mit beiden Händen auf die Schenkel. «Dachte ich mir doch. Jetzt weiss ich, warum beide einen Porsche fahren. Mit ihrem Gehalt als Gerichtsbeamte könnten sie sich eine solche Karosse nicht leisten.»

«Kennst du die beiden?»

«Ich weiss genau, wer sie sind, obwohl ich die beiden noch

nie getroffen habe.» Kloter zog aus seiner schwarzen Mappe den Computerausdruck des Fotos, das die Polizeioffizierin Schild am Samstag, den 10. April 2004, aufgenommen hatte, hervor und reichte ihn Kurt Werlen.

«Genau, da sehe ich die beiden. Auf dem Bild erkenne ich weitere. Cäsar Bieder junior und Nathan Kupperman, Bieders Statthalter auf den Cayman Islands.»

Kloter klärte Werlen über die beiden andern auf: Probst von der Detektei Rex und Hürzeler, der Polizist von Pfäffikon. Dann erzählte er, wie er zu diesem Foto gekommen war.

«Du hast mich noch nicht gefragt, weshalb ich dich gestern angerufen habe. Deine Entlassung bei der Bieder Trust Company auf den Cayman Islands blieb mir, als ich noch im Stammhaus arbeitete, nicht verborgen. Ich bekam einiges mit, das ich eigentlich nicht hätte erfahren dürfen. Deine Akten kamen ins Archiv. Ich konnte der Versuchung nicht widerstehen, diese anzusehen. Ich weiss von deinem Fahrradunfall, deinem Spitalaufenthalt in Miami, deiner Zusammenarbeit mit dem FBI und dem Lügendetektortest. Meine Nackenhaare sträubten sich, als ich all das las. Ich nahm mir vor, die Pensionierung abzuwarten und dich dann zu kontaktieren.»

«Seit wann kennst du Nötzli und Winterhalder?»

«Nach dem Badeunfall mit dem Schüler von mir kam es zu einem Prozess. Bei der Voruntersuchung hatte ich längere Zeit mit Winterhalder zu tun. Die Verhandlung am Prozess leitete Nötzli. Ich erhielt übrigens eine bedingte Gefängnisstrafe, was zu erwarten war. Ich mache den beiden deswegen keinen Vorwurf.»

«Ich weiss, dass ich nach allem, was mir Kupperman und andere im Schlepptau des Bieder-Konzerns angetan haben, meine Naivität und Gutgläubigkeit noch nicht eingebüsst habe. Ich vertraue dir und verrate dir jetzt ein Geheimnis, das nur wenige in meinem persönlichen Umfeld kennen.» Kloter erzählte Werlen von seinem Hurrikan-Laptop und den Kopien der Bankdaten-CDs von den Cayman-Niederlassungen der Bieders.

«Danke für dein Vertrauen. Stimmt, ich könnte ja ein Spitzel der Bieders sein.»

Werlen lachte, Kloter lachte.

«Deine Info von gestern machte mich neugierig. Ich stöberte die halbe Nacht in den Akten und wurde fündig, was Nötzli und Winterhalder betrifft. Was du mir berichtet hast über die beiden, stimmt haargenau», sagte Kloter.

«Was hast du jetzt vor?»

«Ich werde den beiden anonym auf die Pelle rücken. Dass die beiden sich an Drogengeldern gütlich tun und dabei keine Hemmungen haben, Süchtige hart anzupacken, finde ich dermassen empörend, dass ich mich zu diesem Schritt entschlossen habe. Ich werde Nötzli und Winterhalder einen Brief schreiben. Den beiden dürften schlaflose Nächte bevorstehen.» Werlen klatschte geräuschlos in die Hände. «Dann werde ich mal abwarten, was geschieht. Ich muss damit rechnen, dass sie mir wieder Spürhunde an die Fersen heften. Ich weiss jetzt, wer sie sind und wie ich mich auf sie einstellen kann.»

«Ich will davon ausgehen, dass du den Hurrikan-Laptop und die CDs sicher verwahrt hast.»

«Alles ist in einem schwer zugänglichen Tresor bei mir zu Hause. Doch sobald ich die ersten Briefe abgeschickt habe, werde ich den Laptop und die CDs bei einer Vertrauensperson deponieren.»

Bevor Kloter den Brief schrieb, rief er Schnyder an. Dieser riet ihm, vorläufig zu warten. Die Zeit sei einfach noch nicht reif dafür. Schnyder sagte auch, er sollte es aber mit der Steuerverwaltung Zürich versuchen. Und zwar so, dass man dort wisse, wer die Nachricht verfasst habe. Allerdings würde er das erst im Februar oder März 2005 machen. Der Winter sei keine gute Zeit für ein solches Unterfangen.

In der letzten Märzwoche 2005 schickte Kloter Kontodaten der Cäsar Bieder Trust Company, Cayman Islands, von zwei gut betuchten «Investoren» mit Wohnsitz Herrliberg an die Eidgenössische Steuerverwaltung und an das Kantonale Steueramt Zürich. Die «Deliktsumme» lag gesamthaft in der Grössenordnung von zehn Millionen Franken.

Eine Woche danach erhielt er eine Bestätigung, sein Schreiben sei bei der Steuerverwaltung in Bern eingetroffen. Man werde es prüfen und ihm allenfalls eine Rückmeldung machen. Die Zürcher Steuerbehörden nahmen sich noch zwei Wochen Zeit, um darauf zu antworten. Sein Vorgehen lasse allerdings Fragen offen. Es gebe in der Schweiz ein gesetzlich verankertes Bankgeheimnis. Sollte er, Kloter, die Kontounterlagen ohne Wissen des zuständigen Direktors weitergegeben haben, könnten sie die ihnen zugekommenen Informationen nicht weiterverwenden.

Kloter schickte die Antworten Schnyder. Dieser zeigte sich in einer Mail empört über die Antwort der Zürcher. Offenbar gab es Leute bei der Steuerbehörde, die die Interessen von Steuerhinterziehern und -betrügern mehr gewichteten als das Vorgehen gegen das kriminelle Beiseiteschaffen oder Verstecken von Steuergeldern. Schnyder rief Kloter an und machte mit ihm ein Treffen in einem Restaurant in der Bahnhofshalle ab.

Es war ein langes Gespräch. Man kam überein, etwas Neues zu versuchen. Einige ausgewählte Bankdaten sollten anonym an die Zeitung «Geld und Gold» geschickt werden. Es konnte sich also nur um solche der Bieder-Filiale auf den Cayman Islands handeln. Da lag es auf der Hand, dass sie von Kloter stammen mussten. Doch das als Beweis gegen ihn zu verwenden reichte nicht. Zumal man noch nicht herausgefunden hatte, wo Kloter die Daten versteckt hatte.

«Jedenfalls, du musst damit rechnen, dass man dein Haus und dein Büro durchsucht. Finden darf die Polizei keine Spuren, die zu den CDs und dem Hurrikan-Laptop führen», schärfte Schnyder Kloter ein. Er werde ihm behilflich sein, die Daten sicher zu verwahren, hielt Schnyder fest. Der Zeitung «Geld und Gold» war nicht zu trauen. Schnyder und Kloter waren sich bewusst, dass die Journalisten von diesem Blatt dem Bieder-Konzern eher freundlich gesinnt waren. Auf der anderen Seite könnte es verlockend sein, hochkarätige Beamte, Politiker und Wirtschaftskapitäne zu überführen, wie sie unverfroren Geschäfte mit Drogenbaronen und Waffenhändlern machten, Geld wuschen und Steuern hinterzogen. Schnyder schätzte es als möglich ein, dass die «Geld und Gold» anbiss. Man müsse aber auf den Zeitpunkt achten, wann die Bankdaten in der Redaktion dieses Blattes eintreffen sollten. Er schlug vor, bis zum Juni 2005 zu warten. Aufgrund der Reaktionen der Steuerbehörden in Bern und Zürich erscheine es ihm wahrscheinlich, dass Cäsar Bieder junior Wind davon bekommen habe. Einige Wochen keine neuen Bankdaten im Umlauf würde den Bieder-Konzern auf der einen Seite hoffen lassen, auf der anderen aber verwirren.

***

Am 2. Juni 2005 landete eine Zusammenstellung von einem Dutzend Konten von Immobilienhändlern, Fabrikbesitzern, Parlamentariern und zwei leitenden Ärzten von teuren Privatkliniken in der Postablage des Chefredaktors der «Geld und Gold».

Der Chefredaktor namens Himmelreich überlegte hin und her. Sollte er die Bankdaten veröffentlichen und einige Prominente in der Schweiz ans Messer liefern? Es würde in der Öffentlichkeit einen Sturm der Entrüstung auslösen. Die Zeitung würde am Erscheinungstag ausverkauft sein. Man würde sie nachdrucken. Ein gutes Geschäft. Aber was nachher? Dann war mit der Rache der Bankdirektoren und Konzerne zu rechnen. Himmelreich hatte nicht gerade den Ruf eines mutigen Zeitungsmannes. Er scheute Risiken. So beschloss er, nicht allzu viel Aufhebens zu machen, die ganze Angelegenheit nur sanft köcheln zu lassen. Aber etwas musste er tun. Und so nahm er den Griffel zur Hand. Buchstäblich den Griffel. Himmelreich hatte die Marotte, seine Textentwürfe auf eine riesige Schiefertafel zu ritzen. Man konnte sie mit einem Schwamm oder einem feuchten Tuch löschen. Das war umweltfreundlich. Darauf bildete sich Himmelreich etwas ein.

Zwei Tage später erschien mit grossformatiger Schlagzeile ein Artikel mit dem Titel: «Dreister Datenklau zulasten des Finanzkonzerns Bieder».

Im Text von Himmelreich stand kein Wort über den Inhalt der Bankdaten, kein Name der Betroffenen wurde erwähnt.

***

Kloter und Schnyder hatten sich das anders vorgestellt. Doch ans Aufgeben dachte Kloter nicht. Schnyder bestärkte ihn darin.

Kloter musste feststellen, dass man ihm wieder nachstellte. Er bekam anonyme Telefonanrufe, oft mitten in der Nacht, mit Drohungen gegen seine Familie. Und wieder kurvten Autos mit quietschenden Reifen durch das Quartier, in dem die Kloters wohnten. Vor und auch im Gebäude seines Arbeitsplatzes schlichen Verdächtige herum, und das durchaus auffällig. Einige wurden sogar von Mitarbeitern seiner Firma angehalten, sie wurden vom hauseigenen Ordnungsdienst weggewiesen.

14

Am 3. September 2005 schrieb Kloter mit einer alten Hermes-Baby-Schreibmaschine Richter Nötzli einen Brief. Die Maschine war ein Erbstück einer alten Tante, die längst verstorben war. Er besass noch eine zweite alte Hermes, diese hatte ihm sein Pate geschenkt, als er die Aufnahmeprüfung ans Gymnasium bestanden hatte. Damit schrieb Kloter einen weiteren Brief an Staatsanwalt Winterhalder. Er legte beide Helga vor, die sie aufmerksam las und einige Randnotizen machte. Kloter setzte sich abermals hinter die Hermes und tippte den Brief neu.

Sehr geehrter Herr Richter,
ich bin zufällig auf ein eigenartiges Papier gestossen, das Sie vielleicht interessieren dürfte.
Es betrifft das Konto 23 85 22 59 ch/zh, Cäsar Bieder Trust Company, Cayman Islands.
Kontostand 29. November 2002: 850'315 US-Dollar.
Am 25. Juni 1994 wurden auf dieses Konto 1,5 Millionen Dollar überwiesen, und zwar von der Albot Global Invest, Cayman Islands.
Sollten Sie aus einem unerfindlichen Grund nicht mehr wissen, wem die Albot Global Invest, Cayman Islands, gehörte, verrate ich Ihnen das gerne. Zu gleichen Teilen Vinzenz Albot senior, Financier, Erlenbach/ZH, und Cäsar Bieder senior, Bankbesitzer, Erlenbach/ZH. Die Albot Global Invest war als Tochterfirma der Cäsar Bieder Trust Company, Hauptsitz Bahnhofstrasse Zürich, registriert. Diese Firma wurde 2003 aufgelöst und dem Stammsitz Albot Global Invest, Bahnhofstrasse Zürich, einverleibt. Wissen Sie überhaupt, dass Sie bei dieser Einzahlung ein bisschen betrogen wurden? Die Albot Global Invest hat bei dieser Transaktion hunderttausend Franken abgezweigt.

Sie wurden sogar zweimal betrogen. Zu Ihren Händen wurden am 15. Juni 1994 von einer nicht namentlich genannten Maschinenfabrik aus Medellín, Kolumbien, 1,7 Millionen auf ein Konto der Diaz Global Invest, Cayman Islands, einbezahlt. Die Diaz Global Invest gab allerdings nur 1,6 Millionen weiter.
Ich stelle Ihnen zwei Fragen, die Sie allenfalls einer amtlichen Stelle beantworten müssen.
1. Haben Sie das Steueramt in Zürich über diesen auf Ihrem Konto gutgeschriebenen Geldbetrag informiert?
2. Was war Ihre Gegenleistung an die Maschinenfabrik in Medellín? Uns ist keine einzige Firma bekannt, weder in der Schweiz noch in Kolumbien, die à fonds perdu jemandem 1,7 Millionen zukommen lässt.
Sie werden verstehen, Herr Richter Nötzli, dass ich meinen Namen nicht unter das Dokument setze. Ich traue Ihnen nämlich nicht über den Weg. Ich möchte meine Familie und mich nicht einer unkalkulierbaren Gefahr aussetzen.

Der zweite Brief war leicht anders gefasst. Die Nummer des Kontos von Winterhalder auf der Cäsar Bieder Trust Company, Cayman Islands: 23 85 22 60 ch/zh. Der einbezahlte Betrag war genau gleich, auch die vorgängigen Einlagen auf die Konten der Albot Global Invest und der Diaz Global Invest.

Kloter warf beide Briefe in den nächsten Postbriefkasten. Er trug dabei Handschuhe, das fiel niemandem auf, es war ein kühler Septembertag. Es waren dieselben Handschuhe, mit denen er das Briefpapier angefasst und die Briefe getippt hatte.

Danach brachte er die beiden alten Schreibgeräte zu Wolf Schnyder, der sie an einem sicheren und geschützten Ort aufbewahrte.

***

Es war der 5. September 2005, kurz nach acht Uhr. Cäsar Bieder junior hatte gerade sein Büro betreten, als bereits das Telefon schrillte.

«Einen gesegneten guten Wochenanfang, lieber Noldi. So lieb, dass du mich an diesem wunderschönen frischen Morgen anrufst …»

«Danke, ich wünsche dir auch eine gute Woche. Ich habe eben einen Brief gelesen, der mir die Freude auf die neue Woche bereits in ihren ersten Stunden gründlich versalzen hat.»

«Von wem?»

«Anonym. Ich möchte ihn dir unter die Nase halten. Kann ich auf einen Sprung vorbeikommen?»

«Am Telefon geht's nicht?»

«Nein, auf gar keinen Fall.»

Als Nötzli Cäsar Bieders Arbeitszimmer betrat, traf er den noch vor einigen Minuten freudig aufgekratzten Banker in einem lamentablen Zustand an. Er war aschfahl. «Gedulde dich einige Minuten, der andere wird auch bald aufkreuzen.»

«Der andere?»

«Winterhalder, wer denn sonst?», gab Bieder unwirsch zurück. «Setz dich an den Besuchertisch. Ich bestelle Gipfeli und Kaffee.»

«Vielen Dank, aber mir ist der Appetit vergangen.»

«Mir zwar auch, trotzdem sollten wir etwas Stärkendes zu uns nehmen. Starker Kaffee ist immer gut und stärkt die Nerven.»

«Hmmm … hmmm?»

Heftiges Klopfen. Winterhalder stand im Türrahmen. «Auch du, Balthasar?»

«Auch du, Noldi?»

Nötzli legte den Brief auf den Tisch, Winterhalder seinen daneben. Bieder las beide. Seine Stirn wurde nass. Er musste sich mit beiden Händen an die Tischplatte klammern, um nicht auf die Seite zu kippen. Zum Glück kam die Sekretärin mit dem Kaffee. Bieder trank einige Schlucke.

Winterhalder schleuderte Bieder einen verächtlichen Blick

entgegen. «Das scheint dir, Cäsar, sogar mehr zuzusetzen als uns beiden.»

«Das ist ein richtiger Horror. Es geht um die Existenz meines Konzerns.»

«Ach, jammere nicht, du Angsthase», herrschte ihn Winterhalder an. «Wir haben sehr viel getan, dass deine Firma zu dem geworden ist, was sie jetzt ist, eine der am besten florierenden in unserem Land.»

«Aber doch nicht mit kriminellen Machenschaften, Drogenhandel, Geldwäsche, Steuerbetrug, Waffenhandel.»

«Nun komm schon. Das machen die andern auch. Man muss das Geld dort nehmen, wo es fliesst. Drogenhändler, Geldwäscher, Steuerhinterzieher sind nur dann kriminell, wenn man ihnen auf die Schliche kommt.»

Bieder sah zutiefst gedemütigt, eingeschüchtert und verzweifelt Winterhalder, dann Nötzli an. «Und das sagt ihr zwei. Rechtsverdreher seid ihr. Anstatt mich darauf aufmerksam zu machen, dass unsere Firma in kriminelle Geschäfte verstrickt ist, sahnt ihr beide einfach ab und lasst uns ins Messer laufen.»

«Für wie blöd hältst du uns?», fragte Nötzli Bieder. «Natürlich weisst du längst Bescheid, was auf den Cayman Islands abgeht. Du hast weit mehr als wir davon profitiert. Aber lassen wir die gegenseitigen Schuldzuweisungen. Wenn die ganze Sache mit den Cayman Islands auffliegt, kommen auch wir dran. Und das gilt es jetzt zu verhindern. Kühlen Kopf bewahren, den Datendieb ausfindig machen und ihn zur Strecke bringen. Wer steckt dahinter? Was meinst du?»

«Ich tippe auf Kloter», sagte Bieder.

Winterhalder nahm die beiden Briefe, hielt sie Richtung Fenster. «Sie wurden auf zwei verschiedenen Maschinen getippt. Getippt hat es trotzdem ein und dieselbe Person, das sehe ich an verschiedenen getippten Buchstaben.»

«Wie kannst du denn das feststellen?»

Winterhalder lachte laut. «Indem ich sie ans Licht halte. Schliesslich bin ich Kriminologe.»

«Warum benutzt er zwei Schreibmaschinen?»

«Wohl um uns zu verwirren. Uns glauben zu machen, dass zwei verschiedene Personen die Briefe getippt haben.»

«Warum schreibt er nicht mit dem Computer, verschickt Mails, das wäre doch viel einfacher?»

«Wer eine Mail verschickt, gibt dem Empfänger Informationen preis. Sachkundige Empfänger finden heraus, von wo die Nachricht gesendet wurde. Das könnte heissen, dass der Absender sich der Risiken des Mailverkehrs bewusst ist.»

«Also dürfte meine Vermutung, dass Kloter die Briefe abgeschickt hat, zutreffen.»

Winterhalder und Nötzli sahen einander an und nickten Bieder zu.

Nötzli schob das Kinn vor und klagte Bieder an. «Hast du eigentlich begriffen, dass du es versäumt hast, Kloter zu stoppen? Das mit dem Fahrradunfall vom 3. Januar 2001 scheiterte kläglich. Als das erkennbar wurde, hätte man nachdoppeln sollen –»

Bieder unterbrach ihn. «Ich erfuhr leider viel zu spät, dass die Sache missglückte. Da hätte Kupperman reagieren sollen.»

«Keine Ausflüchte, Cäsar. Du wusstest bereits einige Wochen zuvor, dass Kloter nicht mehr vertrauenswürdig war. Damals hättest du dich der Angelegenheit annehmen, dich mit Kupperman und Albot junior absprechen sollen und nicht den beiden den Auftrag geben, Kloter aus dem Verkehr zu ziehen, ohne sich weiter darum zu kümmern. Eine Liquidation darf nicht fehlschlagen. Tut sie das dennoch, muss man einen Plan B haben.»

Bieder stand auf, ballte die Fäuste gegen Nötzli. «Ich habe Kupperman und Albot nie den Befehl gegeben, Kloter zu … zu entsorgen.»

«Deine Blauäugigkeit ist nicht zu überbieten. Du hast mit den beiden ein bisschen um den Brei herumgeredet. Sie sind nicht auf den Kopf gefallen und haben genau verstanden, dass du Kloters überdrüssig bist. Dann haben sie, diese dämlichen Kurpfuscher, die Initiative ergriffen und gehandelt, ohne dich mit einzubeziehen. Es lief völlig aus dem Ruder, sie haben den

Kopf verloren, glaubten, das Ganze erledige sich von selbst. Ich mag nicht daran denken, was dann passiert ist. Das FBI trat auf den Plan, und die Bieder Trust Company Cayman geriet ins Wanken. Cäsar, du bist ein miserabler Krisenmanager. Balthasar und ich werden nicht umhinkommen, die ganze Malaise auszubaden.»

Winterhalder drohte mit dem Finger. «Von jetzt an, Cäsar, verhältst du dich schön ruhig. Wir werden dir zur gegebenen Zeit ausrichten, was du zu tun hast.»

Bieder sah die beiden mit offenem Mund an, sagte aber nichts.

Nötzli streckte beide Arme in die Luft. «Ich werde gegen Kloter einen Haftbefehl wegen Verdachts auf Verletzung des Bankgeheimnisses ausstellen. Winterhalder wird ihn mit zwei Polizisten zusammen vollziehen, und das an seinem Arbeitsplatz. Kurz danach wird in Wollerau Kloters Haus durchsucht. Wir beschlagnahmen seinen Computer und den seiner Frau sowie deren Handy. Wir hoffen, dabei einiges zu finden. Das ist immer Glücksache, es kann sein, dass Kloter Lunte gerochen und Vorkehrungen getroffen und alle Beweisstücke, um ihm auf die Schliche zu kommen, beseitigt hat. Ich werde ihn einige Wochen im Knast ruhigstellen. Finden wir wenig oder nichts gegen ihn, müssen wir ihn wieder laufen lassen. Doch er wird wegen der Haft Probleme bekommen, zu Hause und an seinem Arbeitsplatz.»

Bieder sagte immer noch nichts.

Nötzli blickte Bieder mit einer Mischung aus Wut und Verachtung an. «Wir gehen jetzt und machen uns an die Arbeit. Ich halte derzeit deine Gegenwart kaum mehr aus.»

Nötzli und Winterhalder verliessen Bieders Büro grusslos. Danach suchten die beiden ein Café auf, um das Weitere zu beraten. Nötzli schlug vor, Kloter am Dienstag, den 6. September, festzunehmen. Das sei ein guter Zeitpunkt, fand Winterhalder.

«Es ist an dir, die Verhaftung vorzunehmen. Ich begebe mich gleich in mein Büro und stelle den Haftbefehl aus. Am kommenden Morgen meldest du dich um acht Uhr bei mir und holst ihn ab.»

«Werde ich tun. Ich verabschiede mich jetzt, muss meinen Terminplan umstellen, um die Aktion vorzubereiten. Morgen bringe ich dir eine schriftliche Zusammenfassung, wie das alles ablaufen soll, mit.»

Nach der Visite bei Nötzli am Dienstagmorgen ging Winterhalder auf den nächsten Posten der Kantonspolizei und begab sich mit zwei Gefreiten zum Gebäude der Diamant Investments. Die beiden Polizisten waren instruiert, Kloter in Gewahrsam zu nehmen. Winterhalder marschierte mit ihnen an der Rezeption vorbei, ohne sich anzumelden. Das war martialisch. Im Korridor schienen sie etwas zu suchen, blieben plötzlich unschlüssig stehen. Winterhalder erteilte dem jüngeren Gefreiten den Befehl, sich beim Portier zu erkundigen, wo der Lift, der zur Teppichetage führte, zu finden sei.

Kurz danach kam er zurück und knallte die Hacken zusammen. «Herr Staatsanwalt, der Lift beginnt erst im ersten Stock, aus Sicherheitsgründen.» Dann übergab er Winterhalder einen Schlüssel. «Der Lift kann nur mit diesem Schlüssel in Betrieb genommen werden. Die Teppichetage ist im fünften Stock, dort werden wir auch Kloter antreffen.»

Sie schritten über den Marmorboden. «Wo ist das Büro von Kloter? Führen Sie uns dorthin», befahl Winterhalder ziemlich von oben herab einer fassungslosen Sekretärin.

«Es ist angeschrieben», sagte sie.

Zerknirscht biss Winterhalder auf die Lippen. «Was sind das für Manieren?» Er schüttelte den Kopf und ging weiter. «Hier.» Winterhalder zeigte auf ein Türschild. «Los, holen Sie ihn.»

Kloter war völlig überrumpelt. Ohne den Befehl abzuwarten, streckte er die Hände hoch.

«Konrad Kloter, Sie sind verhaftet», sagte Winterhalder, der nun ebenfalls eintrat.

«Warum denn?»

Winterhalder reichte Kloter den Haftbefehl.

«Verletzung des Schweizer Bankgeheimnisses? Ach so. Und wo, Herr Winterhalder, sind die Beweise?»

«Es heisst Herr Staatsanwalt.»

«Ist das alles, was Ihnen dazu einfällt?»

«In Handschellen legen und abführen», schrie Winterhalder.

Mittlerweile hatte sich vor Kloters Arbeitszimmer eine Menschentraube gebildet.

Knapp zehn Minuten später fuhr der Streifenwagen der Kantonspolizei Zürich auf den Vorhof des Gefängnisses an der Rotwandstrasse. Die Hintertüren des Wagens wurden geöffnet und Kloter herausgezerrt. Das war gar nicht anders möglich, denn neben Handschellen war er auch in Fussfesseln gelegt worden. Es war das erste Mal in seinem Leben, dass Kloter verhaftet wurde.

Dem Fahrzeug, das hinter dem Polizeiauto anhielt, entstieg Winterhalder und begab sich in raschen Schritten zu Kloter. «Soso, Kloter, jetzt haben wir Sie, wo wir Sie schon lange haben wollten.»

«Das dürfen Sie gar nicht sagen, Winterhalder. Bis zu einem allfälligen Schuldspruch gelte ich als unschuldig.»

«Halten Sie den Mund, Kloter, reden Sie nur, wenn Sie gefragt werden.»

«Ich werde mir das zu Herzen nehmen, Winterhalder.»

«Wo bleibt Ihr Anstand, Kloter?»

«Meilenweit vor dem Ihren.»

Kloter wurde in einer Zelle des Traktes für Untersuchungsgefangene untergebracht. Kaum war er in der Zelle, bat ihn ein Wärter um den Gurt aus der Hose, nahm ihm Uhr und Handy ab, zog ihm die Schnürsenkel aus den Schuhen, griff in seine Gesässtasche und nahm sein Portemonnaie heraus. Mit beiden Händen fingerte er in Kloters Hosentaschen und fand ein Taschenmesser. Auch das konfiszierte er. Der Wärter zog Kloter die Jacke über den Kopf ab, hielt sie mit dem Kragen nach unten und schüttelte sie. Es fielen ein Kamm und eine Brieftasche zu Boden. All die Gegenstände, die er Kloter abgenommen hatte, legte er auf den kleinen Metalltisch. Neben dem Hocker und der Pritsche das einzige Möbelstück in der Zelle.

Er nahm den Gürtel nochmals in die Hand und sagte zu Kloter: «Der gehört ebenfalls in die Gefahrenzone. Wir hatten vor einem Monat einen Suizidversuch. In den ersten Tagen der Haft kommt es etwa noch vor, dass sich Häftlinge erhängen wollen. Die Schuhbändel könnten ebenfalls zum Selbstmord verleiten. Die werden Ihnen abgenommen. Neue, vorübergehende Vorschrift. Nach einer psychiatrischen Abklärung, bis dahin können einige Tage vergehen, werden Ihnen Gürtel und Schuhbändel wieder ausgehändigt, ausser Sie werden als suizidgefährdet eingestuft. – So, das hätten wir. In ungefähr zehn Minuten bringe ich Ihnen andere Kleider. Strassenanzüge sind in einer Gefängniszelle nicht geeignet.»

Der Wärter ging und schloss die Tür hinter Kloter. Sie hatte keine Falle, man konnte sie von innen nicht öffnen. Die Zelle hatte kahle Wände, deren Verputz teilweise abbröckelte. Diese waren beschrieben, mit Namen, Flüchen und obszönen Sprüchen.

Schränke gab es keine, lediglich Nischen und mehrere Gestelle für Bücher oder andere Gegenstände. Ein einziges zerfleddertes Buch war da. Er ging hin und las halblaut den Namen vom Buchrücken: «Zwingli-Bibel.»

Er nahm sie, setzte sich auf die Pritsche und blätterte ungefähr in der Mitte darin. Es waren Jahre vergangen, seit er einen Blick in eine Bibel geworfen hatte. Als er einige Blätter umgelegt hatte, begann er zu lesen. Das Lukas-Evangelium.

«Der Text ist eigentlich ganz schön geschrieben», sagte er leise zu sich. Es fiel ihm auf, dass er plötzlich seine Gedanken aussprach. Er erinnerte sich nicht daran, das zuvor je mal getan zu haben. Und wieder hörte er seine eigene Stimme. «Das ist die Einsamkeit, die einen befällt, wenn man unvermittelt eingeschlossen ist.» Er begann leise zu lesen.

Es war fast eine halbe Stunde vergangen, als der Wärter wieder hereinkam. Er kam mit einem Sack und legte ihn auf den

Tisch. «Das sind Ihre Kleider: Unterwäsche für vier Tage, ein Pyjama, Hygieneartikel, Seife und Utensilien zum Rasieren. In der Zelle sind auch ein Lavabo mit Kalt- und Warmwasser und ein WC, wie Sie sicher schon festgestellt haben. Eine Dusche gibt es nicht. Sie dürfen jeweils am Morgen in einem Gemeinschaftsraum duschen. Die Warteschlange ist aber immer lang.»

Der Wärter sah sich um, überlegte. «Dahinden heisse ich. Sie sind Untersuchungshäftling. Die U-Haft ist eine harte Zeit, kann sich durchaus mehrere Wochen bis Monate hinziehen. Hart ist sie allenfalls, weil während ihr kein Kontakt mit anderen Gefängnisinsassen geduldet wird. Bei Ihnen scheint das so zu sein. Man sagt dazu Isolationshaft.»

Dahinden hatte eine schwarze Mappe bei sich. Er händigte Kloter einen Stoss Papiere aus. «Zuoberst sind einige Formulare, die sollten Sie bis zum Abend ausfüllen.»

«Mit was ausfüllen? Haben Sie mir Schreibzeug mitgebracht? Auch einige leere Blätter hätte ich gerne, damit ich mir Notizen machen kann.»

«Den Kugelschreiber habe ich glatt vergessen.» Dahinden nestelte in der Mappe und fand schliesslich einen. «Einen Notizblock bringe ich Ihnen später. Ich muss allerdings zuerst meinen Chef fragen, ob das überhaupt erlaubt ist. Es ist nicht üblich, dass bei uns Einsitzende bereits am ersten Tag mit Schreiben beginnen.»

Wieder hielt Dahinden einige Augenblicke inne. «In den nächsten Stunden werden Sie zur sanitarischen Eintrittsmusterung abgeholt. Diese ist gesetzlich vorgeschrieben, zu Ihrem und zu unserem Schutz. Dort werden unter anderem ansteckende Krankheiten erfasst.»

Mit einem kritischen Blick begutachtete Dahinden Kloter von oben nach unten. «Sie waren ja ein nobler Herr, als Sie eingewiesen wurden. Schwarzer Anzug, rote Krawatte. So ist Ihnen einiges erspart geblieben. Viele werden mit einem total verwahrlosten Outfit gefasst und bei uns eingeliefert. Sie kommen in die Entlausungsstation, die Haare werden geschnitten, mit Desinfektionsmittel gesäubert.»

Um halb eins am Mittag wurde Kloter von einer Frau in einer Wärterinnenuniform eine Mahlzeit in die Zelle gebracht: Suppe, zwei Stück Brot, Voressen, Kartoffelstock, Salat, Apfelmus als Dessert, Kaffee in einer Thermosflasche, daneben zwei Portionen Rahm. «Hoffentlich sind Sie nicht Vegetarier oder Veganer. Sie haben das Formular noch nicht ausgefüllt. Dort wird danach gefragt, ob Sie Fleisch essen oder gar ein Veganer sind. Das gab es vor zehn Jahren noch nicht. Früher musste gegessen werden, was man aufgetischt bekam.»

«Tut mir leid, dass ich noch nicht alle Formulare ausgefüllt habe. Aber ich finde es nichts als recht, dass hier respektiert wird, was die Gefangenen für Essgewohnheiten haben.»

«Sie sind offenbar ein feiner Herr. Ich kann Ihnen aber sagen, darauf nehmen wir keine Rücksicht, gar keine. Sie werden schon noch von Ihrem hohen Ross heruntersteigen.» Dann ging sie und schloss die Tür zu.

Kloter begann zu essen. Was ihn ein bisschen störte, waren das Besteck, der Teller und die Tasse aus Kunststoff. «Klar, ein Messer wäre ein gefährlicher Gegenstand», sagte er seufzend zu sich.

Beim Essen dachte er an seine Familie. Wenn er abends nach Hause kam, mit Helga und Jenny am Küchentisch sass, sich über die umsichtig zubereiteten Mahlzeiten beugte, den feinen Duft von Gebratenem roch. In diesem Moment kam sie, die Einsamkeit. Wussten Helga und Jenny schon von seiner Festnahme? Er griff unwillkürlich zur Innentasche seiner Jacke und wollte das Handy herausziehen. Eine solche Innentasche gab es bei diesem Kleidungsstück nicht, und das Handy hatte man ihm abgenommen.

Es waren nur wenige Minute vergangen, als die Frau, die ihm das Mittagessen gebracht hatte, wiederkam. Sie wies Kloter zurecht, das nächste Mal solle er doch bitte das Geschirr und das Besteck auf das Tableau legen. Den Kaffee liess sie ihm noch, er hatte ihn noch nicht ausgetrunken.

Immerhin. Er sah zur Decke, dort waren Drähte und Kabel. Werde ich hier beobachtet? Rund um die Uhr?, fragte er sich.

Am späten Nachmittag kam Dahinden. «Sanitarische Eintrittsmusterung. Ich führe Sie in das Gebäude gegenüber. Normalerweise müsste ich Sie in Handschellen legen, aber darauf verzichten wir in der Regel. Wie wollen die Häftlinge hier am helllichten Tag abhauen, wenn alles streng bewacht wird?»

Die Untersuchung durch einen stillen Gefängnisarzt brachte nichts Besonderes zutage. Als Dahinden ihn zurückführte, sagte er: «Armer Hund.» Er meinte damit nicht Kloter, sondern den Arzt. «Er ist ein feiner Typ, aber das Elend hier macht ihn kaputt. Kloter, bedauern Sie sich nicht, Sie kommen hier wohl bald raus, aber wir, die Bediensteten, haben fast alle lebenslänglich.» Er lachte über seinen Witz.

Kloter warf Dahinden einen warmen Blick zu. Fast schien es, Dahindens Bemerkung habe ihm Eindruck gemacht.

***

Genau zur gleichen Zeit, als Konrad Kloter festgenommen wurde, rückte nach Wollerau ein Schwyzer Polizeitrupp aus. Drei Polizeifahrzeuge parkierten vor Kloters Haus.

Vor Schreck gelähmt, standen Helga Kloter und ihre sechsjährige Tochter Jenny im Korridor, als es klingelte. Der Anführer, im Dienstgrad eines Leutnants, zeigte ihr den schriftlichen Beschluss für die Hausdurchsuchung, während seine Männer sich um ihn scharten.

Jenny fing an zu weinen. Helga nahm sie in die Arme und redete leise auf sie ein.

«Wo ist das Büro Ihres Mannes?», fragte der Leutnant weiter.

Helga antwortete nicht.

«Dann bleibt uns nichts anderes übrig, als das ganze Haus auf den Kopf zu stellen.» Er liess seine Männer eintreten.

Zwei steuerten in die Küche und begannen sämtliche Schubladen und Küchenschränke zu durchsuchen. Drei nahmen sich das Wohnzimmer vor, öffneten das Buffet, wendeten das Sofa, suchten im Wandschrank und liessen anschliessend alles so liegen. Vier begaben sich in den ersten Stock, wo sich Kloters

Arbeitszimmer, ein Gästezimmer, das Kinder- und Elternschlafzimmer befanden. Sie füllten Kisten mit Kloters PC, Ordnern und dem Inhalt seiner Schreibtischschubladen sowie allem, was ihnen verdächtig schien.

Der Leutnant verlangte von Helga Kloter ihr Mobiltelefon.

«Suchen Sie es selbst», sagte sie, während sie immer noch versuchte, die weinende Jenny zu beruhigen.

Das Einsatzkommando wühlte nochmals in sämtlichen Zimmern, doch das Mobiltelefon fanden sie nicht. Als die Polizisten nach anderthalb Stunden abgezogen waren, rief Helga Kloter Wolf Schnyder an.

«Danke, Wolf, dass du mich am Morgen informiert hast. Wenigstens konnte ich mein Handy im Tresor sichern. Den fanden sie zum Glück nicht. Sie haben sozusagen sämtliche Zimmer verwüstet.»

Schnyder anerbot sich, unverzüglich nach Wollerau zu kommen.

Nach einer Dreiviertelstunde traf Schnyder im Haus der Kloters ein. Er machte Aufnahmen mit seinem Handy, organisierte eine Putzkraft, die Helga beim Aufräumen helfen sollte.

***

Schnyder setzte sich mit Tashima Woeser in Verbindung. Tashima Woeser war eine junge Anwältin, die sich ebenso in Wirtschafts- und Finanzangelegenheiten wie im sozialen Bereich auskannte. Schnyder hielt grosse Stücke auf Woeser. Er hatte ihr am Anfang des Jahres über den Fall Konrad Kloter und die Cayman-Filiale des Cäsar-Bieder-Konzerns berichtet, sie gefragt, ob sie allenfalls bereit wäre, Kloter als Anwältin beizustehen. Er selbst fühlte sich ausserstande, Kloter zu vertreten, da er, was die Banken betreffe, zu wenig kompetent sei. Sie war nicht abgeneigt, diese Aufgabe zu übernehmen, wollte aber erst einmal mit Konrad Kloter sprechen. Schnyder hatte deshalb eine Zusammenkunft zu dritt, zwischen ihm, Tashima Woeser und Konrad Kloter, arrangiert. Das Treffen verlief vielversprechend. Kloter, der immer noch etwas zurückhaltend war, eine Anwältin oder einen Anwalt zu engagieren, fand, Frau Woeser wäre für ihn eine gute Lösung. Man kam überein, dass, sobald Kloter einen anwaltlichen Beistand benötigen würde, sie zur Verfügung stände. Allerdings rechneten weder Schnyder noch Woeser mit einer Verhaftung Kloters.

Und nun eilte es. Schnyder bot Tashima Woeser an, sie am Anfang zu beraten. Er kannte sich besser in der Polizei und der Justiz der Stadt Zürich aus. Zustatten kam Schnyder, dass er den Direktor des Gefängnisses, Franz Grau, persönlich kannte. Er rief ihn an und bat, Konrad Kloter mit der Anwältin Woeser besuchen zu dürfen. Grau machte keine Schwierigkeiten. Er müsse allerdings zuvor den zuständigen Staatsanwalt davon in Kenntnis setzen.

«Wer ist für Kloter zuständig?»

«Winterhalder hat sich den Fall unter den Nagel gerissen.»

Schnyder verschlug es einige Augenblicke die Sprache. «Ich bin schockiert, dass Winterhalder diesen Fall übernimmt. Ich weiss mehr von der Sache, ich werde dir gelegentlich darüber berichten.»

«Wir beide kennen Winterhalder. Einen korrupteren Staatsanwalt muss man noch finden.»

«Wer hat eigentlich den Haftbefehl ausgestellt? Darf ich mal raten?»

«Ja, tue es.»

«Nötzli.»

«Genau. Wie kommst du darauf? Das würde mich jetzt interessieren», erkundigte sich Grau.

«Später», hielt ihm Schnyder entgegen.

Zwei Stunden danach war Schnyder mit Tashima Woeser an der Rotwandstrasse, Grau empfing sie freundlich in seinem Büro. «Winterhalder ist informiert. Ich teilte ihm das persönlich mit. Sein Büro ist weniger als zwanzig Meter von meinem entfernt. Ich habe ihn noch nie so aufgebracht erlebt, wie als ich den Namen Kloter aussprach. Seine Augen wurden so gross, dass sie aus ihren Höhlen zu springen drohten. ‹Was sagst du da? Hat der Dreckskerl tatsächlich einen Anwalt? Ich bestehe darauf, dass die erste Vernehmung ohne Anwalt durchgeführt wird.› Ich klärte Winterhalder auf, dass das durchaus legal sei. Doch er könne Kloter nicht zwingen, nur ein Wort zu sagen. Er tobte richtiggehend. ‹Wie bitte? Du hilfst diesem Datendieb? Diesem kriminellen Saboteur des verfassungsmässigen Bankgeheimnisses?› Da war mir plötzlich klar: Irgendetwas stinkt in der Causa Konrad Kloter zum Himmel. Ich liess mich auf keine Diskussion mit Winterhalder ein, klärte ihn nur über mein Pflichtenheft auf, das er mit Sicherheit auch kannte. ‹Herr Staatsanwalt, ich werde alles daransetzen, dass Kloter den Anwalt seiner Wahl bekommt. Das ist meine Pflicht, nicht mehr, nicht weniger.› Er sollte jetzt jeden Augenblick da sein.»

Winterhalder traf ein. «Ich geleite Frau Woeser persönlich in die Zelle von Kloter.» Mit einer knappen Handbewegung winkte er Tashima Woeser zu. «Kommen Sie.»

Zufrieden ging Schnyder seines Weges. «Nun kommt alles gut», sagte Schnyder fröhlich.

Er begab sich in die Redaktion des Boulevardblattes «Aktuell» und informierte den zuständigen Journalisten über die Verhaftung Kloters und die Hausdurchsuchung in Wollerau. Vor allem das Letztere schien auf Interesse zu stossen. Er überspielte die zahlreichen Handybilder, die er in der verheerend zugerichteten Wohnung der Kloters geschossen hatte, auf den Computer des Journalisten.

Der Journalist war vor Freude ganz ausser sich. «Wunderbar, wir haben die Story für morgen, den 7. September.»

Das Gespräch zwischen Tashima Woeser und Konrad Kloter dauerte fast zwei Stunden.

Als das Gespräch zu Ende war, sendete sie Wolf Schnyder eine SMS. Er holte sie am Eingang des Gefängnisses ab und fuhr mit ihr nach Wollerau. An einem Rastplatz nicht weit von Zürich entfernt hielt er an und informierte per Mobiltelefon

Helga Kloter vom bevorstehenden Besuch. Sie dankte Schnyder herzlich. «Das tut wirklich gut.»

Bei den Kloters in Wollerau angekommen, liess Woeser Helga von Konrad grüssen, und Schnyder beschrieb ihr, was am Morgen mit ihrem Mann passiert war. Dass er derzeit im Untersuchungsgefängnis der Stadt Zürich einsitze, dass es ihm den Umständen entsprechend gut gehe und dass er, Schnyder, den Gefängnisdirektor persönlich kenne. Schnyder sagte aber noch nichts vom Staatsanwalt und dem Richter, um Helga nicht noch mehr zu beunruhigen. Tashima Woeser hörte zu, aber sagte nichts weiter.

***

Am Abend des 6. September teilte Winterhalder Grau mit, am Donnerstag, den 8. September, um neun Uhr, werde er das erste Verhör mit Kloter abhalten. Ein Anwalt sei dafür nicht vorgesehen. Er, Grau, solle dafür besorgt sein, dass Kloter rechtzeitig seine Morgentoilette mache und danach frühstücken könne. Er hasse es, Delinquenten mit knurrendem Magen zu vernehmen.

Beim Frühstück am 7. September, in einem Café nahe der Rotwandstrasse, ereilte Winterhalder der Schock des Jahres. Nicht dass ihn seine Gattin vor etwa einem Jahr verlassen hatte und er seitdem allein lebte und sämtliche Mahlzeiten in Restaurants und Cafés einnahm; nein, der Schock war noch viel grösser.

Die Bedienung legte Winterhalder die Zeitung «Aktuell» auf den Tisch. Winterhalder protestierte zunächst.

«Hanna, du weisst doch, dass ich das Boulevardblatt als Morgenlektüre schlecht ertrage.»

«Weiss ich, Herr Staatsanwalt. Aber auf der Frontseite prangt ein Bild von Ihnen.»

Winterhalder griff nach der Zeitung. «Oh mein Gott!», stammelte er. «Ich glaube, ich verliere das Bewusstsein.» Da war nicht nur ein Porträt von ihm, sondern auch eines von Kloter und eine ganze Anzahl Fotos der von der Polizeitruppe heimgesuchten Wohnung der Kloters in Wollerau. Er las den ganzen Artikel. Winterhalder war kreidebleich geworden. Seine Stirn glänzte vor Schweiss.

«Hanna, ich habe keinen Schluck Kaffee getrunken, kein einziges Gipfeli verdrückt, gar nichts verzehrt. Du kannst das Frühstück jemand anderem geben. Ich muss unverzüglich mein Büro aufsuchen.»

«Oje, was ist Ihnen widerfahren?»

«Eine gottverdammte Scheisse!»

Um neun Uhr am Donnerstag, 8. September, wurde Kloter von Wärter Dahinden in das Verhörzimmer der Staatsanwaltschaft geführt.

Winterhalder begrüsste Dahinden nicht, sondern sagte nur, er solle wieder gehen, Direktor Grau werde sich bei ihm melden, sobald er mit dem Verhör zu Ende sei. Das könnte aber dauern.

Winterhalder bat Kloter, auf dem Stuhl ihm gegenüber Platz zu nehmen. Mit einer fahrigen Handbewegung zeigte er zu dem Mann, der an einer Schreibmaschine sass. «Das ist der Gerichtsschreiber, lic. iur. …? Hmmm.» Er sah zu ihm hinüber.

«Billeter», kam es wie aus der Pistole geschossen.

«Herr lic. iur. Billeter wird das Protokoll aufnehmen, das Sie am Ende der Vernehmung unterschreiben müssen.» Winterhalder sah zu Billeter hinüber. «Lesen Sie die Personalien vor. Am Schluss bitten Sie Kloter, diese zu bestätigen.»

Billeter tat, was ihm befohlen wurde. Doch Kloter gab keine Antwort darauf.

«Herr Kloter», sagte Winterhalder gereizt, «sagen Sie Ja oder Nein.»

Kloter zuckte mit den Schultern.

«Lassen wir das. Wir kennen ja Ihre Koordinaten. Ich stelle Ihnen jetzt die erste Frage.»

Winterhalder entnahm einem Klarsichtmäppchen zwei maschinengeschriebene Briefe und legte sie vor Kloter hin. «Kennen Sie diese Briefe?»

Billeter tippte die Frage in die Maschine.

Kein Ton von Kloter. Und so ging es weiter. Der Staatsanwalt stellte vier Fragen und rutschte immer nervöser auf seinem Sessel herum.

«Kloter, wollen Sie sich etwa mit uns anlegen? Ich kann Ihnen versichern, Sie können noch grau werden hier, wenn Sie sich weigern, mit uns zusammenzuarbeiten.»

Kloter tat den Mund auf. «Grau bin ich schon.»

«Abführen!», schrie Winterhalder.

Billeter stupste ihn leicht am Arm und zeigte auf einen roten Knopf, den Winterhalder dann auch drückte.

Gut zehn Minuten schwiegen sich die drei Männer an. Dann hörte man schwere Schritte und danach ein kräftiges Klopfen.

«Herein», bellte der Staatsanwalt.

Dahinden stand im Türrahmen.

«Da sind Sie endlich. Legen Sie den Untersuchungshäftling in Handschellen und führen ihn in seine Zelle zurück.»

«Handschellen habe ich keine dabei.»

«Keine dabei … keine dabei …», brüllte Winterhalder. «Das ist eine Pflichtverletzung.»

«Beschweren Sie sich beim Direktor, der hat das erlaubt. Und zu Recht. Ich kann mich bei meiner Tätigkeit nicht erinnern, jemals erlebt zu haben, dass ein zum Verhör Vorgeführter nur Anstalten gemacht hätte, zu flüchten.»

«Halten Sie den Mund, Dahinden.»

Seelenruhig nahm Dahinden Kloter sanft am Arm und verliess mit ihm den Raum.

Grimmig sah Winterhalder Billeter an. «Jetzt brauche ich einen Schnaps.»

Einen Tag später redete Kloter – im Beisein der Anwältin Woeser. Winterhalder zeigte Kloter erneut die beiden maschinengetippten Briefe. Und Billeter tippte dazu das Protokoll.

SA. Winterhalder: *Herr Kloter, kennen Sie die beiden Briefe?*

(Kloter liest die Briefe, sich lange Zeit nehmend.)
Kloter: *Interessant. Wer könnte das wohl geschrieben haben?*
SA. Winterhalder: *Haben Sie sie geschrieben?*
(Kloter lacht.)
Kloter: *Das möchten Sie wohl gerne wissen.*
SA. Winterhalder: *Halten Sie mich bitte nicht zum Narren.*
Kloter: *Da verlangen Sie viel von mir.*
SA. Winterhalder: *Jetzt reicht es mir bald. Ich erwarte ein Ja oder Nein.*
Kloter: *Ich kann mich nicht zu einer Antwort entschliessen.*

Winterhalder lief rot an, schob die beiden Briefe wieder in das Klarsichtmäppchen zurück und verstaute dieses in seinem schwarzen Koffer. Er sagte gehässig «Abführen!» und verliess den Raum. Billeter drückte den roten Knopf. Einige Minuten später erschien Dahinden und brachte Kloter wieder in seine Zelle zurück.

Am Samstag, den 10. September, wurde Kloter wieder zum Verhör gebracht. Die Fragen die Briefe betreffend, stellte Winterhalder nicht mehr. Er machte Kloter darauf aufmerksam, dass eine Untersuchungshaft sehr lange dauern könne, wenn der Beschuldigte nicht kooperierte. Er legte Kloter ein weiteres Dokument vor, fragte ihn, ob er das geschrieben habe. Kloter antwortete umgehend: «Nein, das habe ich nicht geschrieben.»

«Damit geben Sie zu, dass Sie die Briefe, die ich Ihnen gestern vorgelegt habe, geschrieben haben –»

Die Anwältin Woeser unterbrach Winterhalder. «Herr Staatsanwalt, das dürfen Sie daraus nicht schliessen. Ich stelle klar und möchte das auch im Protokoll sehen. Mein Mandant, Konrad Kloter, hat damit nicht gesagt, er habe die von Ihnen erwähnten zwei Briefe geschrieben.»

Winterhalder brach das Verhör erneut vorzeitig ab.

Dann verging eine Woche, bis sich Winterhalder Kloter nochmals vornahm.

Doch auch diese Vernehmung brachte für Winterhalder nicht den nötigen Erfolg. Kloter antwortete durchaus freundlich. Wenn Winterhalder hin und wieder über Kloters Antworten ausrastete, griff Tashima Woeser beruhigend in das Frage-und-Antwort-Spiel ein. Allerdings wurde Winterhalder darob noch wütender, was sie jeweils mit einem strahlenden Lächeln zur Kenntnis nahm.

Kloter sagte nie Ja zu einer Frage, ob er Briefe an Kunden der Bieder Trust Company Cayman geschrieben oder per Mail verschickt habe, das auch, wenn sie suggestiv gestellt war. Winterhalder war mit seinem Latein am Ende. Er verzichtete vorläufig auf weitere Verhöre und stellte dann Kloter eine lange Untersuchungshaft in Aussicht, was seine Verteidigerin zu einer spitzen Antwort bewog. «Wenn Argumente fehlen, ist es nicht unüblich, dass sie durch Drohungen ersetzt werden.»

Kloter war bereits mehr als drei Wochen in Untersuchungshaft, als die «Geld und Gold» ihre zweite Enthüllung über die Causa Kloter veröffentlichte.

Sie habe ein anonymes Schreiben erhalten, das nur von Kloter stammen könne. Darin seien ein halbes Dutzend Kundendaten von Schweizern der Cäsar Bieder Trust Company Cayman. Der Brief sei in einen Briefkasten an der Zürcher Bahnhofstrasse eingeworfen worden.

Einer der Ersten, die den Artikel gelesen hatten, war Balthasar Winterhalder. Gleich griff er zum Hörer und stellte die Nummer von Himmelreich, dem Chefredaktor der «Geld und Gold», ein.

Winterhalders Stimme zitterte vor Wut. «James, du hast mir ein faules Ei ins Nest gelegt. Weisst du denn nicht, dass Kloter noch in U-Haft sitzt?»

«Oh, verdammter Mist, das hatte ich tatsächlich nicht gewusst.»

«Ist dir bewusst, dass ich wegen deinem Geschreibsel nun

Kloter auf freien Fuss setzen muss. Diesen Brief kann Kloter nicht geschrieben haben. Kein Untersuchungshäftling kann an der Rotwandstrasse etwas Schriftliches herausschmuggeln, ohne dass wir es bemerken. Aus deinem Artikel wird man schliessen, dass noch eine weitere unbefugte Person über Kundendaten des Finanzdienstleistungsbetriebs Bieder auf den Cayman Islands verfügt.»

«Kloter könnte jemanden beauftragt haben, dieses während seiner Gefangenschaft zu tun.»

«Hör mal, James, du bist schlicht blöd. Kloter hatte niemals mit einer Verhaftung gerechnet. Sie kam überraschend. Dafür haben wir gesorgt. Ich werde in den nächsten Minuten einen Anruf von Tashima Woeser bekommen, diesem verfluchten Luder.»

«Tashima Woeser?»

«Mich jagt es gerade aus den Schuhen, wenn ich dir zuhören muss. Tashima Woeser ist die Anwältin Kloters. Spezialisiert als Jägerin von Bankern, Versicherungsagenten, Direktoren von Finanzinstituten, wenn es darum geht, Geheimnisse zu bewahren. Sie war bereits an mehreren Prozessen in dieser Sache dabei. Und du weisst das nicht.»

Himmelreich legte auf. Dann kam ein weiterer Anruf herein. Wie Winterhalder richtig vermutet hatte, war es Tashima Woeser. Es war der 6. Oktober 2005, ein Donnerstag. Genau ein Monat war seit der Verhaftung Kloters vergangen.

Am Nachmittag war Kloter wieder ein freier Mann. Doch die einmonatige Haft war nicht spurlos an ihm vorbeigegangen. Beinahe jeden Tag dreiundzwanzig Stunden in der Zelle, ohne Kontakt mit anderen Menschen, das zehrte am Gemüt. Er fühlte sich nicht in der Verfassung, einer Arbeit nachzugehen.

Nach einer Unterredung mit dem Geschäftsleiter der Diamant Investments reichte Kloter einvernehmlich die Kündigung ein. Er war am Boden zerstört. Kurz nach dem fünfzigsten Geburtstag ohne Stelle dazustehen war hart. Schliesslich verfügte er über einen grossen Schulsack, was das Bankgeschäft anbelangte. Und er war Offshoring-Spezialist, in der Finanzwelt eine begehrte Qualifikation. Er glaubte nicht mehr so richtig daran, die grosse Sammlung an Daten von Konten schweizerischer Steuerbetrüger, Wäscher von kriminellen Geldern, irgendwann noch verwerten zu können. Für das Ausland uninteressant, für die Schweiz wegen des Bankgeheimnisses gesetzeswidrig. Er besprach sich mit Schnyder, der ihm riet, nicht aufzugeben. Er empfahl ihm, noch abzuwarten. In absehbarer Zeit werde das Schweizer Bankgeheimnis unter Beschuss geraten.

Nach einer Auszeit von mehreren Monaten machte Kloter sich auf die Suche nach einer neuen Stelle und wurde überraschend schnell fündig bei der Bank von Mauritius, auf der kleinen Ferieninsel in Ostafrika. Er bekam eine Anstellung, die auf ihn zugeschnitten war.

15

Auf Mauritius war Kloter plötzlich wieder entschlossen, die seit 2002 auf dem Hurrikan-Laptop und den CDs brachliegenden Dateien in Umlauf zu bringen. Nicht alle gleichzeitig. Er hatte nicht die Absicht, die Preisgabe von Geheimnissen zu versilbern. Ihm war wichtig, dass die Veröffentlichungen eine Wirkung hatten. Und Kloter war ehrgeizig. Erfolg bedeutete für ihn, dass sein Name, wenn er sich denn entschloss, ihn zu verraten, als der desjenigen in die Geschichte einging, der dem Schweizer Bankgeheimnis den Todesstoss versetzt hatte. Ein hochgestecktes Ziel. Und Kloter war nicht der Einzige, der es mit den Banken aufnahm.

Kloter begann damit, Kunden des Finanzinstituts Cäsar Bieder, Cayman, anzuschreiben. Er stellte ihnen in Aussicht, sie bei den Behörden ihrer Heimat zu melden, wenn sie das nicht selber täten. Er zeigte ihnen auf, dass sie eine Schweizer Bank auf den Cayman Islands gewählt hatten, um ihre Einlagen zu verstecken. Erstens, um die Zahlung von Steuern zu umgehen, zweitens, um auch zu vermeiden, die Geldquellen offenzulegen. Diese Geldquellen waren sozusagen immer in den Händen der Organisierten Kriminalität, der Mafia, von Drogenbaronen oder zwielichtigen Waffenhändlern.

Jeder der betroffenen Kunden meldete sich beim Stammsitz des Bieder-Konzerns an der Zürcher Bahnhofstrasse.

***

Cäsar Bieder junior kam arg in Verlegenheit. Mitte Mai 2007 ergriff Bieder die Initiative. Er liess Kupperman von den Cayman Islands kommen, auch Albot Vinzenz junior, der neuerdings in seinem Mutterhaus in Zürich neben dem grossen Cäsar-Bieder-Gebäude arbeitete, wo er als Direktor tätig war. Ebenso war Bieders Sicherheitschef, Pirmin Schwegler, mit von der Partie. Schwegler verwandelte sich immer mehr in einen Hardliner und Alliierten der Albots. Im Stammhaus war es kein Geheimnis, dass Cäsar Bieder junior ihn am liebsten losgeworden wäre.

Die Sitzung, die Bieder in seinem grossen Arbeitszimmer anberaumt hatte, leitete er unschlüssig, mit leidend weinerlicher Stimme. Man müsse jetzt etwas tun. Die Bieder-Bank habe einen Ruf, den sie nicht verlieren wolle. «Ehrlichkeit, soziales Engagement, keine Steuerhinterziehung, keine Verwaltung von Vermögen aus dem Dunstkreis der Mafia und anderen kriminellen Organisationen.»

Diese Aufzählung wurde mit lautem Lachen quittiert. Vinzenz Albot junior schlug sogar mit den Händen auf die Schenkel, Kupperman sah beschämt auf seine Füsse, nur das Gesicht Schweglers verharrte in der von ihm gewohnten Ausdruckslosigkeit.

«Wir hätten es in der Hand gehabt, Kloter schon im Jahre 2001 zu liquidieren», sagte Albot, einen bösen Blick in Richtung Bieder schleudernd. «Wir wagten es nicht einmal, dich einzuweihen. Du hättest diese Aktion von Anfang an sabotiert. Das Geld, das wir deiner maroden Bude zuschiessen, nimmst du ohne Wimpernzucken entgegen. Ohne das wäre die Bieder schon längst pleite. Obwohl wir deinen Besitzstand nicht genau kennen, du aber unsern auch nicht.» Albot fixierte nun Schwegler. «Was sagst du zu diesem Debakel?»

«Ich bin in der Hierarchie von allen hier Versammelten am tiefsten angesiedelt. Ich mache mir natürlich auch Gedanken. Ruhe werden wir erst haben, wenn Kloter von der Bildfläche verschwunden ist –»

Albot fiel Schwegler ins Wort und lachte hämisch. «Von der Bildfläche verschwunden? Was immer das heissen mag. Ich weiss, was Pirmin damit meint, doch ich weiss, dass Cäsar nicht weiss, was das heisst. Doch wir andern, alle ausser Cäsar, wissen es ganz genau.»

«Was geht in deinem Kopf vor, Pirmin?», fragte Bieder.

Schwegler zögerte einige Augenblick, schaute in die Runde

und sagte schliesslich: «Ich werde die Angelegenheit selbst in die Hand nehmen.»

«Wie? Wie? Wie?», fragte Bieder in einem Anflug von Hysterie.

«Ich fahre dorthin, wo sich Kloter jetzt aufhält.»

«Wer weiss, wo der Schurke sich derzeit herumtreibt?», erkundigte sich Bieder.

«Lasst mich machen, ich werde das innerhalb weniger Tage herausfinden.»

«Und? Wenn du es herausgefunden hast, was tust du dann?»

«Das, was man tun muss.»

«Wenn es wieder schiefgeht, wer trägt das Risiko? Sicher nicht der Bieder-Konzern, das möchte ich hier eindeutig festhalten», betonte Cäsar Bieder junior.

«Das Risiko werde ich persönlich tragen. Doch deswegen in Schulden stürzen möchte ich mich nicht. Man bezahlt mir die Reise dorthin und zurück, auch die Spesen, Hotelaufenthalt, Taxis und gelegentliche Einkäufe. Kloter soll sich auf einem anderen Kontinent aufhalten, Afrika? – Wir werden es herausfinden.»

Bieder hob die Augenbrauen. «Spesen, Hotelaufenthalt, Taxis, gelegentliche Einkäufe?»

«Gute Frage. Deine Reaktion zeigt mir, dass der Bieder-Konzern für meine Unkosten aufkommt –»

Alle brachen in lautes Lachen aus, ausser Cäsar Bieder.

«Die Unkosten? Es gibt ein gewisses Ding, das man für die persönliche Sicherheit erstehen muss. Das kann einem auch behilflich sein, wenn man Personalprobleme zu lösen hat.»

Wieder Gelächter, an dem Bieder abermals nicht teilnahm.

«Ich will mit der Sache nichts zu tun haben», stellte Bieder klar.

«Dann zahle ich», brachte sich Albot in die Diskussion ein. «Das ist es mir wert. So wie jetzt darf es nicht weitergehen.»

«Damit ist das Problem offenbar aus der Welt geschafft», bemerkte Bieder resigniert. «Noch einmal: Der Bieder-Konzern hält sich an rechtsstaatliche Grundsätze, Gewalt und kriminelle

Machenschaften tolerieren wir nicht. Ab sofort ist Schwegler nicht mehr Sicherheitsverantwortlicher. Du bist gefeuert, Pirmin.»

«Ich stelle ihn bei mir ein», sagte Albot mit einem süffisanten Grinsen auf dem Gesicht.

«Ich beende hiermit die Sitzung», verkündete Bieder trotzig.

***

Schwegler begab sich zur Gemeindeverwaltung von Wollerau und erkundigte sich, wohin die Kloters am 30. Juni 2006 gezogen waren. Der Beamte am Schalter der Einwohnerkontrolle verlangte von Schwegler, sich auszuweisen. Das konnte er. Er zog die Identitätskarte aus seinem Portemonnaie. Dann fragte der Beamte nach dem Grund, weshalb er, Schwegler, das wissen wolle.

Schwegler überlegte und sagte dann: «Kloter war in derselben Firma angestellt, in der ich heute als Sicherheitschef arbeite.»

Der Beamte erkundigte sich, welche Firma das sei, und wollte die Personalabteilung der Cäsar-Bieder-Bank an der Zürcher Bahnhofstrasse anrufen.

Schwegler wurde es mulmig zumute. Er sagte: «Lassen Sie das. Die Leute dort sind viel zu beschäftigt.»

Der Beamte liess sich nicht abwimmeln. Er fragte nach dem Personalchef. Es sei eine Frau, belehrte man ihn. «Dann verbinden Sie mich mit der Personalchefin.» Es folgte ein kurzes Gespräch.

Doch Schwegler wartete die Antwort nicht ab, entfernte sich vom Schalter und verliess fluchtartig die Einwohnerkontrolle von Wollerau. Er begab sich zum Polizeiposten von Pfäffikon und verlangte Wachtmeister Hürzeler. Der war dort, beim Kaffeetrinken und Zeitungslesen. Er kannte Schwegler von seinem Besuch bei der Bank Bieder im April 2004. Schwegler brachte Hürzeler sein Anliegen vor. Da liesse sich schon etwas machen. Er würde die gewünschten Auskünfte von der Einwohnerkontrolle Wollerau bekommen. Allerdings müsse er einige Tage abwarten. Würde er jetzt gerade hingehen, könnte das beim Beamten der Einwohnerkontrolle Misstrauen erwecken.

Eine Woche später teilte Hürzeler Schwegler die neue Adresse von Konrad Kloter mit. Mitte Juni 2007 buchte Schwegler einen Flug Zürich–Port Louis, der Hauptstadt von Mauritius.

Am 25. Juni 2007 landete Schwegler mit einer Maschine der Air France auf der Ferieninsel Mauritius im Indischen Ozean. Am späten Abend brachte ihn ein Taxi vom internationalen Flughafen in die dreissig Kilometer entfernte Hauptstadt zum gebuchten Hotel in Port Louis. Mit seinen knapp hundertfünfzigtausend Einwohnern ist Port Louis erheblich kleiner als Zürich. Das machte es für Schwegler leichter, Kloter ausfindig zu machen – so glaubte er jedenfalls. Nach einem ausgiebigen Schlaf liess er sich mit dem Taxi zur Adresse, die ihm Hürzeler gegeben hatte, hinfahren. Ein Einfamilienhaus in einem Villenquartier, in erhöhter Lage, mit guter Sicht aufs Meer. Er fuhr langsam am Haus vorbei. Dass dabei jemand, der dort wohnte, von ihm Notiz nehmen würde, hielt er für ausgeschlossen.

Hürzeler hatte ihm auch mitgeteilt, wo Kloter seinen Arbeitsplatz hatte. Er war in der Innenstadt. Sorglos, wie Schwegler war, schlenderte er am nicht sehr grossen Gebäude der Bank von Mauritius vorbei. Mehrmals.

***

«Was ist das für ein komischer Typ, der nun schon zum wiederholten Mal vor unserer Bank herumspaziert und neugierig zu unseren Fenstern schaut?», fragte Kloters Sekretärin. Die Kreolin arbeitete im selben grossen Arbeitszimmer wie ihr Chef, liess hin und wieder den Blick nach aussen schweifen.

Kloter, froh, dass er sich ein wenig bewegen konnte, denn immer noch hatte er nach langem Sitzen Rückenschmerzen, machte die paar Schritte zum Fenster. «Die Art, wie sich der Mann bewegt, kommt mir irgendwie bekannt vor.» Kloter beobachtete ihn eine Zeit lang, so lange, bis er sein Gesicht sehen konnte. «Ich kann es nicht glauben. Den kenne ich. Aber ich möchte ihm keineswegs begegnen. Er war der Sicherheitschef der Bank Bieder an der Zürcher Bahnhofstrasse, und vielleicht ist er das heute noch. Die Bieders und ich gingen seinerzeit in Unfrieden auseinander. Ich fürchte, der Kerl da unten hat es auf mich abgesehen.»

Die Sekretärin entliess einen erschreckten Seufzer, um mit gepresster Stimme zu sagen: «Ich habe schon oft gehört: Das Bankgeschäft kann gefährlich sein.»

«So ist es», bekräftigte Kloter. «Es kann mitunter sogar tödlich sein. Die Sache gefällt mir gar nicht. Einen Moment, ich muss rasch den Direktor aufsuchen.»

«Soll ich ihn kurz informieren, kann ja sein, dass er gerade an einer Besprechung ist.»

Er war es nicht. Kurz danach sass Kloter auf der Couch im geräumigen Büro seines Vorgesetzten und erzählte ihm in wenigen Sätzen, was eben vorgefallen war und weswegen er sich jetzt Sorgen mache. Der Direktor schlug vor, die Polizei einzuschalten. Kloter unterstützte das.

Am nächsten Tag wusste Kloter, in welchem Hotel Schwegler einquartiert war. Schwegler wurde von nun an überwacht. Dank der Beziehungen des Direktors der Bank von Mauritius zur Polizei.

Der Direktor informierte Kloter täglich über Schweglers Bewegungen auf der Hauptinsel. Am Freitag suchte er ein Waffengeschäft auf und wollte sich eine Browning kaufen. Das ging problemlos, Schwegler musste allerdings zuerst seine Identität und seinen Aufenthaltsort auf Mauritius angeben, auch das lief ohne Schwierigkeiten ab. Die Waffe war noch nicht einsatzbereit. Man habe die Munition dafür nicht auf Lager, doch am kommenden Montag könne er sie abholen. Die Polizei war schon vor Schweglers Kauf in diesem Laden vorstellig geworden.

Die Rückflugkarte nach Zürich hatte Schwegler für den frühen Dienstagmorgen reserviert. Die Polizei konnte also davon ausgehen, dass er irgendwann am Abend den Kloters einen «Besuch» abstatten würde.

Am Montagvormittag holte Schwegler die Munition ab.

Kloter wurde bei seiner Heimfahrt am Abend des 2. Juli vom Arbeitsplatz zu seiner Wohnung versteckt beschattet. Auch Schwegler, der Kloter mit einem Mietwagen in kurzem Abstand folgte. Mehrere Scharfschützen der Ordnungskräfte hielten sich im Umfeld von Kloters Zuhause verborgen. Kloter fuhr in die Garage. Etwa zwanzig Meter entfernt hielt Schwegler am rechten Strassenrand an, stieg aus und erwartete Kloter beim Verlassen der Garage. Als Kloter am Garagentor erschien, rannte Schwegler aus der Deckung, legte an. Dann knallte es. Schwegler schrie auf und liess seine Waffe fallen, in der nur manipulierte Platzpatronen steckten. Der Schuss kam aus dem Wagen, hinter dem Schwegler sein Opfer erwartete. Sekunden später war Schwegler von Zivilpolizisten umgeben. Der Polizeichef von Port Louis war selbst bei der Aktion zugegen und liess es sich nicht nehmen, Schwegler festzunehmen. Er blutete stark am rechten Arm. Das in der Nähe wartende Sanitätsfahrzeug war umgehend zur Stelle.

Kloter bedankte sich persönlich beim Polizeichef von Port Louis.

***

Vinzenz Albot junior erwartete Pirmin Schwegler am Vormittag des 4. Juli. 2007 am Ankunftsterminal in Zürich-Kloten. Er war sehr nervös, denn seit dem 2. Juli, um etwa drei Uhr nachmittags, waren, entgegen der Absprache, keine Anrufe beziehungsweise SMS mehr von Schwegler auf sein Mobiltelefon gekommen.

Die Maschine von Paris-Charles de Gaulle – dort hätte Schwegler zwischenlanden sollen – wurde angesagt. Sie landete um ein Viertel nach elf. Nach etwa zwanzig Minuten strömten gegen zweihundert Passagiere an Albot vorbei, doch Pirmin Schwegler war nicht unter ihnen.

Vom Flughafen aus rief Albot das Hotel, in dem Schwegler in Port Louis logiert hatte, an. Die Antwort auf die Frage nach dem Aufenthalt Schweglers beunruhigte Albot. Man könne zu Schwegler keine Auskunft geben. Die Polizei habe sich eingeschaltet und diesbezüglich eine Nachrichtensperre verhängt.

Albot versuchte es bei der Polizei von Mauritius. Das war ein richtiger Spiessrutenlauf. Sein Anruf wurde immer wieder weitergeleitet. Zunächst wohl auch, weil er sich auf Englisch mit den Ansprechpartnern verständigen wollte. Er bekam Rückmeldungen, die wie Französisch tönten, aber doch nicht Französisch waren, bis ihm jemand sagte: *«No english but french.»* Und tatsächlich, auf Französisch konnte er sich mit den Menschen dort notdürftig unterhalten. Dass die Muttersprache der Leute in Mauritius der vom Französischen abgeleitete Dialekt Kreolisch war, fand Albot erst später heraus. Es mochte eine gute Stunde vergangen sein, bis ein Kommissar Albot reinen Wein einschenkte. Schwegler sei verhaftet worden, als er versucht habe, in Port Louis einen Landsmann von ihm zu erschiessen. Er sei beim nachfolgenden Schusswechsel verletzt worden und werde nun in der Gefangenenabteilung der Clinique du Nord, Baie du Tombeau, einer Vorstadt von Port Louis, gesundgepflegt, bis er einem Staatsanwalt vorgeführt werden könne. Albot wurde derart zornig, dass er das Gespräch abbrechen musste.

Sollte er sich mit Cäsar Bieder junior in Verbindung setzen? Das bringe nichts, sagte er sich. Man werde die Entwicklung am besten laufen lassen.

Mitte Juli las Albot die Schlagzeile in der Boulevardzeitung «Aktuell»: «Zürcher Banker wegen Mordversuchs auf der Ferieninsel Mauritius verhaftet.»

***

Auch Cäsar Bieder junior und senior blieb diese Neuigkeit nicht verborgen. Der Ältere, der sich seit vielen Jahren zur Ruhe gesetzt hatte, mahnte den Jüngeren zur Vorsicht, nachdem er von ihm über Schweglers Reise nach Mauritius informiert worden war. Er, der Ältere, werde sich nicht mehr ins Geschäftsgebaren des Bieder-Konzerns einmischen. Die Sache mit Schwegler sollte sich der Jüngere zu Herzen nehmen. Mit Kriminellen dürfe sich ein anständiges Finanzunternehmen nicht einlassen. Allerdings hätten die Bieders immer weniger zu sagen, wenn es um die Geschäfte ihres Konzerns gehe. Eben habe er die neuesten Zahlen über die Besitzverhältnisse angesehen. Nur noch ein kleiner Teil der Anteilscheine seien in ihrem Eigentum. «Du, Cäsar junior, bist der Generaldirektor, musst geradestehen, wenn etwas schiefläuft, doch andere bestimmen über deinen Konzern. Sieh zu, dass du bald aus diesem Geschäft herauskommst. Aber auch danach kannst du dich nicht zurücklehnen. Deine Nachfolger werden weiterhin unter deinem Namen auftreten.» Cäsar Bieder senior hatte Tränen in den Augen, als er das sagte.

***

Konrad Kloter hätte nach dem misslungenen Anschlag auf ihn beruhigt sein können. Doch er hätte damit alles, was mit der Cayman-Sache zu tun hatte, auf sich beruhen lassen müssen. Er unterbreitete diese Gedanken Helga. Seine Frau gab zu bedenken, die üblen Machenschaften des Cayman-Ablegers des Bieder-Konzerns wären damit nicht aus der Welt geschafft. Es gäbe ihres Wissens noch andere, die Rechnungen mit den Bieders offen hätten, und diese dürften auch über Dokumente, die die Bank belasteten, verfügen. «Ich denke, es bringt nichts, wenn du glaubst, du könntest diese Angelegenheit einfach aussitzen, du wirst weiterhin bedroht werden.»

Zwei Monate später, Anfang September, meldeten verschiedene Nachrichtenportale, Wikileaks habe einen gefälschten Brief an

Angela Merkel publiziert mit dem Absender: Konzern Cäsar Bieder, Bahnhofstrasse Zürich. Dies bestätigte Helgas Annahme.

Kloter war hin und wieder über den Namen «Wikileaks» gestolpert, ohne ihm eine Bedeutung beizumessen. Nun war es plötzlich anders. Er tippte den Namen in die Suchmaschine Google ein.

Dann erschien auf dem Display «Suchen Sie Wikileaks? Geben Sie: www.wikileaks.org ein.»

Er lud den Brief an Merkel herunter, las ihn einmal, zweimal, dreimal durch.

Er schrieb eine Randbemerkung auf das Dokument:

Der, der diesen Brief verfasst hat, musste zwar mit dem Bieder-Konzern Kontakt gehabt haben. Vermutlich hat er dabei schlechte Erfahrungen gemacht. Doch er kann unmöglich ein Insider dieses Finanzdienstleistungsbetriebs sein.

Kloter kannte nun die Koordinaten von Wikileaks und setzte sich mit dieser Plattform in Verbindung. In einer Mail anerbot Kloter, ihr brisante Dokumente zu senden. Die Cäsar Bieder Trust Company auf den Cayman Islands sei eine hundertprozentige Tochtergesellschaft des Cäsar-Bieder-Konzerns, eine riesige Geldmaschine für den gesamten Bieder-Konzern. Die Muttergesellschaft in Zürich habe alles unter Kontrolle, die wichtigen Entscheide würden auf der Teppichetage an der Bahnhofstrasse getroffen. Das dürften aber die Behörden auf den Cayman Islands nicht wissen, für sie musste die Tochter als eigenständiges Unternehmen in Erscheinung treten. Sinn und Zweck dieser Verschleierungstaktik sei: Das Stammhaus verschiebe die Konzerngewinne zur Cayman-Filiale, wo keine Steuern anfielen. Der Ertrag fliesse dann grösstenteils zurück in die Muttergesellschaft, wo ihr wegen eines gesetzlichen Privilegs die Steuern dafür erlassen würden. Das führte, wie Kloter Wikileaks informierte, in den Jahren 1997 bis 2003 jährlich zu rund zehn Millionen Steuerausfällen zum Nachteil der Stadt und des Kantons Zürich sowie des Bundes.

Wikileaks nahm mit Kloter umgehend Kontakt auf und erbat sich Unterlagen zu dem beschriebenen Vorgehen. Kloter übermittelte fünfzig Falldossiers an die Enthüllungsplattform, wobei nicht alle eine «Steueroptimierung» betrafen. Bei mehreren handelte es sich um grosse Beträge, die in weiteren Bieder-Töchtern gewaschen wurden und danach auf «sauberen» Konten bei Bieder Cayman «parkiert» wurden.

Man war beeindruckt und lud Kloter in einen Chatraum ein. So lernte Kloter Julian Assange, den Gründer von Wikileaks, und Daniel Domscheit-Berg kennen. Domscheit-Berg war Sprecher der Enthüllungsplattform. Kloter bekam Gelegenheit, die Dokumente zu erläutern. Assange beziehungsweise Domscheit-Berg stellten eine Publikation in Aussicht, doch angesichts der Brisanz dieser Dokumente müssten sie, soweit das eben realisierbar wäre, noch hinterfragt werden. Allerdings wäre es möglich, einige Dokumente umgeschrieben weiterzugeben. Ohne die betroffenen Bankkunden – alle mit Schweizer Bürgerrecht – zu nennen. Auch Details, die zur Enttarnung von deren Identität führen könnten, dürften nicht preisgegeben werden.

Kloter war damit einverstanden, nicht zuletzt, weil sein Arbeitgeber auf Mauritius es kaum gebilligt hätte, wäre einer seiner Kadermitarbeiter via Internet weltweit ins Gerede gekommen.

Kloter überlegte, welche Dokumente in Frage kamen. Er erinnerte sich an einen bizarren Geldtransfer, den der Offizier A. A. der Berner Kantonspolizei zu verantworten hatte. Sein Gehalt war überdurchschnittlich, einen bequemen, sorgenfreien Lebenswandel sicherstellend. Ein Auto der oberen Preisklasse lag allerdings nicht drin. Doch der Offizier fuhr einen Mercedes der S-Klasse mit einem Kaufpreis von über zweihunderttausend Franken.

Kloter war A. A. bereits im Herbst 1999 aufgefallen. Er hatte um 1995 ein Konto eröffnet und in den vergangenen Jahren immer wieder Geldbeträge einbezahlt, mehrmals zehntausend, in einem Fall gar dreissigtausend Franken. Zwischenzeitlich hob er wieder etwas ab. Im Sommer 1997 zahlte er siebzigtausend Franken ein. Auf einer Bank in der Schweiz hätte man A. A. gefragt, wie er zu diesem Betrag gekommen sei. Bei der Bieder-Filiale auf den Cayman Islands wurden solche Fragen nicht gestellt.

Kloter zerbrach sich wegen A. A. nicht den Kopf. Dies war ja bei Weitem nicht der einzige solche Fall. Genau an dem Tag im Jahre 1999, als Kloter die Akte A. A, genauer ansah, sprang ihm ein kleiner Artikel aus der NZZ, die jeweils am Abend auf seinem Schreibtisch lag, ins Auge.

> *Tausende Franken verschwinden aus dem Tresor der Berner Polizei*
> *Zum wiederholten Mal sind bei der Berner Kantonspolizei hohe Geldbeträge aus laufenden Verfahren entwendet worden. Vor drei Jahren ein Betrag von 120'000 Franken. Die Spurensuche führt ins Leere.*

Der Zeitungsartikel war zwar kein Beleg, dass A. A. an diesem Diebstahl beteiligt war. Doch wenn A. A., der eine öffentliche Funktion ausübte, ein grösseres Guthaben auf einer Bank in der Karibik deponierte, durfte Kloter zumindest vermuten, dass da etwas nicht mit rechten Dingen zuging. Am folgenden Tag kopierte er sämtliche Papiere, die dem Konto von A. A. beigelegt waren. Er bewahrte diese Dokumente an einem verborgenen Ort auf, was einem Verstoss gegen die Richtlinien der Bank gleichkam.

Kloter nahm das Dossier von A. A. hervor, scannte alles, um es auf eine CD zu brennen. Dazu kamen weitere Kontodaten, die sogar prominentere Schweizer betrafen. Mehrere National- und Ständeräte, eine ganze Anzahl von Mitgliedern kantonaler Regierungen sowie eine Reihe von Bank- und Konzernverantwortlichen. In den meisten Fällen ging es dabei um Steuerhinterziehungen, häufig um Beträge in zweistelliger Millionenhöhe. Allerdings galt Steuerhinterziehung in der Schweiz noch immer als Kavaliersdelikt, man sprach verharmlosend von Steueroptimierung. Kloter war sich bewusst, dass Steuerhinterziehung als illegale Machenschaft verfolgt werden musste, aber in der Hierarchie der Straffälligkeit eine Stufe tiefer stand als die Verletzung des Bankgeheimnisses. Die Verletzung des Bankgeheimnisses war ein Offizialdelikt. Es musste im Gegensatz zur Steuerhinterziehung, einem blossen Betrug, von der Staatsanwaltschaft zwingend verfolgt werden.

Schwerwiegender waren allerdings andere strafbare Handlungen, wie Drogenhandel und Geldwaschen. Der spektakulärste Fall war am 8. Juli 2002 mit der Verhaftung des Schweizer Botschafters in Luxemburg aufgeflogen. Ihm wurde vorgeworfen, Drogengelder in Höhe von zwei Komma vier Millionen Franken gewaschen und dabei eine Provision von hundertvierunddreissigtausend Franken erhalten zu haben. Diesbezüglich nahm die Schweizer Bundesanwaltschaft mit Konrad Kloter als damaligem Chief Operating Officer der Bieder Trust Company in Georg Town Kontakt auf. Wie es Vorschrift war, gab Bieder erst nach Rücksprache mit Kupperman darüber Auskunft, ob der Botschafter ein Konto auf seiner Bank besass. Er hatte tatsächlich eines. Es ging allerdings um einen Betrag von kaum mehr als zehntausend Franken. Diese Gelder wurden zwischen den Bieder-Filialen hin- und hergeschoben, und letztendlich waren sie sauber. Mehrere andere Banken taten das im Fall des Botschafters ebenfalls. Auch diese Unterlagen brannte Kloter auf die für Wikileaks bestimmte CD.

Um einen erheblich grösseren Betrag, gegen zwanzig Millionen Franken, ging es bei einem Autoimporteur aus Zürich. Die gewaltige Summe wurde von Acapulco in Mexiko auf ein Konto der Diaz Global Invest überwiesen. Nach langem Hin und Her zwischen der Diaz und der Albot Global Invest landeten die Gelder weiss gewaschen auf dem Konto des Autohändlers bei der Cäsar Bieder Trust Company, Cayman Islands. Auch diese und ähnlich gelagerte Kontoinformationen sicherte Kloter auf der CD und schickte diese Wikileaks.

Die Überprüfung dort liess zwar einige Zeit auf sich warten. Doch mitten in der Finanzkrise war es so weit: Vom Januar 2008 an wurden Falldossiers der Cäsar Bieder Trust Company auf www.wikileaks.org hochgeladen, immer wieder mit zeitlichen Abständen.

***

Im Büro von Cäsar Bieder junior war die Hölle los. Am liebsten wäre er davongerannt und hätte sich irgendwo versteckt. Die Inhaber der publizierten Kontodaten wurden zwar nicht namentlich genannt, doch wussten Insider schnell, wer da an den Pranger gestellt wurde. Bald erschienen im Boulevardblatt «Aktuell» die richtigen Namen von einigen.

Die Reaktionen auf die Enthüllungen von Wikileaks waren alles andere als aufgebracht. In Leserbriefen wurde der Informant von Wikileaks als Datendieb beschimpft. Von den Steuerbetrügern und Geldwäschern nahm die breite Öffentlichkeit kaum Notiz. Die Presse drosch mehrheitlich laut auf den Informanten ein. Seine Identität blieb ihr verborgen. Unbeeindruckt von den anfänglich flauen Reaktionen der Öffentlichkeit setzte Wikileaks die Enthüllungen fort.

In den Medien wurde nicht nach denjenigen gefragt, die Wikileaks mit den Kontodaten versorgt hatten. Nirgends fiel der Name Kloter. Doch im Bieder-Finanzkonzern und bei seinen Filialen wusste man Bescheid.

Bald musste sich Kloter die Frage stellen, wo er sicherer war, auf Mauritius oder in der Schweiz.

Die Entscheidung fiel ihm nicht leicht. Er entschloss sich, die Stelle auf Mauritius aufzugeben und wieder in die Schweiz zu ziehen. Er glaubte, dort über ein Beziehungsnetz zu verfügen, das ihn gut schützen könne.

Ende 2008 zog Konrad Kloter mit seiner Familie nach Embrach, eine kleinere Gemeinde in der Nähe der Zürcher Landstadt Bülach.

Bis im Frühjahr 2009 hatte Wikileaks insgesamt vierunddreissig Falldossiers zur Cäsar Bieder Trust Company auf den Caymans veröffentlicht, immer detaillierter, nun auch mit den Namen der Kontoinhaber. Tausende von Daten, die jedermann herunterladen konnte. Briefe, Verträge, Excel-Tabellen, Sitzungsprotokolle und Unmengen von Dokumenten. Mit den Unterlagen konnten allerdings die Frau oder der Mann von der Strasse nicht viel anfangen. Sie waren nicht in der Lage, die ungeheuerlichen Machenschaften der Bieder Trust Company und seiner Kunden zu durchschauen. Anders die Fachwelt. Die Finanzkrise war in vollem Gang, und die Banken waren in dem Masse mit sich beschäftigt, dass sie die Enthüllungen von Wikileaks ohne grössere Gegenreaktion über sich ergehen liessen. Wikileaks publizierte nun auch Dossiers von Kunden anderer Banken.

Kloter fuhr fort, Briefe an weitere Schweizer Kunden der Cäsar Bieder Trust Company Cayman aus der Zeit, in der er in der Firma arbeitete, zu verschicken und die Empfänger aufzufordern, sich den Behörden zu stellen.

Obwohl das Mutterhaus an der Zürcher Bahnhofstrasse von den Betroffenen informiert wurde, erhielt Kloter keine Drohbriefe mehr, und er wurde, so nahm er jedenfalls an, nicht mehr überwacht.

Die Wirtschaft begann sich weltweit von der Krise zu erholen. Kloter, der sich damit abgefunden hatte, keine neue Beschäftigung mehr zu finden, lebte sich in die Rolle des Hausmanns ein, während Helga eine Stelle in einem Büro antrat und von nun an den Lohn nach Hause brachte.

Kloter machte sich keine Illusionen. Er kannte die Manager beim Bieder-Konzern zu gut, um zu glauben, sie würden das Zerwürfnis mit ihm aussitzen, sich vielleicht sogar dazu überwinden, das, was sie ihm angetan hatten, ein Stück weit wiedergutzumachen.

Ihre Rachegelüste waren mit Sicherheit nicht abgeklungen, ganz im Gegenteil. Nachdem das Gröbste der Finanzkrise ausgestanden war, wusste Kloter, dass nun für die Bieders der

Zeitpunkt der Abrechnung kommen würde. Durch die Enthüllungen von Wikileaks hatten sie Beträge in dreistelliger Millionenhöhe verloren. Dass Kloter die Verantwortung dafür trug, war für sie keine Frage.

Anfang Dezember 2010 erhielt Kloter per Einschreibsendung einen Gerichtstermin für den 19. Januar 2011. Anklagepunkte: Drohung, Nötigung, Verletzung des Bankgeheimnisses.

Kloter wandte sich an seine Anwältin Tashima Woeser und besprach mit ihr die Anklagepunkte. Für Drohungen und Nötigungen gebe es kaum Beweise, einige wenige Mails. Als er sie schrieb, sei er tatsächlich ausgerastet. Doch die andere Seite habe das in einem noch grösseren Umfang gemacht. Tashima Woeser erwartete, wie sie sagte, dafür nur eine geringfügige Strafe, eine Busse, im schlimmsten Fall eine bedingte Gefängnisstrafe. Sollte es zum Letzteren kommen, würde man Rekurs einreichen.

Anders sehe es bei der Verletzung des Bankgeheimnisses aus. Beweise, dass die von Wikileaks publizierten gut dreissig Kundendossiers der Bieder Cayman von Kloter stammten, gebe es zwar nicht. Das sei nach wie vor eine Vermutung, obwohl es natürlich auf der Hand liege, dass sie von kaum jemandem anderen stammen könnten.

Auf der anderen Seite existiere das Schweizer Bankgeheimnis nur noch im Inland und auch dort nur eingeschränkt. Für Kunden ohne Schweizer Pass galt es nicht mehr. Mehrere Grossbanken hätten, gegen ihre eigenen Interessen, selbst das Bankgeheimnis verletzt, und das in einem unerhörten Ausmass, war der Tenor der Medienberichterstattung gewesen.

Dann seien die anderen Banken reihenweise umgefallen, die Bieder Trust Company, Cayman Islands, ganz besonders, indem sie Tausende Kunden mit US-Staatsbürgerschaft dazu genötigt habe, sich selbst anzuzeigen.

Wenn er, Kloter, wegen Bankgeheimnisverletzung bestraft werde, dann müsste die Klägerin, also die Bieder Trust Company, Cayman Islands, und auch das Mutterhaus an der Zürcher Bahnhofstrasse, umso mehr bestraft werden, hielt Tashima Woeser fest.

«Ich werde abwarten, gut zuhören und Sie verteidigen», sagte Woeser zu Kloter.

16

Am 17. Januar 2011 trat Konrad Kloter mit Wikileaks-Gründer Julian Assange im Frontline-Club in London auf. Anwesend waren Medienvertreter aus vielen Ländern. Kloter überreichte Assange vor den Augen der Weltpresse zwei CDs. In den Schlagzeilen hiess es:

> *Nach einem gut informierten Journalisten sollen die Datensätze Informationen von mehr als zweitausend Kontoinhabern enthalten und von der Niederlassung des Zürcher Finanzkonzerns Cäsar Bieder auf den Cayman Islands stammen. Nach Aussagen von Assange müssten die Daten noch geprüft werden. Sollten sie der Wahrheit entsprechen, würden sie veröffentlicht.*

Cäsar Bieder junior hörte diese Meldung in der abendlichen Informationssendung im Radio, für die er sich, wann immer es seine Termine erlaubten, in seinem Büro an der Bahnhofstrasse Zeit nahm.

Er schoss auf, tigerte in seiner Suite auf und ab und sagte immer wieder: «Das darf doch nicht wahr sein.»

Als er sich etwas gefasst hatte, tippte er auf seinem Telefon eine Nummer ein. Es läutete und läutete, niemand nahm ab. Bieder sah auf die Uhr und brummte: «Ach ja, es ist ja bereits Viertel nach sechs. Da ist der Noldi sicher schon in einer Bar oder zu Hause.» Er rief bei ihm zu Hause an.

Die Gattin von Noldi nahm das Gespräch an. «Guten Abend, Cäsar, was für eine freudige Überraschung, dich zu hören.»

«Ich möchte mit Noldi sprechen.»

«Er ist gerade nicht auf dem Damm. Kannst du morgen anrufen? Oder ist es dringend?»

«Es ist sehr dringend.»

Sie seufzte. «Ich werde versuchen, ihn an den Apparat zu

kriegen. Aber ich kann nicht versprechen, ob er derzeit fit für ein ernsthaftes Gespräch ist.»

Es vergingen einige Minuten. «Noldi Nötzli, guten Abend, Cäsar …», kam die ölige Stimme. «Wo drückt … wo drückt … wo drückt dich der Schuh?»

«Der drückt nicht nur, sondern schmerzt mich, als wäre er voller Nägel. Eben habe ich in den Radionachrichten gehört, Kloter habe Julian Assange in London mit Bankdaten ausgeholfen.»

«Ich muss überlegen. Assange?»

«Er ist die Anlaufstelle für die Datendiebe, die Bankdaten stehlen.»

«Ah ja, jetzt kommt's. Diese Dreckskerle, die unser Bankgeheimnis zunichtemachen möchten.»

«Und Kloter war einst mein Mitarbeiter, Chief Operating Officer in unserer Filiale auf den Cayman Islands.»

«Das ist der Halunke, der an unserem Gericht übermorgen, am 19. Januar, wegen Nötigung, Drohung und Verletzung des Bankgeheimnisses vortraben muss.»

«Wie lange dauert der Prozess?»

«Nicht allzu lange, er dürfte am Abend zu Ende sein.»

«Wie stehen die Chancen, dass er verurteilt wird?»

«Mehr als fünfzig Prozent … Aber dann wird er in Berufung gehen.»

«Wird er bei einem Schuldspruch verhaftet?»

«Nein, seine Strafe dürfte lediglich eine bedingte Gefängnisstrafe sein.»

«Könnte man da nicht eine Ausnahme machen?»

«Es ist nicht mein Fall. Selbst wenn er es wäre, eine unbedingte Gefängnisstrafe liegt da nicht drin. Und wenn auch, wir müssten die Einsprache abwarten.»

«Verstehe ich nicht. Kloter hat eine Menge von Bankdaten gestohlen. Und das ist nach schweizerischem Recht eine Straftat, die geahndet werden muss.»

«Die Datenübergabe an Assange betrifft nicht den Prozess von übermorgen.»

«Aber die Übergabe an Assange wurde gefilmt und überall auf der Welt verbreitet.»

«Ich muss überlegen, was wir da tun können. Ruf mich bitte morgen Vormittag an. Bis dann, Cäsar.» Nötzli hängte auf.

Bieder blieb nichts anderes übrig, als sich zu fügen. Er war aufgewühlt. Dass der bevorstehende Prozess gegen Kloter mit einem vollen Schuldspruch enden würde, konnte er nicht hoffen. Wie weit war das Gericht bereit, das wackelnde Bankgeheimnis weiter zu verteidigen? Fiel es endgültig, war der Datendiebstahl keine Straftat. Doch es war noch nicht so weit. Solange Bankkonten klandestin blieben, waren Geldtransaktionen im Zusammenhang mit Drogengeschäften oder Steuerhinterziehung nur strafbar, wenn als Belege die Bankkonten vorgelegt werden konnten.

Dass die an Assange übergebenen CDs Bankdaten enthielten, war anzunehmen. Aber bevor sie veröffentlicht würden, wäre das noch nicht bewiesen; dessen war sich Bieder bewusst. Aber ein schwerwiegender Verdacht genügte, um den mutmasslichen Datendieb in Untersuchungshaft zu setzen, das wusste Bieder als Jurist. Und genau an diesem Punkt setzte er beim Telefongespräch mit Nötzli am nächsten Vormittag an.

Nötzli hielt ihm entgegen, dass eine Festsetzung von Kloter ein Risiko beinhalte. Würde während der Haft, die immerhin mehrere Monate andauern dürfte, das Bankgeheimnis fallen, müsste er mit Entrichtung einer Genugtuung entlassen werden. Ob das so schlimm sei, erkundigte sich Bieder.

«Nicht unbedingt, denn in der öffentlichen Meinung wird das Bankgeheimnis kaum in Frage gestellt», antwortete Nötzli. «Das heisst, auch wenn wir Kloter ungestraft ziehen lassen müssen, wird uns die Mehrheit der Bevölkerung keinen Vorwurf machen. Sie wird die Übermacht der Wackelstaaten Frankreich und Deutschland dafür verantwortlich machen, dass unser Land einen Teil seiner Unabhängigkeit auf internationalen Druck abgeben muss. Und Kloter ist in deren Augen der Schurke. Doch die Herausgabe der Daten kannst du, Cäsar, so nicht verhindern.»

«Das ist mir auch klar. Doch Kloter hat uns so sehr zugesetzt, dass es mir nur recht sein kann, wenn er einige Monate hinter schwedischen Gardinen schmort.»

«Du hast gut reden. Für die Abfindung muss der Staat aufkommen.»

«Weiss ich, aber schliesslich zahle ich Unmengen an Steuern. Es ist nicht mehr als gerecht, wenn ich ein wenig davon zurückerstattet bekomme.»

Nötzli überlegte.

«Bist du noch da?», fragte Bieder.

«Natürlich, aber ich musste mir erst mal alles durch den Kopf gehen lassen. Und das habe ich mittlerweile. Ich werde gegen Kloter einen Haftbefehl ausstellen. Nach Prozessende wird er festgenommen.»

«Auch wenn er beim Prozess freigesprochen würde?»

«Er wird teilweise freigesprochen. Es ist nicht dieses Urteil, wegen dem ich ihn festnehme. Es geht um den Verdacht des Datendiebstahls und der Verletzung des Bankgeheimnisses.»

«Danke, Noldi, das wirst du nicht umsonst tun.»

Nötzli lachte schallend. «Pass auf, bring mich nicht in Schwierigkeiten.»

***

Konrad Kloter stand am Mittwoch, den 19. Januar 2011, früh auf. Er lebte mit Helga und der mittlerweile zwölfjährigen Jenny in Embrach. Seine Frau fuhr ihn zum Bezirksgericht in Zürich. Der Prozess begann um neun Uhr. Staatsanwalt Balthasar Winterhalder verlas die Anklageschrift und griff dabei Kloter persönlich an. Seine Integrität hinterfragend, warf er ihm Unehrlichkeit, Datendiebstahl, Drohungen und Nötigung gegenüber seinem ehemaligen Arbeitgeber vor. Er forderte eine unbedingte Gefängnisstrafe.

Kloters Anwältin, Tashima Woeser, parierte das Plädoyer des Anklägers. Es sei unbestritten, dass ihr Mandant Fehler gemacht habe. Das sei nachvollziehbar nach der demütigenden

Behandlung durch seinen obersten Arbeitgeber Cäsar Bieder junior und vor allem durch dessen Statthalter Nathan Kupperman, der versucht habe, Kloter umzubringen. Ein durch glückliche Umstände verhindertes Kapitalverbrechen. Die Verfehlungen Kloters stünden in keinem Verhältnis zu dem, was ihm vonseiten des Bankhauses angetan worden sei.

Nachdem einige Personen aus dem Umfeld des Finanzkonzerns Bieder im Zeugenstand ausgesagt hatten, wurde das Urteil verkündet. Kloter wurde der mehrfachen Drohung sowie der Verletzung des Bankgeheimnisses für schuldig befunden, zu einer Geldstrafe von siebentausendzweihundert Franken bedingt erlassen. Das war eine milde Strafe. Kloter hatte mehr erwartet.

Trotzdem kündigte seine Anwältin an, sie werde den Fall zur nächsten Instanz, dem Obergericht, weiterziehen.

Dem Prozess hatten zahlreiche Medienvertreter beigewohnt. Nach der Urteilsverkündung warteten sie auf der Treppe zum Gerichtsgebäude auf Kloter. Die Anwältin gab einige knappe Erklärungen ab, Kloter schwieg in die Mikrofone.

Müde, aber zufrieden stieg Kloter am Abend, es war inzwischen dunkel geworden, in den silbernen Volvo, mit dem ihn seine Frau zurück nach Hause chauffierte. Kloter sass auf dem Beifahrersitz, Wolf Schnyder, der als Zuschauer die Gerichtsverhandlung mitverfolgt hatte, auf der Rückbank. Kloter fiel auf, dass ein Wagen der Kantonspolizei ihnen folgte. Das Auto der Kloters bog in die Autobahn 51 ein. Kloter meinte, er finde es lästig, wenn ein Polizeiauto an seinem Heck klebte, er bat Helga, die Geschwindigkeit zu drosseln. Das Fahrzeug der Kantonspolizei Zürich blieb hinter ihnen. Dann beschleunigte Helga, überholte einen Lastwagen. Das Polizeifahrzeug folgte ihnen in kurzem Abstand.

«Was wollen die von uns?», fragte sie.

Kloter lachte. «Vielleicht haben sie die Anweisung, uns zu beschützen.»

Bei der Ausfahrt Bülach-Nord verliessen sie die Autobahn und fuhren über Nebenstrassen nach Embrach. Das Polizeiauto hing immer noch am Heck des Volvo. Helga steuerte das Auto in die Tiefgarage ihres Häuserblocks. Das Garagentor war wie üblich abgeschlossen. Sie stieg aus, steckte den Schlüssel ins Schloss, das Tor öffnete sich. Der Wagen der Kantonspolizei blieb hinter dem Volvo. Helga fuhr im Schritttempo zum Parkfeld zuhinterst in der Halle. Das Polizeiauto folgte ihnen.

Als Erster stieg Kloter aus. In diesem Moment flogen die Türen des Polizeiautos auf. Drei Uniformierte rannten mit gezogenen Pistolen auf Kloter zu, ein Zivilist hielt sich im Hintergrund. Wenige Meter vor ihm blieben sie stehen.

«Kloter, Sie sind verhaftet. Strecken Sie beide Hände in die Höhe», sagte einer der Polizisten mit den Rangabzeichen eines Wachtmeisters.

Kloter zögerte einen Moment.

«Wird's bald? Sonst knallt's!»

«Zeigen Sie mir den Haftbefehl.»

«Legen Sie sich bäuchlings auf den Boden!»

«Ich wiederhole mich. Zeigen Sie mir bitte den Haftbefehl.»

Inzwischen waren Helga und Schnyder auch ausgestiegen. Schnyder zog sein Handy aus der Seitentasche und begann die Szene zu filmen.

«Schalten Sie dieses Ding unverzüglich aus, sonst nehmen wir auch Sie fest.»

Schnyder tat scheinbar, was ihm befohlen wurde. Er schob das Handy in ein Täschchen seines Vestons, sodass ein Teil herausschaute. Dann sagte er in motzendem Ton: «Ich protestiere gegen diese Einschränkung meiner Meinungsfreiheit.»

«Protestieren Sie nur, hier sieht uns niemand. Wir können mit Ihnen tun und lassen, was wir wollen.»

«Legen Sie sich auf den Boden, Kloter!», brüllte der Wachtmeister.

«Erst, wenn Sie mir den Haftbefehl gezeigt haben.»

Sie schritten auf Kloter zu. Gleichzeitig stellten sich Helga und Schnyder vor Kloter. «So geht das nicht. Sie müssen den Haftbefehl bei einer Festnahme immer vorweisen.»

«Von wo wollen Sie das wissen?»

«Ich bin Jurist und Journalist», sagte Schnyder.

«Können Sie sich ausweisen?»

Schnyder langte in die Innentasche seines Vestons, zog einen Ausweis hervor und reichte ihn dem Wachtmeister. Dieser runzelte die Stirn und rief den Zivilisten herbei. Auch dieser sah sich das Papier an und machte plötzlich grosse Augen. «Verdammte Scheisse!», entwich ihm, dann hielt er instinktiv die Hand vor den Mund. «Jungs, zeigt ihnen den Haftbefehl.»

Kloter las laut: «‹Der Präsident des Bezirksgerichts 3, Zürich Stadt, ordnet die Verhaftung von Kloter Konrad an. Grund: Aushändigen von CDs mit Daten der Cäsar Bieder Trust Company, Cayman Islands, an Julian Assange.› Wie können Sie wissen, was sich auf diesen CDs befindet?»

«Als Polizist ist es mir nicht erlaubt, mit einem Festgenommenen über den Haftbefehl zu diskutieren. Bitte legen Sie sich auf den Boden.»

Der Zivilist warf einen Blick zu Schnyder, setzte eine hämische Miene auf. «Das ist legal, Herr Anwalt und Zeitungsschreiberling.»

Kloter ging sachte in die Knie. Er hielt einige Augenblicke inne, bückte sich und liess sich langsam zu Boden gleiten. Die beiden anderen Uniformierten tasteten Kloter ab. «Wir müssen das tun, Sie könnten ja eine Waffe tragen und uns plötzlich damit bedrohen», sagte der Zivilist.

«Blödsinn», sagte Kloter. «Ich trage in Zivil nie Waffen.»

«Wo tragen Sie denn Waffen?»

«Jetzt nicht mehr, aber ich trug welche, im Militärdienst.»

Der Mann in Zivil hielt einen Moment inne, dann sagte er: «Ich bin ein Staatsanwalt des Gerichtskreises und erledige meinen Job.»

«Wie soll ich das wissen? Könnte zwar sein, dass ich Sie schon mal gesehen habe. Doch solche Gesichter wie das Ihre vergisst man leicht.»

«Reden Sie bitte nur, wenn Sie gefragt werden. Sie werden das schon noch lernen. Es steht Ihnen eine längere Zeit bei uns bevor.»

«Ich wüsste nicht warum –»

«Schweigen Sie, Kloter.»

Die beiden Polizisten untersuchten Kloters Taschen. Sie nahmen ihm ein Portemonnaie, einen Schlüsselbund, einen Notizblock, eine kleine Schachtel mit Schmerzmitteln, die Ersatzbrille und eine Dose Atemspray ab.

Da mischte sich Schnyder ein. «Ist Ihnen bewusst, dass Herr Kloter Medikamente braucht?»

Der Staatsanwalt reagierte ungehalten. «Von einem Winkeladvokaten nehme ich keine Belehrungen entgegen.»

«Winkeladvokat.» Schnyder drehte sich zu Helga. «Das hast du gehört?»

«Ja, ich kann es bezeugen, so eine Frechheit», sagte Helga.

Die beiden Uniformierten legten Kloter Handschellen an, stellten ihn auf und stiessen ihn auf die Hinterbank des Polizeifahrzeugs.

Kloter rief Helga und Schnyder zu: «Keine Angst, in ein paar Tagen bin ich wieder auf freiem Fuss.»

Helga Kloter und Wolf Schnyder sahen dem Wagen der Zürcher Kantonspolizei nach, bis er den Eingang der Garage verlassen hatte.

«Unglaublich», kommentierte Schnyder. «Wir müssen uns unterhalten. Darf ich bei dir einen Kaffee trinken oder dich zu einem Essen im Städtchen einladen?»

«Gerne einen Kaffee bei mir. Appetit habe ich keinen. Das eben hat mir zugesetzt.»

Sie setzten sich an den Küchentisch. Helga stand wieder auf, ging zur Kaffeemaschine, entnahm dem kleinen Schrank darunter zwei Tassen und stellte eine unter das Gerät. Das übliche röhrende Geräusch, ein kurzes Zischen, die Tasse war voll. Danach die nächste. Helga stellte beide auf den Tisch, ging nochmals zurück und holte aus dem Kühlschrank den Kaffeerahm. «Habe ich endlich alles? Nein, ich bin mit meinen Gedanken nach wie vor bei Konrad. Kekse?»

«Gerne.»

«Hole ich und bringe noch zwei Kaffeelöffel.»

Schnyder nahm einige Schlucke. Dann zog er das Handy aus der Aussentasche des Vestons und hob es in die Höhe. «Ich habe damit die ganze Verhaftung aufnehmen können, und die Deppen haben davon nichts bemerkt.»

«Kannst du das Video auf mein iPhone laden?»

Schnyder griff in seine Hosentasche, nestelte darin und zog ein weisses Kabel hervor. «Gib.»

Helga reichte ihm ihr Handy. «Ich schaue es mir morgen noch mal an. Was hast du mit der Aufnahme vor?»

«Ich werde sie sicherstellen, auf mehrere CDs kopieren. Und wenn die Zeit gekommen ist, einige davon verschicken.»

«Wann?»

Schnyder sah Helga ernst an. «Das dürfte leider noch dauern.»

«Wäre es nicht besser, das gleich anzugehen? Es bekommt Konrad nicht gut, wenn er allzu lange im Gefängnis schmort.»

Schnyder dachte eine Weile nach. «Würde ich das Video jetzt schon an die Medien verschicken, wäre allein die Vorgehensweise bei der Verhaftung ein Thema. Das gäbe einen kleinen Sturm im Blätterwald, vielleicht würde dann der Staatsanwalt ausgewechselt. Die Verhaftung als solche stände nicht zur Diskussion. Diese ist aber nach meinem Dafürhalten ganz und gar nicht rechtmässig. Die ganze Sache ist heikel. Die öffentliche Meinung, beeinflusst durch die Leitmedien, ist derzeit klar für das Bankgeheimnis. Wer es hintertreibt oder auch nur in Frage stellt, gilt als Bösewicht. Und Bösewichte soll man nach der Volksmeinung hart anfassen. Es wäre grundfalsch, in diesem Fall den populistischen Weg einzuschlagen. Es ist weiterhin ein Verfahren beim Bundesgericht hängig. Ein Verfahren gegen die Zürcher Justizbehörden wegen der Ermittlungen im Fall Nötigung der Familie Kloter durch Detektive im Dienst des Finanzkonzerns Cäsar Bieder. Die Zürcher Staatsanwaltschaft hat diese eindeutige Rechtsverletzung als legal eingestuft. Wir müssen die Stellungnahme des Bundesgerichts in dieser Sache abwarten.»

«Wann ist sie zu erwarten?»

«Ende Februar oder Anfang März.»
«So lange muss Konrad in Haft bleiben?»
«Ich fürchte, ja. Es könnte sogar noch länger dauern.»
Helga verfiel in ein Schluchzen.

Wolf Schnyder versuchte Helga zu trösten. «Frau Woeser wird alles daransetzen, dass er möglichst bald freikommt. Sie hat ihn im Prozess von heute brillant verteidigt. Die Verteidiger des Bankgeheimnisses versuchen vor allem eines: sich an Konrad zu rächen. Denn es ist absehbar, dass das Bankgeheimnis bald zu Grabe getragen werden muss. Wenn es schon nicht mehr zu retten ist, versucht man wenigstens diejenigen zu bestrafen, die ihm erfolgreich zugesetzt haben. Diesbezüglich ist Konrad ganz oben auf der Liste.»

«Was mir nicht in den Kopf gehen will: dass unsere Justiz an diesem Rachefeldzug teilnimmt. Ist es doch unbestritten, dass das Bankgeheimnis zahlreiche Verbrechen überhaupt möglich gemacht hat. Ohne Bankgeheimnis hätten es die Steuerhinterziehung, der Drogen- und Waffenhandel viel schwerer.»

Schnyder nickte. «Es ist schmerzlich, dass sich die Gesetzeshüter auf derart schändliche Weise an unserem Rechtsstaat vergehen.»

***

Am nächsten Tag schon fand die erste Vernehmung statt. Konrad Kloter stellte klar, er werde ohne seine Anwältin Tashima Woeser kein Wort sagen. Winterhalder liess das so nicht gelten. «Bitte reden Sie endlich, Sie haben sich eines schweren Verbrechens schuldig gemacht, Sie haben Verrat am Bankgeheimnis begangen», fuhr Winterhalder Kloter an.

Kloter, dem durchaus eine Erwiderung auf der Zunge lag, schwieg. Er schwieg weiter beharrlich, als Winterhalder fortfuhr, ihn zu provozieren. Schliesslich gab dieser auf, nicht ohne noch zu seinen üblichen erpresserischen Phrasen überzugehen. «Wenn Sie sich weiterhin so halsstarrig verhalten, wird Ihre Haft sehr lange dauern.»

Kloter winkte mit einer Handbewegung und einer verächtlichen Miene ab. Winterhalder wurde vor Zorn puterrot.

Vierundzwanzig Stunden später wurde Kloter zum nächsten Verhör ins Vernehmungszimmer geschleppt. Dort wartete bereits Tashima Woeser, wie immer mit einem freundlichen Lächeln, ruhig, Selbstbewusstsein ausstrahlend, bereit, um Kloter zu verteidigen. Winterhalder war noch nicht im Raum.

«Wie ist es gestern gelaufen, Herr Kloter?»

Der Polizeigefreite, der unbemerkt in einer Ecke stand, trat nun vor, fuchtelte mit beiden Händen. Er richtete einen scharfen Blick auf Tashima Woeser. «Sie, Sie, Frau …?»

Tashima Woeser sagte: «Frau Anwältin.»

«Ihren Namen?»

«Das geht Sie nichts an.»

Kloter amüsierte sich köstlich.

Der Polizist sagte mit düsterer Miene: «Es sind keine Gespräche zwischen dem Gefangenen und seiner Anwältin gestattet.»

«Wie wollen Sie das denn wissen?»

In diesem Moment trat Winterhalder in den Raum. Er würdigte Tashima Woeser keines Blicks, was sie nicht davon abhielt, Winterhalder freundlich willkommen zu heissen. «Schönen guten Morgen, Herr Staatsanwalt.»

Hinter dem Staatsanwalt trottete Gerichtsschreiber Wolfgang Binggeli. Er brachte einen Laptop mit, darauf tippte er das Protokoll, und mit seinem Handy nahm er den Verlauf der ganzen Verhandlung auf.

Das Verhör war kurz. Winterhalder fragte Kloter, welche Kontodaten die CDs enthalten hätten, die er am 17. Januar 2011 Julian Assange in London überreicht habe.

«Keine», war die prompte Antwort.

«Sie lügen», sagte Winterhalder.

Das veranlasste Tashima Woeser, die Diskussion zu unterbrechen. «Herr Staatsanwalt, haben Sie Beweise, dass Herr Kloter gelogen hat?»

«Noch nicht, aber ich werde Sie mir beschaffen.»

«Herr Staatsanwalt, das ist ein ganz und gar nicht juristisches Vorgehen, das Sie hier zum Besten geben.»

«Schweigen Sie bitte, ich lasse mich von einer Frau wie Ihnen nicht belehren.»

«Herr Staatsanwalt, wie Sie sich gegenüber einer gerichtlich zugelassenen Anwältin verhalten, ist, gelinde gesagt, eines Juristen unwürdig. Haben Sie noch weitere Fragen? Dann stellen Sie sie bitte.»

Winterhalder überlegte. Nach einer Weile richtete er seinen Blick auf Kloter. «Sie behaupten, Julian Assange eine leere CD übergeben zu haben. Was macht denn das für einen Sinn?»

«Ich finde diese Frage deplatziert», sagte Tashima Woeser.

«Sie, Sie ... was bilden Sie sich eigentlich ein. Was deplatziert oder nicht deplatziert ist, entscheide allein ich.»

Tashima Woeser schüttelte ungläubig den Kopf, um dann anzufügen: «Herr Kloter braucht diese Frage wirklich nicht zu beantworten.»

«Richtig, ich werde sie nicht beantworten», sagte Kloter.

«Dann bleiben Sie in Untersuchungshaft.»

«Das ist ungeheuerlich. Sie beschuldigen meinen Mandanten, ein Delikt begangen zu haben, ohne den geringsten Beweis dafür in Händen zu halten. Damit treten Sie den Rechtsstaat mit Füssen. Lassen Sie Konrad Kloter unverzüglich frei. Es stimmt zwar, Sie können Herrn Kloter ein halbes Jahr in U-Haft festhalten. Dann müssen Sie, Herr Staatsanwalt, ihn freilassen. Wehe, wenn Sie keine Beweise haben. Danach werden wir den Spiess umdrehen und bewirken, dass gegen Sie ermittelt wird.»

«Jetzt reicht's. Verschwinden Sie aus meinem Blickfeld, Frau Woeser.»

Tashima Woeser stand auf und ging. Kloter wurde in seine Zelle geführt.

Etwa zweihundert Tage sass Kloter in Isolationshaft, täglich dreiundzwanzig Stunden in seiner Zelle. Eine Stunde liess man ihn im vergitterten Innenhof des Gefängnisses herumspazieren. Es waren jeweils noch zehn andere Häftlinge dort. Mit einem von ihnen spielte er ab und zu Tischtennis, wenn er wieder mal an die Reihe kam.

Das Essen wurde ihm in die Zelle gebracht. Immer dasselbe Frühstück: Ovomaltine oder Kaffee, drei Stück Ruchbrot. Keine Butter, keine Konfitüre.

Nach zwei Monaten durfte er arbeiten, drei Stunden am Morgen, zwei Stunden am Nachmittag. Zwiebeln und Kartoffeln schälen, Dienst in der Waschküche verrichten, Briefcouverts einpacken. Erlaubt waren einmal pro Woche anderthalb Stunden Sport. Ballspiele mit anderen Gefangenen. Seine Frau, die ihn während der ganzen Haft nie besuchen durfte, schickte ihm Bücher und regelmässig die «Financial Times». Alle zwei Wochen erlaubte man seiner Tochter, ihn zu besuchen.

Während seiner Arbeit boten ihm Gespräche mit anderen Gefangenen etwas Abwechslung. Darunter ein gestrauchelter Bankmanager, ein Bankräuber, ein süchtiger Drogendealer, ein Anwalt, der Pensionsgelder veruntreut hatte. Mit all diesen Menschen verstand sich Kloter gut. Natürlich fragten sie ihn, was er verbrochen habe, und er antwortete: «Zwei leere CDs an Julian Assange überreicht. Und jetzt sitze ich wegen Verletzung des Schweizer Bankgeheimnisses. Doch diejenigen, die mich deswegen in den Knast brachten, tun das nicht ungestraft. Irgendwann, in einem, zwei oder drei Jahren, werden auch sie hier schmachten und ungleich länger als ich. Habe ich hier ein halbes Jahr verbracht, wird man mich auf freien Fuss setzen. Das hoffe ich zumindest.»

Kloter war nicht nur angeklagt, er war auch ein unerbittlicher Kläger, und das gegen den Staatsanwalt, der ihn jetzt in der U-Haft drangsalierte. Am 11. März bekam er Bescheid vom Bundesgericht, es fällte ein Urteil, das ihn veranlasste, Freudensprünge in seiner Zelle zu machen. Eine Kopie des Urteils hatte ihm Helga in einem neutralen Couvert zukommen lassen. Die Staatsanwaltschaft Zürich Stadt wurde darin verpflichtet, auf seine Anzeige wegen der Beschattung durch Privatdetektive einzugehen. Das höchste Gericht der Eidgenossenschaft hielt fest:

> *Die Zürcher Justiz hat sich willkürlich verhalten, als sie die Klagen von Konrad Kloter durch alle Instanzen abwies. Die Methoden der Detektei Rex, nicht nur Konrad Kloter in Angst und Schrecken zu versetzen, sondern auch seine nächsten Angehörigen, widerspricht unseren Rechtsgrundsätzen, es ist ein Straftatbestand, der geahndet werden muss.*

Auch Cäsar Bieder junior, Richter Nötzli und Staatsanwalt Winterhalder wurde das Verdikt des Bundesgerichts zugestellt. Bieder lud Nötzli und Winterhalder in eine dunkle Niederdorfer Bar ein, wo sich alle drei unsinnig betranken.

Was die Dauer seiner Gefangenschaft betraf, sollte Kloter recht behalten. Um fünfzehn Uhr am 25. Juli 2011, nach hundertsiebenundachtzig Tagen Untersuchungshaft, wurde Konrad Kloter von Frau und Tochter vor dem Haupteingang des Gefängnisses abgeholt. Er war endlich frei.

17

Nach der Beanstandung durch das Bundesgericht wurde das Verfahren gegen die Detektei Rex wegen der Bespitzelung von Kloter wieder aufgenommen. Der Chef der Detektei Rex und der Sicherheitschef der Bank Bieder an der Zürcher Bahnhofstrasse wurden aufgeboten, ihre Sicht der Dinge darzulegen. Danach kam Kloter an die Reihe. Der diesmal für den Fall zuständige Staatsanwalt war nicht mehr Winterhalder, sondern Klaus Beeler.

Beeler schlug eine Konfrontationseinvernahme vor. Die Kläger, Helga und Konrad Kloter, und die Angeklagten, Odilo Probst von der Detektei Rex und ein Anwalt der Cäsar Bieder Trust Company, sollten einander gegenübersitzen, gegenseitig ihre Argumente vorlegen, um so die Suche nach einer friedlichen Einigung zu ermöglichen.

Man kam am 25. August 2011 zusammen. Die Standpunkte beider Parteien lagen danach noch weiter auseinander. Am 24. Oktober traf man sich erneut. Es kam zu einer Einigung. Die Staatsanwaltschaft erliess im Einvernehmen mit beiden Parteien eine Einstellungsverfügung. Das Ehepaar Kloter zog sämtliche Strafanträge zurück. Die Medien brachten ein knappes Communiqué, der jahrelange Streit zwischen Konrad Kloter und dem Finanzkonzern Bieder sei nun beigelegt. Details wurden keine erwähnt.

Die Kloters erhielten etwas mehr als sechshunderttausend Franken. Doch die Sache war nicht erledigt. Kloter sagte zu seiner Frau: «Ich kann einfach nicht glauben, dass die Bieders mit mir abgeschlossen haben, noch weniger die Zürcher Justiz.»

«Was, denkst du, kann dir die Zürcher Staatsanwaltschaft noch anhängen?»

«Das frage ich mich ja auch. Ich war mehr als sechs Monate in Untersuchungshaft. Es ging um die CDs, die ich vor der

Weltöffentlichkeit Julian Assange übergeben habe. Ich sagte, diese CDs seien leer gewesen. Natürlich glaubte mir Winterhalder kein Wort. Doch das ist ohne Belang, es ist an ihm, zu beweisen, dass meine Aussage nicht stimmt. Und das konnte er nicht, bis zum letzten Tag der Haft nicht. Und er wird es weiterhin nicht können.»

«Dann kann das Gericht dich nicht verurteilen.»

«Nach menschlichem Ermessen wäre das so. Die Zürcher Bezirksgerichte urteilen nicht immer nach menschlichem Ermessen. Und Winterhalder wird eine Anklage formulieren, die mich mehrere Jahre ins Gefängnis bringen würde. Dass das Gericht sie so übernimmt, wie der Staatsanwalt vorschlägt, bezweifle ich zwar. Ich rechne auf jeden Fall mit einem Schuldspruch. Denn bei den Verhören hat Winterhalder auch auf die Dokumente, die Wikileaks nach 2008 auf ihre Website hochgeladen hat, zurückgegriffen. Die vierunddreissig Falldossiers. Wikileaks hat den Informanten angegeben. Man weiss, dass diese Daten von mir stammen. Diese Dossiers waren ja für alle, die sich dafür interessierten, einsehbar und schon viele Jahre bekannt. Doch Wikileaks hat noch viel mehr von mir, und es sind auch brisante Dokumente darunter. Aber sämtliche stammen von der Cayman-Tochter des Bieder-Finanzkonzerns, und deshalb gilt das Schweizer Bankgeheimnis für sie nicht. Natürlich, und das müsste die Zürcher Bezirks-Staatsanwaltschaft auch wissen.»

«Aber ein Bezirksgericht kann problemlos willkürliche Urteile fällen. Die Frage ist dann, ob der Verurteilte das Verdikt an die nächste Instanz weiterzieht.»

«Und das würdest du auch machen?»

«Mit Sicherheit, ja. Wobei ich nicht ausschliesse, dass das Obergericht das Urteil des Bezirksgerichts so stehen lässt.»

«Und das Bundesgericht?»

«Dort sind die Chancen gross, dass es das Bezirksgericht zurückpfeift.»

Helga seufzte. «Darauf müssen wir hoffen. Und uns darauf einstellen, dass es noch dauern wird, bis dieser Weg durch die

Instanzen zurückgelegt ist. Wie lange, glaubst du, könnte das gehen?»

Kloter schüttelte den Kopf. «Wenn ich das nur wüsste. Doch warten wir die nächsten Wochen ab.»

Kaum eine Woche nach der Einigung mit dem Bieder-Finanzkonzern und der Detektei Rex fand Kloter ein Aufgebot für die Berufungsverhandlung des Urteils vom 19. Januar 2011. Gegenüber drei Oberrichtern sollten Konrad Kloter und Tashima Woeser am 17. November Rede und Antwort stehen. Und das gelang ihnen vortrefflich. Die drei Spitzenleute der Zürcher Justiz waren danach ebenfalls der Meinung, das Schweizer Bankgeheimnis könne auf den Cayman Islands keine Anwendung finden. Das Obergericht erteilte der Staatsanwaltschaft und den Richtern des Bezirks einen weiteren Rüffel: Das Urteil des Bezirksgerichts wurde vom höchsten kantonalen Gericht suspendiert.

Das war erfreulich. Weniger freute sich Kloter darüber, dass das Obergericht Staatsanwalt Winterhalder erlaubte, weiter zu ermitteln. Das war widersprüchlich, denn Winterhalder machte von Anfang an klar, dass Kloter das Bankgeheimnis massiv verletzt habe. Das, obwohl überall bekannt sein musste, dass das Bankgeheimnis nach dem Steuerstreit mit den USA nur noch auf dem Papier existierte und es auf den Cayman Islands keine Gültigkeit hatte. Doch die Strafverfolger verdrängten das. Es war nun mehr als zehn Jahre her, dass sie hinter Kloter her waren. Zweimal sass Kloter in Untersuchungshaft, insgesamt mehr als sieben Monate. Gegen jemanden, der so lange eingesperrt war, musste mindestens ein Urteil von mehreren Jahren Freiheitsentzug folgen. Den Angeklagten danach freizusprechen konnte sich ein Staatsanwalt gar nicht leisten. Das wäre für die Zürcher Justiz eine noch nie da gewesene Blamage. Winterhalder und auch Nötzli würden vor der Öffentlichkeit als totale Versager dastehen, der Lächerlichkeit preisgegeben.

Mitte Juni 2014 erhob Winterhalder im Wikileaks-Verfahren gegen Kloter die Anklage. Er verlangte dreieinhalb Jahre Gefängnis. Die Anklageschrift sickerte an die Öffentlichkeit durch, gar nicht im Sinne von Winterhalder. Diese exorbitante Strafandrohung führte zu einem Proteststurm, insbesondere in den elektronischen Medien. Staatsanwalt Winterhalder, aber auch der ihn unterstützende Gerichtspräsident Nötzli kamen heftig unter Beschuss. Von einer Justiz mit Brechstange war die Rede. Die beiden wagten sich nicht mehr auf die Strasse.

Doch Kloter war am Boden zerstört. Seine lange Haft im Jahre 2011 hatte ihm psychisch enorm zugesetzt. Der ihm von Winterhalder in Aussicht gestellte neue Freiheitsentzug schien ihm denkbar. Kloter las über Wochen Akten durch. Er konnte sich längst nicht durch alle kämpfen, es waren mehr als sieben Millionen.

Am 10. Dezember 2014 begann der Prozess im Wikileaks-Verfahren. Auf das Plädoyer Winterhalders waren Kloter und die Öffentlichkeit gespannt. Brachte er das Kunststück fertig, ein faktisch nicht mehr existierendes Gesetz aus der Versenkung zu holen und es anzuwenden, als wäre derjenige, der dagegen verstossen hatte, ein Schwerverbrecher? Dazu kam noch ein Gerichtsurteil, das festhielt, auf den Caymans würden die Schweizer Bankgesetze nicht gelten.

Kloter wurde in den Zeugenstand gerufen. Der Richter stellte ihm die Frage: «Warum haben Sie das Bankgeheimnis verraten?»

«Das Bankgeheimnis existiert seit dem Steuerstreit mit den USA nicht mehr, und es galt nie auf den Cayman Islands.»

«Herr Kloter, was erlauben Sie sich. Das Bankgeheimnis ist noch immer gesetzlich verankert, es ist ein Offizialdelikt und muss verfolgt werden.»

«Das Bankgeheimnis schützt die Organisierte Kriminalität. Es ist ein unmoralisches Gesetz, eine Zuwiderhandlung dagegen ist legitim –»

Richter Nötzli unterbrach Kloter. «Kloter, Ihr Benehmen ist

ungebührlich. Ich toleriere nicht, dass Sie unbescholtene Bürger, die ihr Vermögen vor dem Zugriff Unbefugter schützen, derart in den Dreck ziehen. Kloter, Sie sind ein Krimineller. Herr Staatsanwalt Winterhalder hat die Anklagepunkte verlesen. Wir meinen es ernst. Was Sie verbrochen haben, ist kein Pappenstiel, sondern eine schwere Straftat. Sind Sie anderer Meinung?»

«Balthasar Winterhalder ist ein Ankläger, der den Rechtsstaat mit Füssen tritt, ein Ankläger, dessen Herz für diejenigen schlägt, die Geld waschen, um Verbrechen zu verschleiern, die der Mafia in die Hände spielen. Das Bankgeheimnis wurde vor achtzig Jahren in den Eidgenössischen Räten im Strafgesetz verankert, um kriminelle Taten zu legalisieren, um Bankdirektoren, Immobilienmakler, Financiers als ehrbare Menschen erscheinen zu lassen, wenn sie den schlimmsten Verbrechen Vorschub leisteten. Nun tragen wir gerade das Bankgeheimnis zu Grabe. Und jetzt steht einer auf, hält die Leichenrede für das Dahingegangene. Er lobt es in den höchsten Tönen. Mir wird übel, ich muss mich übergeben, wenn mich der Richter als Verbrecher beschimpft. Der Verbrecher ist in diesem Fall der, der –»

Nötzli, weiss vor Wut, schrie in den Gerichtssaal: «Hören Sie auf, Kloter, hören Sie sofort auf, Sie besudeln die Ehre des Gerichts, das werden Sie mir büssen –»

Die Anwältin Woeser unterbrach den Präsidenten. «Jetzt sind Sie zu weit gegangen, Herr Richter. Sie drohen dem Angeklagten. Damit missachten Sie die elementarsten Regeln, an die sich ein Gerichtsvorsitzender halten muss.»

Ein Oberrichter, der die Verhandlung als Gast mitverfolgte, ging raschen Schrittes zum Tisch von Nötzli und redete auf ihn ein.

Danach verkündete Nötzli kleinlaut: «Wir unterbrechen die Verhandlung für eine halbe Stunde.»

Plötzlich brach Kloter, der noch im Zeugenstand war, zusammen.

Wieder erhob sich Tashima Woeser. «Ich verlange nicht nur

den Unterbruch für eine halbe Stunde, sondern so lange, bis sich Herr Kloter wieder erholt hat. Er erlitt nämlich schon vor drei Tagen einen Schwächeanfall und musste hospitalisiert werden. Ich forderte schon damals einen Aufschub des Gerichtstermins. Sie, Herr Nötzli, haben dieses Ersuchen abgelehnt.»

Nach einer Stunde wurde die Verhandlung wieder aufgenommen. Den Vorsitz führte nicht mehr Nötzli, sondern ein anderer Richter. Kloter sass auf der Anklagebank. Die eine oder andere Frage des Vorsitzenden beantwortete er mit wenigen Worten. Als ihn Winterhalder vor dem Schlussplädoyer ansprach, reagierte Kloter so, als ob er nichts gehört habe. Die Anwältin Woeser verteidigte Kloter mit präzisen Wortmeldungen.

Am späten Nachmittag schloss der Vorsitzende die Verhandlung. Die verschiedenen Richter würden in den nächsten Tagen zusammensitzen und das Urteil fällen. Es würde den Parteien schriftlich zugestellt.

Am Tag danach erschienen landesweit in den Medien nur kleine Berichte über die Gerichtsverhandlung. Mit zwei Ausnahmen. Die «Morgenwacht» und das «Wochenblatt» schrieben ausführlich darüber. Besonders das Votum Winterhalders und Kloters Replik darauf wurden hervorgehoben. Der Staatsanwalt kam dabei schlecht weg, Kloter wurde als unerschrocken und glaubwürdig dargestellt.

Die Kloters besuchten ihren Freund Wolf Schnyder. Sie besprachen die Meinungsäusserungen des Kolumnisten der «Morgenwacht» und des «Wochenblattes» und freuten sich darüber.

Wolf Schnyder sagte: «Natürlich konnte man auch andere Wortmeldungen lesen oder hören, solche, die den Whistleblower Kloter als Datendieb und Vaterlandsverräter verbal in Grund und Boden stampften. Es waren moralisch verwahrloste Stimmen, abgesondert von Leuten aus der rechtsextremen Ecke, die verschiedene Kommentatoren als freie Meinungsäusserung zu verharmlosen versuchten. Auffallend das Statement Winterhalders, der damit seinen politischen Weggefährten einen

Dienst erweisen wollte. Eine peinliche Darbietung, triefend von Unterstellungen und einer gesellschaftlichen Grundhaltung aus der Zeit vor der Aufklärung.»

***

Cäsar Bieder junior hatte die Verhandlung ebenfalls verfolgt. Eine Woche später lud er Nötzli, Winterhalder und Probst zum Apéro ein. Anwesend waren auch die Firmenanwälte des Bieder-Konzerns.

Bieder bat Winterhalder um eine Zusammenfassung und Wertung des Prozessverlaufs.

«Ich verliess am 10. Dezember den Gerichtssaal mit gemischten Gefühlen. Ich kann mich des Eindrucks nicht erwehren, dass ich einer der wenigen war, die realisierten, um was es in diesem Prozess ging. Um das Bankgeheimnis, das nicht nur im Ausland, sondern auch hierzulande von West bis Ost, von Nord bis Süd durch defätistische Kreise verteufelt wird. Diesem Gesetzesartikel aus dem Jahre 1934 hat die Schweiz ihren Wohlstand zu verdanken. Heute gehören wir zu den reichsten Ländern der Erde. Wir dürfen diesen Artikel deswegen niemals preisgeben. Mit meiner Anklage ging ich aufs Ganze. Ich will Kloter für Jahre im Zuchthaus sehen.»

«Glaubst du, damit durchzukommen?»

«Beim Bezirksgericht und allenfalls beim Obergericht mache ich mir gewisse Hoffnungen. Wichtig scheint mir weit mehr als das Strafmass, dass die Gerichte festhielten, dass Kloter das Bankgeheimnis verletzt hat. Liegt das Strafmass deutlich unter meinem Antrag, werde ich Berufung einlegen.»

«Wie stehen dann deine Chancen, wenn der Fall bis zum Bundesgericht weitergezogen wird?»

«Eins zu eins.»

«Das wäre einen Versuch wert.»

«Und wenn Kloter das Urteil nach Strassburg weiterzieht?»

«Das würde er wohl tun. Auf Strassburg können wir leider nicht hoffen. In diesem Falle müssten wir darauf vertrauen, dass die Schweiz aus der Europäischen Menschenrechtskonvention austritt.»

Nötzli brachte sich in die Diskussion ein. «Das hoffen wir doch alle.»

***

Am 19. Januar 2015 publizierte das Bezirksgericht sein Urteil im Wikileaks-Prozess. Kloter wurde für die Veröffentlichung der Bankdaten auf Wikileaks im Jahre 2008 bestraft, nicht aber für die CD-Übergabe an Assange im Januar 2011. Strafe: fünfundvierzigtausend Franken bedingt, fünfundzwanzigtausend Franken Gerichtsunkosten und dreissigtausend Franken Ermittlungsgebühr.

Sowohl Tashima Woeser wie auch Balthasar Winterhalder legten Berufung ein.

Für Ende Juni 2016 wurde die Verhandlung vor dem Obergericht anberaumt. Es war geplant, beide Verfahren, die Veröffentlichungen 2008 betreffend und die Übergabe von 2011, zusammenzulegen.

Die Verhandlung begann am 27. Juni 2016 um neun Uhr morgens, sie dauerte drei Tage. Wie bei den früheren Prozessen nahmen Vertreter von Medien landesweit teil. Zweieinhalb Tage später wussten die Prozessbeobachter nicht, wie das Urteil lauten würde. Der Staatsanwalt, es war wieder Winterhalder, verlangte wie schon vor dem Bezirksgericht dreieinhalb Jahre Freiheitsentzug, die Verteidigung einen Freispruch auf ganzer Linie. Die Nebenklagen: Drohmails und gefälschte Briefe gegen den früheren Arbeitgeber, den Bieder-Konzern.

Das Urteil wurde den Parteien am 23. August 2016 zugestellt. Das Obergericht verurteilte Kloter nicht wegen seines langjährigen und medienwirksamen Einsatzes gegen Steueroasen, sondern lediglich aufgrund der Nebenklagen. Vierzehn Monate Gefängnis bedingt, davon sass er 2005 dreissig und 2011 hundertsiebenundachtzig Tage in Untersuchungshaft.

Das Urteil entsprach nicht den Vorstellungen von Staatsanwalt Winterhalder. Er kündete umgehend den Weiterzug ans Bundesgericht an. Nach einigen Tagen Nachdenken entschieden sich Kloter und Woeser, ebenfalls in die Berufung zu gehen. Auch wenn der Hauptanklagepunkt fallen gelassen wurde, sahen sie die Nebenstrafen und die Gerichtskosten von über fünfzigtausend Franken als viel zu hoch an.

Am 8. Oktober 2018 verhandelte das Bundesgericht über den Fall Kloter. Mit einer Mehrheit von drei zu zwei Stimmen entschied das höchste Schweizer Gericht, dass Kloter das Bankgeheimnis nicht verletzt habe. Doch das Urteil hatte eine verheerende Fussnote, wie die Mehrzahl der den Prozess verfolgenden Medienleute in ihren Berichten kritisierten. Sämtliche Verfahrenskosten der vorgängigen Prozesse wurden dem Freigesprochenen auferlegt. Dreihundertzwanzigtausend Franken. Die Begründung der Bundesrichter: Kloter habe die Verfahren selber verschuldet.

In einem Kommentar machte der Gerichtsberichterstatter der «Morgenwacht» keinen Hehl aus seiner Empörung.

Fünf mehrheitlich bürgerliche Richter konnten Kloter wegen Verletzung des Bankgeheimnisses nicht verurteilen. Ein solches Verdikt hätte vor dem Europäischen Menschenrechtsgericht in Strassburg niemals Bestand gehabt. Doch in den heiligen Hallen der Schweizer Justiz liess man der Rache freien Lauf. Die Person, die an der Zerstörung des Schweizer Bankgeheimnisses hauptverantwortlich war, gehört schwer bestraft. Da es keine Möglichkeit mehr gab, sie ins Gefängnis zu stecken, griff man zur letzten Massnahme: Man will Konrad Kloter in den finanziellen Ruin treiben. Ob die Rechnung der Lausanner Richter schlussendlich aufgeht, wissen wir noch nicht. Noch immer besteht die Hoffnung, dass ihre übergeordneten Kollegen in Strassburg das nicht zulassen werden.

Die Kloters waren nach dem Lausanner Urteil am Boden zerstört. Doch Wolf Schnyder machte den Versuch, sie wiederaufzurichten. Er habe diesbezüglich eine Idee.

18

Kasimir Pfund war eine einflussreiche Person im Kanton Zürich, obwohl ihm höchstens eine Handvoll Menschen über den Weg trauten. Am Tag nach dem Bundesgerichtsurteil im Fall Kloter rutschte Pfund auf der Liste der rechtsrandständigen Bürgerpartei als erster Ersatzmann in den Nationalrat nach. Pfund kam zu seinem Mandat, weil ein Bisheriger seiner Partei nach einem Verkehrsunfall im Vollrausch das Zeitliche gesegnet hatte.

Pfund war der grösste Occasionsautohändler weitherum. Seine Kunden waren mehrheitlich nicht auf Rosen gebettet. Sie kauften bei ihm ein, weil er seine Gebrauchtwagen zu einem vergleichsweise niedrigen Preis anbieten konnte. Das war auch der Grund, weshalb er bei den Eidgenössischen Wahlen 2016 auf eine hohe Stimmenzahl kam.

Dass Pfund ein Gauner war, wussten seine Kunden sehr wohl. Doch irgendwie war er auch einer von ihnen. In der Gosse aufgewachsen, schon als Jugendlicher straffällig geworden, brachte er es trotz dieser miesen Startbedingungen zu Reichtum.

Etwas hatte Pfund begriffen: Wer in der Schweiz etwas gelten will, braucht nicht unbedingt nobel und schon gar nicht ehrlich zu sein, er muss Geld haben.

Nach der freudigen Nachricht, in den auserwählten Kreis der Politprominenz vorzustossen, veranstaltete er am 15. Oktober im Niederdorf ein riesiges Fest. Er liess ein grosses Zelt aufstellen. Am Ehrentisch sassen Männer, die die Zürcher Gesellschaft repräsentierten: Richter Arnold Nötzli, Staatsanwalt Balthasar Winterhalder, der Generaldirektor des Bieder-Konzerns Dr. Cäsar Bieder junior, Vinzenz Albot senior, der Direktor der Bank Albot Global Invest, mehrere National-, Kantons- und Gemeinderäte der politischen Rechten, allerdings war kein einziger Stadtrat von Zürich anwesend.

Die Lobrede hielt Arnold Nötzli, seine Worte kamen nur scheppernd aus dem Mund, zudem musste er von zwei Männern gestützt werden, um nicht auf die rechte oder linke Seite zu kippen. Seine Sätze waren belanglos, man hatte nichts anderes erwartet.

Man feierte bis tief in die Nacht. Im Morgengrauen torkelten die letzten Partygäste aus dem Zelt. Plötzlich hallten Dreiklanghörner durch die Langstrasse. Ein Mann lag bewegungslos in einer Blutlache auf dem Trottoir.

Am Morgen wurde bekannt: Das Opfer hiess Kasimir Pfund und war tot. Das hatte niemand erwartet. Zwar hatte Pfund Feinde, doch er wurde rund um die Uhr bewacht.

Die lokalen Medien berichteten in den Nachrichtensendungen an erster Stelle über Pfunds Ableben. Als Todesursache wurden Verletzungen durch Schnittwunden angegeben. Die Polizei begann zu ermitteln. Erste Zeugen meldeten sich. Sie sagten übereinstimmend aus, nach einem lautstarken Streit habe ein älterer Mann ein Messer gezogen und auf das Opfer eingestochen, das dann gestürzt und liegen geblieben sei. Da es noch ziemlich dunkel war, habe man den Täter, der sich fluchtartig entfernt habe, nicht erkennen können.

Einen Tag später verkündete eine Polizeisprecherin, es sei ein sechzigjähriger Mann im Zusammenhang mit dem Mordfall Pfund festgenommen worden. Er werde derzeit verhört. Im Laufe des Tages werde die Öffentlichkeit genauer informiert. Das geschah in den Vier-Uhr-Nachrichten der Radio- und TV-Stationen: Der Verhaftete habe noch nicht gestanden, obwohl es ernsthafte Hinweise gebe, dass er der Täter sei. Es sei ein kürzlich in den Ruhestand versetzter Angestellter einer grossen Zürcher Privatbank. Die Ermittlungsbehörden wollten nicht bekanntgeben, um welche Bank es sich handelte.

Der Verdächtigte sei aufgefallen, weil er in Internetforen Anschuldigungen gegen Kasimir Pfund erhoben hatte. Pfund erwirtschafte einen grossen Teil seiner Einnahmen mit Drogenhandel. Er unterhalte in der Filiale eines Zürcher Finanzhauses auf den Cayman Islands ein Konto, über das er hohe Beträge an die Drogenbarone Lateinamerikas übermittle. Die Gelder stammten von der hiesigen Rauschgiftszene.

***

Als Konrad Kloter am nächsten Morgen in der Zeitung auf diese Meldung stiess, begann er sich für den Mordfall Pfund zu interessieren. Er durchforstete seine CDs mit den Bankdaten aus der Zeit seines Cayman-Aufenthaltes, startete den Hurrikan-Laptop, bald fand er, was er suchte. Bevor er etwas unternahm, rief Kloter Schnyder an. Eine Stunde später sass Schnyder in Kloters Wohnzimmer über den Bankakten Pfunds. Gegen Mittag glaubte Schnyder genug gesichtet zu haben. Er musterte Kloter schmunzelnd. «Weisst du, was mir, nachdem ich die Urteilsbegründung des Bundesgerichtsprozesses studiert hatte, für eine Idee kam?»

«Man müsste vielleicht mal das einzelne Datendossier auf kriminelle Geldquellen hin prüfen.»

«Genau, und das ist eigentlich nie minutiös gemacht worden. Man hat sich dafür interessiert, wie und wo die unversteuerten Einkünfte versteckt wurden. Aber sozusagen nicht, von wo diese Gelder stammten. Es spielte keine Rolle, ob sie vom Verkauf von Waschmaschinen, Autos oder anderen unverdächtigen Konsumgütern stammten oder vom illegalen Kauf oder Verkauf von Waffen oder vom Drogenhandel. Die Öffentlichkeit hat sich kaum darüber geärgert, dass dem Fiskus grosse Geldsummen vorenthalten wurden. Doch kommen diese von der Organisierten Kriminalität, dürften die Frau oder der Mann auf der Strasse anders reagieren. Pfund hat Steuern hinterzogen, das ist zwar nicht erlaubt, aber im Gegensatz zur Verletzung des Bankgeheimnisses angeblich ein Kavaliersdelikt. Daneben hat er kriminelle Gelder verschoben, in der Höhe eines dreistelligen Millionenbetrages. Das ist strafrechtlich ein schwerwiegendes Delikt. Doch dieses Delikt ist hierzulande nur ermittelbar, wenn man das Bankgeheimnis lüftet, tut man das, wird man polizeilich verfolgt und gerichtlich abgeurteilt. Der Fall Pfund ist einer von unzähligen. Wir müssen alle diese Fälle nochmals ansehen. Damit kannst du jetzt an die Öffentlichkeit gehen. Es handelt sich um solche, die in einer Schweizer Bank auf den Cayman Islands begangen wurden. Laut Bundesgerichtsurteil unterstehen sie nicht dem Schweizer Bankgeheimnis. Sie können sich während deines Aufenthaltes dort, aber auch vorher oder nachher zugetragen haben.»

***

Der ehemalige Banker, der am 17. Oktober 2018 als mutmasslicher Täter im Mord an Pfund festgenommen wurde, war am Freitag, den 20. Oktober, wieder auf freiem Fuss. Er konnte ein glaubhaftes Alibi vorweisen.

Mitte November 2018 wurde eine weitere Person verhaftet, ebenfalls ein Mann über sechzig. Es war der Vater eines verstorbenen Drogenabhängigen. Sein Name war Norbert Waser, Inhaber eines florierenden Geschäfts für Haushaltsartikel. Schon im Verlaufe der ersten Einvernahme gestand er den Mord an Pfund. Eigentlich hätte ihn Staatsanwalt Winterhalder befragen sollen, doch Waser weigerte sich, vor ihm auszusagen. Dann kam ein anderer Staatsanwalt, und Norbert Waser packte aus. Er beschrieb im Detail den Mord an Pfund.

Als er nach dem Motiv der Tat gefragt wurde, zögerte er keinen Moment. Pfund habe im grossen Stil mit Drogen gehandelt. Das sei an der Langstrasse kein Geheimnis gewesen. Auch für die Kriminalpolizei und die Justiz nicht.

Mit Tränen in den Augen sagte Waser: «Mein geliebter Sohn ist an einer Überdosis Kokain gestorben. Ein ganzes Dutzend seiner Kameraden hat das gleiche Schicksal getroffen.»

Warum er denn Winterhalder als Vernehmer abgelehnt habe, fragte der Staatsanwalt.

«Winterhalder und auch sein ihm zugeteilter Richter Nötzli haben meinen Sohn dreimal ins Gefängnis gebracht. Und vor Wochenfrist scheuten sich die beiden nicht, mit dem Mörder meines Sohnes ein Saufgelage zu veranstalten.»

Obwohl die Stadtpolizei Zürich nicht für Verbrechen gegen Leib und Leben zuständig war, wurde in diesem Fall eine Ausnahme gemacht. Es waren Stadtpolizisten, die Waser ausfindig gemacht hatten, und der Staatsanwalt, der Waser verhörte, hatte einen guten Draht zum städtischen Polizeidirektor, der dafür sorgte, dass das Verhör der Öffentlichkeit detailliert mitgeteilt wurde.

Die Wirkung blieb nicht aus. Es kam zu spontanen Demonstrationen von Dutzenden von Jugendlichen. Die Polizei griff nicht ein, da die Kundgebungsteilnehmer sich friedlich verhielten. Auf Plakaten forderten sie den sofortigen Rücktritt von Winterhalder und Nötzli. Ein grösserer Teil der Printmedien sowie die meisten lokalen Radio- und Fernsehstationen schlossen sich dieser Forderung an. Auch vor der Bieder Holding und anderen Finanzinstituten versammelten sich immer wieder kleinere Menschengruppen. Sie trugen Plakate, auf denen Texte standen wie:

Nicht der Whistleblower Kloter ist ein Verbrecher, nein, diejenigen, die ihn anklagen und aburteilen, sollen so genannt werden. Sie stecken mit der Organisierten Kriminalität unter einer Decke.

Der Druck der Öffentlichkeit auf die Justiz und die Kantonspolizei wuchs rasant an. Im Stadt- und im Kantonsparlament gab es Vorstösse. Man wolle endlich wissen, wer von den politischen Mandatsträgern und andern öffentlichen Personen Bankkonten unterhielt, auf die kriminelle Organisationen Gelder transferierten.

Doch einige Banken, Politiker, Richter und Polizeioffiziere waren bestrebt, das Unheil, das auf sie zukam, mit gezielten Gegenschlägen abzuwehren. Als die Kundgebungen auf andere Städte ohne kommunale Polizei übergriffen, machte man kurzen Prozess. Die Demonstrierenden wurden umkreist, mit Schlagstöcken traktiert und mit Tränengasgranaten eingenebelt.

Die Kloters und Schnyder mussten die bittere Erfahrung

machen, dass das, was in der Innenstadt von Zürich möglich war, sich nicht so ohne Weiteres auf die Agglomeration und gar ländliche Gebiete übertragen liess. Doch man gab nicht auf. Da hatte Wolf Schnyder eine weitere Idee.

19

Wolf Schnyder und Konrad Kloter trafen sich Anfang Dezember 2018 mit der Chefredaktorin der «Morgenwacht» Franziska Wohlgemut.

«Du bist unsere letzte Hoffnung. Fast immer, wenn hierzulande ein Verbrechen nicht aufgeklärt werden konnte, wurden darüber Bücher geschrieben, Theaterstücke geschaffen und Filme gedreht. Unser Bankgeheimnis ist ein solcher Kriminalfall, es übertrifft den spektakulärsten Postraub und den brutalsten Einsatz eines mafiösen Killerkommandos. Riesige Vermögen wurden unter seinem Deckmantel gestohlen, und Hunderttausende von Menschen verloren dadurch ihr Leben», begann Schnyder.

«Ich weiss, und fast niemand scheint sich daran zu stören», sagte Franziska. «Möchtet ihr, dass ich über den Fall Kloter ein Theaterstück schreibe?»

«Eher nicht», antwortete Schnyder. «Aber, dass du dieses Thema in deiner Zeitung aufgreifst.»

«Ich würde das gerne tun. Doch zunächst müsste man nochmals das Gespräch mit Winterhalder, Nötzli und Bieder junior suchen und Kloter einbeziehen.»

Schnyder und Kloter verzogen das Gesicht.

Franziska entging das nicht. «Ich verstehe eure Reaktion. Doch wir müssen diesen Versuch wagen, obwohl er höchstwahrscheinlich scheitert. Eine Absage der Bannerträger des Bankgeheimnisses könnte uns nur helfen.» Franziska sah Kloter an. «Du, Konrad, warst ja der, der immer wieder das Gespräch gesucht hat. Du warst aber für die, die am Bankgeheimnis festhalten wollten, der Nestbeschmutzer, der als Insider ein geheiligtes System zum Wanken brachte. Das wird man dir von dieser Seite nie verzeihen. Ganz besonders, als es sich jetzt zeigt, dass kein Geringerer als du dieses System nicht nur zum Wanken, sondern zum Einstürzen bringen könnte. Man hasst dich, ist entschlossen, dich fertigzumachen. Ich werde mal bei Nötzli, Winterhalder und Bieder anklopfen. Ich schlage ihnen ein informelles Treffen mit Kloter und Schnyder vor.»

Kloter und Schnyder nickten.

«Danke, ich werde euch beiden bald Bescheid geben. Sollte das Treffen mit Winterhalder und Co nicht zustande kommen, werde ich einen Artikel aufsetzen und dann mit euch besprechen.»

Das Treffen kam nicht zustande. Franziska Wohlgemut setzte sich mit Winterhalder in Verbindung und fragte ihn, ob er der «Morgenwacht» ein Interview geben würde. Zu ihrem Erstaunen stimmte Winterhalder zu.

Morgenwacht: *Sie haben in Ihrer Anklage dreieinhalb Jahre Zuchthaus für die Verletzung des Bankgeheimnisses, begangen von Konrad Kloter, gefordert. War Ihnen wohl dabei?*

Winterhalder: *Was für eine Frage. Natürlich war es mir wohl dabei.*

Morgenwacht: *Konrad Kloter hat den Zürcher Steuerbehörden Auszüge aus den Bankdaten einiger Bürger von Stadt und Kanton Zürich zugeschickt. Er hat das im Glauben getan, dass die besagten Personen diese Einkünfte nicht in ihrer Steuererklärung aufgeführt haben. Haben diese die Einkünfte tatsächlich dem Fiskus verschwiegen?*

Winterhalder: *Die Steuerbehörden haben diese Daten gar nicht zur Kenntnis genommen. Sie haben sie der Staatsanwaltschaft Stadt Zürich, der sie angehören, zugestellt, mit der Bitte, sie zu vernichten.*

Morgenwacht: *Hat die Staatsanwaltschaft sie vernichtet?*

Winterhalder: *Ja.*

Morgenwacht: *Warum wissen Sie das?*

Winterhalder: *Weil ich den Befehl gegeben habe, diese Akten zu schreddern.*

Morgenwacht: *Sind Sie nicht auch der Meinung, dass das*

Verheimlichen von Einkünften gegenüber der Steuerverwaltung eine Straftat ist?
Winterhalder: *Durchaus, ja.*
Morgenwacht: *Es besteht der dringende Verdacht, dass die besagten Personen durch fehlende Angaben in der Steuererklärung gegen das Gesetz verstossen haben. Sicher ist aber, dass sie sich strafbar gemacht haben, indem sie Geld angenommen haben, das eindeutig aus der organisierten Verbrecherszene stammt: Drogenhandel, illegale Waffenkäufe und -verkäufe. Was sagen Sie dazu?*
Winterhalder: *Dazu habe ich nichts zu sagen. Das sind ohnehin haltlose Gerüchte.*
Morgenwacht: *Dem ist nicht so, Herr Staatsanwalt. Es gibt Tausende von Dokumenten, die das belegen. Diese sind übrigens allgemein zugänglich. Man kann sie von Wikileaks herunterladen.*
Winterhalder: *Kommen Sie mir bitte nicht mit Wikileaks. Das ist eine unseriöse Website.*
Morgenwacht: *Bestreiten Sie, dass diese Dokumente echt sind?*
Winterhalder: *Über Wikileaks diskutiere ich prinzipiell nicht.*
Morgenwacht: *Wir halten daran fest, dass diese Dokumente echt sind. Wären sie es nicht, hätten die Betroffenen Klage gegen Wikileaks eingereicht. Es gab diesbezüglich keine einzige Klage.*
Winterhalder: *Ich bestehe darauf, dass sich Wikileaks diese Dokumente unerlaubterweise angeeignet hat. Es handelt sich um Diebesgut. Die Frage, ob sie echt sind, stellen wir uns gar nicht. Solche Akten haben keinerlei Beweiskraft, stellt man sie uns zu, werden wir sie vernichten.*
Morgenwacht: *Das Bundesgericht entschied am 8. Oktober 2018, das Bankgeheimnis gelte im Ausland nicht. Die Filiale eines Schweizer Finanzkonzerns auf den Cayman Islands könne sich nicht auf dieses Gesetz berufen, sie*

habe sich an die Gesetze des Staates, in dem sie tätig sei, zu halten. Ist Ihnen das bewusst?
Winterhalder: *Ich bedauere diesen Entscheid. Er fiel mit drei gegen zwei Stimmen. Das bedeutet, dass man sich in Lausanne in dieser Angelegenheit nicht einig ist.*
Morgenwacht: *Wollen Sie diesen Entscheid nach Strassburg weiterziehen?*
Winterhalder: *Diese Frage ist eine Provokation, auf die ich gar nicht eingehe.*
Morgenwacht: *Mehrheitsentscheide am Bundesgericht sind üblich. An ihrer Gültigkeit ist nicht mehr zu rütteln, es sei denn, man rekurriert am Europäischen Gerichtshof für Menschenrechte in Strassburg. Die nächste Frage: Herr Winterhalder, Sie haben für Konrad Kloter eine Gefängnisstrafe von dreieinhalb Jahren gefordert. Mit dem Entscheid des Bundesgerichts gegen das Bankgeheimnis ist Ihre Anklage hinfällig geworden. Kloter war 2005 und 2011 insgesamt zweihundertsiebzehn Tage in Untersuchungshaft. Diese Haft ist zu Unrecht erfolgt. Kloter müsste also, wie das bei einem zu Unrecht gefällten Urteil üblich ist, eine Wiedergutmachung zugesprochen werden. Bei einem Jahreslohn von zweihunderttausend Franken wären das rund hundertfünfzigtausend Franken Verdienstausfall. Damit ist das Unrecht, das Kloter angetan wurde, noch nicht abgegolten. Kloter war mehr als sieben Monate in Isolationshaft. Ohne Besuche seiner nächsten Angehörigen, oft bis zu dreiundzwanzig Stunden täglich in einer kleinen Zelle. Eine verlorene Zeit im Leben. Mit Geld ist das nicht wiedergutzumachen. Doch das ist die einzige Möglichkeit, die erlittene Unbill etwas zu lindern. Dreihundertfünfzigtausend Franken wären eine angemessene Entschädigung. Kloter müsste also mit dreihundertfünfzigtausend Franken abgefunden werden. Stattdessen hat ihm das Bundesgericht noch dreihundertfünfzigtausend Franken an Gerichtskosten aufgebürdet. Das schlägt jedem Gerechtigkeitsempfin-*

den ins Gesicht. Sind Sie anderer Meinung, dann begründen Sie das bitte.
Winterhalder: *Konsequenter, ich betone das erneut, wäre gewesen, das Bundesgericht hätte meine Anklage gestützt. Offenbar hat es einen Kompromiss zwischen Straflosigkeit und einer angemessenen Strafe, wie ich sie forderte, gesucht. In meinen Augen ist Kloter ein gewöhnlicher Krimineller.*
Morgenwacht: *Herr Winterhalder, das ist eine Verunglimpfung, die Sie sich da leisten. Wir sehen das anders. Wer solche Äusserungen absondert wie Sie eben, ist Kriminellen weit näher als Kloter.*

Das Interview wurde am nächsten Tag in der «Morgenwacht» abgedruckt, obwohl Winterhalder dies verbieten wollte.

Die Reaktionen darauf blieben nicht aus. Eine ganze Reihe von Zeitungen übernahmen das Interview, auch solche, die nicht zu der politischen Linken gezählt werden wollten. Winterhalder zeigte alle an.

«Allenthalben beginnt man über ihn zu lachen. Ist es die richtige Reaktion, sich über Menschen lustig zu machen, die so viel Unheil anrichten wie Winterhalder?», schrieb Franziska Wohlgemut Tage später in einem redaktionellen Kommentar.

20

Franziska Wohlgemut und Konrad Kloter trafen sich, wie so oft, in der Wohnung Schnyders. Lächelnd sah Schnyder seine beiden Gäste an und sagte: «Wohlgemut und Kloter werden in den Internetforen als Linke, Nestbeschmutzer und Antipatrioten verunglimpft. Das bringt mich in Rage. Es müsste doch möglich sein, der Frau und dem Mann auf der Strasse, den einfachen Bürgerinnen und Bürgern, klarzumachen, dass Kloter kein Verräter ist, sondern genau dort den Finger drauflegt, wo unsere Gesellschaft hinters Licht geführt und betrogen wird von gewissen Banken, Immobilienmaklern und multinationalen Konzernen.»

«Vielleicht müssten wir die Taktik ändern», sagte Franziska. «Mit Geschichten über Offshoring, Trusts, Steueroptimierung, Geldwäsche und das Bankgeheimnis können die Leute kaum etwas anfangen. Sie verstehen das einfach nicht. Wenn es uns gelingt, aufzuzeigen, was derzeit und in den vergangenen Jahrzehnten Banken verbrochen, wie viel Kriminalität und menschliches Leid sie zu verantworten haben, könnte sich das aber schnell ändern. Unter kriminellem Wirken zählt auch der Handel mit Waffen.»

«Genau, das Kaufen und Verkaufen von Waffen», bemerkte Schnyder. «Was das anbelangt, gibt es zahlreiche Beispiele von auf Wikileaks heruntergeladenen Dateien. Der Fall Willener, ein ehemaliger Berufsfeldweibel der Schweizer Armee. Eine gutartige Person, weit davon entfernt, einem anderen Menschen Schaden zufügen zu wollen. Dass er das trotzdem, ganz entgegengesetzt seiner Absicht, getan hat, ist tragisch und zeigt, dass längst nicht alle, die für kriminelle Machenschaften eingespannt werden, sich dessen bewusst sind und den Gerichtsberichterstattern auffallen. – Die Akte Willener wurde von den Medien übersehen, weil man in diesem Täter keinen Bösewicht sah, was er auch nicht war. Dennoch hat seine Unterschrift als lizenzierter Schweizer Waffenhändler Hunderte von Menschen in den Tod geführt.»

«Wir kennen alle die Vorgeschichte Willeners, wie er von der Zürcher Bieder-Bank als Berufsmilitär vom Waffenplatz Thun abgeworben wurde und sich danach eine goldene Nase mit dem Handel mit Pistolen und Gewehren verdient hatte», rief Franziska.

«Bernhard Willener war naiv. Er durchschaute das teuflische Spiel von Cäsar Bieder junior nicht, obwohl er diesem Banker nie ganz traute», präzisierte Kloter. «Natürlich sind mir die Kontodaten von Willener aufgefallen. Ich hatte sie auch Wikileaks zugestellt. Man hat mir dort aber plausibel gemacht, dass das, was sich Willener hat zuschulden kommen lassen, in der Schweiz kaum Empörung hervorrufen würde. Willener habe sich weder willentlich noch wissentlich bereichert. Und ich selber war mir nicht bewusst, welchen Stellenwert der Waffenhandel im Bankgeschäft hat.»

«Wie ging es weiter mit Willener?», fragte Franziska.

Kloter schluckte bitter. «Ich war bei der Bieder Trust Company auf den Cayman Islands Willeners Ansprechperson. Vielleicht hätte ich ihm schon von Beginn an reinen Wein einschenken sollen. Doch dazu überwand ich mich nicht. Willener hatte sich Cäsar Bieder junior anvertraut. Und Bieder reichte ihn an Kupperman weiter. Hätte Willener nur Anstalten gemacht, die Aufrichtigkeit der Bieder-Filiale auf den Cayman Islands in Frage zu stellen, hätte ihn Kupperman brutal abserviert, und Willener wäre vor dem Nichts gestanden. So liess ich ihn im Glauben, er tue nichts Unrechtes. Die Schweinereien haben andere gemacht. Willener unterschrieb lediglich Verträge, die er nicht verstehen konnte. Es kam hinzu, dass ihm eine solche Unterschrift regelmässig Geld einbrachte, das er für seinen Lebensunterhalt und den seiner Familie benötigte.»

Franziska war bass erstaunt. «Konrad, du hast also Willener persönlich gekannt?»

«Noch nicht, als er ein Konto bei der Bieder Trust Company Cayman eröffnete. Er wurde mir damals, Ende 1997, zugeteilt. Ich war Vertrauensperson der meisten Schweizer Kunden dieses Finanzdienstleistungsunternehmens. Ich war bereits an vieles gewohnt. Dass Kunden missbraucht, sogar zu kriminellen Transaktionen angestiftet wurden, fiel mir bereits in den ersten Monaten meines Aufenthalts in George Town auf.»

«Als Vertrauensperson hättest du ihn aber vor solchen Transaktionen warnen sollen», sagte Franziska.

«Da missdeutest du die Rolle einer Vertrauensperson. Ich hatte auf die Kundenkonten keinen aktiven Zugriff. Das heisst, ich war nicht autorisiert, sie zu verändern. Ich durfte nur Ratschläge erteilen und auch das nur, wenn ich darum gebeten wurde.»

«Gab es denn Personen, die sie verändern durften?»

«Eigentlich war das nicht vorgesehen, trotzdem passierte es. Der Systemadministrator wäre dazu in der Lage gewesen. Dieser war direkt dem Direktor unterstellt. Gab der Direktor eine entsprechende Anweisung, durfte oder musste der Administrator aktiv auf das Konto zugreifen. Was im Falle Willener mit Sicherheit passiert ist.»

«Ohne Wissen des Kontoinhabers?»

«Davon gehe ich aus. Bei einem späteren Treffen, ich denke, im Jahre 2004, hat mir Willener solche Eingriffe denn auch bestätigt.»

«Um was für Waffen ging es?»

«Um Pistolen, Gewehre, Schnellfeuerwaffen, dann aber auch um Militärfahrzeuge jeglicher Art, um Kanonen, einmal sogar um fünf Ketten- und zehn Schützenpanzer. Von alldem wusste Willener erst, als er sich die Kontoauszüge genauer ansah.»

Wolf Schnyder warf ein: «Und er liess das die ganze Zeit ohne Rückfrage zu?»

«Leider ja.»

«Da frage ich mich», so Schnyder, «warum diese Manipulationen im Kontoauszug stehen blieben. Es wäre doch ein Leichtes gewesen, sie zu löschen.»

«Das war Absicht. Später, sollte eine externe Untersuchung

durch die Justiz oder die Polizei angeordnet werden, müsste es danach aussehen, als ob der Kontoinhaber Bescheid wüsste, als ob er selber den Eintrag vorgenommen hätte.»

«Bei einer externen Untersuchung wäre damit Willener zur Verantwortung gezogen worden.»

«So ist es, ja.»

«Mich», sagte Franziska, «würde interessieren, von wo und wem dieses Kriegsmaterial beschafft und an wen es ausgeliefert wurde.»

«Die Antwort ist komplex. Ein Teil kam von kleinen Händlern, übers ganze Land verstreut, ein Teil von nicht ganz sauberen Zwischenhändlern, ein Teil von Schweizer Konzernen, den einschlägigen helvetischen Rüstungsfirmen.»

Franziska hakte nach. «Warum haben die grossen Unternehmer auf einen Zwischenhändler, auf einen Kontoinhaber der Bieder Trust Company auf den Cayman Islands zurückgegriffen?»

Kloter lachte laut. «Warum wohl? Es ging um Staaten, die in militärische Konflikte verwickelt waren. Unser Neutralitätsstatus hätte es nicht zugelassen, dass Schweizer Firmen direkt in solche Länder liefern. Es handelte sich um ganze Regionen, die meisten Staaten des Nahen Ostens, eine ganze Anzahl aus Afrika, einige in Lateinamerika, Ostasien; Waffenempfänger waren auch Armenien und Aserbaidschan. Beide kämpften mit Waffen aus der Schweiz gegeneinander.»

«Kannst du Zahlen über den finanziellen Umfang dieses verkauften Kriegsmaterials nennen?», fragte Franziska.

«Nicht detailliert. Ich müsste mich in meine Unterlagen vertiefen. Darin sind aber lediglich die Lieferungen enthalten, die über die Bieder-Niederlassung auf den Cayman Islands organisiert wurden. Das dürften Beträge im fünfstelligen Bereich sein. Es wäre darauf hinzuweisen, dass andere Schweizer Banken auch mit von der Partie waren und zusammen womöglich weit grössere Beträge aus diesem illegalen Handel erwirtschafteten.»

«Wie lange liess sich Willener von dieser Bieder-Niederlassung einspannen?»

«Die Cayman Filiale und die mit ihr vernetzten Geldinstitute in George Town waren nach meiner Rückkehr in die Schweiz im Fadenkreuz des FBI, insbesondere das Konto Willeners. Hinzu kam, dass auch die CIA mitmischte. Es ging um aussenpolitische und militärische Interessen. Nur Länder, die in das Verteidigungsbündnis der USA eingebunden waren, durften mit Kriegsmaterial beliefert werden. Diesbezüglich standen die Waffenkonzerne der Vereinigten Staaten auch in einem Konkurrenzverhältnis zu den viel kleineren in der Schweiz. Jedenfalls wurde Kupperman Willeners Konto zur Belastung. Willener wurde Knall auf Fall das Konto gekündet. Im Sommer 2002, wie mir Willener nach meiner ersten Untersuchungshaft im Oktober 2005 sagte. In den Zeitungen kam mein Name damals mehrmals vor, auch von meiner Verhaftung und der Freilassung wurde berichtet. Willener rief mich zu Hause an und schlug ein Treffen vor. Er sei wegen seines Ladens, den er damals, immer noch auf dem Areal des Waffenplatzes Thun betrieb, nicht ohne Weiteres abkömmlich. Es würde ihn freuen, mit mir Kontakt aufzunehmen. Ich sagte zu. Zwei Tage später betrat ich seinen Laden.»

Kloter musste einen Schluck Wasser trinken, bevor er fortfuhr. «In seinem Büro redete Willener etwa zwei Stunden auf mich ein, erzählte, was seit der Zeit, als ich die Bieder-Filiale auf den Cayman Islands verlassen hatte, geschehen war. Seine Einnahmen seien danach drastisch zurückgegangen. Um weiter seinen Laden betreiben zu können, für ihn eine Herzensangelegenheit, habe er sich eine neue Geschäftsstrategie ausdenken müssen. Mit Hilfe seines ehemaligen Obersts fand er rasch einen Weg. Der Laden wurde neu eingerichtet, einige Inserate aufgeschaltet, um das Kasernenareal Flyer verteilt. Das wirkte Wunder. Der Umsatz stieg um das Dreifache. Das war zwar erheblich weniger, als das Cayman-Konto abwarf, doch ausreichend, um gut über die Runden zu kommen. Und ich fragte ihn, was ihm durch den Kopf gegangen sei, als er dazu gedrängt wurde, Gelder aus fragwürdiger Herkunft über sein Konto fliessen zu lassen. Willener schüttelte den Kopf und bekannte mir, er habe das anfänglich gar nicht wahrgenommen. ‹Ist Ihnen klar geworden, dass Sie dabei hinters Licht geführt wurden?›, fragte ich ihn. ‹Mit der Zeit schon. Doch ich hatte keinen Anlass, etwas dagegen zu unternehmen. Der Geldsegen, der auf mich herabregnete, war so gewaltig, dass ich mich nicht beklagen konnte.›»

Schnyder und Franziska Wohlgemut tauschten Blicke.

«Ich wollte von Willener wissen, ob er wegen der illegalen Transaktionen später einmal belangt worden sei, was er verneinte. Es sei nie so weit gekommen, obwohl er das immer befürchtet habe. Weiter wollte ich von ihm wissen, warum er sich entschlossen hatte, mit mir Kontakt aufzunehmen. Da brach es aus ihm heraus. Tränen flossen über seine Wangen, er erzählte: ‹Es erschienen nach Ihrer Verhaftung in den Zeitungen zahlreiche Artikel über Sie. Dabei wurde auch darauf hingewiesen, dass Sie Bankgeheimnisse ausplaudern könnten. Es musste ja einen Grund haben, dass Schweizer Grossbanken Filialen auf den Cayman Islands errichteten. Man vermutete, dass einige gut betuchte Kunden dort Konten eröffneten, um … wie man so schön sagt, Steuern zu *optimieren*. Doch ich wusste bereits mehr: Es ging auch um Schwarzgelder, die man weisswaschen musste, um sie in den Schweizer Finanzkreislauf einzuschleusen. Das waren die Erträge der Waffenkäufe und -verkäufe. Damit war mir klar, dass ich mich strafbar gemacht hatte, und das gleich wegen zweier Delikte: illegalem Waffenhandel und Geldwäsche.›»

Kloter hielt einen Moment inne, bevor er fortfuhr: «Damit lag Willener richtig. Er hatte seine Fehler genau verstanden. Ich versuchte ihn zu beruhigen. Damit er zur Rechenschaft gezogen würde, müsste er sich selbst oder jemand anderer ihn anzeigen. Das, was er verbrochen habe, sei kein Offizialdelikt, und von denen, die davon wüssten, würde ganz sicher niemand gegen ihn klagen. Zum Beispiel hätten die Steuerbehörden der Stadt Zürich seine Kontoauszüge bis zum November 2002 erhalten und diese an die Staatsanwaltschaft weitergeleitet. Diese habe die erhaltenen Akten vernichtet, weil bei der Weitergabe gegen das Bankgeheimnis verstossen worden sei. Willener hätte mich beinahe umarmt. Danach wollte er mir alle seine Kontoauszüge aushändigen. Ich hatte ihn nicht darum gebeten und redete ihm das aus. Damit wäre ich in der Lage, ihn anzuzeigen, hatte ich ihm erklärt. Ich würde das aber nicht tun. Deshalb seien diese Dokumente für mich wertlos, könnten sogar zu einer Belastung werden. Denn es gäbe einige, die wüssten, dass ich eine Menge Bankdaten über illegale Geldtransfers besitze. Einige davon seien schon lange daran, diese Unterlagen zu entwenden. Sollten seine Bankdaten in die Hände von Unbefugten fallen, würden sie ihn, Willener, möglicherweise erpressen.»

«Ein typischer Kunde unserer Banken, blauäugiger geht's nimmer», kommentierte Franziska. «Es ist genau diese Klientel, die sich von der Wirtschafts- und Bankenlobby einspannen lässt. Leute, die nichts Böses im Sinn haben, aber Böses tun.»

«Da gebe ich dir recht. Aber es sind die Menschen, die wir schützen müssen. Wir sollten uns überlegen, wie wir sie ansprechen. Das ist uns bislang leider noch nicht gelungen», gab Schnyder zu bedenken. Dann sah er auf die Uhr und sagte: «Jetzt kommen gerade die Vier-Uhr-Nachrichten. Ich schalte mal das Radio ein.»

Die Nachrichten. In der vergangenen Woche wurde auf dem Areal des Waffenplatzes Thun eine männliche Leiche mit durchschnittener Kehle aufgefunden. Er, B. W., war Inhaber einer Waffenhandlung. Das Verbrechen fand im Verkaufsladen dieses Geschäfts statt.
Die Chefin der Gruppe Leib und Leben der Kantonspolizei Bern Melinda Schild …

Kloter, Wohlgemut und Schnyder waren wie vom Blitz getroffen, als sie diesen Namen hörten.

… rief zu einer Medienkonferenz auf. Sie wies anlässlich dieser darauf hin, diese Bluttat könnte mit dem illegalen Waffenhandel in Zusammenhang stehen. Der Ermordete

habe ein Konto einer Schweizer Offshore-Bank besessen, auf dem nachweislich grosse Summen von Erträgen aus dem internationalen Waffenhandel hin- und hergeschoben worden seien. Bei dem Finanzdienstleistungsunternehmen handle es sich um die Cäsar Bieder Trust Company auf den Cayman Islands. Diese ist eine Zweigniederlassung des Cäsar-Bieder-Konzerns an der Zürcher Bahnhofstrasse, der grössten Privatbank in der Schweiz.
Laut ihren Recherchen, informierte Frau Schild, hatte sich B. W. in einem Schreiben an das Steueramt des Kantons Bern gewandt. Dem Schreiben war die Kopie von B. W.s Kontoauszug der Bieder-Filiale auf den Caymans beigelegt. Im Schreiben vom 5. April 2005 anerbot sich B. W., die Gewinne von offensichtlich illegalen Geldtransaktionen zwischen Anfang 1998 und Ende 2002 dem Steueramt abzugeben. Er, B. W., habe seinerzeit nicht gewusst, dass diese Kontenbewegungen gesetzeswidrig seien. Sie seien zudem ohne sein Zutun von Drittpersonen vorgenommen worden.
Die zuständige Sachbearbeiterin bedankte sich bei B. W. schriftlich, wies ihn aber darauf hin, dass die Bernische Steuerverwaltung für sein Begehren nicht zuständig sei. Sie werde Kopien des Schreibens vom April 2005 und dessen Beilage den Oberstaatsanwälten der Kantone Bern und Zürich weiterleiten. Die Originale würden an B. W. zurückgeschickt.
Der Oberstaatsanwalt des Kantons Bern archivierte die Kopien, der des Kantons Zürich soll sie geschreddert haben.
Von der Täterschaft des Tötungsdelikts auf dem Thuner Waffenplatz fehlt derzeit noch jede Spur. Die Kriminalpolizei wird die Öffentlichkeit umgehend informieren, sobald es weitere Erkenntnisse zu diesem Verbrechen gibt.

Franziska Wohlgemut, Wolf Schnyder und Konrad Kloter setzten sich wieder an den Tisch und sprachen über den Mord an Bernhard Willener, dass es sich beim Opfer um ihn handeln musste, stand für alle drei ausser Frage.

Dass Melinda Schild, die sich aus der Stadt Zürich zurückgezogen hatte, um eine ruhigere Stelle im Kanton Jura anzutreten, kurz danach nach Bern weitergezogen war, hatte keiner der drei gewusst. Doch alle sahen es als glückliche Fügung, dass Melinda Schild nun ausgerechnet mit dem Mordfall Bernhard Willener betraut worden war. Sie entschlossen sich, gemeinsam nach Bern zu reisen, Melinda Schild aufzusuchen und mit ihr darüber zu reden.

Bevor die beiden Gäste Schnyders Wohnung verliessen, meldete sich Franziska Wohlgemut nochmals zu Wort. Sie musterte Kloter kritisch. «Konrad, bist du dir bewusst, dass auch du Fehler gemacht hast? Du bist gut fünfzehn Jahre im Dienst der Bieder-Bank gestanden. Zuletzt in leitender Stellung. Du hast hinter die Kulissen dieses Finanzinstituts gesehen, als Buchprüfer wie nur wenige andere. Ich kaufe dir nicht ab, wenn du bei mir den Eindruck erwecken möchtest, du hättest in all diesen Jahren nichts von den fragwürdigen Geschäften dieser Bank mitbekommen. Das wollte ich dir noch sagen. Ich erwarte von dir keine Rechtfertigung. Doch darüber nachdenken solltest du schon.»

***

In Thun wurde eine Mordkommission unter dem Vorsitz von Melinda Schild gebildet. Die Hälfte der Teilnehmer kam aus dem Polizeikorps und der Justiz des Kantons Zürich. Melinda Schild vermutete, wie sie sich gegenüber Medien äusserte, dass der oder die Täter aus Zürich stammen könnten.

Die Suche nach den Urhebern des Verbrechens ging fieberhaft weiter. Täglich informierte Melinda Schild die Öffentlichkeit über den Stand der Ermittlungen. Leider sei man in der Aufklärung kaum einen Schritt weitergekommen, gestand sie unumwunden ein.

Im Kanton Bern wurde deswegen zunehmend Kritik an Frau

Schild laut. Man frage sich, ob da überhaupt ernsthaft ermittelt werde. Sollte die Bankenmafia dahinterstecken, würde die Berner Polizei und Justiz wahrscheinlich den Schwanz einziehen.

Wohlgemut, Schnyder und Kloter sahen das nicht so. Sie kannten Melinda Schild als eine Kriminalistin, die bei Ermittlungen nie mit Verlautbarungen übertrieb, im Gegensatz dazu aber die Untersuchung hartnäckig weiterführte und erst am Schluss des Verfahrens die Karten aufdeckte.

Franziska Wohlgemut, Wolf Schnyder und Konrad Kloter reisten mehrmals nach Bern, um Melinda Schild zu treffen.

21

Drei Wochen nach dem Mord an Bernhard Willener in Thun gab es zwei ähnliche Verbrechen in der Stadt Zürich. In der Abenddämmerung wurden in zwei Seitengassen, die in die Bahnhofstrasse mündeten, zwei männliche Leichen aufgefunden, ebenfalls mit aufgeschnittener Kehle.

Die Meldung darüber brachte es bereits am nächsten Tag schweizweit in die Schlagzeilen. In den meisten Medienbeiträgen wurde auf die Bluttat vom 7. Februar 2019 im Kasernenareal von Thun verwiesen.

Am Morgen nach den Leichenfunden wurde ein smart gekleideter Herr blutend in einem Hauseingang an der Bahnhofstrasse gefunden. Der Mann hatte eine Schnittwunde in der Halsgegend. Er wurde auf seinen Wunsch hin mit einer städtischen Ambulanz in die exklusive Privatklinik Rosenhalde gefahren. Ein Gefreiter der Kantonspolizei, der darauf bestand, den Transport zu begleiten, fragte den auf der Bahre Liegenden nach seinem Namen, der Adresse und seiner Telefonnummer. Am Nachmittag rief der Polizist in der Rosenhalde an und erkundigte sich nach dem Patienten mit der Schnittwunde, mit dem Namen, den er in der Ambulanz angegeben hatte. In diesem Spital gebe es niemanden, der so heisse. So machte sich der Gefreite auf den Weg zu der Adresse, die der Mann ihm gegeben hatte. Das war keine Wohnung, sondern eine Anwaltskanzlei. Er wurde zum Chef geführt, einem Juristen namens Marfurt. «Sie sehen dem Mann, den ich heute Vormittag in die Rosenhalde begleitet habe, ähnlich, aber irgendwie habe ich den Eindruck, dass es jemand anderes als Sie gewesen ist.»

Marfurt lachte. «Sehr wohl. Ich bin über den Vorfall informiert. Der Typ mit dem angeritzten Hals ist mein Cousin Walo Hungerbühler. Er möchte nicht, dass die Behörden in diese

Angelegenheit einbezogen werden. Die Verletzungen Walos sind harmlos.»

Der Polizist sah Marfurt unschlüssig an. «Aber einen Rapport muss ich schreiben.»

«Tun Sie das. Und geben Sie darin meine Koordinaten an. Die Angelegenheit ist für uns erledigt.»

«In Ordnung», sagte der Gefreite. «Aber es könnte sein, dass sich mein Chef in den nächsten Tagen an Sie wendet.»

«Wer ist Ihr Chef?»

«Hauptmann Pierin Camenzind.»

Marfurt schlug sich lachend auf die Schenkel. «Prima, Pierin ist ein Freund von mir.»

«Wenn das so ist, dann kann ich beruhigt gehen.» Der Gefreite verabschiedete sich und ging.

Auch in Zürich wurde eine Mordkommission gebildet, mit dem stellvertretenden Chef der Zürcher Kriminalpolizei, Pierin Camenzind, als Präsident, deren eine Hälfte aus einer Berner Delegation bestand. Die beiden Kommissionen hatten den Auftrag, eng zusammenzuarbeiten. Gegen hundert Polizeiangehörige, Justizbeamtinnen und -beamte beider Kantone waren an den Ermittlungen beteiligt.

Anders als im Fall von Thun wurden in Zürich nicht mal die Initialen der Opfer bekannt gegeben, deshalb wurde in den Onlineforen der Medien eifrig spekuliert, ob es sich um prominente Personen handelte.

***

Ebenso wurde den Mitgliedern der Mordkommission auferlegt, die Namen der Getöteten nicht weiterzugeben, sodass sie auch der Vorsitzenden der Kommission Willener vorerst vorenthalten wurden. Melinda Schild war darob aufgebracht, machte aus ihrem Ärger aber kein Aufsehen. Sie war sich sicher, die Identität der beiden Opfer von der Bahnhofstrasse ohnehin bald zu erfahren.

Sie schloss sich mit Kloter, Schnyder und Franziska Wohlgemut kurz, fragte sie an, ob sie ihr helfen würden. Schnyder übernahm dabei die Führung, schliesslich hatte er kriminalistische Erfahrung und wusste auch, welche Personen sich als Opfer anbieten könnten.

Melinda Schild durchstöberte die Cayman Papers, die Kloter ihr zur Verfügung stellte, und fand darin mehrere Dutzend interessante Namen. In den engeren Kreis der Anwärter kamen Gisler und Finger. Beide wohnten in der Agglomeration der Stadt Zürich und arbeiteten an der Bahnhofstrasse. Beide konnten für den Bieder-Konzern und seine Zweigniederlassungen, aber auch für gewichtige Anleger dieser Geldhäuser zu einer Gefahr werden. Schnyder, Franziska Wohlgemut und Konrad Kloter trauten beiden zu, andere zu verraten, wenn sie dadurch ihren Hals aus der Schlinge ziehen konnten. Es war auch nicht schwierig gewesen, den Wohnort von Gisler und Finger ausfindig zu machen. Kloter und Schnyder nahmen sich vor, beide zu besuchen. Ihre Wohnungen, beide lebten derzeit allein, da sie sich von ihren bereits mehrfach ausgewechselten Lebenspartnerinnen getrennt hatten, waren polizeilich versiegelt. Um ganz sicherzugehen, setzte sich Schnyder mit den Unternehmen, in denen sie arbeiteten, in Verbindung. Eine Angestellte teilte ihm mit, Damian Finger sei umgebracht worden. Im Fall von Manfred Gisler war die Auskunft nicht ganz so konkret, doch hinreichend: Über Herrn Gisler dürfe keine Auskunft gegeben werden. Die Polizei habe eine Hausdurchsuchung vorgenommen, sagte der Mann an der Rezeption.

Tage später rief Melinda Schild den Chef der Zürcher Mordkommission an und teilte ihm mit, dass sie nun wisse, wer die Ermordeten seien, und verlangte von ihm eine Erklärung, weshalb ihr die Namen der Opfer vorenthalten wurden.

Camenzind reagierte ungehalten. «Sie haben in Zürich nicht zu ermitteln. Was fällt Ihnen eigentlich ein?»

Melinda Schild war nicht auf den Mund gefallen und erwiderte in barschem Ton, es gehe nicht an, bei einem Gewaltverbrechen, das bislang drei Tote gefordert habe, vielleicht sogar mehr, die Zusammenarbeit mit der anderen Mordkommission, die ebenfalls ermittle, zu verweigern. Ein solches Verhalten sei bizarr und könne so ausgelegt werden, dass die Untersuchungsbehörden gewisse Leute in Zürich schützen wollten. Das Gespräch schaukelte sich auf und geriet ausser Kontrolle. Camenzind knallte schliesslich den Hörer auf die Gabel.

Bei Melinda Schild keimte nun ein schrecklicher Verdacht, den sie mit Franziska Wohlgemut, Schnyder und Kloter erörterte. Schnyder, der sich im Beziehungsnetz der Zürcher Justiz und Polizei gut auskannte, fand eine Erklärung für das Verhalten Pierin Camenzinds. Der ehemalige Stadtzürcher Staatsanwalt Balthasar Winterhalder und Pierin Camenzind seien dicke Freunde. Offensichtlich sei Camenzind bestrebt, das Umfeld des Bieder-Konzerns aus den Ermittlungen herauszuhalten.

«Wie dumm. Ich kann mir schlecht vorstellen, dass führende Funktionäre des Bieder-Konzerns das Risiko eingehen würden, den Auftrag zu erteilen, Leute wie Gisler und Finger umzulegen», gab Kloter zu bedenken. Er tippe eher auf Personen, die ein Konto bei der Bieder-Filiale in George Town unterhielten. Davon gebe es allerdings viele in der Schweiz. Die Daten dieser Konten seien wahrlich kein Geheimnis mehr, man könne sie auf Wikileaks herunterladen. Doch um damit etwas anfangen zu können, brauche es Insiderwissen, und dieses hätten sowohl Gisler wie Finger gehabt.

«Wäre es denkbar, dass Gisler und Finger nach dem Mord an Willener gewisse Leute erpressten?», fragte Franziska Wohlgemut.

Die drei andern nickten.

Melinda Schild stützte den Kopf auf beide Hände und sah Kloter, Franziska Wohlgemut und Schnyder der Reihe nach an. «Ich bin sicher, dass wir auf eine heisse Spur gestossen sind. Doch sie hat viele Verzweigungen, die ins Abseits führen. Es wäre eine Sisyphusarbeit, alle Schweizer, die ein Konto bei der Bieder Trust Company auf den Caymans unterhielten, durch die Mangel zu drehen. Das werden wir ohne aktive Hilfe der Zürcher Kriminalpolizei niemals schaffen.»

Ratlos sah man sich an. Franziska Wohlgemut machte einen Versuch zu protestieren. «Ich weigere mich zu akzeptieren, dass die Bankenterroristen unser Land in Geiselhaft nehmen. Stehen die Banker mit dem Rücken zur Wand, handeln sie wie gewöhnliche Kriminelle. Ich will doch hoffen, dass jetzt die Zeit gekommen ist, wo wir sie zur Strecke bringen können.»

«Wenn es nur die Banker wären. Das Problem ist, dass ihnen die Justiz und die Politik zur Seite stehen», bemerkte Kloter.

Das Gesicht Melinda Schilds überzog sich mit einem breiten Lächeln. «Ich gebe nicht auf. Es gab noch nie so viele Leute, die meine Arbeit unterstützen. Ich werde jetzt an die Öffentlichkeit gehen.»

«Wie denn?», wollte Franziska Wohlgemut wissen.

«Ich habe einen Freund, der in der Redaktion von ‹Aktuell› arbeitet. Ich werde mit ihm zusammensitzen.»

«Was versprichst du dir davon?»

«Man wird landesweit von den Gewaltverbrechen in Zürich und Thun reden. Die Banken und ihre Lobby kommen unter Druck. Sie werden eine Erklärung zu den Todesfällen Willener, Gisler und Finger abgeben müssen.»

Am Freitag, den 22. März 2019, war es so weit. In der Zeitung «Aktuell» erschien der Artikel auf der Frontseite:

Zwei rätselhafte Morde im Umfeld der Zürcher Bahnhofstrasse
Alle Morde wurden vermutlich von der gleichen Täterschaft verübt.

Am 7. Februar 2019 wurde im Areal der Dufourkaserne in Thun der Inhaber eines Waffengeschäftes in seinem Laden mit durchschnittener Kehle aufgefunden. Drei Wochen später wurden in zwei Seitengassen der Zürcher Bahnhofstrasse zwei weitere männliche Leichen mit derselben Todesursache aufgefunden.

Heute hat die Chefin der Abteilung Leib und Leben der Berner Kantonspolizei, Melinda Schild, uns zu diesen Mordfällen ein Interview gegeben.

Aktuell: *Das erste dieser Tötungsdelikte ist vor mehr als drei Wochen verübt worden. Es scheint, dass Sie bei Ihren Ermittlungen noch nicht weit gekommen sind. Von der Täterschaft fehlt derzeit offenbar jede Spur. Glauben Sie noch, dieses Verbrechen aufklären zu können?*
Schild: *Fünfundzwanzig Tage sind bei der Aufklärung einer Bluttat keine lange Zeit. Mehrmals hat es Jahre gedauert, bis die dafür verantwortlichen Personen ausfindig gemacht werden konnten.*
Aktuell: *Sie gehen also davon aus, dass mehr als eine Person am Verbrechen beteiligt war?*
Schild: *Das könnte gut sein, wir wissen es noch nicht.*
Aktuell: *Was wissen Sie denn überhaupt?*
Schild: *Einmal ist es nicht zutreffend, dass wir bislang auf keine Spuren gestossen sind. Wir gehen davon aus, dass alle drei Delikte mit grosser Wahrscheinlichkeit von derselben Täterschaft begangen wurden. Wir haben auch bereits Verdächtige im Visier. Alle drei Opfer hatten ein Konto bei der Cäsar-Bieder-Filiale in George Town auf den Cayman Islands. Das zumindest ist ein handfestes Indiz.*
Aktuell: *Können Sie Namen nennen?*
Schild: *Nein. Es ist nicht unsere Art, Leute, von denen wir nicht genau wissen, ob sie schuldig sind, an den Pranger zu stellen. Es hat sehr viele Schweizer Kontoinhaber bei dieser Bieder-Filiale.*
Aktuell: *Glauben Sie, der oder die Täter hätte/hätten ein Konto auf dieser Bank gehabt?*
Schild: *Davon gehen wir aus. Vielleicht existieren diese Konti immer noch. Es dürfte sich um Personen handeln, die eine Beziehung zum Bieder-Konzern haben. Alle drei Opfer waren gute Kunden der Bieder-Filiale auf den Cay-*

man Islands und kannten deren Kadermitglieder teils persönlich, insbesondere den Direktor.
Aktuell: *Wollen Sie damit sagen, der Direktor könnte in die Mordanschläge involviert sein?*
Schild: *Das glaube ich persönlich nicht. Doch wir gehen allen Spuren nach.*
Aktuell: *Die Namen der Opfer wurden bislang nicht bekannt gegeben. Warum nicht?*
Schild: *Von mir werden Sie sie bestimmt nicht erfahren.*

***

Der Erste, der sich an Cäsar Bieder junior wandte, war Balthasar Winterhalder. Winterhalder, inzwischen pensionierter Staatsanwalt des Gerichtskreises Zürich Stadt, war ausser sich. Man müsse gegen Frau Schild gerichtlich vorgehen. Bieder schien das Interview nicht besonders zu beunruhigen. «Soll doch die Schild gegen mich ermitteln. Ich habe mit dieser Sache nichts zu tun.» Das war die Standardantwort, die er all denen, die sich mit Telefonen, Mails oder SMS an ihn wandten, gab.

***

Kurz nach Erscheinen des Interviews läutete das Telefon in der Zentrale Leib und Leben in Bern Sturm. Der erste Anrufer war Pierin Camenzind. Er war immens aufgebracht und deckte Melinda Schild mit Vorwürfen ein. Mit ihrer Stellungnahme habe sie die Ermittlungen in diesem Kriminalfall gefährdet.

Sie nahm diese Schelte gelassen hin, ohne darauf einzugehen.

Zum Personenkreis, den Melinda Schild zu den möglichen Tätern zählte, gehörte Winterhalder, auch Nötzli. Sie traf entsprechende Vorkehrungen. Beim Amtsgericht Thun stellte sie den Antrag, Winterhalder, Nötzli und fünf weitere Personen zu überwachen. Diesem Gesuch wurde stattgegeben, allerdings nicht, ohne Melinda Schild darauf hinzuweisen, dass es unüblich sei, Magistratspersonen der Justiz zu bespitzeln. In einem solchem Fall müsse ein handfester Verdacht vorliegen. Das sei so, beruhigte Melinda Schild den zuständigen Gerichtspräsidenten.

Er teilte ihr darauf mit, in der Überwachung seien auch die Aufzeichnungen der Mobiltelefone der beschatteten Personen enthalten. Da diese aber nicht angeklagt seien, müssten diese diskret «verarbeitet» werden.

Am nächsten Tag war Melinda Schilds Interview Thema fast aller Schlagzeilen in den Schweizer Medien. Man nahm Stellung zum Hinweis, dass die Opfer bei der Bieder-Filiale Cayman Islands Konti unterhielten. Die Meinungen dazu fielen unterschiedlich aus. Die einen kritisierten das Interview der leitenden Kriminalpolizistin, indem sie ihr vorwarfen, der Aufhebung des Bankgeheimnisses Vorschub zu leisten. Andere waren voll des Lobes, bewunderten ihren Mut, sich mit der mächtigen Bankenlobby anzulegen. Dazu kamen die Ergüsse der Wutbürger in den Onlineforen, die häufig unter die Gürtellinie zielten. Als «linksextreme Vaterlandsverräterin», als «Kommunistin», «Grüne», «Anarchistin» wurde sie darin bezeichnet.

Die Kontroverse darüber hielt nur wenige Tage an. Melinda Schild war das noch so recht, wie sie sich gegenüber ihren Freunden äusserte. Einige ihrer Widersacher bei der Zürcher Justiz und Polizei wüssten nun, dass es ihr Ernst sei. Hinter vorgehaltener Hand, das bestätigte ihr Schnyder, wüsste man in diesem Kreis genau, dass jede versierte Kriminalistin dort den Finger drauflegen würde, wo es jetzt Melinda Schild tat.

Es waren Angehörige der Thuner Mordkommission, die nun die Konti der Schweizer Anleger bei der Bieder-Filiale in George Town durchforsteten. Der eine oder andere Kontobesitzer wurde vorgeladen. Camenzind, dem das ein Dorn im Auge war, versuchte das zu verhindern. Er hatte aber keinen

Erfolg. Was die Berner Polizisten und Justizbeamten taten, durften sie, es war durchaus legal.

Vorgeladen wurde unter anderem Nötzli, und das in einem Gebäude der Zürcher Stadtpolizei, wo man schon seit Jahrzehnten im Konkurrenzverhältnis zur Kantonspolizei stand. Nötzli erschien nicht, worauf er kurzerhand festgenommen und gewaltsam einem Berner Ermittler vorgeführt wurde.

Melinda Schild liess es sich nicht nehmen, Nötzli persönlich zu vernehmen.

Nötzli weigerte sich auszusagen, obwohl Schild ihm versicherte, dass er vorerst nur als Zeuge vorgeladen sei. Aufgrund der Drohung, ihn in Untersuchungshaft zu nehmen, sollte er eine Zusammenarbeit mit der Polizei und der Justiz verweigern, lenkte Nötzli schliesslich ein, im Wissen natürlich, dass ihm genau das drohte und dass das auch rechtens war.

Auszug aus dem Aussageprotokoll:

***Schild:** Kannten Sie Bernhard Willener?*
***Nötzli:** Nein, wie sollte ich?*
***Schild:** Bewirtschafteten Sie ein Konto bei der Cäsar Bieder Trust Company auf den Cayman Islands?*
***Nötzli:** Ich schliesse das nicht aus, kann mich aber nicht mehr daran erinnern.*
***Schild:** Haben Sie den Steuerbehörden Ihr Konto auf den Caymans offengelegt?*
***Nötzli:** In der Regel gebe ich den Steuerbehörden all meine Besitzverhältnisse und Einkünfte an. Es könnte aber sein, dass ich auf der Bank einer Feriendestination ein Konto eröffnete, um notfalls liquid zu sein. Heutzutage ist es an solchen Orten unsicher. Es handelte sich um kleinere Beträge, die ich dort nur kurzzeitig deponierte, um sie dann wieder abzuziehen. In diesem Fall muss ich sie in der Steuererklärung nicht angeben.*
***Schild:** Kennen Sie die Dufourkaserne in Thun?*
***Nötzli:** Warum diese Frage? Sie wissen genau, dass ich während meiner aktiven Dienstzeit Justizoffizier der*

Schweizer Armee war. Wir haben uns beide während mehrerer Wiederholungskurse dort getroffen. Sie waren ebenfalls Offizier der Militärjustiz.
***Schild:** Bleiben wir ein wenig beim Thema Waffenplatz Thun. Haben Sie dieses Areal nach Ihrer Militärdienstzeit noch einmal besucht?*
***Nötzli:** Wohl kaum. Ich wüsste nicht, warum ich das hätte tun sollen.*
***Schild:** Kennen Sie eine Person, die in Thun wohnt, die Sie in letzter Zeit mehrmals besucht haben?*
***Nötzli:** Da kann ich mich beim besten Willen nicht daran erinnern.*
***Schild:** Aber Sie schliessen das nicht aus?*
***Nötzli:** Frau Schild, ich finde Ihre Verhörmethoden eine Zumutung.*

Melinda Schild brach nach dieser Antwort das Verhör ab und entliess Nötzli. Als sie Nötzli die Hand drückte, realisierte sie, dass Nötzlis Rechte schweissnass war.

Am Tag danach, es war Donnerstag, der 28. März 2019, war der Aufgebotstermin von Balthasar Winterhalder, zu gleicher Tageszeit, am gleichen Ort. Winterhalder erschien pünktlich.

Melinda Schild stellte Winterhalder weitgehend die gleichen Fragen wie Nötzli. Seine Antworten waren entsprechend die gleichen wie jene von Nötzli, was sie jeweils mit einem Schmunzeln zur Kenntnis nahm.

Als Winterhalder den Verhörraum verliess, fragte Melinda Schild den Schreiber, einen Korporal der Zürcher Stadtpolizei, der auch am Vortag das Verhör protokolliert hatte: «Ist Ihnen etwas aufgefallen?»

«Warum hätte mir das nicht sollen? Die beiden haben zwischen gestern nach dem ersten Verhör und heute vor dem zweiten miteinander geredet.»

«Ja, ich fasse es nicht. Für wie blöd halten die mich?»

Der Protokollführer winkte ab. «Ich glaube nicht, dass die

Sie für blöd halten. Beide waren extrem nervös. Und sie logen brandschwarz, das sah man Ihnen von Weitem an.»

Melinda Schild lächelte vielsagend. «Danke, Sie sind ein guter Beobachter.»

Melinda Schild vollführte eine Gratwanderung. Sie durfte sich keine Fehler erlauben. Dabei standen ihr ihre engsten Mitstreiter, Franziska Wohlgemut, Schnyder und Kloter, mit Rat und Tat bei. Alle drei waren sich bewusst, dass sie verschwiegen sein mussten. Nur so konnte es Melinda Schild riskieren, sie in Geheimnisse einzuweihen. Sie erzählte ihnen von abgehörten Mobil-Telefongesprächen und SMS von Winterhalder und Nötzli. Aus denen gehe klar hervor, dass beide in regem Kontakt miteinander standen, aber auch, dass sie immer noch Konti beim Bieder-Konzern und dessen Filiale auf den Cayman Islands unterhielten. Und es gab eine dritte Person, die in den Mord an Willener verwickelt sein musste. Der in Thun ansässige Lukas Ludi, aktiver Berufsfeldweibel auf dem Waffenplatz Thun. Dieser Name wurde bislang in den Melinda Schild bekannten Akten der Cayman Papers nicht gefunden. Ludi unterhielt auch kein Konto bei der Bieder-Bank in Zürich und ihrer Niederlassung auf den Cayman Islands.

Franziska Wohlgemut kommentierte: «Nun verstehe ich deine Frage an Nötzli: ‹Kennen Sie eine Person, die in Thun wohnt, die Sie in letzter Zeit mehrmals besucht haben?› Wäre ich Nötzli oder Winterhalder, liefe es mir heiss und kalt den Rücken hinunter.»

Und Schnyder schickte nach: «Das erklärt ihre gestresste Gemütsverfassung beim Verhör. Sie scheinen etwas zu ahnen, aber bleiben im Ungewissen über deinen Kenntnisstand, was ihre Kontakte betrifft. Das kommt dir entgegen. Angsterfüllte Nervosität begünstigt Fehler. Ich denke, sie werden bald welche machen. Kannst du uns verraten, welche Rolle Ludi im Kriminalfall Willener spielt?»

«Aus den SMS, die er Winterhalder gesendet hat, geht hervor, dass er beim Mordanschlag an Willener dabei war. Vielleicht hat er ihn sogar ausgeführt, vielleicht hat er Schmiere gestanden. Jedenfalls muss er genau informiert sein, wie Willener zu Tode gekommen ist. Wir haben die Spurensicherung wieder aufgenommen. Der Laden von Willener ist immer noch versiegelt. Spuren von Nötzli und Winterhalder haben wir sichergestellt. Die Frage ist nur, ob sie von der Tatzeit herrühren. Mit anderen Worten: Es gibt eine Menge von Indizien, doch Indizien sind noch keine Beweise. Finden wir DNA-Profile von Ludi, würde uns das ein grosses Stück weiterbringen. Wir arbeiten mit Hochdruck daran.»

***

Mitte April 2019 in der Morgendämmerung hörte sich Winterhalder die Acht-Uhr-Nachrichten im Radio an. Gegen Ende der Sendung hörte er:

... aus Thun erreicht uns folgende Meldung: Nahe dem Kasernenareal ist gerade eine Schiesserei im Gange. Nachdem um halb sieben zwei Polizisten in einer Wohnung eines Mehrfamilienhauses eine Person festnehmen wollten, bedrohte diese die beiden Beamten mit einer Schusswaffe. Sie verliessen danach das Treppenhaus und forderten Verstärkung an. Eine Sondereinheit rückte an. Offenbar gab der festzunehmende Mann, ein Berufssoldat, seinen Widerstand nicht auf und eröffnete das Feuer auf die Ordnungskräfte. Zwei davon seien mit Verletzungen mit einer Ambulanz auf dem Weg ins nahe Bezirksspital. Der Sprecher der Kantonspolizei versprach, sobald man mehr wisse, werde die Öffentlichkeit informiert.

Wie von einer Tarantel gestochen schoss Winterhalder auf, zog ein Handy aus der Hosentasche und versuchte Ludi zu erreichen. Der nahm jedoch nicht ab, danach rief er Nötzli an. Dieser war sicher, dass es sich beim Berufsmilitär um Ludi handelte.

«Was ist nun zu tun?», fragte Nötzli.

«Wir müssen Plan B umsetzen», antwortete Winterhalder.

***

Was mit dem Plan B gemeint war, konnte Melinda Schild, die das Gespräch zwischen Winterhalder und Nötzli abhörte, nur vermuten. Wollten die beiden ihre Wohnungen verlassen und sich ins Ausland absetzen? Das erschien ihr wahrscheinlich. Sie ordnete eine intensivere Überwachung von Winterhalder und Nötzli an. Grenznahen Polizeistationen wurden die Nummern der Kontrollschilder der Wagen von Nötzli und Winterhalder weitergereicht. Auch die Grenzübergänge wurden informiert, ebenso die Flughäfen. Allerdings sah Melinda Schild dennoch zahlreiche Möglichkeiten, unbehelligt die Schweiz zu verlassen. Nur die wenigsten Zollstationen waren besetzt, zudem gab es zuhauf grüne Grenzabschnitte, die schon seit Jahren niemand mehr kontrollierte. Wie weit war es möglich, sich den beiden an die Fersen zu heften? Gegen beide wurden bis jetzt keine Haftbefehle ausgestellt. Gingen Nötzli und Winterhalder geschickt vor, hatten sie intakte Chancen, zu entkommen.

Melinda Schild besprach das mit ihrem Team, man einigte sich auf die naheliegendste Lösung. Sie stellte sechs Detektive frei, deren einzige Aufgabe es war, Winterhalder und Nötzli versteckt zu überwachen.

Zwischendurch wurde Melinda Schild immer wieder über die Vorgänge um die Wohnung von Lukas Ludi benachrichtigt. Um halb zehn war der Spuk vorüber, Ludi, allerdings erheblich verletzt, dingfest gemacht. Ein Helikopter der Rettungsflugwacht fliege ihn gerade ins Berner Inselspital. Über die Art von Ludis Verletzungen konnte man Melinda Schild keine Angaben machen. Rechtzeitig vor zehn Uhr wurden die Medien durch den Pressesprecher der Kantonspolizei informiert.

Ludi war nicht lebensgefährlich verletzt. Er hatte einen Schulterdurchschuss, die Beine und die Arme wurden durch gezielt abgefeuerte Kugeln getroffen. Ludi wurde operiert. Melinda Schild war voll des Lobes über ihre Mannen. Ein toter Ludi hätte die Ermittlungen wesentlich komplizierter gemacht.

Am nächsten Vormittag wurde Ludi in die Gefangenenabteilung des Universitätsspitals Insel eingewiesen. Ludi war ansprechbar. Um zehn Uhr wollte Melinda Schild Ludi ein erstes Mal vernehmen. Doch er widersetzte sich. Für seinen Fall sei die Militärjustiz zuständig. Sie versuchte ihn davon zu überzeugen, dass das nicht stimme.

Unverrichteter Dinge zog Melinda Schild wieder ab. Auf dem Weg durch die unterirdischen Gänge traf sie einen Hauptmann der Heerespolizei, der offenbar ausgeschickt worden war, so nahm Melinda Schild an, um Ludi zu vernehmen. Sie stellte den Offizier, der sich sofort auswies und ihre Vermutung bestätigte. Es kam zu einem längeren Gespräch. Der Heerespolizist war ein Milizoffizier und in Zivil Staatsanwalt. Er war mit Melinda Schild einig, dass in diesem Fall die zivilen Ermittlungsbehörden zuständig seien, seine gesetzeswidrigen Übergriffe habe Ludi ja nicht während der Dienstzeit begangen. Man kam überein, dass sie, Melinda Schild, die Vernehmung vornehme und der Hauptmann dabei sei, ohne allerdings eine Frage zu stellen. Dann zeigte er auf eine weitere Militärperson, die sich diskret im Hintergrund gehalten hatte. «Dieser Korporal ist mein Protokollführer. Er wird das Gespräch aufnehmen und protokollieren.»

Melinda Schild und ihr Kollege in der Hauptmannsuniform gingen ins Krankenzimmer von Ludi.

Ludi begann zu reden, als ihn Melinda Schild befragte.

Später las sie das Protokoll durch und musste schmunzeln.

***Schild:** Seit wann kennen Sie den Richter Arnold Nötzli?*
***Ludi:** Mir sagt dieser Name nichts. Ich habe den Mann nie gesehen.*
***Schild:** Seit wann kennen Sie den Staatsanwalt Winterhalder?*
***Ludi:** Mir sagt dieser Name nichts. Ich habe den Mann nie gesehen.*

(Frau Schild zieht ein kleines schwarzes Gerät aus ihrer Mappe, drückt auf einen Knopf. Der Mitschnitt eines Telefonats zwischen Ludi und Nötzli ist zu hören. Danach der eines Telefonats zwischen Ludi und Winterhalder. – Ludi verdreht die Augen, er droht in seinem Rollstuhl auf die Seite zu kippen. Ein Pfleger richtet ihn wieder auf und macht Schild Vorwürfe, einen Schwerverletzten derart grob zu behandeln. Frau Schild zuckt mit den Schultern.)
Schild: *Was sagen Sie jetzt, Herr Ludi?*
Ludi: *Sie haben mich bespitzelt, Telefongespräche abgehört. Das ist illegal.*
Schild: *Gemäss einem Richterspruch ist unser Vorgehen rechtmässig.*
Ludi: *Ich sage nichts dazu …*
Schild: *Das ist auch nicht mehr notwendig: Wo waren Sie am 7. Februar 2019, als Willener in seinem Laden die Kehle aufgeschnitten wurde?*
Ludi: *Ich habe mit dieser Sache nichts zu tun. Ich kannte zwar Willener dem Namen nach, wusste, wie er aussieht, dass er auf dem ausrangierten Teil des Waffenplatzes einen Verkaufsladen für Schusswaffen und Munition betrieb. Ich war aber nie sein Kunde.*
Schild: *Wir haben im Laden von Willener Ihre DNA-Profile gefunden, zahlreiche sogar. Was Sie behaupten, können wir leicht widerlegen. Wollen Sie immer noch bestreiten, dass Sie im Laden waren?*
Ludi: *Ich verweigere jeglichen Kommentar dazu.*
Schild: *Herr Ludi, Sie behaupten, nichts mit dem Tod von Willener zu tun zu haben. Tun Sie das immer noch? (Frau Schild nimmt ihr Handy aus der Jackentasche, tippt etwas ein, reicht es dem Pfleger, bittet ihn, die SMS darauf Ludi unter die Nase zu halten. GUTEN TAG, HERR LUDI, ES GEHT UM MORGEN, DEN 7. FEBRUAR, FINDEN SIE SICH UM 7:30 VOR DEM LADEN VON WILLENER EIN. VERGESSEN SIE DEN DOLCH NICHT. VERGEWISSERN SIE SICH, DASS ER SCHARF IST. Die SMS wurde am 6. Fe-*

bruar 2019, 20:15 Uhr, von Winterhalders iPhone an Ludi geschickt. – Ludi wird noch bleicher, als er bereits war. Diesmal droht er nach vorn zu kippen, was der Pfleger im letzten Moment verhindern kann. Er bittet Frau Schild, das Verhör zu unterbrechen, da es zu einer nicht mehr zumutbaren Belastung für Ludi werden könnte.)
Schild: *Es geht um einen Mord, den wir aufzuklären haben. Doch wir haben Zeit. Ich werde in den nächsten Tagen nochmals vorbeikommen.*

Auf der Rückfahrt zu ihrem Büro am Waisenhausplatz gab ihr Handy einen Signalton ab. Sie drückte den Knopf an der Freisprecheinrichtung. Es war der Mitschnitt eines Telefongesprächs von Winterhalder mit Nötzli.

– Noldi, ich denke, wir können Plan B vorerst aufschieben. Laut übereinstimmenden Medienberichten soll Ludi schwer verletzt in der Gefangenenabteilung des Inselspitals liegen. Ich kann mir nicht vorstellen, dass er in diesem Zustand verhört wird.
– In Ordnung, das sehe ich auch so. Ludi habe sich mehreren Operationen unterziehen müssen. Vielleicht haben wir sogar Glück, und der Kerl beisst ins Gras. Wir hätten uns auf diesen Dummkopf gar nicht einlassen dürfen …
– Dennoch dürfen wir Plan B nicht aus den Augen verlieren. Die Situation könnte sich rasch ändern und Ludi plötzlich zu reden beginnen. Dann hätten wir echt Probleme. Mit Sicherheit würde er uns verraten.

«Unglaublich, ein Gottesgeschenk, das kommt mir zustatten», brummte Melinda Schild. «Ich werde Ludi morgen das Gespräch abspielen.»

Kurz danach kam ein Anruf von Camenzind herein. «Frau Schild, Sie machen es uns nicht leicht. Warum, verflucht noch mal, unterstehen Sie sich, Ludi zu verhören, ohne mich einzubeziehen?»

Wie konnte Camenzind das bereits wissen? Melinda Schild hielt einige Augenblicke inne, bis sie antwortete: «Sie machen es uns nicht leicht? Was soll denn das? Umgekehrt gilt das mindestens ebenso. Ich habe derzeit überhaupt kein Vertrauen zu Ihnen. Wir ermitteln in einem Mordfall, der sich im Kanton Bern, in Thun, zugetragen hat. Keine Frage, der Mord auf dem Waffenplatz Thun hängt mit den beiden an der Bahnhofstrasse Zürich zusammen. Doch das scheinen Sie, Camenzind, anders zu sehen. Offensichtlich wollen Sie Personen, die wir als verdächtig einstufen, aus den Ermittlungen heraushalten. Der Stand unserer Untersuchungen ist nun derart weit gediehen, dass wir Folgendes schliessen können: Alle drei Morde gehen aufs Konto derselben Täterschaft. Ermitteln Sie nach Ihrer Fasson, wir nach unserer, das beisst sich gegenseitig nicht.»

«Es tut mir leid, das sagen zu müssen. Frau Schild, Sie sind ein gottverdammtes Miststück –»

Melinda Schild unterbrach das Gespräch, sie kicherte.

Als Melinda Schild wieder zurück am Waisenhausplatz 32 war, an ihrem Schreibtisch sass, schrillte ihr Handy erneut. Wieder der Mitschnitt eines Telefongesprächs. Diesmal zwischen Camenzind und Winterhalder. «Wie bitte?», rief Melinda Schild aus, sie traute ihren Ohren nicht.

– Guten Tag, Pierin, Balthasar am Apparat. Hast du bereits Reaktionen wegen der Verhaftung von Ludi?
– Nein, nach der Vorladung von Frau Schild, dieser arroganten Amazone, habe ich nichts mehr gehört. Die Schild ist hart an der Sache dran. Eben ist mir zugetragen worden, dass sie den verletzten Ludi bereits durch die Mangel gedreht hat.
– Was hat die Schild Ludi entlockt?
– Das kann ich dir leider nicht sagen. Ein Hauptmann der Militärjustiz war auch zugegen. Er hat einen Protokollführer beigesteuert, und dieser hat sich geweigert, mir eine Kopie der Befragung zuzustellen.

– Was, denkst du, könnte auch auf mich und Nötzli zukommen?
– Wie ich die Schild kenne, wird sie nichts unversucht lassen, euch beide in diese Sache einzubeziehen.
– Danke vielmals, Pierin. Ich glaube, du hast uns sehr geholfen.

Das Handy von Melinda Schild schlug gleich wieder Alarm. Sie hörte ein Gespräch zwischen Winterhalder und Nötzli ab. Winterhalder teilte Nötzli mit, dass entgegen seiner Vermutung von vorhin Ludi bereits verhört worden sei. Man müsse nun Plan B in Gang setzen.

Melinda Schild rümpfte die Nase, sie wusste nicht, was sich hinter Plan B verbarg. Nur wenig später las sie die erste SMS von Winterhalder an Nötzli.

ABFAHRT MITTWOCH, 17.04.2019, HB ZÜRICH 10:35, GLEIS 12, RICHTUNG CHUR. ANKUNFT 11.52, GLEIS 9. ABFAHRT 11.58, GLEIS 10, RICHTUNG ST. MORITZ, ANKUNFT 14.00, GLEIS 1. ABFAHRT NACH HOTEL WALDHAUS, SILS MARIA MIT TAXI. PASS UND ID-FALSIFIKAT NICHT VERGESSEN.

SMS von Nötzli an Winterhalder 16.04.2019, 11:07

WELCHES ID-FALSIFIKAT? HORLACHER SAMUEL ODER KIENER THEO?

SMS von Winterhalder an Nötzli 16.04.2019; 11:08

HORLACHER SAMUEL

Der Assistent von Melinda Schild, Benjamin Schwarz, war auch im Büro. Sie zeigte ihm die eingegangenen SMS. Schwarz kugelte sich vor Lachen. «Sind die beiden blöd.»

«Ich wünschte, sie wären es. Doch wir kennen Plan B immer

noch nicht. Das wird gerade dein neuer Auftrag sein. Folge morgen den beiden ganz diskret. Sie kennen dich mit Sicherheit nicht. Nimm so früh wie möglich einen Zug, der von Bern nach Zürich fährt, damit du die Abfahrt der beiden Halunken in Zürich nicht verpasst. Ich werde für die Billetts und die Hotelreservation sorgen. Halt mich bitte auf dem Laufenden. Vergiss deine Dienstwaffe nicht.»

***

Am Taxistand in St. Moritz warteten mehrere Leute. Schwarz richtete es so ein, dass er in den Wagen vor dem, mit dem Nötzli und Winterhalder fuhren, einstieg. An der Rezeption im «Waldhaus» wartete er, bis Nötzli und Winterhalder in der Hotelhalle eintrafen, und liess ihnen beim Einchecken den Vortritt, begab sich danach zum Schalter nebenan. So bekam er die Nummern der Zimmer der beiden mit. Schwarz bekam eines gegenüber denen von Nötzli und Winterhalder auf dem fünften Stock. Ein glücklicher Zufall. Schwarz war vertraut mit den Methoden der verdeckten Personenüberwachung. Er klebte unauffällig eine kleine Kamera aussen an die Zimmertür. Damit hatte er von seinem Handy aus Sicht über den ganzen Korridor.

Eine Stunde später klopfte Winterhalder an Nötzlis Tür. Sie begaben sich ins Restaurant im Erdgeschoss. Schwarz folgte ihnen diskret.

Nach unschlüssigem Herumsuchen setzte sich Schwarz an den Nebentisch von Nötzli und Winterhalder. Sie nahmen keine Notiz von ihm.

Er sah sich die Speisekarte für die Zwischenmahlzeiten an und entschied sich für eine Bündner Nusstorte und Kaffee. Nötzli und Winterhalder bestellten beide das gleiche: Kaffee, Kirsch und ein Salamisandwich.

Schwarz konnte, obwohl er sich bemühte, kaum ein Wort des Gesprächs, das die beiden miteinander führten, verstehen. Ein einziges Wort, das mehrmals ausgesprochen wurde, gelangte zu ihm hinüber: Helikopter.

Er ging, bevor die beiden das Lokal verliessen, in sein Zimmer zurück und informierte seine Chefin telefonisch. Als er das mit dem Helikopter erwähnte, wurde Melinda Schild hellhörig. «Die beiden sind Profis und wohl in ein mafiöses Netzwerk eingebunden. Helikopter? Das macht Sinn. Du musst dich darauf gefasst machen, dass sie damit türmen. Dann hättest du den Anschluss verpasst. Vielleicht ist uns das Glück nochmals hold, und Nötzli oder Winterhalder setzen sich mit denen in Verbindung, die sie abholen und höchstwahrscheinlich über die Grenze fliegen sollen. Jetzt wird's echt spannend.»

Benjamin Schwarz gönnte sich ein gutes Abendessen im hoteleigenen Restaurant. Dazu erschien er entsprechend angezogen. Eleganter hellblauer Anzug, helles Hemd mit leichtem Grauton. Auf die Krawatte verzichtete er im Einvernehmen mit Melinda Schild, da er enorme Mühe hatte, sie zu knüpfen. Er vermied, um sich nicht verdächtig zu machen, die Nähe der beiden. Auf der Speisekarte wählte er Hirschrücken, Kartoffelstock und einen guten Rotwein aus und entschied sich für Rucola-Salat statt Tomatensuppe. Zum Nachtisch bestellte er ein Stück Apfelkuchen mit Rahm und eine Tasse Milchkaffee. Zwischendurch äugte er über mehrere Tische zu Nötzli und Winterhalder hinüber.

Schwarz kam nicht umhin, den Kopf zu schütteln. Nötzli und Winterhalder wurden ihrem Ruf als Bünzlis voll gerecht. Der Hauptgang: Schnitzel und Pommes frites mit Ketchup. Vorgängig Mehlsuppe, «veredelt» mit geriebenem Käse. Dazu tranken sie je zwei Halbliter-Humpen Bier. «Ich wundere mich, dass die beiden das überhaupt im Waldhaus bekommen. Wahrscheinlich sind sie Stammgäste dort», sagte Schwarz vor sich hin.

Nach dem reichlichen Essen und einem halben Liter Wein war Schwarz leicht benebelt. Er hatte kurz vor seinem Eintritt in den Polizeidienst, das war erst drei Monate her, das Jus-Studium abgeschlossen. Aus bescheidenen Verhältnissen stammend, war er solche Schlemmereien nicht gewohnt.

Als er in sein Zimmer gestolpert war, legte er sich kurz hin, zumindest nahm er sich das vor, doch er schlief augenblicklich ein. Gegen zehn Uhr abends weckte ihn das Schrillen seines Handys brutal aus dem Schlaf.

Er schoss auf, nahm den Anruf von Melinda Schild entgegen. «Wie geht's dir?», erkundigte sie sich.

«Blendend. Leider bin ich nach dem Abendessen eingeschlafen.»

Ein röhrendes Lachen kratzte an Schwarz' Ohr. «Ich habe eine gute Nachricht. Wieder kam ich in den Genuss des Mitschnitts eines Telefongesprächs, das Winterhalder mit seinem Fluchthelfer, der sich Maurizio nannte, führte. Richtig, es gibt in der Lombardei eine Organisation, die sich gerade anschickt, Nötzli und Winterhalder aus der Schweiz nach Italien zu schaffen. Kurz zusammengefasst: Das Fluchtvehikel ist ein Helikopter, der exakt um zehn Uhr an den Koordinaten 46°25'48''N, 9°45'39''E auf einer Wiese, nahe der Einfahrt der Chesa Cadisch in die Via da Baselgia, zu Boden gehen sollte.

Wir werden eine halbe Stunde früher mit einem armee-eigenen Super Puma des Typs Cougar AS532 in der Nähe landen. Darin haben achtzehn Passagiere Platz. Ich werde darunter sein, sechs Militärpolizisten und zehn Polizeigrenadiere der Kantonspolizei Bern. Genug, um den Fluchthubschrauber nach dem Absetzen zu stürmen.»

«Wahnsinn», sagte Schwarz. «Kalkulierst du ein, dass dieses Unterfangen blutig ausgehen könnte?»

«Das macht mir auch Kummer. Ich habe das mit dem Einsatzleiter, einem Oberstleutnant der Schweizer Luftwaffe, der den Flug auch als Co-Pilot begleiten wird, genauestens abgesprochen. Er versicherte mir, dass die militärische Besatzung bestens durchtrainiert und für solche Einsätze gewappnet sei. Das gilt auch für unsere Leute, die Polizeigrenadiere.»

«Sag mal, wie kommst du zu einem derart gigantischen Aufgebot?»

«Stimmt, das ist aussergewöhnlich. Doch in der Armee ist man nicht abgeneigt, mit Einsätzen beauftragt zu werden, die sich einem Ernstfall nähern. Diese Gelegenheit ergibt sich nun.

Ich habe ein bisschen nachgeholfen. Der Oberstleutnant gehört zu meinem Freundeskreis. Ich machte mit ihm vor Jahren während eines militärischen Wiederholungskurses, zu dem ich als Justizoffizierin aufgeboten wurde, Bekanntschaft. Dieses Aufgebot leuchte ihm deshalb ein, weil es gegen eine potente kriminelle Organisation gerichtet sei, die es sich leisten könne, mit einem Helikopter Straftäter ins Nachbarland auszufliegen.» Melinda Schild hielt einige Momente inne und ergänzte: «Bemerkenswertes ist mir im Laufe des Gesprächs noch aufgefallen. Winterhalder sagte zum Anrufer: ‹Lass Kupperman noch von mir grüssen.›»

Schwarz war plötzlich unheimlich aufgeregt und tat bis zum frühen Morgen kein Auge zu. Erst nach sechs Uhr übermannte ihn ein tiefer Schlaf, aus dem ihn nur das hartnäckige Klingeln seines Handys wieder herausholte. Es war erneut ein Anruf von Melinda Schild.

«Wir sind eben in Bern-Wankdorf gestartet und werden in etwa vierzig Minuten in Sils landen. Komm dann zum Super Puma, dort wirst du kampftauglich ausgerüstet.»

Schwarz stürzte sich in die Kleider, zog sich dann aber wieder aus und duschte.

Eine Viertelstunde bevor der Armee-Helikopter etwa hundert Meter vom mutmasslichen Landeplatz des Fluchthubschraubers zu Boden ging, schlenderte Schwarz auf der Strasse mit dem Namen Chesa Cadisch hin und her.

Als er beim Puma eintraf, war darin alles mucksmäuschenstill. Die grosse seitliche Schiebetür öffnete sich einen Spalt weit. Dahinter stand Melinda Schild im Tarnanzug und mit einem Helm auf dem Kopf. Sie winkte ihn herein. Ein bisschen enttäuscht war er, als ihm der Oberstleutnant im Befehlston mitteilte: «Sie halten im Innern der Maschine schön still und beobachten das Spektakel durch das Fenster. Sie wären der Erste, den der Feind über den Haufen schiessen würde.»

Über Sils begann sich ein Unwetter zu entladen, ein veritabler Schneesturm, der die Sicht auf wenige Meter herabsetzte. Der Oberstleutnant gab dem Piloten den Befehl, langsam in

Richtung der Koordinaten des Helis, der dort landen sollte, zu rollen.

Fünf Minuten vor zehn schoss der Fluchthelikopter über die Wiese und hielt am vorgesehenen Ort an, der Rotor kreiste noch. Dann ging alles blitzschnell. Nötzli und Winterhalder rannten zum Flieger, wurden hineingehievt.

Aus dem Lautsprecher des Pumas erschallte dröhnend die Stimme des Kommandanten: «Polizei, verlassen Sie das Fluggerät mit erhobenen Händen.»

Doch die Luke, durch die Winterhalder und Nötzli hineingezogen wurden, schloss sich, und der Rotor beschleunigte.

«Schiesst auf den Rotor», befahl der Einsatzleiter den beiden Scharfschützen. Die taten das, doch der Helikopter schraubte sich trotzdem wackelnd in die Luft.

«Um Himmels willen, sie werden abstürzen», schrie der Oberstleutnant.

Der Helikopter gewann nur mühsam an Höhe, Flammen züngelten aus dem Rotor, dann begann er zu sinken. Er war nun etwa fünfzig Meter über dem See, dann sackte er plötzlich wie ein Stein ab und schlug auf der Seeoberfläche auf. Ein Feuerballon breitete sich aus, gefolgt von einem ohrenbetäubenden Knall.

«Der Einsatz verlief nicht nach Plan. Es wird eine militärgerichtliche Untersuchung geben. Wir sehen dieser mit Gelassenheit entgegen», sagte mit ruhiger Stimme der Oberstleutnant zu seinen Männern.

Minuten später trafen mehrere Ambulanzen am Seeufer ein. Bald mussten sie unverrichteter Dinge wieder abziehen. Am frühen Nachmittag fanden Taucher die Immatrikulationsnummer des Helikopters. Sie wurde den Polizeibehörden in der Lombardei durchgegeben. Die Rückmeldung liess nicht lange auf sich warten. Die abgestürzte Maschine gehöre einem norditalienischen Mafiaclan, der seinen Ursprung in Kalabrien habe.

***

Am Tag danach wandte sich Melinda Schild wieder dem nach wie vor unaufgeklärten Verbrechen vom 7. Februar in Thun zu. Nun gab es nur noch einen Verdächtigen, den undurchsichtigen Lukas Ludi. Um zehn Uhr vormittags befragte sie ihn zusammen mit Schwarz im Verhörraum der Gefangenenabteilung des Inselspitals, immer noch im Rollstuhl und betreut von einem Pfleger.

Jetzt stand Melinda Schild vor einer ganz neuen Situation. Die Hauptverdächtigen lagen, womöglich in kleine Einzelteile fragmentiert, irgendwo auf dem Grund des Silsersees mit einem Wasserspiegel auf tausendachthundert Meter Meereshöhe. Was sollte sie mit Ludi, diesem tumben Soldaten?

«Herr Ludi, wir wissen, dass Sie sich zur Tatzeit am Tatort aufhielten. Doch für Sie gilt immer noch die Unschuldsvermutung. Ein Beweis, dass Sie Willener umgebracht haben, existiert nicht. Die anderen zwei Verdächtigen können nicht mehr aussagen …»

Ludis Augen schienen aus den Höhlen zu kullern. «Wie bitte? Das verstehe ich nicht.»

«Das können Sie auch gar nicht wissen. Nötzli und Winterhalder sind gestern tödlich verunfallt.»

Wie üblich bei einfach gestrickten Menschen sagte die Mimik Ludis mehr aus als seine Worte. Eine spürbare Erleichterung sah Melinda Schild bei Ludi.

«Wie ist denn das passiert?»

«Das tut nichts zur Sache. Wir möchten aber wissen, was am Morgen in Willeners Waffenladen geschehen ist.»

Ludi erfasste, dass er der Einzige war, der das wusste, dass er völlig frei war, darüber zur berichten, Wahres oder Unwahres. «Ich war es nicht», kam über seine Lippen.

«Wer war es dann?»

«Winterhalder.»

«Schildern Sie, Herr Ludi, der Reihe nach, ganz genau, was geschehen ist.»

«Nötzli, Winterhalder und ich standen vor dem Ladentisch, Willener hinter ihm. Winterhalder fixierte mich und sagte:

‹Ludi, los jetzt, tun Sie das, was wir beschlossen haben.› Er zog den Dolch aus meiner Seitentasche, wollte ihn mir reichen. Ich nahm ihn nicht an. ‹Sie dämlicher Feigling›, sagte er noch. Dann ging er mit dem Dolch in seinen Händen auf die andere Seite des Tisches, trat seitlich zu Willener, der ihn verdutzt anstarrte, und stach ihn ab wie ein Kalb im Schlachthaus.»

«Sind Sie sich da sicher?»

«So wahr ich da sitze.»

«Und Willener?»

«Der kippte wie ein aufgestellter Kartoffelsack um, lag bewegungslos am Boden und blutete wie eine aufgeschlitzte Sau.»

«Das ist eine sehr wichtige Aussage, Herr Ludi. Könnten Sie diese vor Gericht eidlich bezeugen?»

«Jederzeit.» Ludis Gesichtszüge entspannten sich.

«Darf ich mit der Vernehmung fortfahren? Lässt Ihr Befinden das zu?»

«Kein Problem.»

Melinda Schild lächelte erleichtert. «Herr Ludi, auch wenn Nötzli und Winterhalder nicht mehr unter uns sind, möchten wir wissen, wie Sie mit den beiden Bekanntschaft geschlossen hatten. Wann hatten Sie mit Ihnen das erste Mal Kontakt aufgenommen?»

Ludi überlegte. «Vor vier, fünf oder sechs Jahren. Genau kann ich das nicht sagen.»

«Wie ist es zu diesem Kontakt gekommen?»

«Winterhalder hat mich angerufen. Er wollte eine Waffe im Laden von Willener kaufen. Eine alte Offizierspistole. Die Variante 1906 der Pistole 1900. Es handelt sich um eine Selbstladepistole des Kalibers 7,65 × 21 Millimeter Luger, die von 1900 bis etwa 1948 als Ordonnanzpistole –»

«Herr Ludi, ich bin beeindruckt von Ihrer Waffenkenntnis, doch die Details dieser Pistole interessieren uns eher weniger.»

Ludi drehte sich zum Pfleger, sah ihn fragend an.

«Frau Schild durfte diese Bemerkung machen», beruhigte der Pfleger Ludi. «Frau Schild weiss als Offizierin auch Bescheid über Armeewaffen. Antworten Sie ihr auf ihre Fragen.»

Ludi sah sich hilfesuchend im Zimmer um, schien nachzudenken. «Ich sagte ihm, ich hätte noch einen anderen Zugang zu Waffen als Willener. ‹Welchen denn?›, fragte er. Ich antwortete ihm, hmmm, das sei heikel. Eigentlich sei das nur halb legal. Es gehe um neuere Armeewaffen. Winterhalder winkte aber ab. Moderne Waffen interessierten ihn nicht. Dann sprachen wir nicht mehr über das Thema Waffen.»

«Über was für ein Thema dann?»

Ludi zögerte erst. «Über Finanzen. Winterhalder fragte mich, ob ich Geld brauchen würde? Hände weg, sagte ich mir, da erinnere ich mich noch haargenau. ‹Ich brauche kein Darlehen, ich will mich nicht verschulden.› Er lachte mich aus. ‹Das habe ich nicht gemeint. Es geht um eine zusätzliche Einnahmequelle. Steuerfrei.› Das sei etwas anderes. Ich könne da nicht Nein sagen, würde ich deswegen zeitlich nicht überbeansprucht, antwortete ich ihm. Der zeitliche Aufwand halte sich in Grenzen. Bei meinem Job liege das sicher drin, erklärte er mir. Was ich denn zu tun hätte? Jemand würde mir einen Geldbetrag geben, nicht leihen. Den müsste ich auf ein Konto, dessen Bestimmungsort er mir angeben würde, einzahlen. Ich dürfe jeweils fünf Prozent für mich behalten. Das sei kein Problem. Die Post, bei der ich jeweils meine Einzahlungen machen würde, liege an meinem Arbeitsweg, antwortete ich ihm. Ganz so unproblematisch sei das auch nicht. Wichtig sei, dass ich beim Überweisen des Geldbetrages nicht erkannt würde. Ich müsse mich eben immer wieder an eine andere Postniederlassung wenden. Das kam mir, offen gestanden, reichlich komisch vor. Ich löste mich aber vom Gedanken, das sei irgendeine krumme Tour. Schliesslich war Winterhalder Staatsanwalt. Und so willigte ich ein. – Im Nachhinein weiss ich, dass ich damals einen riesigen Fehler gemacht hatte. Die Person, die mir das Geld übergab, war nicht immer dieselbe. Es waren etwa ein Dutzend Männer und Frauen, die mehr oder weniger verwahrlost aussahen.»

«Um welche Beträge ging es jeweils?»

«Unterschiedlich, einmal zwei-, dreihundert Franken, ein

anderes Mal drei-, viertausend. Ich kam mir oft blöd vor. Ich reiste nach Spiez, ins Stocken-, Simmen-, Kander-, Gürbetal und klopfte dort sämtliche Poststellen ab.»

«Auf welche Konti zahlten Sie ein?»

«Auf zwei Konti. Das erste bei der Bieder-Filiale, George Town, Cayman Islands, zuhanden von Balthasar Winterhalder; das zweite bei derselben Bank zuhanden von Arnold Nötzli.»

Melinda Schild warf Schwarz einen vielsagenden Blick zu. Dann musterte sie Ludi. «Jetzt wissen Sie, dass es Geld aus kriminellen Tätigkeiten war. Drogengeld. Stimmt doch?»

Ludi schaute schuldbewusst auf die Tischplatte. Dann nickte er.

«Wann haben Sie das herausgefunden?»

«Ich selber habe es nicht herausgefunden. Meine Frau wurde misstrauisch, stellte mich zur Rede, wollte wissen, warum ich plötzlich so viel herumreise, oft zu spät beim Nachtessen erscheine und warum ich so viel Geld hätte. Ich sagte es ihr. Sie ging der Sache nach und stellte mir ein Ultimatum, entweder würde ich mit dieser Schweinerei sofort aufhören, oder sie reiche die Scheidung ein.» Ludis Augen wurden nass.

«Machen wir eine kurze Pause.» Melinda Schild sprach den Pfleger an. «Bringen Sie Herrn Ludi eine Tasse Tee oder Kaffee, mein Protokollführer und ich könnten auch eine gebrauchen.»

Der Pfleger besorgte das. Alle sassen vor dampfenden Tassen. Ludi schien es besser zu gehen.

Nach nahezu zwanzig Minuten sah Melinda Schild Ludi an. «Fühlen Sie sich fit genug, noch eine Viertelstunde auszuharren?»

«Ja», sagte Ludi leise.

«Was geschah dann, als Ihre Angetraute die Quelle Ihres Nebenverdienstes herausgefunden hatte?»

«Ich rief Winterhalder an und sagte, ich stünde nicht länger als Briefträger von Drogengeldern zur Verfügung. Da geriet ich aber an den Falschen. Er schrie mich richtiggehend an, sodass ich mein Handy zehn Zentimeter vom Ohr weghalten musste. Ein Zurück gebe es in dieser Sache nicht, erklärte er mir. Wer einmal dort drinstecke, müsse weitermachen. Das gelte für alle, die auf die eine oder andere Art im Betäubungsmittelgeschäft tätig seien. ‹Wenn du aufhörst, bist du ein toter Mann. Sollte es dir einfallen, dich bei der Polizei zu melden, bist du so oder so geliefert. Bilde dir nicht ein, du könntest von einem Staatsanwalt Verständnis erwarten. Du würdest im Knast enden, deine Stelle verlieren, dann wärest du als Krimineller gestempelt.› Ich besprach alles mit meiner Frau. Sie verstand mich, tröstete mich, sprach mir Durchhaltewillen zu. Sie veränderte sich aber, ass fast nichts mehr, wurde depressiv und musste in die Klinik.» Ludi schluchzte.

«Wann war das?»

«Vor zweieinhalb Jahren.»

«Und Sie machten einfach weiter?»

«Zögerlich, ja. Ich ging den Personen, die mich mit Geld versorgten, wo und wie ich nur konnte, aus dem Weg. Doch das funktionierte längst nicht immer. Mehrmals war ich drauf und dran, bei einem Polizeiposten Anzeige zu erstatten. Leider konnte ich mich nicht dazu durchringen. Vielleicht wäre Willener dann noch am Leben.»

«Herr Ludi, ich denke, das ist das letzte polizeiliche Verhör. Sie haben sich gut geschlagen. Was Ihre Tätigkeit als Kurier von Drogengeldern betrifft, dürften Sie wahrscheinlich mit einem blauen Auge davonkommen. Eine bedingte Freiheitsstrafe wird es schon absetzen, doch man wird Ihnen mildernde Umstände zubilligen. Mehr ins Gewicht fällt Ihre Gegenwehr bei der Festnahme. Sie versuchten auf Polizisten zu schiessen und haben zwei davon leicht verletzt. Immerhin haben Sie auf Gliedmassen gezielt. Das wäre Körperverletzung, nicht Tötungsversuch. Bei der Strafzumessung ein riesiger Unterschied. Noch eine letzte Frage. Weshalb haben Sie sich bei der Festnahme widersetzt?»

«Wer wird schon gern festgenommen?»

«Ob Sie nach dem Prozess noch ein, zwei Jahre ins Gefängnis müssen, liegt nicht in meiner Kompetenz. Ich denke aber, Sie dürften mit einer bedingten Freiheitsstrafe rechnen.»

Melinda Schild stand auf, drückte Ludi die Hand und machte sich auf, mit Schwarz das Verhörzimmer zu verlassen.

Im Laufe der nächsten Tage wurde das in viele Teile zerrissene Wrack des Flucht-Helikopters geborgen. Es wurden Leichenteile von vier Männern gefunden, die anhand von DNA-Analysen identifiziert werden konnten, zwei von ihnen waren Nötzli und Winterhalder.

Es dauerte einige Tage, bis der Tod der beiden hohen Justizfunktionäre den Medien gemeldet wurde, mit dem Hinweis, dass sie beabsichtigt hatten, in einem Hubschrauber der Mafia nach Italien zu flüchten. Sie seien aber damit in den Silsersee abgestürzt.

22

Der Mai 2019 begann. Er war extrem nass und kalt. Dennoch machte Melinda Schild den Vorschlag, mit ihren Freunden ein verlängertes Wochenende am Silsersee zu verbringen. Sie lud Schwarz, Kloter, Schnyder und Franziska Wohlgemut ein. Zeitpunkt: Freitag, den 10. Mai 2019.

Schild schrieb ihren Gästen Folgendes:

Sils ist so etwas wie der Ort des Finales bei den Ermittlungen der Morde an der Zürcher Bahnhofstrasse und auf dem Kasernenareal in Thun. Der Absturz des Helikopters mit Winterhalder und Nötzli hatte alles beschleunigt. Das Tötungsdelikt vom 7. Februar 2019 an Willener ist nun aufgeklärt, soweit es sich überhaupt aufklären lässt. Die Mordkommission Willener ist damit überflüssig geworden. Dass auch Gisler und Finger, die beiden Toten an der Bahnhofstrasse, ebenfalls auf das Konto von Winterhalder und Nötzli gehen, steht fest. Trotzdem wird die Zürcher Mordkommission noch ein halbes Jahr weitersuchen. Es sei denn, Pierin Camenzind wird vorher zum Teufel gejagt.

Alle Angeschriebenen nahmen die Einladung an. Melinda Schild hatte auch nichts anderes erwartet.

Am Eingang der Hotelhalle war die Sondernummer des «Oberengadiner Volksblattes» mit einer detaillierten Reportage über den Helikopterabsturz in den Silsersee vom 18. April 2019, mit grossformatigen Bildern von Melinda Schild und Benjamin Schwarz sowie der ganzen Besatzung des Super Pumas, aufgelegt. Dazu kamen Fotos der ersten Trümmerteile der Unglücksmaschine. Über die Opfer stand nichts in dem Artikel.

Melinda Schild und Benjamin Schwarz genossen es, dass die Bedienung sie zuvorkommend behandelte und die anderen

Gäste ihnen hin und wieder verstohlene Blicke zuwarfen. Auch dann noch, als sich die Bedienung nach dem Obersten, dem Kommandanten der Einsatztruppe, erkundigte. Dass er nicht dabei war, fand sie schade, dabei habe er so gut ausgesehen. Das veranlasste Schwarz wiederum zur halblauten Bemerkung, vielleicht sollte die Dame ihre Brille neu anpassen.

Doch ein vertieftes Gespräch schien in dieser Umgebung, in der sich Melinda Schild und ihre Getreuen vorkamen wie Affen in einem Käfig, schlecht möglich. Sie fragte, ob man sich im kleinen Kreis in einem separaten Zimmer treffen könne, das Wetter draussen sei derart stürmisch, es regne in Strömen, sodass eine Unterhaltung draussen eine Zumutung wäre.

In einem kleinen Sitzungszimmer stellte Melinda Schild Beamer und Laptop auf und informierte die vier Freunde mit Bild und Ton über das, was sich am 18. April am Silsersee abgespielt hatte.

Im Anschluss fragte Schnyder, wo die Maschine mit Winterhalder und Nötzli eigentlich hätte hinfliegen sollen.

«Höchstwahrscheinlich nach Italien, über den Malojapass, das Bergell hinunter nach Chiavenna. Als sie aufstieg, drehte sie sich Richtung Westen, von wo sie auch hergeflogen kam.»

Kloter hakte nach. «Ist es sicher, dass der abgestürzte Hubschrauber Eigentum eines Mafiaclans war?»

«Diese Meldung, die von der Bündner Kantonspolizei verbreitet wurde, ist nicht belegt. Wahrscheinlich gehörte der Helikopter einer kommerziellen Firma, die von einer mafiösen Organisation angeheuert wurde. Die meisten italienischen Transportunternehmen, zur Strasse und in der Luft, stehen der Mafia für Dienstleistungen zur Verfügung. Das könnte sogar für solche hierzulande zutreffen.»

«Gibt es Hinweise, dass die Bieder-Filiale auf den Caymans Verbindungen zur Mafia hatte?», fragte wiederum Schnyder.

«Da musst du am besten Konrad fragen.»

Kloter schoss auf. «Es gibt zuhauf solche Hinweise. Die Mafia treibt auch auf den Caymans ihr Unwesen. Vielleicht wäre dafür das Etikett ‹Organisierte Kriminalität› adäquater.

Macht ein Drogenbaron in Kolumbien oder in Mexiko Geschäfte mit Europa, hat meist irgendwie die Mafia ihre Finger drin. Die Verbrechersyndikate sind, auch wenn sie sich gegenseitig bekämpfen, immer auf die eine oder andere Art miteinander vernetzt. Diese ‹Firmen› der ehrenwerten Gesellschaft müssen ihr Geld, das sie durch kriminelle Aktivitäten eingenommen haben, in ehrenwerten Finanzhäusern deponieren und waschen. Die besten Adressen dafür sind Offshore-Niederlassungen von Schweizer Banken. Das funktioniert auch, nachdem das Bankgeheimnis nur noch in der Schweiz existiert, und nur für Kunden mit Schweizer Pass. Auf einem Umweg, dem über die Cayman Islands oder über Panama-Stadt, ist aber noch immer alles möglich.»

«Eine eindrückliche Zusammenfassung», meinte Wolf Schnyder und ergänzte: «Institutionen, in denen Drogengelder gewaschen werden. Jährlich werden hierzulande Betäubungsmittel im Wert von zwei, drei Milliarden gekauft. Und dieses Geld lagert irgendwo auf Schweizer Bankkonti. Die Banken, bei denen dieses Geld angelegt wird, verdienen sich dumm und dämlich daran.»

Melinda Schild sagte: «Mit dem Delikt Geldwaschen hatte ich immer mal wieder zu tun. Das mit den Drogengeldern in Milliardenhöhe trifft wahrscheinlich schon zu. Man kann den Umfang nur grob abschätzen. Diejenigen, die Geld für illegale Betäubungsmittel ausgeben, sind längst nicht alle das, was wir unter Kriminellen verstehen. Sie kaufen sie mit dem Lohn, den sie durch ehrliche Arbeit eingenommen haben. Dieses Geld ist eigentlich sauber, es ist weiss. Doch sobald es ein Dealer nach der Zahlung in Händen hält, wird es schmutzig. Dann wird es, wie man sagt, zu Schwarzgeld. Es kommt dazu, dass die Person, die Drogen kauft, sich je nach Menge und Härte ebenfalls strafbar macht. Bei harten Drogen wie Kokain und Heroin ist eine Strafe nach unseren Gesetzen zwingend, bei weichen wie Cannabis kann bei kleinen Mengen eine Busse erlassen werden.»

Melinda Schild musste kurz husten. «Der unglückselige

Lukas Ludi hatte Schwarzgeld von Dealern in Empfang genommen. Das allein ist schon ein Delikt in der langen Kette des Drogenhandels. Er hat es danach an Winterhalder und Nötzli überwiesen, auf Konti der Bieder-Bank in George Town. Das zweite Delikt. Winterhalder und Nötzli betätigten sich als Zwischenhändler, indem sie das Geld auf ein anderes Konto weiterleiteten. Das dritte Delikt. Dort wurde es nach allen Regeln der Kunst, durch Verschieben auf verschiedene Konti, gewaschen. Das vierte, fünfte, sechste ... Delikt. Nach diversen Transfers lag Weissgeld auf einem Konto. Dieses Prozedere läuft heute noch genau gleich ab wie zu Zeiten Winterhalders, Nötzlis, Ludis. Es entbehrt nicht einer Tragik. Die Opfer sind am Anfang der Kette, der Käufer und der Dealer – oft süchtig. Sie werden früher oder später von der Polizei erwischt und kommen damit in die Kriminalstatistik. Der Empfänger und Weiterleiter des Schwarzgelds kann bereits moderate Gewinne einstreichen. Er ist in der Regel nicht süchtig. Doch wie im Fall Lukas Ludi kann auch er zum Opfer werden, dann, wenn er zunächst gar nicht realisiert, dass er sich in kriminelle Machenschaften verstrickt. Anders bei denen, die am Waschvorgang beteiligt sind wie Winterhalder und Nötzli. Sie wissen genau, was sie verbrechen. Sie streichen satte Gewinne ein, dabei schützte sie unser Bankgeheimnis und tut es unter Umständen heute noch.»

Melinda Schild sah in die Gesichter der Zuhörer und fixierte Kloter. «Greift nun jemand gegen Ende der Kette ein, wie das Konrad getan hatte, macht er sich strafbar. Er hat die Kontobewegungen beobachtet, sie als Kopien festgehalten und diese Schweizer Steuerbehörden weitergeleitet. Ein Offizialdelikt nach einem Paragrafen des Schweizer Bankengesetzes von 1934. Winterhalder hat gegen ihn Anklage erhoben und eine Strafe von dreieinhalb Jahren Zuchthaus gefordert. Die Anklage ist am Bundesgericht mit drei gegen zwei Stimmen hängen geblieben, doch nur, weil es Kontodaten aus der Filiale einer Schweizer Bank auf den Caymans waren. Wären sie aus einer Bank an der Bahnhofstrasse stibitzt worden, sässe Konrad Kloter jetzt hinter Schloss und Riegel. Eine Ungeheuerlichkeit, tritt das elementarste Gerechtigkeitsgefühl mit Füssen, wäre illegitim, aber legal.»

Melinda Schild bekam Applaus.

Mit einer weiteren Frage meldete sich Franziska Wohlgemut. «Es geht um die Schüsse auf den Rotor. Warum lief der Rotor danach weiter? Wäre es sehr schwierig gewesen, den Rotor zu treffen?»

«Dieses Missgeschick macht mir auch Sorgen. Nach menschlichem Ermessen müsste eine solche Schussabgabe für Scharfschützen kein Problem sein. Niemand dürfte dem Einsatzleiter einen Vorwurf machen, dass er diesen Befehl gegeben hat. Der Fehler liegt eindeutig bei den Scharfschützen. Ihnen wird der Prozess vor einem Divisionsgericht gemacht. Auf die Voruntersuchung dieses Prozesses darf man gespannt sein. Haben sie einfach versagt oder vorsätzlich gehandelt? Hoffen wir für sie, das Erstere trifft zu. Sie kämen mit einem blauen Auge davon. Eine Disziplinarstrafe. Andernfalls, was wohl nicht zu beweisen wäre, hätten sie mit einem langen Freiheitsentzug zu rechnen.»

Franziska Wohlgemut blieb hartnäckig. Sie wollte von Melinda Schild wissen, ob sie sich wohl das Letztere vorstellen könne.

Melinda Schild legte den rechten Zeigefinger über die Lippen. «Ja, richtig. Doch das habe ich nicht gesagt, nur gedacht. Es muss unter uns bleiben.»

«Und wie geht es weiter?», fragte Kloter, und die andern sahen gebannt zu Melinda Schild.

Sie fand, das wäre ein vormittag- oder nachmittagfüllendes Thema. Man entschied sich, dass alle in ihr Zimmer zurückkehrten, sich ein wenig ausruhten und sich um sieben Uhr im grossen Speisesaal zum Abendessen einfinden sollten.

Am nächsten Vormittag drückte zwischenzeitlich die Sonne durch, so kam man überein, eine Wanderung am Silsersee bekäme allen gut.

Das Gespräch über das weitere Vorgehen fand am Nachmittag statt. Man war sich einig, dass das Bundesgerichtsurteil so nicht stehen gelassen werden dürfe. Nach einer Untersuchungshaft von insgesamt zweihundertsiebzehn Tagen, einem Freispruch im Hauptanklagepunkt war es unverständlich, Kloter sämtliche Ermittlungskosten zu überbinden. Umgekehrt hätte man dem Freigesprochenen eine Wiedergutmachungszahlung für die zu Unrecht auferlegte Untersuchungshaft zusprechen müssen. «All das vermittelte den Eindruck einer unbeholfenen Racheaktion», schloss Melinda Schild die Diskussion.

***

Der Helikopterabsturz in den Silsersee wurde von der Militärjustiz untersucht. Gegen die beiden Scharfschützen erhob der Auditor Anklage wegen Sachbeschädigung und fahrlässiger Befehlsausführung. Er ermittelte unter striktem Ausschluss der Öffentlichkeit.

Der Prozess vor dem Divisionsgericht im Herbst 2019 fand kaum Beachtung in den Medien. Die Berichte darüber waren grossmehrheitlich nichtssagend, teils abwiegelnd. Dass dabei zwei prominente Magistratspersonen eines Bezirksgerichts den Tod fanden, wurde entweder nicht oder nur nebenbei erwähnt. Mit wenigen Ausnahmen, zum Beispiel in einem Artikel von Franziska Wohlgemut in der «Morgenwacht».

Das Urteil überraschte nicht. Die Angeklagten wurden zu einer bedingten Gefängnisstrafe von wenigen Wochen verurteilt. Sie durften ihre Funktion bei der Armee weiter ausüben.

Die Mordkommission «Willener» wurde Anfang Juli aufgelöst, die von Nötzli und Winterhalder Ende Oktober 2019. Der Präsident der letzteren, Pierin Camenzind, verliess Ende 2019 seine Stelle bei der Kantonspolizei Zürich und trat eine neue in einem Beratungsbüro für Investitionen Schweizer Unternehmen im Ausland an.

Der Prozess gegen Ludi fand kurz vor Weihnachten 2019 im Schloss Thun statt. Der Publikumsansturm hielt sich in Grenzen. In der lokalen Presse hielt man sich zurück. Man wollte den in der Militärstadt nahezu heiligen Waffenplatz nicht besudeln. Ludi wurde als sympathischer Mensch beschrieben, den Schicksalsschläge zugrunde gerichtet hätten. Es gehe nicht an, seine tragische Laufbahn gegen die Armee, die Banken oder die Justiz zu instrumentalisieren. Ludi erhielt eine Gefängnisstrafe von einem Jahr, bedingt erlassen mit einer Bewährungszeit von drei Jahren. Die Gerichts- und Untersuchungskosten wurden ihm erlassen. Ludi sei mit seinen körperlichen Gebrechen nach der Schiesserei am Morgen des 15. April 2019 schon ausreichend gestraft.

In der übrigen Schweiz wurde das Verdikt des Thuner Bezirksgerichts fast nicht zur Kenntnis genommen.

Personenverzeichnis

Fiktive Personen

A., A. – Offizier Berner Kantonspolizei

Albot, Vinzenz junior – Direktor, Albot Global Invest, Cayman Islands

Albot, Vinzenz senior – Direktor, Albot Global Invest, Hauptsitz Bahnhofstrasse Zürich

Beeler, Klaus – Staatsanwalt, Bezirksgericht Zürich Stadt

Bieder, Cäsar junior – Dr. nat. oec., Generaldirektor, Konzern Cäsar Bieder, Hauptsitz Bahnhofstrasse Zürich, Nachfolger von Cäsar Bieder senior

Bieder, Cäsar senior – Dr. nat. oec., Generaldirektor, Konzern Cäsar Bieder, Hauptsitz Bahnhofstrasse Zürich

Billeter lic. iur. – Gerichtsschreiber Regionalgericht Zürich Stadt

Binggeli, Wolfgang – Gerichtsschreiber am Bezirksgericht Zürich Stadt

Camenzind, Pierin – stellvertretender Chef der Kriminalpolizei Zürich, Vorsitzender der Mordkommission Gisler/Finger

Casanova, Pietro – Bordellbesitzer in Au/SG

Dahinden – Wärter im Zürcher Untersuchungsgefängnis

Diaz, Alvaro Héctor – Brigadegeneral der mexikanischen Armee und Direktor der Diaz Global Invest, Cayman Islands

Finger, Damian – Banker in Zürich und auf den Cayman Islands, Mordopfer Seitengasse Bahnhofstrasse

Ford – Angestellter der Anwaltsfirma Kavanaugh & Kopp, K & K

Gisler, Manfred – Ökonom HSG; Mordopfer Seitengasse Bahnhofstrasse

Grau, Franz – Direktor des Untersuchungsgefängnisses an der Rotwandstrasse der Stadt Zürich

Guzmán, Eufrasio – Abteilungsleiter, Maschinenfabrik Medellín

Himmelreich, James – Chefredaktor der Zeitung «Geld und Gold»

Hürzeler – Polizeiwachtmeister in Wollerau

Hungerbühler, Walo – Gemeindepräsident, Landmaschinenfabrikant, Financier

Johnson, Henry – Sicherheitschef, Cäsar Bieder Trust Company, Cayman Islands

Kloter, Helga – Gattin von Konrad Kloter

Kloter, Jenny – Tochter von Helga und Konrad Kloter

Kloter, Konrad – Chief Operating Officer, Cäsar Bieder Trust Company, Cayman Islands

Koch, David – Special Agent, FBI

Kupperman, Nathan – Direktor, Cäsar Bieder Trust Company, Cayman Islands

Lopez, Pedro – Hausmeister, Cäsar Bieder Trust Company, Cayman Islands

Ludi, Lukas – Berufsfeldweibel auf dem Waffenplatz Thun, im Nebenberuf Vermittler von Schwarzgeld

Marfurt – Jurist, mit Pierin Camenzind befreundet, Chef einer Anwaltskanzlei an der Zürcher Bahnhofstrasse

McArthur, Bob – Special Agent, FBI

McCarthy, Rob – Angestellter der Anwaltsfirma Kavanaugh & Kopp, K & K

Metzger, Richard – Chef-Inspektor, Polizei Cayman Islands

Moser, Johannes – Angestellter Cäsar Bieder Trust Company, Cayman Islands

Nötzli, Arnold, genannt Noldi – Richter am Bezirksgericht Zürich Stadt

Papadopoulos, Konstantin – griechischer Financier und Reeder

Pfund, Kasimir – Occasionsautohändler, zwielichtiger Geschäftsmann

Probst, Odilo – Leiter und Inhaber der Detektei Rex

Rhodriguez, Jorge Luis – Prozessanwalt Cäsar Bieder Trust Company, Cayman Islands

Riva, Manuel – Inspektor, Polizei Cayman Islands

Rüfenacht, Christoph – Buchhalter, Albot Global Invest, Cayman Islands

Schild, Melinda – Leutnant der Stadtpolizei Zürich, dann Chefin der Kriminalpolizei des Kantons Jura, dann der Kriminalpolizei des Kantons Bern

Schnyder, Wolf – Anwalt und Journalist, Freund der Kloters

Schwarz, Benjamin – Jurist, Assistent von Melinda Schild in der Kantonspolizei-Hauptwache Waisenhausplatz Bern

Schwegler, Pirmin – Sicherheitschef der Bieder Trust Company, Zürich

Waser, Norbert – Vater eines verstorbenen Drogenabhängigen, Geschäftsinhaber, Zürich

Werlen, Kurt – Postbote bei der Cäsar-Bieder-Bank an der Zürcher Bahnhofstrasse

Willener, Bernhard – Waffenhändler, ehemaliger Berufsmilitär

Winterhalder, Balthasar – Staatsanwalt, Bezirksgericht Zürich Stadt

Woeser, Tashima – Anwältin von Konrad Kloter im Prozess wegen Datenklau, Verleumdung und Nötigung in Sachen Konzern Cäsar Bieder, Zürich

Wohlgemut, Franziska – Chefredaktorin «Morgenwacht»

Reale Personen

Assange, Julian – *3. Juli 1971, ist ein australischer investigativer Journalist, Politaktivist, ehemaliger Computerhacker, Programmierer und Gründer sowie Sprecher der Enthüllungsplattform Wikileaks. Diese hat sich zum Ziel gesetzt, geheim gehaltene Dokumente verfügbar zu machen.

Castañon, Antonio – mexikanischer Geschäftsmann und Geldwäscher, wurde 1995 in Genf verhaftet, als er 84 Millionen US-Dollar Schwarzgeld vom Konto Raúl Salinas de Gortaris abheben wollte

Castañon, Paulina – Schwester von Antonio Castañon und Gattin von Raúl Salinas de Gortari

Domscheit-Berg, Daniel – *1978, auch bekannt unter seinem Pseudonym Daniel Schmitt, ist ein deutscher Informatiker, ein ehemaliger Sprecher der Enthüllungsplattform Wikileaks und Autor

Fox, Vicente – *2. Juli 1942, Präsident von Mexiko 2000–2006

Salinas de Gortari, Raúl – *24. August 1946, Bauingenieur und Geschäftsmann, Bruder des mexikanischen Präsidenten (1988–1994) Carlos Salinas de Gortari

Glossar

Alter Fritz – Friedrich II. oder Friedrich der Grosse (*24. Januar 1712; †17. August 1786), auch der «Alte Fritz» genannt, war von 1740 bis 1786 König von Preussen und Markgraf von Brandenburg und folglich einer der Kurfürsten des Heiligen Römischen Reiches. Er kam aus der Dynastie der Hohenzollern.

Bünzli (schweizerisch) – Spiessbürger

Gérant (schweizerisch) – Geschäftsführer eines Gastrobetriebs

Hundsverlochete (berndeutsch) – bedeutungsloser, alltäglicher Anlass; banales Fest; wertlose Veranstaltung. Ursprünglich: «Verlochete»: sehr derber Ausdruck für Begräbnis. «Dä geit o afe a jedi Hundsverlochete.» (Man sieht ihn bei jeder Gelegenheit, sei sie noch so bedeutungslos.)

Mistzetter – auch Miststreuer genannt; ein in der Landwirtschaft verwendeter Anhänger zur Ausbringung von Viehmist auf Felder

Schilter – landwirtschaftliches Transportfahrzeug, benannt nach dessen Erfinder und Hersteller Thomas Schilter aus Stans, Nidwalden (Schweiz)

Orte der Handlung

Cayman Islands

Die Cayman Islands sind eine Inselgruppe und ein Überseegebiet des Vereinigten Königreichs (UK) im Karibischen Meer. Sie bestehen aus der Hauptinsel Grand Cayman, Little Cayman und Cayman Brac. Die Inselgruppe liegt etwa 300 Kilometer südlich von Kuba.

Grand Cayman ist mit rund 63'000 Einwohnern die bevölkerungsreichste Insel. Sie ist 35 Kilometer lang und 13 Kilometer breit, die höchste Erhebung reicht bis 30 Meter über den Meeresspiegel.

Cayman Brac, etwa 143 Kilometer nordöstlich von Grand Cayman, hat eine Länge von 19 Kilometern und eine durchschnittliche Breite von 1,6 Kilometern. Sie ist von einer Steilküste umgeben, die bis zu 42 Meter über dem Meeresspiegel liegt. Etwas über 2000 Menschen leben dort.

Little Cayman ist 16 Kilometer lang und circa 1,5 Kilometer breit mit etwas über 100 Einwohnern, aber einem Mehrfachen an Feriengästen. Die höchste Erhebung beträgt 14 Meter.

Ein Fünftel der Kaimanianer sind britischer Abstammung; ein weiteres Fünftel Schwarze, die Nachkommen afrikanischer Sklaven; zwei Fünftel sind gemischter afrikanischer und europäischer Abstammung. Der Rest sind Einwanderer aus Spanien, Portugal, Osteuropa und asiatischen Ländern. Englisch ist die offizielle und hauptsächlich gesprochene Sprache. Immigranten aus anderen karibischen und mittelamerikanischen Staaten sprechen oft auch noch Spanisch.

Das internationale Finanzwesen ist zu einem wichtigen Bestandteil der Wirtschaft der Cayman Islands geworden und trägt erheblich zum Staatshaushalt bei. Die Cayman Islands gehören zu den global grössten Offshoring-Bankenzentren. Es gibt keine direkten Steuern. Es gibt kein gesetzlich verankertes Bankgeheimnis, was Transaktionen von kriminellen Geldern im grossen Stil möglich macht. Hunderte von Finanzhäusern und Treuhandgesellschaften, darunter die meisten der fünfzig grössten Banken der Welt, haben eine oder mehrere Niederlassungen auf den Cayman Islands.

Die landschaftliche Einzigartigkeit und Schönheit sowie das angenehme Klima haben die Cayman Islands zu einem Paradies für Feriengäste gemacht. Die politische Führung investierte viel in den Tourismus, der sich zwischen Mitte der 1970er und Anfang der 1990er Jahre verachtfacht hat und seitdem, wenn auch etwas verlangsamt, weiterwuchs. Dazu beigetragen hat nicht zuletzt der gute Ruf der Küsten um alle Inseln als Eldorado des Tauchsports.

Die florierende Wirtschaft ist auch mit ein Grund, dass das durchschnittliche Volkseinkommen auf den Cayman Islands höher liegt als das aller Länder Nord-, Mittel- und Südamerikas. Ein gut ausgebautes Gesundheits- und Sozialwesen hat die mittlere Lebenserwartung auf 81,4 Jahre ansteigen lassen. Markant höher als in den USA (78,3 Jahre, 2019).

Die Cayman Islands haben keine Armee, und ihre Einwohner kennen keine Wehrpflicht. Für die Landesverteidigung ist das Vereinigte Königreich zuständig. Diesbezüglich ist darauf hinzuweisen, dass Grossbritannien vom Finanzplatz Cayman in einem erheblichen Ausmass profitiert.

Regierung und Parlament der Caymans werden nach demokratischen Grundsätzen gewählt. Die Politikerinnen und Politiker sowie die Justiz und Polizei sollen in hohem Masse korrupt sein. Es gibt allerdings keine Hinweise auf massive Verletzungen von Menschenrechten. Die Caymans gelten auch als sicherster Staat der Karibik.

Bahnhofstrasse Zürich

An der Bahnhofstrasse von Zürich haben drei der grössten Schweizer Banken ihren Hauptsitz: Davon ist die UBS die mächtigste.

UBS war das Akronym aus «Union de Banques Suisses»

beziehungsweise «Unione di Banche Svizzere» und «Union Bank of Switzerland», heute ist es ein Eigenname ohne weitere Bedeutung.

Es folgen die «Zürcher Kantonalbank» und die «Bank Julius Bär». In der unmittelbaren Nachbarschaft der Bahnhofstrasse gibt es circa ein Dutzend weiterer global agierender Finanzhäuser. Dazu kommen zahlreiche Niederlassungen von multinationalen Konzernen im Immobilien-, Versicherungs-, Beratungs- und IT-Bereich. Und die Adressen der feinsten und kostspieligsten Anwaltskanzleien in der Schweiz fehlen nicht.

Bekannter ist die Bahnhofstrasse aber als eine der weltweit exklusivsten und teuersten Einkaufsmeilen. An ihr reihen sich Luxushotels, Boutiquen, Schmuck- und Uhrengeschäfte sowie Warenhäuser. In den Ladenlokalen an der 1,4 Kilometer langen Strasse werden jährlich rund drei Milliarden Schweizer Franken umgesetzt. Das hört sich nach viel an, dürfte aber lediglich im einstelligen Prozentbereich der gesamten Wertschöpfung der übrigen Firmen an und in unmittelbarer Nachbarschaft der Bahnhofstrasse liegen.

Die Liegenschaften entlang der Bahnhofstrasse haben einen Wert von geschätzten 15 Milliarden (2019). «Gold, in Stein gegossen», schrieben Marc Kowalsky und Andreas Güntert in der «Bilanz» (8.11.2012). Die Prachtstrasse wird deshalb auch als Milliardenstrang bezeichnet.

Wollerau

In Wollerau wohnten die Kloters nach ihrer Rückkehr von den Cayman Islands, bis sie 2006 auf die Inselrepublik Mauritius übersiedelten. Wollerau ist eine Gemeinde im Bezirk Höfe im Kanton Schwyz am Zürichsee. Wollerau ist zusammen mit Pfäffikon jeweils alternierend für zwei Jahre Hauptort des Bezirks. Die Einwohnerzahl beträgt rund 7400 (2020). Wollerau hat niedrige Steuern, was zur Folge hat, dass dort der Anteil Reicher sehr hoch ist.

Die Zentrumslasten von Wollerau liegen bei der Agglomeration Zürich.

Mauritius

Die parlamentarische Inselrepublik Mauritius gehört zu Afrika. Das Land mit rund 1,3 Millionen Einwohnern und einer Fläche von gut 2000 Quadratkilometern liegt im Indischen Ozean, knapp 900 Kilometer östlich vom afrikanischen Inselstaat Madagaskar.

Mauritius besteht aus zwei grossen und mehreren kleineren Inseln: Auf Mauritius selbst, der grössten Insel, liegt die Hauptstadt Port Louis.

Die Hauptinsel ist von einem Riff umgeben mit einigen kleinen Inseln.

Die zweite grössere Insel ist Rodrigues mit rund 40'000 Einwohnern. Sie liegt etwa 600 Kilometer östlich von Mauritius.

Die Cargados-Carajos-Inseln liegen circa 500 Kilometer nordöstlich von Mauritius. Diese Inselgruppe hat eine Länge von ungefähr 100 Kilometern und erstreckt sich von Nord nach Süd. Die Inseln sind praktisch unbewohnt.

Die Agalega-Inseln liegen mehr als 1000 Kilometer nördlich von Mauritius. Agalega besteht aus zwei Inseln mit einer Gesamtfläche von 24 Quadratkilometern. Die Inseln liegen innerhalb eines Saumriffes, das eine schmale, bis 100 Meter breite Lagune umschliesst. Auf Agalega gibt es drei Dörfer mit insgesamt 300 Einwohnern, die Kreolisch sprechen.

Die Kreolen, knapp ein Drittel der Bevölkerung von Mauritius, sind Nachfahren von Sklaven aus dem ostafrikanischen Kontinent und Madagaskar. Etwa zwei Drittel der Einwohner sind Indomauritier, sie stammen vom indischen Subkontinent.

Morisyen, eine Kreolensprache, wird von fast 90 Prozent der Mauritier gesprochen. Kreolisch ist aus dem Französischen entstanden. Weniger als ein Prozent sprechen Englisch, obwohl Mauritius bis zur Unabhängigkeit 1968 mehr als 150 Jahre eine britische Kolonie war. Französisch (vier Prozent) wird von der Oberschicht gesprochen. Auf Französisch und Englisch verständigt man sich im Parlament.

Mauritius ist eine der wenigen stabilen Demokratien in Afrika mit Garantien für Menschenrechte innerhalb des Staates. Die dominierenden Parteien sind sozialdemokratisch ausgerichtet. Im Demokratieindex 2019 belegt Mauritius Platz 18 von 167 Ländern, womit das Land auch einige europäische Staaten wie Ungarn und Polen deutlich übertrifft.

Embrach

Seit Ende 2008 wohnt die Familie Kloter in Embrach. Embrach ist eine Gemeinde im Bezirk Bülach des Kantons Zürich mit rund 8000 Einwohnern.

Sils und Silsersee

«Ganz See, ganz Mittag, ganz Zeit ohne Ziel», dichtete Nietzsche am Ufer des Silsersees.

Ganz oben im Tal des Inns, das im Schweizer Teil Engadin genannt wird, liegt auf 1800 Meter über Meer die Ortschaft Sils mit dem Silsersee, dem grössten und höchstgelegenen der Engadiner Seen. Umsäumt von Lärchenwäldern bietet er ein grossartiges Erlebnis in einer traumhaften Landschaft.

Das Dorf Sils zählt 750 Einwohner. Als Tourismusdestination hält sich dort oft ein Mehrfaches an Feriengästen aus aller Welt auf. Bis zur Mitte des vorigen Jahrhunderts sprach eine Mehrheit der Silser Romanisch. Heute sind es lediglich etwas mehr als zehn Prozent.

https://www.sils.ch/de-ch/aufenthalt/sils-entdecken/silsersee.html

Nachwort

Anders als im Romanteil, der, ausgenommen von einigen Einschüben, rein fiktiv ist, sind Texte im Nachwort dokumentarisch, versehen mit Quellenangaben.

Der Anfang des Bankgeheimnisses
Paris, Ende Oktober 1932. Zwei Direktoren der Basler Handels-Bank werden verhaftet. Sie waren reichen Franzosen behilflich, Steuern zu hinterziehen. Die Polizei beschlagnahmt eine Liste mit 2000 Namen. Auf den Konten dieser Personen werden 400 Millionen Schweizer Franken gefunden. Diese Summe hätte heute einen Wert von etwa acht Milliarden Schweizer Franken.

Die Festnahme schlägt in der Schweiz hohe Wellen und findet enorme internationale Beachtung.

Eine Lobby aus Bankiers, Fabrikbesitzern und Financiers bildet sich mit dem Ziel, die Eidgenössischen Räte zu veranlassen, eine strafrechtliche Verankerung des Bankgeheimnisses im Bundesgesetz auszuarbeiten und zu genehmigen.

Im Jahre 1934 wird das Schweizer Bankgeheimnis im Strafrecht als Art. 47 mit klaren Mehrheiten vom National- und Ständerat überwiesen.

Anders als bei Berufsgeheimnissen üblich wird die Verletzung des Bankgeheimnisses zu einem Offizialdelikt.

Quelle: sda 1932; Carlos Hanimann: «Elmer schert aus»

Chiasso-Skandal, April 1977
Die Filiale der Schweizerischen Kreditanstalt (SKA) in Chiasso hatte Kundengelder in der Höhe von ungefähr zwei Milliarden Franken, getarnt als verschlungene Geldtransaktionen, veruntreut.

Die Direktoren dieser Bank schleusten über viele Jahre steuerhinterzogene Gelder aus Italien in die Schweiz.

Quelle: sda; Carlos Hanimann: «Elmer schert aus»

Das Schweizer Bankgeheimnis zieht Kriminelle an

Das Schweizer Bankgeheimnis schützt Konten von Schweizer Finanzhäusern auf den Cayman Islands. Der Whistleblower Rudolf Elmer wurde von der Zürcher Staatsanwaltschaft beschuldigt, das Schweizer Bankgeheimnis auf den Cayman Islands verletzt zu haben.

Dabei übt das Bankgeheimnis eine eminente Anziehungskraft auf die Organisierte Kriminalität aus. Jährlich werden Schwarzgelder im Wert von mehreren Milliarden Franken auf Banken in Zürich, Bern, Basel, Genf und Lugano angelegt. Zur Tarnung über Offshore-Filialen der Geldhäuser.

Eine rabenschwarze Rolle spielte in diesem unheimlichen Business der mexikanische Brigadegeneral Arturo Acosta Chaparro (1942–2012). Chaparro trat im Alter von 21 Jahren in die mexikanische Armee ein. Schnell machte er Karriere und stieg schon in jungen Jahren zum General auf.

Er war eine herausragende Figur im sogenannten «Schmutzigen Krieg» der mexikanischen Regierung gegen Aufständische in den Jahren 1976 bis 1981. Er war unter anderem Leiter eines Gefängnisses, in dem Folter an der Tagesordnung war.

International sorgten die berüchtigten «Leichenflüge» für Entsetzen. Unliebsame Personen aus der Landbevölkerung wurden als Guerilleros deklariert, verhaftet und ohne Gerichtsverfahren festgehalten. Die Angehörigen liess man über den Verbleib in Unkenntnis. Die Gefangenen wurden getötet, die Leichen aus Kleinflugzeugen in den Pazifik geworfen. Insgesamt sollen über 140 Menschen Opfer solcher «flights of death» geworden sein.

In den 1970er Jahren betrieb Chaparro ein Luftfrachtunternehmen, das einen beträchtlichen Umsatz durch Schmuggelware und Drogen erwirtschaftete.

Der Name Acosta Chaparro ist verknüpft mit dem «Symac Trust», dessen Treuhänder eine grosse Schweizer Privatbank war. Bei einem Trust handelt es sich um ein Sondervermögen, das auch über den Tod seines Gründers hinaus bestehen bleibt. Solche Trusts werden üblicherweise zwecks Geldwäsche oder Steuerhinterziehung eingerichtet. Bei den Einlagen handelte es sich vermutlich um Einnahmen aus dem Drogen- und Waffenhandel. In beide war Chaparro in grossem Stil involviert.

Weil ein Offiziers-Kollege von Chaparro inzwischen zu einem Informanten des FBI geworden war, konnten die Verbindungen zwischen Chaparros Einnahmen aus dem Drogenhandel und dem Vermögen des Symac Trust ans Tageslicht gefördert werden. Chaparro wurde 2000 festgenommen. 2002 wurde er in Mexiko zu 15 Jahren Haft wegen Drogenhandels verurteilt. Nach dem Gang durch mehrere Instanzen wurde er 2007 auf freien Fuss gesetzt.

Acosta Chaparro wurde 2012 in einer belebten Strasse von Mexiko-Stadt erschossen. Die Hintergründe dieser Tat wurden nie aufgeklärt.

Quellen: Rudolf Elmer: «Bankenterror»; anstageslicht.de; diverse Interneteinträge (Stichwort: «Acosta Chaparro»)

Bradley Birkenfeld, ehemaliger Kundenberater der UBS und der CS

Washington, D.C. Ende April 2007 schickt Birkenfeld Kontodaten von US-amerikanischen Kunden an das Justizministerium in Washington. Diese Kunden haben offensichtlich ihre Geldeinlagen vor dem Fiskus versteckt. Es geht um eine Summe von mehreren 100 Millionen Dollar.

Die Crédit Suisse, CS, stellte Birkenfeld 1996 als privaten Banker ein. Im Oktober 2001 heuerte Birkenfeld bei der UBS Genf an. Er übernahm das Dossier Dienstleistungen in der Vermögensverwaltung. In dieser Funktion verleitete er vermögende US-Bürger dazu, ihre Guthaben auf die UBS Bank zu überweisen, um es möglich zu machen, ihr Kapital aufgrund des in der Schweiz gesetzlich verankerten Bankgeheimnisses zu verheimlichen und so zu vermeiden, Steuern in ihrem Heimatland zu zahlen, was, anders als in der Schweiz, unter dem US-Bankengesetz bis heute illegal ist und mit harten Strafen sanktioniert wird.

7. Mai 2008. Bradley Birkenfeld landet von Genf herkommend in Boston. Dort wird er noch auf dem Flughafen verhaftet. Das hatte Birkenfeld nicht erwartet, denn er machte den US-Steuerbehörden das Angebot, auszusagen, wenn er im Gegenzug nicht angeklagt würde.

16. Juli 2008. Die USA beschuldigen die UBS, seit 2001 US-Bürgern systematisch geholfen zu haben, Steuern zu hinterziehen.

17. Juli 2008. Mark Branson, Finanzchef der UBS, sagt vor dem US-Senat aus. Er entschuldigt sich für die Geschäftspraktiken der UBS.

Die Finanzkrise

15. September 2008. Die US-Investment Bank Lehman Brothers ist bankrott. Damit wird eine weltweite Finanz- und Wirtschaftskrise eingeläutet.

16. Oktober 2008. Der Präsident der Eidgenössischen Bankenkommission Eugen Haltiner, Nationalbankpräsident Jean-Pierre Roth, Bundespräsident Pascal Couchepin und Bundesrätin Eveline Widmer-Schlumpf informieren gemeinsam die Öffentlichkeit darüber, dass die Grossbank UBS vor dem Zusammenbruch steht. Um das zu verhindern, sei es unumgänglich, ein Rettungspaket in der Grösse von 68 Milliarden Franken zu schnüren. Die UBS sei «too big to fail», ein Kollaps von ihr würde die ganze Schweizer Wirtschaft in den Abgrund reissen.

19. August 2009. Unter Vermittlung der Regierungen in Washington und Bern kommt eine Einigung im Steuerstreit UBS–USA zustande. Die UBS übergibt den USA die Dossiers von rund 5000 Kunden.

18. Februar 2009. Die Schweizer Finanzmarktaufsicht Finma befielt der UBS, 250 Kundendossiers an die Steuerbehörden der USA zu übergeben. Die UBS zahlt der US-Justiz eine Busse von rund 800 Millionen US-Dollar. Zudem verlangen die USA 50'000 Kontendossiers von UBS-Kunden, die im Verdacht stehen, ihr Vermögen vor dem US-Fiskus zu verstecken.

19. November 2010. Die US-Steuerbehörde zieht die Klage gegen die UBS zurück. Nun geraten andere Schweizer Banken in das Fadenkreuz der US-Justiz. Sie knicken alle ein, grosse Privatbanken wie einige dem Staat gehörende bedeutende Kantonalbanken. Ihre Kunden werden angewiesen, sich bei der US-Justiz zu melden, andernfalls würden ihre Kontodaten den US-Steuerbehörden weitergereicht. Gegen 15'000 Steuerbetrüger zeigen sich selber an.

Wichtige Begriffe und aktuelle Informationen

Geldwäscherei

Das Waschen von «schmutzigem, schwarzem» Geld in «sauberes, weisses» ist in der Schweiz ein grosses Thema, weil insbesondere die Banken als Institutionen des Finanzplatzes immer wieder dazu gebraucht werden, deliktisches Geld zu «beheimaten». Der Zusammenhang mit Korruption ergibt sich diesbezüglich häufig, weil Korruption eine Vortat der Geldwäscherei bildet und darüber hinaus korrupte Potentaten die Schweiz gerne nutzen, um ihr illegal erworbenes Geld hierher zu transferieren und anzulegen. Vortaten für Geldwäscherei sind in der Schweiz Verbrechen, Delikte also, deren Begehung mit einer Freiheitsstrafe von mehr als drei Jahren bedroht ist. Tatobjekt sind Vermögenswerte, die aus Delikt herrühren. Die Tathandlung zielt darauf, kriminelle Herkunft des Vermögenswertes zu verheimlichen oder zu verschleiern. Das Geld soll als rechtmässiges Einkommen erscheinen. Täter der Geldwäscherei kann jedermann sein, auch derjenige, der die Vortat begangen hat. Das geschützte Rechtsgut ist primär die Rechtspflege. Juristisch ist es so, dass Täter der Geldwäscherei die Einziehung von deliktischen Geldern erschweren oder verhindern; ökonomisch/kriminologisch geht es für die Täter letztlich um das Verschaffen/Erfinden einer Legende für kriminell erworbene Gelder (story telling), damit sie dieses in den normalen Wirtschaftskreislauf einfliessen lassen und dort frei nutzen können.

Zitat aus: «Schweizerische Kriminalprävention»

Geldwäscherei, Offshoring und Banken

Allgemein hat die Deregulierung und Liberalisierung der Finanzmärkte, insbesondere die Abschaffung der Kapitalverkehrskontrollen, den globalen Geldtransfer gefördert. Dadurch wurde es auch bedeutend leichter, Gelder kriminellen

Ursprungs in den legalen Geld- und Wirtschaftskreislauf einzuspeisen. Diesen Prozess bezeichnet man als Geldwäscherei. Gemäss dem UNO-Büro für Drogen und Kriminalität wird der Umfang der Geldwäscherei global auf jährlich 500 Milliarden bis eine Billion Dollar geschätzt (Jahr 2000).

Die Techniken der Geldwäscherei sind vielfältig. Sicher ist es heute in der Schweiz schwieriger beziehungsweise risikoreicher geworden, mit einem Koffer voll Bargeld am Bankschalter aufzutauchen und ein Konto eröffnen zu wollen. Stattdessen werden die kriminellen Gelder lieber zuerst woanders, zum Beispiel in einem Offshoring-Finanzzentrum, zwischengelagert und gelangen via Banküberweisung in die Schweiz. Dies erschwert es, herauszufinden, aus welchen (kriminellen) Quellen diese Gelder stammen. Beliebt ist auch die Verwendung getrennter Konten in mehreren Ländern, die später zusammengeführt werden, um die Herkunft der Gelder zu verschleiern. Es werden gerne Strohmänner (und -frauen) eingesetzt, welche die kriminellen Gelder treuhänderisch entgegennehmen, undurchsichtige Netze spinnen und möglichst rentabel anlegen. Oder es werden Briefkastenfirmen gegründet und Gelder auf die Konten dieser Firmen überwiesen. Häufig werden auch Güter wie Edelsteine, Liegenschaften oder Wertpapiere erworben und diese dann im Markt platziert.

Zitat aus: «Sauberer Finanzplatz Schweiz»

Spektakuläre Fälle von Geldwäscherei im Drogenmilieu

Im Juni 2005 wurde der frühere Schweizer Botschafter in Luxemburg, Peter Friederich, vom Bundesstrafgericht zu dreieinhalb Jahren Zuchthaus verurteilt. Er hatte im Jahr 2001 von einer spanischen Drogenbande, die für kolumbianische Produzenten den Kokainhandel in Europa organisierte, Bargeld in der Höhe von rund 2,4 Millionen Franken angenommen und teilweise über eigene Bankkonten gewaschen. Für seine Dienste erhielt er 134'000 Franken.

Im Oktober 2005 hat die Zürcher Kantonspolizei neun Personen überführt, die Drogenhandel im grossen Stil betrieben haben. Dem Bandenchef wird die Einfuhr von rund 180 Kilo Kokain vorgeworfen. Er soll seit vier Jahren Kokain aus Brasilien in die Schweiz eingeschleust haben. Der Grossteil des Erlöses in Millionenhöhe wurde über ein Geldtransferbüro in Zürich mit Zweigniederlassung in Lausanne oder mittels Banktransfers oder Kurierdiensten nach Brasilien verschoben. In Brasilien wurden mit dem Drogengeld legale Unternehmen aufgebaut.

2004 wurden in der Schweiz in einem Schlag gegen die italienisch-schweizerische Zigarettenmafia mehrere Personen verhaftet, denen vorgeworfen wird, über Jahre Geldwäscherei in Milliardenhöhe betrieben zu haben. Es wird vermutet, dass sie kriminelle Organisationen unterstützten, die Erlöse aus dem Drogen- oder Waffenhandel in Zigaretten investierten und so Milliarden von Franken wuschen.

Quellen: sda und weitere Medien

Anklage gegen den neuen CEO der UBS wegen Geldwäscherei

Wegen eines Geldwäscheskandals während seiner Zeit als CEO von ING, der grössten niederländischen Bank, soll eine Untersuchung gegen Ralph Hamers eröffnet werden.

Gegen den neuen Chef von UBS, Ralph Hamers, soll in seiner Heimat Holland eine Strafuntersuchung eröffnet werden. Dabei soll seine Rolle im grössten Bankskandal des Landes untersucht werden, der 2018 die niederländische Bank ING erschütterte, wo Hamers noch bis zu diesem Jahr CEO war. Die ING musste 2018 wegen mangelnder Kontrolle von Kundenkonten 775 Millionen Euro zahlen.

Das Berufungsgericht von Den Haag ordnete am Mittwoch, 9. Dezember 2020 «die Strafverfolgung eines ehemaligen Vorstandsvorsitzenden der ING Group an». Die holländische Staatsanwaltschaft muss nun auch Hamers' Rolle im grössten Geldwäschereifall des Landes genauer untersuchen.

Zitat aus: «Finanz und Wirtschaft», 9. Dezember 2020

Menschenhandel wird ebenfalls durch das Bankgeheimnis begünstigt

Die Erträge aus dem Menschenhandel sind Schwarzgeld, das weissgewaschen werden muss, bevor es in den legalen Geldkreislauf geschleust wird. Diese Waschgänge finden in der Regel über Transaktionen mit Offshore-Banken statt.

Menschenhandel ist eine internationale Verbrechensform, die auf internationaler, nationaler und kantonaler Ebene bekämpft werden muss.

Menschenhandel ist ein Überbegriff und umfasst verschiedene Formen der Ausbeutung. Gemäss Schweizerischem Strafgesetzbuch Art. 182 werden die folgenden Tätigkeiten als Menschenhandel bezeichnet und unter Strafe gestellt: Menschen anwerben, vermitteln, anbieten, beherbergen oder annehmen zum Zwecke der sexuellen Ausbeutung, der Ausbeutung ihrer Arbeitskraft oder zwecks Entnahme eines Körperorgans. Der Handel mit Kindern kann zum Zweck all dieser Ausbeutungsformen geschehen.

Menschenhandel geht in den meisten Fällen mit Androhung oder Anwendung von Gewalt oder anderen Formen der Nötigung, durch Entführung, Betrug, Täuschung, Missbrauch von Macht oder Ausnutzung besonderer Hilflosigkeit, einher.

Quelle: «Kriminalprävention Schweiz»

Verschwörung zwischen den Schweizer Gerichten und der Schweizerischen Bundesanwaltschaft?

Der im Sommer 2020 zum Rücktritt gezwungene Bundesanwalt Michael Lauber hatte sich auch mit dem Fall Elmer beschäftigt.

Die Schweiz, ein Steuerparadies und legaler sicherer Hafen für Kriminelle, aber die Hölle für Informanten

Der Schweizer Whistleblower Rudolf Elmer erzählt die Geschichte seines 15-jährigen Rechtsstreits gegen Schweizer Rich-

ter und Staatsanwälte und eine Schweizer Privatbank wegen deren Vorwürfen, er habe das Schweizer Bankgeheimnis verletzt. Diesen Monat reichte er eine Befangenheitsklage gegen den Präsidenten der Schweizerischen Strafrechtsabteilung ein, die den Fall hinausgezögert hatte und im Sinne der Bank mit ihr kooperiert haben muss. Die Beweise zeigen, dass die Cayman Bank für sich und ihre Kunden in massive Finanzkorruption, Steuerhinterziehung und Geldwäscherei verwickelt war.

Und am 27. Juli 2020 trat Bundesanwalt und Chefankläger Michael Lauber zurück. Dessen Department hatte sich auch mit dem Fall Elmer beschäftigt, und nun liegt eine Anzeige betreffend diverse Straftaten gegen den Bundesanwalt im Raum.

Zuvor hatte das den Bundesanwalt beaufsichtigende Aufsichtsorgan erklärt, der Bundesanwalt habe seine Amts- und Rechtspflichten schwerwiegend verletzt und durch sein Verhalten dem Ansehen der Bundesanwaltschaft und der Schweiz geschadet.

Zitat aus: Lucy Komisar, The Komisar Scoop, 29. Juli 2020

Quellenverzeichnis

Links

Alich, Holger: https://www.tagesanzeiger.ch/sonntagszeitung/der-finanzplatz-ist-nicht-mehr-die-topprioritaet-der-politik/story/27187235; https://www.tagesanzeiger.ch/wirtschaft/standarddas-traurige-ende-eines-mythos/story/13405557

Bütikofer, Christian: https://www.aargauerzeitung.ch/schweiz/wie-mafia-clans-in-der-schweiz-geld-waschen-110289184; 4.7.2011

DokZentrum ansTageslicht.de: https://www.anstageslicht.de/themen/finanzsystem/Whistleblower-rudolf-elmer-gegen-bank-julius-baer/bank-julius-baer-kunden-auf-cayman-islands/

Finanz und Wirtschaft: https://www.fuw.ch/article/ubs-chef-im-visier-der-niederlaendischen-justiz/

Gasche, Urs P. Infosperber: https://www.infosperber.ch/wirtschaft/kapitalmarkt/die-finanzindustrie-hat-die-politik-fest-im-griff/

Gruhnwald, Sylke, Hanimann, Carlos, Hauptmeier, Ariel, Moser, Christof, Schröm, Oliver: https://www.republik.ch/2018/03/21/helden-oder-spione

Häberli, Stefan: https://www.nzz.ch/wirtschaft/rudolf-elmer-der-fall-im-ueberblick-ld.1427084?reduced=true

Kallenberger, Werner: https://www.anstageslicht.de/themen/finanzsystem/whistleblower-rudolf-elmer-gegen-bank-julius-baer/prof-kallenberger-ueber-prozessfuehrung-bankgeheimnis-trusts-und-whistleblowing; https://www.pszeitung.ch/urteil-klaert-bankgeheimnis-fuer-whistleblower-elmer/

Komisar, Lucy: https://www.thekomisarscoop.com/2020/07/liegt-eine-verschworung-zwischen-den-schweizer-gerichten-und-der-schweizerischen-bundesanwaltschaft-vor/

Kriminalprävention Schweiz: https://www.skppsc.ch/de/

Maurer, Andreas: https://www.aargauerzeitung.ch/wirtschaft/zwei-professoren-ergreifen-partei-fuer-den-whistleblower-rudolf-elmer-133546187; https://www.tagblatt.ch/schweiz/nach-freispruch-vor-bundesgericht-whistleblower-rudolf-elmer-plant-seinen-nachsten-streich-ld.1320163

Rieder, Stefan: https://jusletter.weblaw.ch/fr/dam/publicationsystem/articles/jusletter/2014/784/der-umgang-mit-whist_609f48871d/pdf_fr.pdf

Sauberer Finanzplatz Schweiz: http://www.sauberer-finanzplatz.ch/geldwaeschereien.ch/

Schawinski, Roger, SRF Play: https://www.srf.ch/play/tv/schawinski/video/talk-mit-dem-whistleblower-und-ehemaligen-offshore-banker-rudolf-elmer?id=bf6daa04-b801-424e-a288-e0172e0094c1

sda 9.6.2017: https://www.limmattalerzeitung.ch/limmattal/zuerich/weltwoche-verliert-gegen-ex-banker-rudolf-elmer-131410854

tno/vst/sda: https://www.handelszeitung.ch/management/gericht-weist-anklage-gegen-elmer-zurueck-julius-baer-unter-druck

WOZ, Nr. 04/2011: https://www.woz.ch/-1a6a

Bücher

Elmer, Rudolf: Bankenterror, UK Books, London 2010.

Hanimann, Carlos: Elmer schert aus: Ein wahrer Krimi zum Bankgeheimnis, Echtzeit Verlag, Basel 2016, ISBN 978-3-905800-43-2.

Alle Titel von Erfolgsautor Peter Beutler:

Auch als eBook erhältlich

Weissenau
ISBN 978-3-89705-971-9

Hohle Gasse
ISBN 978-3-95451-058-0

Kanderschlucht
ISBN 978-3-95451-136-5

Morgarten
ISBN 978-3-95451-246-1

Kristallhöhle
ISBN 978-3-95451-389-5

Berner Münstersturz
ISBN 978-3-95451-711-4

Kehrsatz
ISBN 978-3-95451-967-5

Hauptwache Urania
ISBN 978-3-7408-0164-9

Der Lucens-GAU
ISBN 978-3-7408-0432-9

Der Bunker von Gstaad
ISBN 978-3-7408-0608-8

Langnauer Gift
ISBN 978-3-7408-0950-8